나무의 수사학

나무의 수사학

초판 1쇄 발행 2018년 2월 28일
초판 2쇄 발행 2018년 9월 20일

지은이 우찬제
펴낸이 이광호
펴낸곳 ㈜문학과지성사
등록번호 제1993-000098호
주소 04034 서울 마포구 잔다리로 7길 18(서교동 377-20)
전화 02)338-7224
팩스 02)323-4180(편집) 02)338-7221(영업)
전자우편 moonji@moonji.com
홈페이지 www.moonji.com

ISBN 978-89-320-3084-5 93800

이 책은 2013년 정부(교육부)의 재원으로 한국연구재단의 지원을 받아 수행된 연구임을 밝힙니다.(NRF-2013S1A6A4017724)

이 도서의 국립중앙도서관 출판예정도서목록(CIP)은 서지정보유통지원시스템 홈페이지(http://seoji.nl.go.kr)와 국가자료공동목록시스템(http://www.nl.go.kr/kolisnet)에서 이용하실 수 있습니다.(CIP제어번호: CIP2018006606)

나무의 수사학

우찬제 지음

문학과지성사

책머리에

2016년 6월 암스테르담. 빈센트 반 고흐 미술관. 강렬한 색채며 약동하듯 야성적으로 꿈틀대는 마티에르에 전율한다. 비록 작품 활동 기간은 10년에 불과했지만, 100년 그려도 다 못 그릴 그림을 치열하게 그렸던 반 고흐. 우울증 등으로 고통스럽게 생을 견뎌야 했고, 생전에 작품으로 인정받지 못한 불행했던 화가. 사후 결과적으로 불멸의 화가가 되었지만, 생전에는 그런 예감조차 마련할 수 없이 드라마틱한 비극의 주인공. 1890년 작 「길 위의 사이프러스와 별들」 앞에 발길을 멈춘다. 들판 한가운데 사이프러스 나무가 별과 달이 뜬 하늘에 닿아 있다. 나무 옆으로 밀밭이 펼쳐지고 그 옆길로 두 농부가 귀가 중이다. 사이프러스는 그 지역에서는 흔한 나무였지만 고흐의 강렬한 붓질에 힘입어 하늘과 땅을 당당하게 연결하는 우주목(宇宙木)의 기운으로 다가온다. 실제로 고흐는 사이프러스 나무 곁에서 상처받은 영혼의 위안을 구하기도 했다는데, 그래서인지 더 이끌리게 된다. 복제화 한 점을 구해 서재에 걸어놓고 자주 보면서 사이프러스의 기운을 받으며 이 책을 마무리 했다.

1966년 6월 충주. 어린 시절 천등산 아래 산촌에 살았다. 집 뒤로 큰 밤나무 한 그루가 있었는데 옆으로 뻗은 가지가 제법 실하여 거기에 그네를 매달아 하늘을 향해 발을 굴렀다. 나무를 매개로 땅에서 하늘로 비상하는 기분이 어지간했다. 집 앞 연못 가운데 동산에 소나무 세 그루가 멋진 자태를 뽐내고 있었다. 여름이면 뒷산에 올라 나무 그늘 아래서 낮잠을 즐기기도 하고, 나무에 올라 더 높은 세상을 가늠해보기도 했다. 확실히 나무 위로 높이 오를수록 비행기가 더 잘 보였다. 나무 위에서 비행운을 추적하며, 멀리멀리 높이높이 세상 밖으로 나가고 싶은 욕망에 몸이 공연히 들뜨기도 했다.

1999년 2월 밴쿠버. 밴쿠버 섬을 여행하던 중 특별한 소나무 한 그루가 눈길을 끌었다. 나무 위의 나무라고나 할까. 오래전에 잘린 커다란 소나무 밑동 위로 자라난 소나무였다. 얼마나 오래전일까. 한 나무가 자라 땅과 하늘을 연결하다가 인간의 톱에 베어졌고, 또 많은 시간이 지나 그 밑동이 적당히 썩어갈 무렵 솔 씨 하나가 그 밑동 위로 떨어져 생명의 기운을 지피기 시작했으리라. 이미 100여 년은 족히 되었음 직한 나무였다. 죽은 나무 위에서 자라난 새 나무의 푸른 기상은 확실히 생명의 멋진 찬가였다. 죽어서도 새 생명을 키우는 나무. 그러니까 죽어도 죽지 않은 나무. 인근의 사람들한테 물어보니 그걸 '간호사 나무nurse-tree'라고 부른다고 했다. 그럴듯한 이름이었다. 문득 나무에 관한 책 한 권쯤 써도 좋을 것 같다는 예감이 들었다.

2018년 2월 서울. 오랜 관심에 비하면 여전히 아쉽지만 『나무의 수사학』을 펴낸다. 광활한 산맥의 어느 한 능선의 소슬한 나무 풍경을 다룬 것에 불과하겠지만, 문학에서 나무 연구를 위한 어떤 의미 있는 변곡점이 되었으면 좋겠다. 인문 저술을 지원해주신 한국연구재단과 출판해주신 문학과지성사 이광호 대표와 편집자 김필균·박선우 씨 그리고 이경진 디자인센터장께 감사한다. 같은 표제를 사용하는 것을 이해해주신 손택수 시인과 귀한 그림을 본문에 사용할 수 있도록 허락해주신 김선두 화백께도 사의를 표한다. 팔순을 넘기셨음에도 불구하고 여전히 의미심장한 학술 저술을 당당하게 계속하시며 부족한 제자를 이끌어주시는 이재선 선생님께 경의를 표한다. 작년 엄청난 병마의 고통을 의연하게 다스리며, 견딜 수 없는 고통은 없다는 진실을 새삼 일깨워준 아내와 곧 대학을 마치고 사회생활을 시작할 딸에게도 고마운 마음을 각별히 전한다. 이 책을 마무리할 즈음 평생 나무처럼 사셨던 선친께서 나무 곁으로 돌아가셨다. 선친의 나무 곁에 이 나무 책을 삼가 바친다.

2018년 2월

尋牛亭에서

우찬제

차례

1. 나무의 이야기, 이야기의 나무

무뚝뚝한 직유로서 한 그루의 나무가 반짝인다
저 나무는 생각들로 이루어졌다 나무가 걷지 않는다고
말할 수 있을까 우리의 발이 닿는 곳에 나무가 있다 나무가
우리를 찾아왔을까 우리의 생각이 나무에게 닿았을까 그러나
우리는 나무처럼 클 수 없고 우리의 발은 하늘로 뻗은 나무의
작은 발들에 닿을 수 없다
—이우성, 「사람나무」[1]

1) 나무의 유기적 상징

"나무는 훌륭한 견인주의자요 고독의 철인(哲人)이요 안분지족(安分知足)의 현인이다."[2] 널리 알려진 이양하의 수필 「나무」의 한 구절이다. 나무의 덕성에 대한 그윽한 성찰이 돋보이는 대목이다. 예로부터 나무는 인간과 더불어 숨 쉬는 생물이다. 고산 윤선도의 「오우가(伍友歌)」를 비롯한 수많은 시편에서 다각도로 나무가 조명된 것은 매우 자연스럽다. 길게 설명할 필요도 없이 동서고금을 막론하고 나무는 자연적이면서도 신화적이고 상징적인 존재였다. 인

1) 이우성, 『나는 미남이 사는 나라에서 왔어』, 문학과지성사, 2012, p. 62.
2) 이양하, 「나무」, 『이양하 수필 전집』, 현대문학, 2009, p. 175.

간과 더불어 존재하면서 윤리적·도덕적 의미를 함축하기도 했으며, 사회·문화적, 정치·경제적으로도 의미 있는 식물이다. 최근에 나무는 '오래된 미래'라는 생태학적 의미가 강조되면서 인간중심주의적 문명 개발에 대한 반성적 사유의 기제가 되기도 한다. 그러므로 나무는 문학에서 자연스럽게 인간과 자연, 사회의 징후를 드러내는 중요한 기제가 된다. 흔히 널려 있기에 두드러져 보이지 않았을 뿐이지, 때로는 상징으로 때로는 은유로 때로는 제유로 중요한 메시지를 환기하는 것이 바로 나무다. 그런 나무의 이미지, 상징, 테마에 주목하여 한국 현대문학에 나타난 나무의 상상력을 조망하고 그 특성을 해명하는 것이 이 책의 기본 과제이다.

세계의 나무 신화들을 폭넓게 고찰한 『나무의 신화』에서 자크 브로스는 "나무는 인간의 의식을 포착할 수 있는 길이요, 우주에 생기를 부여하는 생명의 통로"라고 강조한다. 나무의 내면으로부터 미세한 떨림까지도 감지할 수 있는 인간은 나무를 통해 "자신과 모든 생명의 기원을 발견"한다. 또 나무와 마주하여 몽상하면서 인간은 "동적인 동시에 매우 정적인 상상력"[3]을 길어 올린다. 나무와 관련한 몽상에 대해 브로스는 이렇게 적는다.

> 인간에게 있어서 나무는 평온과 지혜의 전형이다. 태양이 수평선 아래로 모습을 감추고 추위가 대지에 엄습하면, 잎이 떨어진 나무는 긴 휴식과 동면의 시간 속으로 들어간다. 그러나 겨울잠을 자기 위해 땅속으로 자취를 감추는 동물과 달리 나무는 존재와 부재의 속

3) 자크 브로스, 『나무의 신화』, 주향은 옮김, 이학사, 1998/2007, p. 38.

성을 동시에 갖는다. 나무의 수액은 인간의 혈액처럼 가지들 사이를 끊임없이 순환하면서 그 뜨거운 기운을 나무둥치의 아래로, 뿌리가 시작하는 곳으로, 즉 땅속으로 실어 나른다. 부드러움과 연약함, 그 모든 것을 상실한 앙상한 나무는 얼핏 보면 송장이나 해골에 지나지 않는다. 그러나 이런 낙엽수와는 반대로 항상 그대로의 모습을 간직하는 수지류 나무들도 있다. 전자는 죽음과 그 뒤에 이어지는 부활을, 후자는 생명의 불멸성을 상징한다. 이 둘은 전혀 모순되지 않는다. 왜냐하면 이러한 현상들은 한 생명의 두 가지 양태를 나타내고 있는 것으로, 서로 보완적인 성격을 띤다고 말할 수 있기 때문이다.

태양이 다시 천정점(天頂點)에 도달할 때, 나무는 마치 부활한 사자(死者)처럼 보인다. 새들이 알록달록한 빛깔의 옷으로 갈아입는 교미기가 오면 나무는 빛깔 좋고 그윽한 아주 싱싱한 잎사귀들로 뒤덮이고, 곧 신록으로 성장한다. 나무가 스스로에 빠져드는 이러한 광경을 보는 사람들에겐 나무의 삶이 우리들의 삶보다 더 수월한 것처럼 보인다. 그것은 아마도 나무의 삶이 더 내면적이고 신중하며 비밀스럽기 때문에, 그 삶이 침묵 속에 펼쳐져 있기 때문에, 특히 그 삶이 자연의 위대한 리듬에 복종하기 때문에 그럴 것이다.

봄날 나무를 마주하고 꿈꾸지 않을 자, 그 누구인가? 유혹처럼 다가오는 조용한 개화(開花)를 느끼지 않을 자, 또한 누구인가? 감동할 줄 모르는 현대인일지라도 봄의 장관을 눈앞에 두고 무감각할 수는 없을 것이다.[4)]

4) 같은 책, p. 39.

나무가 평온과 지혜의 전형이며, 존재와 부재의 속성을 동시에 지닌다는 것, 외적인 변화의 생동감과 내적 심연의 깊이를 구유하고 있다는 것, 요컨대 "자연의 위대한 리듬"을 구현하고 상기하는 나무에 대한 자크 브로스의 성찰은 주목에 값한다. 또 질베르 뒤랑에 따르면 나무의 이미지는 "우주의 종합과 수직화된 우주라는 이중의 모습"[5]으로 나타나곤 한다. 그보다 앞서 에밀 뒤르켐은 나무의 상징화가 외적·물질적 기호로 관념을 표현하고자 하는 인간의 욕구를 반영한다고 주장한 바 있다.[6] 그의 연구에 따르면, 호주 원주민들은 토템에 대한 관념을 형상화하려는 욕망으로 토템을 조각하거나 문신으로 새기거나 그림으로 그렸다. '사고를 물질로 옮기고자 하는' 욕망에 주목하면서 뒤르켐은 자신의 사회 이론을 전개하는 데 있어 외적 표현, 형상화, 육체성(물질성)의 타당성을 고찰하게 되었으며, "집단적 감각은 특정한 실체적 사물에 고정되어야만 드러날 수 있다"[7]고 언급했다. 이런 뒤르켐을 통하여 로라 라이벌은 이렇게 논의한다. "물질적 형식들의 물리적 표명이 지닌 사회적 영향력과 관련해 물질적 형식에 대한 고찰 및 사회의 물질적 구성에 이론적 초점을 두는 것은 매우 생산적임이 입증되었다."[8] 즉 나무는 "사회 과정이나 집단 정체성을 나타내는 가장 뚜렷하고

5) 질베르 뒤랑, 『상상계의 인류학적 구조들』, 진형준 옮김, 문학동네, 2007, p. 521.

6) Emile Durkheim, *The Elementary Forms of the Religious Life*, London: Allen & Unwin, 1915/1976, p. 127.

7) *Ibid*., p. 236.

8) Laura Rival, "Trees, from Symbols of Life and Regeneration to Political Artefacts", edited by Laura Rival, *The Social Life of Trees*, Oxford/NY.: Berg, 1998, p. 2.

강력한 상징"[9]이다. 세계 미술사를 장식한 수많은 나무 그림도 그런 맥락에서 이해할 수 있거니와[10], 한국 현대문학 또한 그런 맥락에서 접근하면 새로운 이해의 지평에 도달할 수 있을 것으로 기대한다.

나무는 살아 있는 유기체로서 물리적으로 현존한다. 그러기에 어떤 면에서는 사회적 상징 이전에 자연적 상징으로 존재한다. 자연의 상징은 주로 인간의 생리와 신체적 물질에서 유래한다고 보았던 메리 더글라스가 정의한 바대로, 자연의 상징은 신체적으로는 동물과 유사한 동시에 정신적으로는 신과 유사한 인류의 이중적 본성을 반영한다. 많은 경우 토템과 동물 종의 연관성을 강조하는 레비스트로스 이전 시대의 토테미즘 이론들과는 달리 위와 같이 자연의 상징을 규정하는 것은 잉여적이고 생물학적 수성(獸性)과 발달하는 인간성이라는 양극성에 방점을 둔다.[11] 문학에서는, 특히 복합적으로 인간과 자연을 다루는 소설에서는 나무의 사회적, 형이상학적, 역사적, 자연적 상징들이 중층적으로 문제될 수 있다. 인간과 나무 사이에서 형성되는 일종의 접목의 수사학이라 이름 붙일 수 있는 양상은 매우 자연스럽다. 인간은 나무에 상상적

9) *Ibid*., p. 1.

10) 미술사에서 나무에 대한 풍경을 다룬 책 중의 하나인 강판권의 『미술관에 사는 나무들』은 동양의 산수화에 형상화된 나무의 이미지들에 대해 흥미롭게 기술한 책이다. "나무는 세상에서 가장 뛰어난 화가다"라고 말하는 저자는 "산은 나무를 낳고, 나무는 다시 물을 낳는다" "쓸쓸해서 좋고, 단출해서 아름답다" "나무는 갈 곳을 정하지 않고, 매일 길을 나선다"와 같은 메시지를 전한다(강판권, 『미술관에 사는 나무들』, 효형출판, 2011, pp. 5~11).

11) Laura Rival, *Ibid*., p. 2.

인 접목을 통해 창의적인 몽상의 세계에 진입할 수 있다. 살아 있는 유기체인 나무에 접목을 하는 행위는 나무의 생장 촉진과 건강성 혹은 수확성 확장을 위한 인공적 기획의 일환으로 볼 수 있는데, 이는 나무에게도 이롭고 접목 행위를 수행하는 인간에게도 이로운 공진화의 방식이기도 하다. 생태적인 공생의 기획에 속하는데, 특히 생태적인 상상력이 우세한 문학 작품의 경우는 그런 접목의 수사학적 양상이 현저하다고 할 수 있다.

2) 우주목(宇宙木, cosmic tree), 그 생명의 원천

생태학적 사유 혹은 생태학적 감수성을 도야하는 데 '나무' 제재는 매우 요긴해 보인다. 가령 시인 오규원이 「나무에게」[12]라는 시에서 "물의 눈인 꽃과/물의 손인 잎사귀와/물의 영혼인 그림자와/나무여/너는 불의 꿈인 꽃과/이 지구의 춤인 바람과/오늘은 어디에서 만나/서로의 손가락에/반지를 끼워주고 오느냐"라고 노래할 때, 우리는 나무가 오행(五行)의 율려(律呂) 속에 스미고 짜이는 의미심장한 오브제임을 부드럽게 확인한다. 나무〔木〕는 물〔水〕(의 눈인 꽃, 손인 잎사귀, 영혼인 그림자), 불〔火〕(의 꿈인 꽃), 지구〔土〕(의 춤인 바람), 반지〔金〕와 소통하고 교감하고 증거하는 자연물이다. 만약 나무가 없다면 물의 눈인 꽃과 물의 손인 잎사귀, 그리고 불의 꿈인 꽃도 쉽사리 알지 못할 수도 있다. 또 흙의 춤인 바람의

12) 오규원, 『오규원 시전집』 1, 문학과지성사, 2002, p. 351.

운동 양상을 가장 실감 있게 알려주는 것도 나무의 흔들림이다. 이렇게 나무는 생태적인 현상의 핵심을 감각하게 하는 살아 있는 지표다. 우리는 나무를 매개로 생태적인 것들을 성찰할 때 넓고 깊은 것들을 파악하는 행운을 누릴 수 있겠다. 오생근의 지적처럼 나무야말로 "위대한 삶의 표상일 수도 있고, 존재하는 모든 것들의 신비와 다양성과 아름다움을 표현하는 어떤 근원적 존재의 상징성을 나타내는 것일 수도"[13] 있기 때문이다.

나무와 교감하고, 나무의 말을 들으며, 나무를 따라 온갖 가능성의 우주를 감각할 수 있던 시절은 행복했다. 그렇다는 것은 나무의 신화성이나 상징성과 관련된다. 나무의 신화를 연구한 자크 브로스는 이렇게 적었다.[14]

> 그 옛날 인간이 지구상에 모습을 드러내기 훨씬 이전, 거대한 한 그루의 나무가 하늘까지 뻗어 있었다. 우주의 축인 그 나무는 삼세계를 가로지르고 있었는데, 뿌리는 지하 깊숙이 박혀 있었고, 가지들은 천상에 닿아 있었다. 땅속에서 길어 올려진 물은 수액이 되고, 태양은 잎과 꽃 그리고 열매를 생겨나게 하였다. 이 나무를 통해 하늘에서 불이 내려왔고, 나무는 구름들을 모아 엄청난 비를 내리게 하였다. 곧게 뻗은 나무는 천상과 지하의 심연 사이를 연결하고 있었고, 이로써 우주는 영원히 재생될 수 있었다. 모든 생명의 원천인

13) 오생근, 「시인과 나무」, 『문학과사회』 107호(2014년 가을호), 문학과지성사, 2014, p. 530.

14) 우찬제, 「나무의 언어와 '물아일체(物我一體)'의 상상력」, 『문학과환경』 13권 2호, 문학과환경학회, 2014, p. 138.

나무는 수많은 생명체들을 보호했고, 그들에게 양식을 주었다. 뱀은 나무의 뿌리를 휘감고 있었고, 새들은 가지 위에 앉아 있었다. 신들도 이 나무에서 휴식을 취하곤 했다.[15]

이러한 우주목은 대지의 한가운데서 하늘과 땅을 연결하는 신비로운 사다리였다. 사람들은 우주목에 의탁하여 신탁을 받기도 했고, 그 우주목에서 뿜어내는 마법의 수액으로 디오니소스적인 축제를 벌이거나, 성스러운 축제를 벌이기도 했다. 그 우주목들은 신성한 숲을 형성하여 수많은 신화를 만들어내기도 했다. 에덴동산에서 나무 십자가 사건에 이르기까지 다양한 나무 신화나 상징들은 우리로 하여금 나무에 대한 많은 생각거리를 제공한다. 우주목 이야기는 유럽 문화에서만 나타나는 게 아니다. 호주는 물론 아메리카의 인디언 신화, 시베리아, 인도, 중국이나 일본, 한국 등 아시아의 신화에서도 폭넓게 펼쳐져 있다.[16] 한국의 건국신화인 「단군신화」만 하더라도 그렇다. 국조인 단군의 신이한 탄생과 관련해 신성한 나무인 '신단수(神檀樹)'가 의미심장한 기능을 담당한다. 환웅이 하늘에서 땅으로 강림한 것도 신단수를 통해서였다. 그렇다는 것은 신단수가 이미 하늘과 땅을 연결하는 신성한 나무였다는 것을 상징한다. 환웅이 부과한 과업을 잘 수행하여 곰에서 사람으

15) 자크 브로스, 같은 책, p. 13.

16) 세계의 나무의 신화에 대해서는 자크 브로스의 『나무의 신화』를 비롯해 제임스 조지 프레이저의 『황금가지』(박규태 옮김, 을유문화사, 2005) 1권 제9장 「나무 숭배」 부분을 참조할 수 있다.

로 변신에 성공한 웅녀는 바로 그 신단수 아래에서 '아기 빌이'[17]를 한 연후에 단군왕검을 낳을 수 있었다.[18] 이처럼 신단수는 「단군신화」에서 인간계가 열리는 태초의 공간이자, 새 생명이 잉태되고 탄생하는 생생력(生生力)의 상징적 장소이다. 또 한 나라가 창생하는 창조의 공간이기도 하다. 이 모든 것은 신단수가 범상한 나무가 아니라 하늘과 땅을 잇는 우주목이기 때문에 가능한 일이었다. 신화뿐만 아니라 민담에서도 생명의 기원으로서 나무의 이미지가 등장한다. 가령 '목도령' 민담은 큰 계수나무 아래에서 놀던 선녀가 나무의 몸짓에 이끌려 잉태하게 되고 아이를 낳았다는 이야기를 담고 있다.[19] 작가 윤후명은 한 산문에서 이렇게 적었다. "나무에 달아맨 연등들을 보고 있으면 나무는 그 연등들을 하늘, 하늘로 올리고 있는 것만 같다. 사람의 뜻을, 기도를 하늘로 연결해주는 나무는 무엇이었던가. 생명나무, 우주나무였다."[20] "생명나무 혹은 우주나무. 나는 오래전부터 이 나무의 존재에 깊은 미더움을 느끼고 있었다. 그것은 옛 사람들의 신앙의 중심에 있는, 사상의 중심에

17) '아기 빌이' 전설은 "아기를 빌어서 낳는 일에 관한 전설"이다(김열규, 『한국인의 자서전』, 웅진씽크빅, 2006, p. 57).

18) 사람이 나무에서 태어났다는 신화적 사고는 인도-유럽어족의 세습 사회에서는 일반적인 것이었다고 자크 브로스는 지적한다. "호메로스의 작품에서도 이러한 생각을 발견할 수 있으며, 헤시오도스가 '물푸레나무와 바위에 대해 이야기하다'라든가 '물푸레나무와 바위 주변'에라는 표현을 사용하고 있음을 볼 수 있다. 이 표현은 '물푸레나무와 바위에서 나온 인간들의 기원 이야기까지 거슬러 올라간다'는 의미를 함축한다"(자크 브로스, 같은 책, pp. 20~21).

19) 임재해, 「설화에 나타난 나무의 생명성과 그 조형물」, 『비교민속학』 제4집(1989년 1월), 비교민속학회, 1989, pp. 77~78 참조.

20) 윤후명, 『꽃: 윤후명의 식물 이야기』, 문학동네, 2003, p. 158.

있는 나무였다. 당에 사는 우리들 사람들의 기도를 하늘로 전해주고, 하늘의 뜻을 땅에 전해주는 신성한 나무였다. 땅과 하늘, 사람과 하늘을 이어주는 영매였다."[21]

3) 수사학적 장소로서의 나무의 리듬[22]

사람들은 동서고금을 막론하고 나무와 교감하면서 의미를 나누고 나무의 언어로부터 상징적인 생태 학습을 하기도 했다. 예컨대 독일의 작가 헤르만 헤세는 그런 신화적 맥락에서의 나무와 십분 교감했던 작가였다. 그는 집을 옮길 때마다 정원을 만들었다고 한다. 허름한 작업복 차림에 밀짚모자를 쓴 헤세는 정원에서 토마토 가지도 묶어주고 해바라기에 물도 주었다. 싱그러운 함박웃음으로 포도를 수확하기도 했다. 적어도 헤세에게 있어서, 정원은 문명으로부터 벗어나 몸을 맡길 수 있는 자연의 리듬이었다. 혼란스럽고 고통에 찬 시대에 영혼의 평화를 누릴 수 있는 안식처였다. 정원 일을 하면서 자연과 인생의 비의를 성찰했던 헤세는 이렇게 쓴다. "얼마 안 가서 우중충한 쓰레기와 죽음을 뚫고 새싹들이 솟아오를 것이다. 썩어 분해되었던 것들은 그렇게, 새롭고 아름다우며 다채로운 모습으로 힘차게 다시 되살아난다. 이러한 자연의 순환은 단순하고 명징한 것이다. 그것은 인간을 깊은 생각에 빠뜨리며, 모든

21) 같은 책, pp. 283~84.

22) 이 항은 졸고 「나무의 언어와 '물아일체(物我一體)'의 상상력」의 pp. 138~42를 가다듬은 것이다.

종교는 예감에 가득 차 경배하듯 거창하게 그 의미를 해석해낸다. 〔……〕 지난해의 죽음에서 양분을 얻어 소생하지 않는 여름은 없다. 모든 식물은 흙에서 자라 나올 때 그러했듯, 역시 묵묵하고 단호하게 흙으로 돌아간다."[23] 이런 질서정연한 자연의 순환을 헤세는 내밀하고 아름다운 것으로 받아들인다. 그러면서 땅 위의 모든 피조물 가운데 유독 인간만이 이런 순환 원리에서 제외되어야 한다는 사실을 반성한다. 무정부적 소유 의지를 지닌 인간 행태에 대해 반성적으로 성찰한다.[24] 이런 헤세이기에 그의 에세이 「나무」는 많은 사람의 관심을 끌었다. 두루 인용되는 다음 대목을 보기로 하자.

> 나무는 늘 내게 가장 감명을 주는 설교자였다. 나는 나무가 크고 작은 숲에 종족을 이루고 사는 것을 숭배한다. 나무들이 홀로 서 있을 때 더더욱 숭배한다. 그들은 마치 고독한 사람들과 같다. 시련 때문에 세상을 등진 사람들이 아니라 위대하기에 고독한 사람들 말이다, 마치 베토벤이나 니체처럼. 나무들의 꼭대기에서는 세상이 속살거리고 그들의 뿌리는 영원 속에서 쉰다. 그러나 그들은 그 속에 자신을 잃어버리지 않고, 제 안에 있는 법칙에 따라 자기 고유의 것을 채우고 자신의 모습을 완성하고 표현하는 데 온 힘으로 정진한다. 그 어느 것도 아름답고 튼튼한 나무보다 더 성스럽고 모범이 되는 것은 없다.

23) 헤르만 헤세, 「즐거운 정원」, 『정원 일의 즐거움』, 두행숙 옮김, 이레, 2001, p. 16.
24) 우찬제, 「식물성의 상상력, 혹은 신성한 숲」, 『프로테우스의 탈주』, 문학과지성사, 2010, pp. 232~33.

나무가 베어져 벌거벗은 죽음의 상처를 햇빛에 드러낼 때 우리는 나무의 묘비인 밑둥의 단면에서 삶의 이야기를 읽는다. 나이테의 바르고 일그러진 모양새에는 모든 싸움과 고뇌, 행운과 번영의 역사가 그대로 씌어 있다. 빈곤했던 해, 풍족했던 해, 견뎌낸 폭풍우와 시련들…… 단단하고 품격 높은 나무일수록 촘촘한 나이테를 갖고 있다는 사실과, 높은 산 끊임없는 위험 속에서야말로 강인하고 옹골찬 나무가 자란다는 것은 농가의 소년이면 누구나 다 아는 인생의 진리다.[25)]

헤세가 성찰한 고독한 사람은 품격 높은 자기 세계를 추구하는 존재들이다. 그러기에 "위대한 고독한 사람들"이 될 수 있다. 숲에서 더불어 혹은 홀로 끊임없는 위험 속에서도 강인하고 옹골차게 자라는 나무를 전범 삼아 자기 세계를 도야하려 했던 헤세는 나무의 신화성을 신뢰했던 것으로 보인다. 하지만 근대 문명의 파격적 전개 이후 그것은 점차로 쉽지 않게 된다. 가령 프랑스 작가 조르주 페렉의 『잠자는 남자』(1967)에 이르면 사정은 매우 달라진다. 작가 스스로 "무관심의 수사학적 장소들, 무관심에 관해 우리가 말할 수 있는 모든 것"[26)]이라고 말했던 이 작품에서 주인공 '너'는 그야말로 무관심이라는 현대성의 주제를 체현하고 있는 인물로 보인

25) 헤르만 헤세, 「나무」, 『나무들』, 송지연 옮김, 민음사, 2000, pp. 9~10.

26) Georges Perec, "Pouvoirs et limites du romancier français contemporan," in *Parcours Perec*(colloque de Londre mars 1988), Lyon: Presses Universitaires de Lyon, 1990, p. 30. 여기서는 조재룡, 「반수면 상태의 '너'가 뿜어내는 위대한 무관심: 조르주 페렉의 『잠자는 남자』 한국어 번역에 부쳐」(조르주 페렉, 『잠자는 남자』, 조재룡 옮김, 문학동네, 2013, p. 139)에서 재인용함.

다. 이 소설에서 서술자는 "자연이 여기 있어 너를 초대하고 또 너를 사랑한다"는 알퐁스 드 라마르틴의 시집 『시적 명상』(1820) 중 「골짜기들」의 구절을 차용하면서도, "풍경은 네게 아무런 감흥도 불러일으키지 않는다, 들과 밭의 평화는 너에게 감동을 가져다주지 않는다, 시골의 침묵은 너를 자극하지도 않고 너를 차분하게 만들어주지도 않는다"[27]고 적는다. 그런 '너'는 가끔씩 곤충이나, 돌멩이, 낙엽, 나무에 관심을 보이기도 한다. "가끔씩 너는 나무 한 그루를 바라보고, 그 나무를 묘사하고, 그 나무를 해부하면서 몇 시간을 머문다: 뿌리, 둥치, 가지, 잎사귀, 잎 하나하나, 잎맥 하나하나, 새로 난 줄기 하나하나를, 네 탐욕스러운 시선이 갈망하거나 촉발하는 무관심한 형태들의 무한한 놀이라고나 할까: 얼굴, 도시, 미로 혹은 길, 문장(紋章)들과 기마 행렬 같은 것들."[28] 실제로 보기에 따라서 "나무는 초록색의 수천 가지 뉘앙스, 그러니까 같으면서도 서로 다른 수천 개의 나뭇잎들을 뿜어내고 되살려"[29]낼 수 있는 존재이지만, 『잠자는 남자』는 그저 무(관)심하게 나무를 바라보기만 한다. 그러면 이런 상태가 된다. "그 나무에 대해 네가 말할 수 있는 것이라고 해봐야, 결국, 그것이 한 그루의 나무라는 사실일 뿐; 그 나무가 네게 말해주는 모든 것은, 한 그루의 나무라는, 뿌리라는, 그다음은 둥치라는, 그다음은 가지들이라는, 그다음은 나뭇잎들이라는 사실일 뿐. 너는 나무에게서 다른 사실을 기대할 수는 없는 것이다. 나무는 네게 제안할 어떤 도덕도 갖고 있지

27) 같은 책, p. 35.
28) 같은 책, pp. 35~36.
29) 같은 책, p. 36.

않으며, 네게 전달할 메시지를 갖고 있는 것도 아니다."[30] 그러기에 "나무의 힘, 나무의 장엄함, 나무의 삶" 따위도 그 주인공에게는 무관심의 대상에서 예외일 수 없다. "의미화를 위한 어떤 자리도 찾아볼 수 없"[31]게 된다. 이쯤 되면 조르주 페렉의 나무는 헤르만 헤세의 나무와 사뭇 다른 것임을, 아니 나무를 대하는 태도가 매우 다른 것임을 확인하게 된다. 헤세에게 나무는 삶의 한 전범이었고, 인간이 자연과 교감하고 소통하는 핵심 매개였다면, 페렉의 경우 나무는 그저 무심한 나무일 따름이다. 인간 또한 무심한 인간일 수밖에 없는 까닭이다. 무관심의 수사학을 인상적으로 펼치고 있는 텍스트여서 나무 심상이 전적으로 중요한 것은 아니지만, 조르주 페렉의 『잠자는 남자』에서 보이는 나무는 더 이상 신화적인 상징을 보여주거나 언어적 상징물일 수 없다. 인공 문명의 물결이 무차별적으로 스미고 짜일 때 인간과 사물은 자연스러운 존재 방식과 관계로부터 벗어나, 피차 무관심한 삶을 살 수 있다. 그럴 때 신화적 맥락에서 나무의 수액은 메마르게 되고, 신성한 숲의 정령의 언어들은 고갈되게 마련이다. 문학은 그런 상황을 거슬러서 부단히 나무의 마법의 수액을 빨아들이고, 숲의 정령의 언어들과 대화하면서 인류의 '오래된 미래'를 위한 비전을 추구하는 일을 게을리하지 않는다.

30) 같은 쪽.

31) 로베르 뒤마, 『나무의 철학』, 송혁석 옮김, 동문선, 2004, p. 106.

4) 나무에 대한 몽상과 나무-인간의 감각적 실존
—"상상력은 나무다"

사람들은 나무와 더불어 살아가지만, 많은 현대인은 사실 나무를 잘 모른다. 거대한 아파트 숲속에서 사는 사람들은 물론이려니와, 심지어는 주택 내지 전원주택에서 정원을 잘 꾸며놓고 사람들의 경우에도 사정이 크게 다르지 않다. 나무의 이름은 물론 나무의 성질이나 특성, 나아가 나무가 무엇을 원하며 숨 쉬는지 알기가 쉽지 않다. 시인 김광규는 이런 현대인의 실상을 아이러니컬한 어조로 꼬집는다.

> 봄이 와도 당신은 꽃씨를 뿌리지 않는다. 어린 나무를 옮겨 심지 않는다.
>
> 철 따라 물을 주고, 살충제를 뿌리고, 가지를 쳐주고, 밑둥을 싸맬 필요도 없다.
>
> 이미 커다랗게 자란 장미, 목련, 무궁화, 화양목, 주목, 벽오동, 산수유, 영산홍, 청단풍, 등나무, 모과나무, 앵두나무, 감나무, 대추나무, 살구나무, 잣나무, 은행나무, 가이즈카향나무, 겹벚나무, 사철나무, 자귀나무, 대나무, 플라타너스, 느티나무, 소나무, 눈향나무, 박태기나무 들을 사들이면 되기 때문이다.
>
> 거대한 정원을 가득 채운 저 수많은 관상수들을 당신은 모두 나무라고 부른다.
>
> 당신은 참으로 많은 나무를 가지고 있다. 단 한 그루의 나무 이름

조차 모르면서도.

—김광규, 「나무」[32] 전문

시인이 바라본 '당신'은 아마도 수많은 관상수를 거느린 '거대한 정원'이 있는 저택에 사는 인물일 터이다. 그 정원에는 그야말로 수많은 나무가 자라고 있다. 그럼에도 어린 나무를 옮겨 심거나 가꾸지 않는다. 돈을 들여 사들이면 되기 때문이다. "참으로 많은 나무를 가지고 있"지만 "한 그루의 나무 이름조차 모르"는 그에게, 나무는 과시 소유의 대상일 뿐 더불어 벗해 교감하며 살아가는 존재일 리 만무하다. 그런데 시인 김광규가 관찰한 이런 사태가 어디 예외적 존재에 국한될 것일 터인가. 그렇지 않으리라. 존재보다는 소유가 압도적으로 우세종을 이루는 현대의 일상생활에서, 나무의 이름을 모르고 산다는 것은, 혹은 나무의 숨결을 느끼지 못하고 산다는 것은 자연적 존재로서의 생태적 자아로부터 너무 먼 자리에서 산다는 것을 의미한다. 그렇다는 것은 "모든 사물들이 저마다 소리를 낸다"는 자연의 이치를 인공적 육체가 받아들이지 못하는 것과 관련된다. 시인 최승자는 "키 큰 미루나무/키 큰 버드나무/바람 사나이/바람 아가씨" 등이 가만히 흔들리며 내는 소리들을 가만히 엿들으려 한다. "그러한 모든 것들을/내 그림자가 가만히 엿듣고 있다/내 그림자가 그러는 것을/나 또한 가만히 엿보고 있다"(「가만히 흔들리며」)[33]는 부분에서 시적 화자의 생태적 자아는 감

32) 김광규, 『좀팽이처럼』, 문학과지성사, 1988, p. 43.
33) 최승자, 『쓸쓸해서 머나먼』, 문학과지성사, 2010, p. 59.

각적으로 실존하는 모습을 보인다.

그렇다. 인간이 의식하건 의식하지 않건 간에 사람들은 나무와 더불어 살아왔다. 백석은 「백화」에서 "온통 자작나무다"라고 노래했다. "산골집은 대들보도 기둥도 문살도 자작나무다/밤이면 캥캥 여우가 우는 산도 자작나무다/그 맛있는 메밀국수를 삶는 장작도 자작나무다/그리고 감로(甘露)같이 단샘이 솟는 박우물도 자작나무다/산 너머는 평안도 땅도 뵈인다는 이 산골은 온통 자작나무다".[34] 산골집의 대들보며 기둥, 문살은 물론 그 집에 속해 있는 산골 전체가 자작나무 숲이고, 음식을 익히는 재료도 자작나무, 물을 긷는 박우물도 자작나무라는 이 간명한 시는 근대 이전의 인간 삶에서 나무의 친연성에 대해 매우 극명하게 보여준다. 하긴 근대 이전의 삶만 그런 것은 아닌 것 같다. 근대 이후에도 삶의 양식이 조금씩 달라지긴 했지만, 그 어떤 경우에도 인간은 나무 없이 존재할 수 없었던 것으로 보인다. 그래서일까. 『수목인간』의 저자 우석영은 "그토록 많은 사회에서 인류의 생물학적 생존, 물질적 생존, 정신적 생존, 이 세 겹의 생존의 매트릭스에 그토록 강렬하게, 오래 결합되어온 생물이 이 지구상에 나무 말고 또 있을까"[35]라고 말하면서 '수목인간' 개념을 강조한다.

> 우주의 다섯 원소로 금수목화토를 이르지만, 그중에서 현대 생물학이 이해하는 바대로의 생물은 목, 즉 나무뿐이다. 생물학적으로

34) 백석, 「백화」, 『정본 백석 시집』, 고형진 편저, 문학동네, 2007, p. 93.
35) 우석영, 『수목인간』, 책세상, 2013, p. 17.

볼 때 나무와 여타 녹엽식물이 있었기에 출현할 수 있었고, 그 생물들에 절대적으로 의존하고 있다는 점에서, 문명사적으로 대부분의 시간 동안 인류가 수목 시대를 살아왔다는 점에서, 정신사적으로 오랜 세월 동안 나무는 인간에게 삶의 거울이었다는 점에서, 우리는 모든 인간을 '수목인간The Homo Arboris'이라고 불러볼 수 있을 것이다. 그가 누구든 인간은 날 때부터 지금까지 수목인간이었고, 수목인간이고, 수목인간일 것이다.[36)]

'수목인간'은 곧 "인간과 자연의 본질적 무분리성 또는 연접성이, 인간의 자연 의존성이, 자연의 한 매듭으로서만 살아갈 수 있는 생존의 면모가 인간 생존의 중차대한, 근원적인 실상"[37)]이라는 맥락과 통한다. 그러기에 우리 시대에 "나무를 예찬하는 일과 새로운 자연관을 수용하는 일, 새로운 삶, 평화의 삶을 사는 일은 서로 분리되지 않는다"[38)]고 지적한다. 인문적인 측면에서 인간이 나

36) 같은 쪽. 우석영은 오랫동안 '삶의 옷'이자 '문명적 생존의 기둥[柱]'으로 인간과 함께했던 나무에 대해 다음과 같이 보고한다. "현생 인류가 탄생한 이래 16~17세기 영국에서 처음으로 석탄이 신에너지 자원으로 주목받기 이전까지, 즉 거의 대부분의 인류사 동안 인류의 주 에너지원은 나무와 숲이었다는 사실이다. 지금 우리가 살고 있는 시대를 '화석 원료 시대'라 부를 수 있다면, 인류사의 거의 전 기간은 기실 '목재 연료 시대' 또는'수목 시대Wood Age'였던 것이다. 이는 사실 놀랄 만한 일이어서, 나무가 존재하지 않았다면, 우리 선조들은 어떻게 집과 방을 데우고, 방 안의 불을 밝히고, 음식을 해 먹고, 몸을 씻고, 지식을 만들어 전수하고, 문명화된 삶을 이어올 수 있었겠는가. 그러니까 그 오랜 인류사의 시간 동안 나무는 자연의 한 가지 '자원'으로서보다는 우리가 오래도록 입어왔던 '삶의 옷'이자 '문명적 생존의 기둥[柱]'으로서 우리 삶의 결과 속에 있어온 것이다"(우석영, 『수목인간』, pp. 14~15).

37) 같은 책, p. 18.

38) 같은 책, p. 25.

무와 가까이 교감하고 명상하고 성찰한다면 평화로운 마음 상태를 유지하고 더 높은 정신의 경지로 고양할 수 있는 계기를 마련할 수 있다. 생태학적인 측면에서는 새삼 강조할 필요가 없을지도 모른다. "대기 내 탄소의 순환과 산소의 생성에 기여하며 지구 대기를 안정화하고 물의 순환에 기여하며, 토양과 토질을 보존시키고, 홍수 피해와 산사태를 줄여주는"[39] 존재가 바로 나무이기 때문이다.[40]

일찍이 『자연철학』에서 헤겔은 "세 개의 가지를 지닌 나무는 그것과 더불어 한 그루의 나무를 이룬다. 하지만 〔……〕 각각의 가지는 그 자체가 하나의 나무이다"라고 적었다. 뿌리에서 기둥, 가지, 잎맥에 이르기까지 나무는 실로 무척 다양한 요소들을 결집하고 조직한다. 각 요소들이 어우러져 하나의 나무가 되지만, 각 요소들 또한 하나의 나무라는 헤겔의 사유는 나무의 속성을 정확하게 직관한 것으로 보인다. 그래서 영국의 소설가 존 파울즈는 이렇게 논의한다. "진정한 나무, 그 어떤 곳이든 나무가 있는 진정한 장소는 모든 낱 현상들의 총체다. 그 모든 낱 현상들은 어떤 의미에서 공생적이다. 즉 그것들은 존재자들의 연대 속에서 함께 존재하고 있

39) 같은 쪽.

40) "나무가 우리에게 주는 은덕은 인문적인 동시에 생태학적인 것이다. 나무는 우리의 마음도 살려주고 몸도 살려준다. 이러한 은덕을 나무에게서 발견하는 이라면 그리하여 극히 자연스레 나무를 예찬하게 되겠지만, 그 예찬은 동시에 이제까지보다는 더 나은 삶, 성숙된 삶을 살겠다는 뜻다짐으로 이어지기 쉬울 것이다. 나아가, 대체 무엇이 성숙된 삶이냐를 물었을 때, 그 질문자는 나무와 같은 타 생명, 그의 곁에서 함께 사는 곁숨을 보호하는 일, 자연과 평화를 이루는 일의 요청이 성숙된 삶에의 요청과 전혀 분리되지 않음을 또 자연스럽게 알게 될 것이다"(같은 쪽).

다."[41] 또 「나무」라는 시에서 제인 허시필드는 "저 위대한 잠적(潛寂)의 존재"로서 나무를 포착하고 '무한'으로 몽상한다. "부드럽게, 고요히, 무한이 당신의 삶을 두드린다."[42] 나무가 '무한'의 존재라면 유한한 존재인 인간이, 그 나무에 깃들지 않을 도리가 없게 된다. 그래서 정현종은 이렇게 노래했다.

> 나무들은
> 난 대로가 그냥 집 한 채.
> 새들이나 벌레들만이 거기
> 깃들인다고 사람들은 생각하면서
> 까맣게 모른다 자기들이 실은
> 얼마나 나무에 깃들여 사는지를!
>
> —정현종, 「나무에 깃들여」[43] 전문

정현종에 따르면 시인은 인간이 "얼마나 나무에 깃들여 사는지를!" 가장 예민하게 감각하며 실존하는 존재이다. 본론에서 자세히 다루겠지만 정현종은 나무와 교감하며 나무의 숨결로 시의 리듬을 빚어내는 시인이다. 김형영의 「나무 안에서」도 시인이 어떻게 나무와 더불어 감각적으로 실존하는가를 실감 있게 보여준 시

41) John Fowles, *The Tree*, Harper Collins, 2010, p. 28. 여기서는 우석영, 『수목인간』, p. 37에서 재인용함.

42) Jane Hirshfield, "The Tree", *Given Sugar, Given Salt*, Harper Perennial, 2002. 여기서는 우석영, 『수목인간』, p. 58에서 재인용함.

43) 정현종, 『정현종 시전집』 2, 문학과지성사, 1999. p. 55.

다. 시인은 산에 오르다 숨이 차거든 “나무에 안겨 쉬었다 가자”고 제안한다.

벚나무를 안으면 마음속은 어느새 벚꽃동산,
참나무를 안으면
몸속엔 주렁주렁 도토리가 열리고,
소나무를 안으면 관솔들이 우우우 일어나
제 몸 태워 캄캄한 길 밝히니

정녕 나무는 내가 안은 게 아니라
나무가 나를 제 몸같이 안아주나니,
산에 오르다 숨이 차거든
나무에 기대어
나무와 함께
나무 안에서
나무와 하나되어 쉬었다 가자.

—김형영, 「나무 안에서」[44] 2, 3연

벚나무를 안으면 안은 시인의 마음이 어느새 벚꽃동산이 되고, 참나무를 안으면 시인의 몸속에 도토리 주렁주렁 열린다고 했다. 나무라는 대상이 시인의 내면으로 시나브로 스며든 결과로 지펴진 몽상일 것이다. 그 결과 3연의 진술이 창안된다. “정녕 나무는 내

44) 김형영, 『나무 안에서』, 문학과지성사, 2009, pp. 22~23.

가 안은 게 아니라/나무가 나를 제 몸같이 안아주나니" 객관적으로 나무를 안은 것은 분명히 시인이다. 그런데 나무가 안아준다고 감각한다. 나무의 우주적 무한성을 몽상한 까닭일 것이다. 정일근의 경우도 비슷하다.

나는 아직 윤회의 비밀 곁에 서 있다

나무 한 그루 내 곁에 서 있기까지
꽃 지고 잎 피어 열매 맺는 순명의 사계가
나이테와 나이테 사이에 둥글게 새겨지고
또 얼마나 길고 긴 시간 걸어와
나무는 서 있는 것일까

천 년 전 소나무는 아직도 소나무
오늘의 은행나무는 천 년 후에도 은행나무
시의 나무에는 시가 맺힌다

저 씨방 속에 갇혀 있을 밑씨 한 톨
겁의 세월 담고서도 겁의 세월 풀어놓으려니
씨앗 한 톨에도 경이로운 생명의 윤회
저 나무는 영원을 기록하는 시인의 노래

나무는 나무(南無), 나무의 목소리에 귀 기울이면
피안과 차안 사이 홀로 가는 나무 한 그루

보인다 나무나무(南無南無) 속삭이는 서쪽
나무 그림자 편안하게 누워 잠드는 서쪽

나무 곁에 기대어 듣는 나무의 노래
내 몸속에서 흘러나오는 나무의 노래

—정일근, 「나무 한 그루」[45] 전문

나무를 보며 "경이로운 생명의 윤회"를 읽어내는 시인이기에 나무에서 "영원을 기록하는 시인의 노래"를 듣는다. 무한성의 나무와 내밀하게 교감하다 보면 "나무 곁에 기대어 듣는 나무의 노래"와 "내 몸속에서 흘러나오는 나무의 노래"는 결코 둘일 수 없다. 그럴 때 "시의 나무에는 시가 맺힌다"고 시인은 노래한다. 돌아가 의지한다는 뜻의 범어(梵語)인 '나무(南無)'를 전경화한 것도 그 때문이다. 나무와 더불어 감각적으로 실존하는 풍경은 대체로 이러한 모습이다. 『나무의 철학』에서 로베르 뒤마가 "눈에 띄지 않는 성장으로 희망과 저항의 신호로서, 떡갈나무는 집합의 점으로, 우주적 매개체로서, 약호로서의 역할을 할 것이다. 그 밖에도 나무는 자연의 대화에 참가한다. 바람이 씨를 뿌려서 나무를 이동시킬 것이며, 바다가 그를 씻겨주고, 달려가는 파도가 온 세상과 이어줄 것"[46]이라고 말한 적이 있는데, 이 말을 이어가자면 "나무는 끊임없이 비상을 거듭하며 셀 수 없이 많은 날개들인 나뭇잎을 파득"[47]

45) 정일근, 『그리운 곳으로 돌아보라』, 푸른숲, 1994, pp. 26~27.
46) 로베르 뒤마, 같은 책, pp. 56~57.
47) André Suarès, *Rêves de l'Ombre*, Grasset, 1937, p. 62. 여기서는 가스통 바슐라르,

이며 시인이나 예술가 들의 감각을 자극하고 몽상하게 하는 존재라고 말해도 크게 잘못이 없을 것이다. 가스통 바슐라르가 나무에 대한 몽상에서 수직성과 더불어 유도력을 강조한 것도 그 때문이다.

나무야말로 그런 통합적 오브제인 셈이다. 나무는 정말이지 예술 작품이다. 우리가 나무에 관한 공기적 정신 심리에 그 나무 뿌리에 관한 보충적 배려를 부여할 수 있었을 때, 새로운 삶이 몽상가를 생기 있게 해주었으니, 시 한 행이 시의 한 연을 열어주었고, 시의 한 연은 시의 한 편을 허락했다. 그리하여 인간이 가진 상상적 삶의 가장 장려한 수직 축 하나가 유도력을 지닌 역동성을 당당히 확보했던 것이다. 상상력은 그러자 식물적 생명력의 온 힘을 장악했다. 나무처럼 살기를! 나무는 그 얼마나 놀랍게 성장하는지! 그런 가운데 우리 안에서 뿌리가 스물거리는 것을 느끼고, 과거는 죽지 않았다는 것을 느끼며, 오늘 우리는 우리 어둠에 잠긴 삶, 우리 지하의 삶, 우리 고독의 삶, 그리고 우리 대기적 삶 속에서도 무언가 해야 할 일이 있음을 느낀다. 나무는 동시에 도처에 있다. 오래된 뿌리는—상상력 속에서는 젊은 뿌리는 없다—새로운 꽃을 피울 것이다. 상상력은 나무이다. 상상력은 나무가 가진 통합적 덕목을 가지고 있다. 상상력은 뿌리이자 가지이다. 상상력은 대지와 하늘 사이에서 산다. 상상력은 대지 속에 그리고 바람 속에 산다. 상상된 나무는 알지도 못하는 사이 어느덧 우주의 나무가 된다. 한 우주를 한 몸에 압축하

『공기와 꿈』, 정영란 옮김, 이학사, 2000, p. 361에서 재인용함.

고 또 한 우주를 이루는 그런 나무가 된다.[48)]

"상상력은 나무"라고 했다. 그리고 상상된 나무는 어느덧 우주의 나무가 된다고 했다. 가스통 바슐라르다운 몽상의 수사다. 그렇게 나무의 이야기는 계속되어왔고, 앞으로도 계속될 것이다. "나무가 우리를 찾아왔을까 우리의 생각이 나무에게 닿았을까"(「사람나무」)라고 시적 몽상을 했던 시인 이우성을 따라가자면, 나무가 우리를 찾아오건, 우리의 생각이 나무에 가닿게 되건 간에 인간과 나무 사이의 소통과 교감, 몽상은 계속될 것으로 보인다. 그렇기에 이야기의 나무들, 상상의 나무들은 새로운 우주를 향해 무한한 몽상을 계속하게 될 터이다. 아마도 이 책은 그 몽상 여행의 지극히 부분적인 소로를 따라가며 인상적인 '가능성의 나무'들을 성찰하는 여정을 보일 것이다.

48) 가스통 바슐라르, 『대지 그리고 휴식의 몽상』, 정영란 옮김, 문학동네, 2002, p. 330.

2. '가능성의 나무'와 가능성의 수사학

구름의 바람은 나무가 되는 것이었다. 나무의 바람은
구름이 되는 것이었다. 바람의 바람은 바람이 되는 것이었다.
나무의 구름이 바람이듯이. 바람의 나무가 구름이듯이.
세계는 너의 마음속에서 작고 넓다. 녹색 그늘 아래에서는 더
작고 더 넓다.

나무의 구름은 바람 곁에서,
바람의 나무는 구름 아래에서,
구름의 바람이 나무를 스쳐 지나간다.
—이제니, 「나무 구름 바람」[1]

1) '가능성의 나무'와 수형도(樹型圖)

베르나르 베르베르의 「가능성의 나무」라는 소설이 있다. 작가가 컴퓨터와 체스를 두다가 패배한 다음에 떠오른 상상력을 전개한 소설인데 "컴퓨터가 체스를 두면서 다음 수(手)를 모두 내다볼 수 있다면, 컴퓨터에 우리 인간의 모든 지식과 미래에 대한 모든 가정을 입력해서 인간 사회가 나아갈 길을 단기적으로, 중기적으로, 장기적으로 제시하게 할 수도 있지 않을까 하는"[2] 생각으로 썼다

1) 이제니, 『아마도 아프리카』, 창비, 2010, p. 129.
2) 베르나르 베르베르, 『나무』, 이세욱 옮김, 열린책들, 2003, p. 9.

고 작가는 말한다. 소설은 꿈 이야기로부터 시작된다. 꿈에서 나무 한 그루를 보게 된다. "나무는 마치 빠른 동작 화면에서처럼 가지를 하늘로 쭉쭉 뻗어가고 있었다. 줄기가 자꾸 굵어지면서 이리저리 비틀림이 생기고 껍질이 뿌드득거리며 갈라졌다. 그러는 동안 가지에는 잎이 파릇파릇 돋아나 무성한 나뭇갓을 이루었다가 이내 우수수 떨어지고 또다시 새잎이 돋아나곤 했다."[3] 그 나무 가까이 가서 보니 껍질에서 무수한 점이 보이는데 개미 떼인가 했더니, 사람들이었다. 사람들은 어린아이에서 어른으로, 노인으로 대단히 빠르게 변신하고 있었다. 사람들의 무리가 불어날수록 껍질은 온통 검은 점들로 뒤덮인다. 가지가 무거워 잎이 떨어지면 그에 따라 사람들도 떨어진다. 꿈에서 본 이런 나무의 형상이 작가의 상상력을 자극한다. "어쩌면 역사에는 순환이 있는지도 모른다. [……] 어쩌면 어떤 사건들은 예측이 가능할 수도 있다. 이미 일어난 일에 대해서 우리가 깊이 생각하기만 한다면 말이다."[4] 그런 생각으로 미래를 예측할 수 있는 전문가들로 구성된 '미래를 내다보는 사람들의 클럽'을 상상한다. "그 전문가들은 갖가지 주제를 놓고 토론을 벌이면서 자기들의 지식과 직관을 결합할 것이고 그것을 바탕으로 나무 모양의 도표를 만들어갈 것이다. 미래에 지구와 인류와 인류의 의식에 일어날 수 있는 모든 일을 표시한 수형도(樹型圖)를 말이다."[5] 이것이 베르베르가 상상한 '가능성의 나무'이다. 그 "거대한 나무에서 우리 종의 미래상을 보여주는 가지와 잎이 계속 펴

3) 같은 책, p. 126.
4) 같은 책, p. 127.
5) 같은 책, p. 129.

져 나가는 것을 보게 될 것"이고 "때로는 새로운 유토피아가 나타나기도 할 것"[6]이기에, '가능성의 나무'를 통해 인류는 소망스러운 세계를 만들어나갈 수도 있겠다는 상상을 한다.

> 오늘 아침에 나는 어떤 섬에 있는 거대한 건물을 상상했다. 건물 한복판에는 컴퓨터가 있고, 거기에 가능성의 나무라는 프로그램이 설치되어 있다. 컴퓨터 주위에는 강당과 회의실과 휴게실 등이 있다. 각 분야의 전문가들이 거기에 와서 며칠씩 머물며 자기들의 지식으로 가능성의 나무에 물을 주게 될 것이다. 그들은 그 일에서 크나큰 기쁨을 얻게 되리라.
>
> 미래에 일어날지도 모를 폭력을 방지하고 다음 세대의 행복을 보장하는 일에서 기쁨을 느끼지 않을 연구자가 누가 있으랴.[7]

이러한 베르베르의 '가능성의 나무' 프로젝트는 나무의 형상에 지식 체계를 활용하는 상상력을 펼친 결과물이다. 흔히 논리의 체계를 설명할 때, 수형도를 자주 활용하는데, 그것은 나무가 "무척 다양한 요소들을 결집하고 조직"[8]하는 존재이기 때문이다. 예로부터 인류학자들은 "자연을 정리하고 특히 인류/그들의 문화의 다양성을 위치시키기 위해 분투(질서를 세우기 위한 모델과 은유의 다양한 호소들과)"[9]했다. 각각의 요소들을 정리하여 그 위상을 정리하

6) 같은 책, p. 130.
7) 같은 책, p. 133.
8) 『공기와 꿈』, p. 364.
9) James W. Fernandez, "Trees of Knowledge of Self and Other in Culture: On

고 질서화하는 인류학자들의 영향은 수형도를 사용하는 현대의 언어학과 은유론에 영향을 미친 것으로 보인다. 페르난데스는 이 점을 다음과 같이 정리했다. "이때의 은유는 언어 구조상의 뿌리나 알맹이로서, 언어학적 잔가지들의 조작적 규칙에 의해 언어 구조의 표면의 풍부한 정수로 변형된다. 물론 더 이전에 이러한 변형의 모델—19세기의 어마어마한 인도-유럽 어족의 발견 이래로—인 역사 언어학은 언어의 나무를 언어와 어족(語族) 사이의 관계를 모델링하는 데에 이용하였다. 실제로, 언어학자들은 어떻게 나무의 비유들의 기본적인 존재가 그들의 작업에 영향을 미칠지를 빨리 깨달을 것이다. 파울 프리드리히가 인도-유럽 나무의 명칭에 관한 그의 연구에 각주를 달았을 때, 'PIE 나무에 관한 논란에서 양식의 문제는 수목의 은유에 있어 과잉(주로 죽은 은유들)이 문학의 언어에 드러난다는 사실을 깨닫게 한다—줄기, 나뭇가지, 뿌리, 계보 있는 나무들, 잔가지의 도해, 유래가 있는 나무들 등.'"[10)]

Models for the Moral Imagination", ed. Laura Rival, *The Social Life of Trees: Anthropological Perspectives on Tree Symbolism*, Oxford: Berg, 1998, p. 94.

10) *Ibid.*, p. 97.

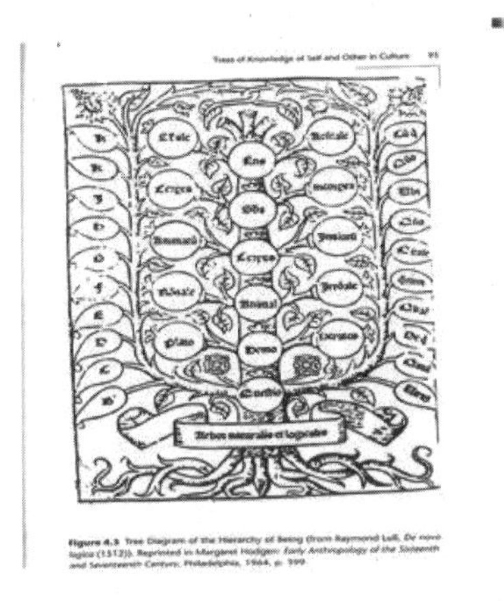

[11]

[12]

11) Tree Diagram of the Hierarchy of Being(from Raymond Lull, *De nova logica*, 1512). Reprinted in Margaret Hodgen: *Early Anthropology of the 16th and 17th Century*, Philadelphia, 1964, p. 399. 여기서는 James W. Fernandez, "Trees of Knowledge of Self and Other in Culture: On Models for the Moral Imagination", p. 95에서 재인용함.

12) Haaeckel's Evolutionary Tree(from Haeckel, 1874). 여기서는 James W. Fernandez, "Trees of Knowledge of Self and Other in Culture: On Models for the Moral Imagination", p. 96에서 재인용함.

두루 아는 것처럼 이러한 수형도는 여러 학문에서 다양한 담론 체계를 구성할 때 효율적으로 원용되었다. 일단은 나무의 외적 형상에서 수형도의 비유를 찾은 것이지만, 식물학적으로 나무의 내적 특성은 물론 나무에 조응하는 인간적 정신세계의 특성과도 관련되는 일이다. 가령 마인드맵만 하더라도 기본적으로는 이 수형도의 원리에서 착안한 것으로 보인다. 나무의 뿌리에서 발원되어, 기둥으로 줄기로 잎으로 계속해서 가능성의 영역을 확장하듯이, 나무의 상상력 역시 다채로운 연상과 몽상, 새로운 상상력에 의해서 계속 새로운 잎사귀를 달고 새로운 열매를 달아온 것이 사실이다. 로베르 뒤마는 계통수와 계통학의 전개 과정을 설명하면서 "혼돈의 존재들에게 논리적 구조를 건네"주는 존재가 바로 나무이고, 그것은 "살아 있는 조각으로서 개체의 미래를 전형적으로" 잘 보여준다고 논의한다. 그러기에 결국 나무는 "인간에게 도움을 주는 형상으로 대지의 지표"가 되고 "풍경의 비밀이 결집"하는 공간도 바로 나무라고 말한다.[13] 가스통 바슐라르가 "상상력은 나무다"라고 나무에 관한 몽상의 결실을 제출한 사례를 앞에서 살폈거니와, 우리는 '가능성의 나무'를 통해 직접적으로 나무를 소재나 이미지로 다룬 문학 작품뿐만 아니라, 다른 텍스트들의 경우에서 텍스트의 다양한 요소들의 상관관계, 조응성, 유기적 구성 등을 논의할 때, 수형도의 원리를 효과적으로 원용할 수 있을 것으로 생각한다. 그러니까 가능성의 나무는 상상과 추론의 역동적 계통과 맥락을 성찰하게 한다. 우리는 바슐라르를 따라 이렇게 말해도 좋지

13) 로베르 뒤마, 같은 책, p. 120.

않을까. '상상력은 나무다, 나무는 상상력이다', 라고 말이다.

2) 나무의 사계와 사계의 뮈토스

이러한 나무의 형상은 어쩌면 우주의 외관에 부합하려는 것이었는지도 모른다. 원시시대부터 미개한 정신을 추론하자면, 이러한 생각은 무척 자연스럽다고, 고블레 달비엘라는 언급한다.[14] 이러한 나무의 외관에 대한 오래된 생각은 물론 그것에 계통을 부여한 계통수 혹은 수형도에 대한 논의는 기본적으로 나무의 공간적 구조에 주목한 것이다. 그러나 로베르 뒤마는 "나무의 공간적인 구조가 그의 시간적인 구조를 잊어버리게 할 순 없다"[15]고 지적한다. 봄 여름 가을 겨울, 그 시간의 흐름에 따라 나무는 뿌리를 내리고, 새잎을 틔우고 키우고, 열매 맺고 떨구는 변신을 거듭한다. 특히 활엽수나 낙엽수를 관찰하면 그 변신 양상은 매우 현저하게 관찰된다. 뒤마의 설명을 더 들어보자. "시간의 차원은 특별한 존재—나무—의 변신을 통해서 생과 사의 우주적 놀이를 모범적으로 그려 보여주는 계절의 반복된 주기 속에 씌어 있다. 발아에서 개화까지, 신록에서 잎새들의 추락까지 나무의 변신은 인간의 눈에 시간의 경과를 교향악으로 들려준다. 놀라운 우주의 괘종시계처럼. 이러한 주기적이며 반복적인 장래의 개념은 대부분의 신화들이나 스

14) 같은 책, p. 121.
15) 같은 책, p. 41.

토아학파 같은 고대의 일부 철학에 적합한 것이다."[16] 그러면서 뒤마는 이러한 나무의 시간 구조를 웅숭깊게 형상화한 화가로 니콜라 푸생을 주목한다. 사계절의 이름을 달고 그린 푸생의 네 그림은 17세기 중반 화가들에게 중요한 오브제였던 식물적 주제 중에 나무의 형상을 잘 반영한 결과이다. 나무들은 공간적으로 어떤 풍경에 속해 있으면서도, 시간적으로 계절의 표지가 되었던 것이다. 이런 공간적, 시간적 맥락 이외에도 푸생은 문화적 맥락에서 "성서의 종교적 인용과 철학적 인용이 함께 부착된 상징적 공간"[17]을 구축한다. 푸생의 사계화(四季畵)는 기독교의 맥락에서 네 계절의 나무 이야기로 독해 가능하다. 「봄」에는 그야말로 봄기운으로 충만한 나무들의 무한한 가능성이 가지와 잎으로 형상화되어 있다. 나무들 사이로 빛이 들어오면서 현묘한 아우라를 형성하는 가운데 아담과 이브가 그려져 있다. 새봄 탄생의 아침을 예감케 하는 그림이다. 「여름」에는 나무들은 줄어들고 사람들이 늘어났다. 나무의 숫자는 줄어들었지만 가지와 잎의 기운은 더욱 싱싱하다. 그 푸르름이 전경화된다. 나무의 성장과 더불어 특히 사람들의 성장이 두드러진다. 젊음의 정오 풍경을 푸생이 점묘한 것이다. 「가을」에는 열매를 맺은 사과나무 모습이 두드러지고 사람들은 수확하는 기쁨을 누린다. 공간적으로 가나안의 포도를 떠올리게 하고 시간적으로는 성숙한 가을의 저녁을 연상케 한다. 「겨울」 나무들은 잎을 떨구었다. 대홍수의 풍경 속에서 죽음에 가까운 노년의 밤을 암시한

16) 같은 쪽.
17) 같은 책, p. 42.

다. 이렇게 푸생의 사계 그림은 네 계절의 전형적인 이야기를 담고 있다. 이를 뒤마는 다음의 도표로 정리했다.[18]

봄	찬란히 만개한 수많은 나무	아담과 이브	탄생의 아침
여름	밀밭 위의 몇 그루 나무 그늘 아래서	보아스와 룻	젊음의 정오
가을	열매를 맺은 사과나무	가나안의 포도	성숙의 저녁
겨울	잎들을 떨군 몇 그루 나무	대홍수	노년의 죽음의 밤

굳이 푸생의 사계 그림에 의지하지 않는다 하더라도 "시간과 우주와 삶의 상징으로서, 나무는 의미의 그물코로"[19] 넉넉하다. 일반적으로 사람의 수명에 비해 나무의 수명이 길다. 하고 보니 예로부터 사람들은 나무의 형상과 운명으로부터 사람의 운명과 처지를 빗대어 생각하려는 경향이 많았던 것 같다. 굳이 "스승들에게서 배울 수 없는 것들을 돌과 나무들이 가르쳐줄 것입니다"[20]라고 했던 성 베르나르두스의 잠언을 떠올리지 않더라도 인간은 부지불식간에 나무로부터 자연적·우주적 철리를 헤아리며 살아왔다. 계절에 따라 변하는 나무들을 관찰하며 얼마나 많은 시인과 음악가가 계절을 노래했으며, 얼마나 많은 화가가 계절 나무의 변화 양상을 그렸던가.

실제로 나무는 시간의 주기적 이동을 상징한다. 모든 것이 변하

18) 같은 쪽.
19) 같은 쪽.
20) 같은 쪽.

고, 지나가고, 나무만이 홀로 남는다. 그것은 유한과 영원, 동태와 정태, 오래된 것과 새로운 것, 죽음과 탄생을 변증법적으로 추론하는 힘을 갖는다. 인간의 일회적이며 선형적인 생과 늘 새로이 되시작하는 나무의 생을 대조하자면 상상력에 의존할 수밖에 없다. 하지만 여기서도 여전히 나무는 우리에게 현상으로 다가선다. 까닭인즉슨 미세한 씨앗과 60년에 걸친 벚나무의 풍성한 개화 사이의 거리를 생각해볼 때, 우리는 실로 환상적인 성장 과정에 경탄하지 않을 수 없을 것이기 때문이다. 그렇게 나무 씨앗의 변신은 현재까지도 드러나지 않은 채 남아 있는 것들을 밖으로 표출시키고, 발생학은 기본 세포에서부터 그 복잡한 구성과 형태의 배치를 인식할 수 있게끔 분석하고 이해할 것이다.[21]

이러한 관찰을 더 밀고 나가면 시간의 상징적 차원이나 주기적 차원과 관련한 원형적 사고와 연관 지을 수 있다. 신화적으로 볼 때 봄-아침-비-젊음, 여름-낮-샘-성년, 가을-저녁-강-노년, 겨울-밤-바다(눈)-죽음이 각각 한 다발로 묶일 수 있다.[22] 이렇게 자연의 계절과 인간의 계절이 서로 호응하며 원형적인 사고를 형성한다는 것은 매우 자연스럽다. 그것은 곧 자연의 신비이자 인생의 신비이기에, 자연과 삶에 대한 정신적 성찰을 하는 과정에서 무의식적으로 원용된다. 그럴 때 나무는 그런 성찰의 계기를 부여

21) 같은 책, pp. 42~43.

22) 김열규, 「신화비평의 국면들」, 『문예비평론』, 박철희·김시태 엮음, 문학과비평사, 1988, p. 449.

하는 유도력을 지닌 핵심 소재라고 할 수 있다.[23] 요컨대 인간의 생태학적 의식과 생태학적 무의식 등을 종합적으로 고려하고, 나무의 자연적 변화 양상을 헤아리자면, 푸생의 사계화와 관련한 앞선 논의에서처럼, 나무와 관련한 사계의 뮈토스를 작성하는 것이 가능할 것으로 본다. N. 프라이가 그의 원형비평론에서 봄/여름/가을/겨울의 뮈토스를 제안한 것을 참조하고,[24] 푸생의 사계절 그

23) 이와 관련하여 로베르 뒤마의 설명을 참조하기로 하자. "나무는 『구약』에서 『신약』까지 성서의 문장 속을 관류한다. 유대교의 교리에서 기독교의 교리에 이르기까지 종말론적 희망이 나무의 상징 속에서 구체화된다. 태초의 '동산 가운데' 심어진 생명의 나무는 한결같이 인간에게 그 광경을 드러내면서 시간의 종말까지 약속의 열매를 간직하고 있다. 진실로 이교도의 신앙 속에서 생명의 나무를 발견하기란 어렵지 않을 것이다. 나무는 도처에서 인간에게 삶의 길을 제시해주었기 때문이다. 한편으로 자신의 넉넉한 전개와 풍성한 열매로서 살아 있는 권능을 보여주면서, 다른 한편으로 관대하게 다른 형태의 생명에 자양을 건네주면서, 나무는 이를테면 물질적인 수호신처럼 존중받아왔던 것이다. 그 밖에 라틴어로 arbor라는 단어는 여성성의 흔적을 지니고 있는데, 로마 시대에는 피쿠스 루미날리스Ficus Ruminalis를 통해 전설의 늑대가 로물루스와 레무스라는 쌍둥이에게 젖을 먹여 키우는 장소까지 배정하여 보여주고 있다. 무화과나무가 열매의 소유자로서 우유 같은 하얀 유액을 갖고 있다는 점을 떠올려보자. 하지만 생명의 나무에 종말론적 의미를 부여했던 것은 성서였다. 고풍의 원천으로부터 방향을 바꾸었을 뿐만 아니라 미래의 풍요로부터도 여전히 등을 돌린 상징으로서. 생명의 나무는 성서의 문장 속에서 믿을 수 없으리만큼 보충적인 의미들로 중첩되고 강화된다. 태초에서 시간의 종말까지 심어져 있는, 불멸하는 존재가 다름 아닌 나무이다. 『신약 성서』 속에서 나무는 구세주의 약속을 성취하는 그리스도의 인물로 그려지고 있으며, 또한 그리스도의 승천에 참여하는 세례 받은 자들을 불러 모은 교회로서 그려지고 있다. 풍요함을 드러내는 기독교적 상징은 심기, 결실, 수확, 융해, 승천 모두를 구원을 향한 시한적인 계획 위에서 결합시킨다. 고풍의 교리문답 속에서 다의적인 상징이면서도 일관적인 나무의 모습을 떠올리면서, 한 신학자는 나무에 주어진 의미의 전체적 조화에 관해 다음과 같이 적었다. '이 전체적 조화는 〔……〕 교회의 주목할 만한 이론을 포함하고 있다. 그리스도가 심어놓고 사도들이 영세를 통해 뿌리 내린 내용, 즉 생명의 나무가 중심이라는 관념이 그것이다'"(로베르 뒤마, 같은 책, pp. 43~44).

24) 노드롭 프라이, 『비평의 해부』, 임철규 옮김, 한길사, 2000, pp. 335~37.

림의 나무 상징을 해석하면서 사계의 뮈토스를 구안할 수 있도록 구체적으로 지혜를 발견하고자 한다. 여기에 동양과 한국의 사계 뮈토스 관련 논의들을 종합하면서, 한국 나무의 이야기가 각각 어떤 사계의 뮈토스를 보이는지, 그 수사학적 구성 원리와 상징 원리는 무엇이며, 그것이 한국인의 어떤 집단무의식과 관련되는지를 면밀하게 논의하게 될 것이다.

3) 나무의 수사학을 위하여

클로델에 의하면 "한 덩이가 된 힘으로 뿌리들은 땅에 밀착하고, 수많은 다양한 가지들은 연약하고 예민한 잎맥에 이르기까지 가녀려지기도 하지만 바로 그 잎맥을 통해 공기와 빛 속으로 도움을 얻으면서 몸가짐뿐만 아니라 본질적인 자기 행위와 제 체구를 이룰 조건을 성립시켜가고 있는 동안"에 소나무는 "힘껏 높이높이 솟아오른다".[25] 또 「식물들의 광기에 대하여」에서 프랑시스 잠은 나무의 특성에 대해 이렇게 말한다. "나는 언제나 허공 속에서 균형을 찾으려 애쓰는 나무들을 꿈꾼다. [……] 한 시인의 삶과 마찬가지로 이 무화과나무의 삶도 빛을 찾아 나선 삶이니, 어려움을 겪어 가면서도 올곧게 서려는 바로 그런 삶이다."[26] 나무는 매우 다

25) Paul Claudel, *Connaissance de l'Est*, Paris: Mercure de France, 1973, p. 148. 여기서는 가스통 바슐라르의 『공기와 꿈』, p. 364에서 재인용함. 바슐라르는 "오로지 나무만이 확고히, 역동적 상상력에 있어서 수직적 항수(恒數)를 견지하는 것"(같은 책, p. 368)이라고 지적한다.

양하면서도 일정한 계통을 지닌 통일성으로 성찰할 수 있는 대상이다.[27] 허공 속에서 균형을 발견하려 애쓰는 나무들의 속성처럼, 나무와 관련한 문학의 상상력이나 수사학도 혼돈 속에서 수사학적 질서를 탐문하려는 노력과 관련된다. 그러기에 '나무의 수사학'은 말 그대로 '가능성의 나무'이다. 있는 세계에서 있어야 할 세계, 있는 나무에서 몽상하는 나무를 향한 심미적 탐문의 도정은 다채롭게 펼쳐질 수 있을 것이다. 이 책에서는 앞에서 언급한 것처럼 사계의 뮈토스를 따라 나름의 수사학적 질서를 모색해볼 예정이다. 이 '나무의 수사학'을 구성하면서 필자는 다음과 같은 담론 효과를 거둘 수 있기를 기대한다.

첫째, 『나무의 수사학』을 통해 존재론적, 생태학적, 윤리적 의미 등등으로 나무가 지닌 다양한 의미와 상징적 맥락을 환기하고, 한국 현대문학이 형상화한 나무의 수사학을 통해 가장 한국적인 나무와 숲 문화에 대한 새로운 성찰의 계기를 마련할 수 있을 것으로 생각한다.

둘째, 한국적 자연의 특성과 호환되는 사계절 나무들의 뮈토스를 통해 한국적 나무와 자연의 특수성과 보편성을 이해하는 계기로 삼을 수 있다.

셋째, 사계 뮈토스의 수사학적 구성 원리와 상징체계를 고찰하

26) 『공기와 꿈』, p. 365.

27) 다시 바슐라르를 참조하자면 다음과 같다. "나무들은 정말 다양한 모습을 갖고 있지 않은가! 나무들은 너무나 많고 또 모습을 달리하는 가지들을 갖고 있지 않은가! 그런 만큼 나무들의 존재의 단일성, 실상 그들 운동과 그들 풍모의 단일성인 바로 그 단일성은 더한층 놀라운 일이 아닐 수 없다"(같은 책, p. 367).

여 작성한 각 뮈토스별 상상적·상징적 가능성의 수형도를 통해 한국 문학 상상력의 특수성과 보편성을 새롭게 확인할 수 있는 단서를 마련할 수 있다.

넷째, 사계 뮈토스의 수형도를 중첩적으로 고찰하여 종합적으로 그린 가능성의 수형도를 통해 한국인의 의식과 무의식, 생태학적 무의식과 생태 윤리, 문학적 상상력의 원형을 밝히는 데 기여할 수 있을 뿐만 아니라, 한국 생태 문화의 발전적 미래를 위한 새로운 기획에 동참할 수 있는 지혜를 마련할 수 있기를 기대한다.

다섯째, 생태학적 무의식과 집단무의식, 그리고 그것의 문학적 상징과 이미지를 중첩적으로 연구하면서 구성한 나무의 수사학의 방법론을 심화하여, 그것을 통해 한국 문학과 수사학 연구의 새로운 방향을 제시하는 효과를 거둘 수 있기를 바란다.

여섯째, 문학과 미술의 상호텍스트적 대화, 전통과 현대의 심층적 대화를 통해 인문적 교양을 확대 심화하고, 인문 독자들의 새로운 요구를 계발할 수 있는 의미 있는 출구를 마련할 수 있으면 좋겠다.

일곱째, 연구 결과를 문학 교육에 폭넓게 활용하여 한국의 생태 문화와 문학 문화를 동시에 진작할 수 있는 의미 있는 지혜와 자료와 방안을 제공할 수 있을 것으로 기대한다.

이와 같은 기대 효과를 얻기 위해 연구자는 주로 한국 현대문학에 나타나는 나무의 상상력의 특성과 그 수사학적 특징을 면밀하게 고찰하여 논의하고자 한다. 특별히 사계절의 변화가 뚜렷했고 계절별로 나무의 생태 변화가 확연했던 양상, 그리고 계절과 자연의 변화 추이에 민감하게 반응했던 문학 상상력의 특징 등과 관련하여 봄, 여름, 가을, 겨울 이렇게 사계로 나누어 각각 나무의 생태학적 특성, 상상력의 양상, 수사학적 특성 등을 종합하여 뮈토스를 구안하고자 한다. 결론에서는 봄-나무의 뮈토스, 여름-나무의 뮈토스, 가을-나무의 뮈토스, 겨울-나무의 뮈토스를 종합하면서, 한국 현대문학에 나타난 나무의 수사학의 핵심적 특성을 맥락화하는 수형도를 그릴 수 있기를 희망한다.

1장

봄—나무

뿌리 내리기와 생명의 나무

1. 봄-나무의 풍경

오늘도 나무 하나가
미래의 바람을 키운다
막막하고 두려운 초록을 끄집어낸다
—이근화, 「나무 아래 학교」[1]

봄은 나무가 새롭게 뿌리 내리는 계절이다. 겨울에 얼었던 흙이 녹으면서 부드러워지면 나무의 뿌리는 새롭게 흙의 기운과 만나고 물과 영양을 빨아들이면서 새로운 한 주기를 시작한다. 뿌리는 나무의 존재 근거이면서, 나무와 다른 오행(五行) 요소들이 역동적으로 소통하는 통로이기도 하다. 여러 측면에서 생각해볼 때, 나무의 구성 요소 중에 보이지 않는 곳에서 가장 왕성하게 봄을 느끼고 활동하는 것이 바로 뿌리가 아닐까 싶다.

가스통 바슐라르는 근원적 이미지들을 연구하면서 그 상상력이 형이상학과 연결된 문제들을 현묘하게 다룬 과학 철학자이자 비평가이다. 그는 『대지 그리고 휴식의 몽상』에서 다양한 은유의 힘을 지닌 뿌리에 대해 한 장을 할애하여 논의한다. 그가 보기에 뿌리의 극적인 가치들은 "뿌리는 살아 있는 죽은 존재다"라는 모순어법 속

1) 이근화, 『차가운 잠』, 문학과지성사, 2012, p. 46.

에 상징적으로 압축되어 있다. 그의 논점을 조금 더 따라가보기로 한다. 이 땅 아래의 생명력, 그것은 마치 긴 수면(睡眠)이나, 천천히 찾아오는 쇠약한 죽음처럼 내밀한 것임을 꿈꾸는 영혼은 알 것이라고 그는 지적한다. 그러면서도 욥기(14장 7~8절)의 본문을 따라가며 뿌리의 영원불멸한 속성을 언급한다. "나무는 잘리더라도 희망은 있다. 나무는 또 자라는 것이고 싹은 또 틀 것이다. 제 뿌리가 땅 아래로 늙어버리고 등걸은 먼지 속에서 죽은 듯 보여도." 이러한 은밀한 이미지의 위대성을 지적하며 바슐라르는 꿈꾸면서 동시에 이해하는 상상력의 측면에서 볼 때 뿌리는, "다양한 힘을 느끼게 하는 역동적 이미지"라고 말한다. "뿌리는 지탱하는 힘인 동시에 찌르는 힘이다. 사람들이 대기와 대지라는 두 세계의 경계에서 대지의 자양을 하늘로 향하게 하는 뿌리를 상상하는가, 아니면 죽은 자들의 땅에서 죽은 자들 쪽으로 움직여갈 뿌리를 꿈꾸는가에 따라 뿌리의 이미지는 역설적인 양방향으로 생기를 띠게 된다. 예를 들어, 물들이는 행위를 눈부신 꽃으로 이동시켜줄 뿌리를 꿈꾸는 것이 더없이 진부한 일이라면, 그윽하게 음미한 꽃에 일종의 뿌리 내리는 힘을 부여하는 드물지만 아름다운 이미지들도 찾아낼 수 있다."[2] 그런 면에서 "꽃이 거대한 뿌리를 주었네./죽음을 불사하고 사랑하는 의지를"(뤽 드콘)[3]이란 구절은 주목에 값한다. 레옹 가브리엘 그로가 '격렬한 희망' '뚫고 나가는 희망'의 역동성에 속한다고 언급한 이 대목을 원용하면서 바슐라르는 "뿌리는 언제나

2) 『대지 그리고 휴식의 몽상』, p. 320.

3) 같은 책, p. 321.

하나의 발견"임을 강조한다.

> 뿌리는 언제나 하나의 발견이다. 뿌리란 못 보는 만큼 더욱 꿈꾸게 되는 법. 실제 발견된 뿌리는 언제나 사람을 놀라게 한다. 뿌리는 바윗덩어리이자 머릿단이고 자유자재로 구부러지는 필라멘트 같으면서도 단단한 목재가 아닌가? 그런 뿌리에서 사물들에 내재한 상충성의 예증을 보게 되는 법이다. 상상력의 세계에서, 반립의 변증법은 서로 구별되는 질료, 잘 물화된 질료들의 대치 속에서 오브제를 통해 이루어진다. 〔……〕
>
> 뿌리는 신비한 나무인즉, 지하의 나무, 뒤집힌 나무다. 뿌리에게, 더없이 캄캄한 대지란, 연못 같은, 하지만 연못물은 없는 기이한 불투명 거울로서 지하 이미지에 의해 모든 공기적 현실을 이중화한다. 이러한 몽상에 의해 이 글을 쓰는 철학자는 뿌리에 대해 꿈꿀 때 모호한 은유의 그 어떤 과장에까지 접어들 수 있는지 충분히 말하고 있다고 여겨진다. 다만 그는 잔가지들은 푸른 하늘 속에 강하게 뿌리박히는 한편, 뿌리는 가벼운 잎새처럼 지하 바람 속에서 흔들리는 거꾸로 자라는 나무의 이미지를 독서 중에 자주 발견한 적이 있다는 사실을 해명 삼아 제시하는 바이다.[4]

통상 뿌리는 땅속으로 파고드는 것이기 때문에 사람들이 눈으로 보기 어렵지만, 어떤 면에서 하늘을 향해 뻗어가는 가지들과 거울상을 이루고 있다고 해도 과언이 아니다. 기둥을 가운데로 하여 뿌

4) 같은 책, pp. 321~22.

리와 가지는 서로가 서로의 거울이 되는 것이다.[5] 식물학자 르켄은 자신의 경험적 성찰을 바탕으로 이렇게 말한 바 있다. "때로 일을 마친 후 나무 그늘 아래서 쉬면서 나는 땅과 하늘이 뒤바뀐 이런 의식의 반상실 상태로 빠져들곤 한다. 나는 하늘에서 탐욕스레 공기를 마셔대는 나뭇잎-뿌리에 대해, 그리고 지하에서 기쁨으로 몸을 떠는 경이로운 나뭇가지인 뿌리에 대해 생각한다. 나에게 식물이란 줄기 하나에 잎 몇 장을 단 존재가 아니다. 나는 식물을 언제나 감추어진 채 꿈틀거리는 제2의 가지를 가진 것으로 보곤 한다."[6] 그러니까 가지나 나뭇잎은 하늘의 뿌리이고, 뿌리는 땅의 가지처럼 보인다는 것이다. '나뭇잎-뿌리'와 '뿌리-제2의 가지(나뭇잎)'의 대조적 경상(鏡像)은 나무의 공간적 기본 구조이자, 이 구조로부터 하늘과 땅을 연결하는 우주목의 상상력이 길어나는 것일 수도 있겠다. 시인 김혜순이 "이파리의 기억은 뿌리에 있다"고 진술했거니와,[7] 바슐라르는 단눈치오를 언급하면서 몽상의 깊이로

5) 오규원의 「호수와 나무—서시」를 보면 호수에서 고기를 낚아 어망에 넣은 다음 다시 호수가 잔잔해지기를 기다리는 사내의 시선에 포착된 나무의 모습이 이렇다. "높이로 서 있던 나무가/어느새 물속에 와서 깊이로 다시 서 있다"(오규원, 「호수와 나무—서시」, 『새와 나무와 새똥 그리고 돌맹이』, 문학과지성사, 2005, p. 9). 당연히 호수에 비친 나무의 거울상인데, 높이에서 깊이라는 표현을 달리하자면 가지에서 뿌리로라고 고쳐 생각해도 좋겠다. 말하자면 물속에 비친 가지들의 이미지는 육안으로는 확인할 수 없는 땅속의 뿌리들을 연상케 할 수 있다는 것이다.

6) Fernand Lequenne, *Plantes Sauvages*, Juliard, 1944, pp. 97~98. 여기서는 『대지 그리고 휴식의 몽상』, p. 322에서 재인용함.

7) 김혜순, 「허공에 뿌리를 내리는 나무」, 고규홍 엮음, 『나무가 말하였네』, 마음산책, 2008, p. 34. 이성복의 「나무에 대하여」도 비슷한 맥락에서 뿌리의 기억을 동경하는 것처럼 보인다. "때로 나무들은 아래로 내려가고 싶을 때가 있을 것이다. 나무의 몸통뿐만 아니라 가지도 잎새도 아래로, 아래로 내려가고 싶은 것이다 무슨 부끄러운 일

내려가는 뿌리의 중요성을 거듭 강조한다.

많은 몽상가에게 뿌리는 깊이로의 한 축이다. 뿌리는 우리를 먼 과거로 우리 인류의 저 아득한 과거로 데려간다. 나무 안에서 자신의 운명을 더듬으며 단눈치오는 말한다: "이처럼 이 나무를 순결하게 주시한다고 나는 믿게 되었다. 그 뒤엉킨 뿌리가 내 속 깊은 곳에서 내 종족의 기질처럼 떨리고 있다고도……" [……] 이 이미지는 심연의 몽상 축을 따라가고 있음을 보게 되지 않는가. 같은 책에서 단눈치오는 같은 이미지를 따라가면서 또 이렇게 말하고 있다: "내 모든 삶은 몇 초 동안 눈먼 바위의 뿌리처럼 땅속으로 잠겼다."[8]

김영하의 「당신의 나무」에는 '거대한 뿌리'의 역설이 흥미롭게 펼쳐진다. 앙코르와트에 간 주인공은 사원 하나를 통째로 집어삼킨 판야나무 한 그루를 본다. 아주 오래전 판야나무의 씨앗이 바람에 날리다 사원의 지붕에 멈춰 뿌리를 내리고 싹을 틔우기 시작했을 것이다. 서서히 뿌리를 지상으로 내린 나무는 땅의 수분과 양분과 교섭하면서 더 강력한 뿌리가 되고 마침내 사원 전체를 파고든

이 있어서가 아니라, 그냥 남의 눈에 띄지 않고 싶을 때가 있을 것이다 아래로, 아래로 내려가 제 뿌리가 엉켜 있는 곳이 얼마나 어두운지 알고 싶을 때가 있을 것이다 몸통과 가지와 잎새를 고스란히 제 뿌리 밑에 묻어두고, 언젠가 두고 온 하늘 아래 다시 서 보고 싶을 때가 있을 것이다"(이성복, 「나무에 대하여」, 『래여애반다라』, 문학과지성사, 2013, p. 108). 그런가 하면 유하는 「나무」에서 잎새와 뿌리의 대조적 길항력을 읽어낸다. "잎새는 뿌리의 어둠을 벗어나려 하고/뿌리는 잎새의 태양을 벗어나려 한다/나무는 나무를 벗어나려는 힘으로/비로소 한 그루/아름드리 나무가 된다"(유하, 「나무」, 『나의 사랑은 나비처럼 가벼웠다』, 열림원, 1999, p. 15).

8) 『대지 그리고 휴식의 몽상』, pp. 330~31.

형상이 된다. "그 그악스런 뿌리 사이로 손에 꽃을 든 여인의 입상 부조가 서서히 허물어져 내리려 하고 있"는 모습, "뿌리줄기 하나 하나가 웬만한 거목 빰치게 굵"[9]은 형상을 보면서 주인공은 일종의 마성(魔性)을 감지하며 전율한다. 주인공은 그런 나무가 무섭다. 왜 나무가 무섭냐는 승려의 질문에 "이곳의 나무들이 불상과 사원을 짓누르며 부수어 나가는 것이 두렵습니다"라고 대답한다. 그러자 승려는 말한다. "나무가 돌을 부수는가, 아니면 돌이 나무가는 길을 막고 있는가."[10] 예사롭지 않은 질문이다. 한쪽에서만 주관적으로 보는 것이 아니라 상호주관적으로 성찰할 때 사태의 진실에 가까이 갈 수 있는 법이다. 이어지는 승려의 말도 귀담아들을 만하다.

> 세상 어디는 그렇지 않은가. 모든 사물의 틈새에는 그것을 부술 씨앗들이 자라고 있다네. 지금은 이런 모습이 이곳 타 프롬 사원에만 남아 있지만 불과 몇십 년 전까지만 해도 밀림에서 뻗어나온 나무들이 앙코르의 모든 사원을 뒤덮고 있었지. [……] 그때까지 나무는 두 가지 일을 했다네. 하나는 뿌리로 불상과 사원을 부수는 일이요, 또 하나는 그 뿌리로 사원과 불상이 완전히 무너지지 않도록 버텨주는 일이라네. 그렇게 나무와 부처가 서로 얽혀 9백 년을 견뎠다네. 여기 돌은 부서지기 쉬운 사암이어서 이 나무들이 아니었다면 벌써 흙이 되어버렸을지도 모르는 일. 사람살이가 다 그렇지 않은

9) 김영하, 『엘리베이터에 낀 그 남자는 어떻게 되었나』, 문학과지성사, 1999, pp. 250~51.

10) 같은 책, pp. 260~61.

가.[11]

주인공은 불상이나 사원의 입장에서 뿌리를 보았던 것이다. 그러나 승려는 양쪽에서 다 성찰한다. 뿌리가 한편으로 불상과 사원을 파고들어 가 부수지만, 다른 한편으로는 완전히 무너지지 않도록 자연의 기둥이 되어주고 있다는, 이 승려의 성찰에서 우리는 뿌리의 역설을 읽어낸다. 그리고 "나무와 부처처럼 서로를 서서히 깨뜨리면서, 서로를 지탱하면서"[12] 살아가게 마련이라는 이 역설은, 사람살이는 물론 자연 생태계 전반으로 확산될 수 있는 사유 체계의 일환이다.

어쨌거나 봄은 나무가 뿌리 내리기 좋은 계절이다. 그러나 땅속의 뿌리는 보통 관찰되기 어려우므로 잎이나 가지, 꽃 등 하늘로 향한 거울 같은 뿌리들로 관찰되기 일쑤다. 나무의 1년 주기를 시간 순차적으로 이야기하면서, 나무 이야기를 쉽게 풀어낸 이순원의 『나무』에서 봄은 매화나무가 꽃 피우는 장면에서부터 본격적인 기운을 지핀다. 가장 먼저 겨울잠에서 깨어나는 매화나무야말로 봄을 알리는 전령사인 셈이다. "양지쪽 언덕의 생강나무와 다투듯 산수유, 살구, 앵두, 복숭아나무가 서로 누가 먼저랄 것도 없이 잠에서 깨어난 한바탕 부산을" 떠는데 그런 소란 속에 매화나무가 "한 해의 첫 꽃답게 눈처럼 희면서도 연한 분홍색을 띤, 아주 화사한 빛깔의 꽃"을 피울 때 모든 존재들이 그 "매화나무 꽃잎 사

11) 같은 책, p. 261.
12) 같은 책, p. 263.

이로 겨울이 가고 봄이 오려나 보다 생각"[13]한다고 서술자는 이야기를 엮어간다. 오래된 할아버지 밤나무는 눈과 추위 속에서도 당당하게 꽃을 피울 수 있는 매화나무의 기상을 예찬한다. "눈과 추위가 나무를 단련시키고, 꽃을 단련시키는 거지. 매화나무가 언제 내릴지 모를 눈과 추위가 두려워 제때 꽃을 피우지 않는다면 그 나무는 어떤 열매도 맺을 수 없는 법이란다. 네 말대로 꽃샘을 피하려고 늦게 피어난 매화꽃엔 아무 열매도 안 열리지."[14] 매서운 겨울을 견디며 봄을 예비하는 매화꽃의 사례지만, 사실 다른 나무들도 봄을 예비하기는 마찬가지다. 국면과 형상, 순서가 다를 뿐 세상의 모든 나무들은 겨울-나무로부터 봄-나무를 예비하고 소망하며 견디고 성장한다. 할아버지 밤나무의 이야기에서 우리는 봄-나무의 풍경을 일목요연하게 확인할 수 있다. "봄도 한 층 한 층 밟으면 여러 계단이 있어. 나무마다 깨어나는 봄이 있고, 꽃을 준비하여 피우는 봄이 있고, 잎을 내는 봄이 있고, 또 우리처럼 남보다 일찍 열매까지 익혀가는 봄이 따로 있는 법이니까."[15]

그러니까 봄에 나무는 그 뿌리를 더욱 단단히 내리기 시작하면서 생명의 기운을 북돋운다. "산에는 고사리밭이 넓어지고 고사리 그늘이 깊어지고/늙은네 빠진 이빨 같던 두릅나무에 새순이 돋아, 하늘에 가까워져 히, 웃음이 번지겠다/산 것들이 제 무릎뼈를 주욱 펴는 봄밤 봄비다"[16] 같은 장면처럼 봄기운은 그렇게 자라난다. 이

13) 이순원, 『나무』, 뿔, 2007, p. 39.

14) 같은 책, pp. 41~42.

15) 같은 책, pp. 76~77.

16) 문태준, 「봄비 맞는 두릅나무」, 『맨발』, 창비, 2004, p. 23.

장에서 이런 봄-나무의 풍경을 살핀다. 「세상의 나무들」을 비롯한 정현종의 시편들을 통해 생명의 황홀경을 어떻게 예비하는지, 「줄탁」을 비롯한 김지하의 시편들을 통해 나무의 율려(律呂)가 어떻게 작동하고 우주목의 새싹이 어떻게 피어나는지, 아울러 그 심연에서 생명의 원리는 어떠한 것인지를 고찰한다. 그리고 이청준의 '남도' 연작과 그것을 소설화(小說畵)로 그린 한국화가 김선두의 그림을 대상으로 봄-나무들이 생명의 길을 찾아나서는 패턴을 연구한다. 이와 관련하여 이청준의 「새와 나무」 「노송」 「목수의 집」 「노거목과의 대화」 등에 형상화된 나무의 상상력을 특히 '물아일체(物我一體)'의 상상력이라는 측면에서 다루면서 봄-나무의 특성과 그로부터 유추할 수 있는 상생을 위한 생태 윤리의 국면들을 살핀다. 마지막 6절 「봄-나무와 생명의 뮈토스」에서는 이런 논의들을 종합하면서 봄의 뮈토스를 정리해나갈 것이다.

2. 『세상의 나무들』과 황홀경의 수사학

─정현종의 시-나무들

세상의 나무들은
무슨 일을 하지?
〔……〕
둥글고 둥글어 탄력의 샘!

하늘에도 땅에도 우리들 가슴에도
들리지 나무들이 날이면 날마다
첫사랑 두근두근 팽창하는 기운을!
─정현종, 「세상의 나무들」[1)]

1) 우주목을 심는 신바람

『한 꽃송이』『세상의 나무들』 등에서 정현종은 나무의 언어로 숨쉬는 우주의 아이처럼 보인다. 그의 가슴은 우주로 열린 채 투명하며, 그의 언어는 탈 난 세상에 작란(作亂)을 일으키며 우주목을 식목하는 신바람이다. 그는 번뇌의 현실에서 열반의 우주를 꿈꾸는 천진한 숨결을 지닌 몽상가다. 그에게 삶과 숨과 시는 서로 떨어져 존재하는 것이 아니다. 그는 꿈꾸듯 살며, 꿈의 숨결로 시를 짓는

1) 정현종, 『세상의 나무들』, 문학과지성사, 1995, p. 34.

다. 그 꿈결 속에서 세상에 존재하는 모든 생명은 시나브로 황홀경에 젖어들게 된다. 그가 시 속에서 꿈꾸듯 황홀경으로 접어든다고 해서, 그의 존재의 둥지가 결코 안락하기만 했던 것은 아니다. 몽상은 오히려 실존의 반명제이기 쉽다. 한국 현대사의 고통스럽고 반생명적인 현실에서, "고통을 축제로, 불행을 행복으로 변형시키는 기술"[2]을 지닌 그는 자유로운 비상과 초월을 꿈꾸고 생명의 황홀경을 모색해왔다. 그런 정현종의 시적 발상법에서 나무와의 교감과 몽상은 매우 중요한 것처럼 보인다.[3]

정현종은 늘 하늘과 땅 사이에서 우주적 바람을 일으키며 '노래' 부르는 시인이기를 소망한다. 살랑거리는 바람결에서 하늘과 땅과 시인의 눈동자가 서로 교감하며 연주하는 화음은 아름다움보다 더한 아름다움일 것이다. 거기서라면 생명의 황홀경이 저절로 움터날 것이다. 그러나 행복은 멀고, 불행이 우리 가까이에 있는 것일까? 그 생명의 황홀경으로 시인이 가볍게 날아오르려고 할 때, 지상의 고통의 축제가 시인의 날개를 무겁게 만든다. 무거운 날개로는 가볍게 날아오르기 곤란하다. 우나모노가 지적했던 것처럼 '생

2) 서준섭, 「1960년 이후 한국 모더니즘 시의 전개」, 『감각의 뒤편』, 문학과지성사, 1995, p. 149.

3) 가스통 바슐라르는 "사상을 낳을 수 있게끔 이미지를 잘 운위할 줄 아는 어느 훌륭한 시인은 나무에 바치는 사랑과 지혜를 우리에게 보여주기 위해 대화문을 운용하고 있다. 폴 발레리에게 나무는 수많은 원천을 지닌 존재의 이미지이며, 멋진 작품의 통일성을 발견하는 존재이다. 대지 속에 흩어져 있는 나무는 땅으로부터 솟아나기 위해, 가지와 벌들과 새들의 경이로운 생명력을 누리기 위해 하나로 연대된다"(『대지 그리고 휴식의 몽상』, p. 341)고 말한 바 있다. 우리는 마찬가지 담론을 시인 정현종을 향하여 펼칠 수 있을 터이다. 정현종 시적 발상법의 원천으로서, 다양한 상상력의 수형도를 구축하는 기제로서, 나무가 존재한다고 말이다.

의 비극적 의미'는 나날의 삶과 삶의 감각을 무겁게 만든다. 고통의 축제는 "몸보다 그림자가 더 무거워/머리 숙이고 가는 길" 위에서 이루어진다. 이런 "세상에서 가장 쓸쓸한 일은/사람 살아가는 일"(「고통의 축제 2」)[4]이라고 시인은 감각한다. 그것은 곧 '공포'의 감각으로 확산되고, 그 때문에 몸은 점점 더 무거워진다.

존재의 무거움은 시인을 견디기 어렵게 만든다. 타락한 권력이나 정치적 음모 등 지상의 고통원은 생명 현상을 불가피하게 왜곡시킨다. 생명의 활력을 거세하고, 정신의 기운을 무력화시킨다. 이럴 때 사람들은 원초적 자아 안에 간직하고 있던 웃음의 에너지마저 잃어버리기 쉽다. 이런 틈을 타고 세속 도시의 물질적 자본은 철면피가 되어 생명의 터전인 자연을 더더욱 훼손한다. 「들판이 적막하다」에서 시인이 불길함을 느끼는 것도 이런 사정과 연관된다. 시인은 벼가 익는 가을의 황금 벌판에 서 있다. 예전 같으면 메뚜기 나는 소리로 소란할 텐데, 들판이 온통 적막하기만 하다. 농약 살포로 메뚜기의 생존 경로가 차단되었기 때문이다. 얼핏 보더라도 이 시에서 "오 이 불길한 고요—/생명의 황금 고리가 끊어졌느니……"[5]라고 애달파하는 시인의 연민의 근원을 우리는 짐작하게 된다. 사정이 이럴수록 시인은 생명에 대한 감각에 더 예민한 촉수를 들이댄다. 그것은 반생명적 문명에 의해 왜곡되고 일그러진 원초적 자아를 회복하고 생명의 숨결을 되돌이키기 위한 시인의 노력이다.

4) 정현종, 『사람들 사이에 섬이 있다』, 미래사, 1991, p. 51.

5) 정현종, 『한 꽃송이』, 문학과지성사, 1992, p. 21.

「느낌표」라는 시에서 그 노력은 나무며 꽃이며 새소리 같은 자연의 생명 현상에 살아 있는 느낌표를 부여하는 의지적 행위로 나타난다. 자연적 대상과 그 대상에 작용을 가하는 동작의 서술어 사이의 호응이 수준 있는 유머 감각에 의해 이루어지고 있지만, 결국 이 시에서 전경화되는 것은 천진한 느낌을 통한 자연 동화에의 의지이다. 이 같은 의지의 연원에서 "모든 순간이 다아/꽃봉오리인 것을/내 열심에 따라 피어날/꽃봉오리인 것을!"(「모든 순간이 꽃봉오리인 것을」 3연)[6]과 같은 시인의 내면 의식을 우리가 발견해내기란 그다지 어려운 일이 아니다. 언젠가 그렇게 다시 피어날 꽃봉오리를 위해 시인은 자연을 비롯한 뭇 타자들과 교감하며 타자에게로 폭넓고 깊게 스며들고자 한다. 「시창작 교실」에서 시를 배우고자 하는 젊은이를 청자(聽者)로 하여, 시를 위한 삶의 가치를 역설하는 것도 우리의 주목에 값한다.

> 그리하여 네가 만져본
> 꽃과 피와 나무와 물고기와 참외와 새와 애인과 푸른 하늘이
> 네 살에서 피어나고 피에서 헤엄치며
> 몸은 멍들고 숨결은 날아올라
> 사랑하는 거와 한 몸으로 낳은 푸른 하늘로
> 세상 위에 밤낮 퍼져 있거라.
>
> —「시창작 교실」[7] 부분

6) 정현종, 『사랑할 시간이 많지 않다』, 세계사, 1989, pp. 9~10.
7) 같은 책, p. 56

그러니까 정현종에게 있어서는 우주 전체가 시창작 교실인 셈이다. 그 시창작 교실-우주에 들어서면 반문명적 현실에서 마비되었던 의식이 새롭게 비등하고, 생기의 원천을 회복하게 된다. 자아를 자연스럽게 끌어당기는 자연 혹은 저절로 끌려가게 되어 있는 자연으로 돌아가면서 시인은 생명의 숨결을 되찾게 되는 것이다. "나는 자연으로 돌아간다/무슨 充溢이 논둑을 넘어 흐른다"(「나의 자연으로」 1연)[8]라는 목소리가 주는 활력은 정현종 특유의 시창작 교실-우주에서만 넘쳐날 수 있는 게 아닐까 싶다. 그것은 나아가 '초록 기쁨'의 세계 혹은 생명의 활홀경의 세계로 이어진다.

해는 출렁거리는 빛으로
내려오며
제 빛에 겨워 흘러넘친다
모든 초록, 모든 꽃들의
왕관이 되어
자기의 왕관인 초록과 꽃들에게
웃는다, 비유의 아버지답게
초록의 샘답게
하늘의 푸른 넓이를 다해 웃는다
하늘 전체가 그냥
기쁨이며 神殿이다

8) 『한 꽃송이』, p. 11.

〔……〕

오 이 향기

싱글거리는 흙의 향기

내 코에 댄 깔대기와도 같은

하늘의 향기

나무들의 향기!

—「초록 기쁨」[9] 1, 4연

초록 풀잎에서 우주적 환희를 발견하고 감동하는 시인의 열린 감수성은 독자들을 그대로 감동의 공간으로 안내한다. 풀잎이라는 아주 작은 부분의 운동 궤적에서 우주 전체의 원리를 발견하는 시인의 시각을 따라가면, 독자들도 시인처럼 "기쁨이며 神殿"인 "하늘 전체"에서 향기에 도취할 수 있게 된다. 시인이 직관한 생명의 역동적 움직임을 따라갈 때, 우리 또한 시인이 된다. 그런데 이미 앞에서 언급한 바 있듯이, 시인이 이처럼 생명의 황홀경에 젖어들고자 하는 까닭은 현실이 점점 더 거칠어지고 있기 때문이다. 생명 원리에 반하는 자본주의 문명과 물질의 폭력성, 그리고 타락한 인간중심주의에 대한 비판 의식의 소산이기도 한 것이다. 「구체적인 생명에로」란 에세이에서 시인은 이렇게 말한다.

이렇게 생명에 대한 감각이 날로 민감해지는 것은 세상의 거칠음과 비례해서 그렇게 되는 게 아닌가 싶습니다. 그러니까 가령 초록

9) 『사람들 사이에 섬이 있다』, pp. 86~87.

풀잎들에 대한 감동의 배경에는 거치른 세상, 죽음이 떠도는 세상이 있다는 얘기입니다. 다시 말하면 반생명적인 문명 속에서 거의 본능적인 생명에의 偏執이겠지요. 그러니 사람이 부당하게 죽는다거나 특히 비참하게 죽는다거나 그야말로 자기 고유의 죽음을 죽지 못할 때 우리는 다같이 참담해질 수밖에 없습니다. 하기야 사람이란 너나없이 어리석어서 다른 나라와 전쟁을 할 뿐만 아니라 제 나라 안에서도 서로 죽이며 크고 작은 한 울타리 안에서 계속 싸우고 있습니다.[10]

『가이아』라는 저서에서 제임스 러브록이 성찰하고 있는 핵심 개념인 가이아는 물리적·화학적 환경을 스스로 조절함으로써 지구를 건강하게 유지하는 능력이 있는 자기 조정적 실체로서의 생명권을 뜻한다. 이런 가이아 단위로 명상할 때, 인간과 미생물 사이에는 별다른 차이가 없다. 모두 고유한 생명 가치를 지닌 채 자기 역할을 수행하는 생명체라는 점에서 등가일 따름이다. 그런데 사람들은 흔히 오만하기 쉬워서 가이아 명상에 반하는 부당한 짓들을 저지른다. 이런 상황에서 거의 본능적인 생명에의 의지를 시인이 직설적인 목소리로 강조하고 있는 것이다. 가이아 명상으로 인간과 생명권을 성찰하고 있는 시인이기에 그의 시 또한 가이아다. 가령,

10) 정현종, 「구체적인 생명에로」, 『생명의 황홀』, 세계사, 1989, pp. 156~57.

한 숟가락 흙 속에
미생물이 1억 5천만 마리래!
왜 아니겠는가, 흙 한 술,
삼천대천세계가 거기인 것을!

알겠네 내가 더러 개미도 밟으며 흙길을 갈 때
발바닥에 기막히게 오는 그 탄력이 실은
수십억 마리 미생물이 밀어올리는
바로 그 힘이었다는 걸!

—「한 숟가락 흙 속에」[11] 전문

같은 시에서 가이아 현상에 대한 인식과 그것의 신비와 황홀감을 자연스럽게 형상화하는가 하면, 「좋은 풍경」에서는 인간과 자연이 관능적 희열 속에서 새로운 가이아 지평을 형성하고 있음을 보여준다. 부드러운 눈으로 상징되는 자연의 축복 속에서 두 남녀가 숲속 밤나무에서 사랑을 나눈다. 엄격한 도덕률의 관점에서 보면 남녀상열지사쯤으로 비칠 수도 있는 이 장면을 시인은, 자연과 인간의 교감과 호응 속에서 '좋은 풍경'[12]으로 포착한다. 숲속의 상황이 두 남녀로 하여금 뜨거운 사랑을 자연스럽게 나누도록 작용했고, 또 그들의 행위가 밤나무 꽃을 빨리 피우게 했다는 생태학적 상상력은, 서로 순환하면서 상생하는 자연과 인간의 조화로운 태

11) 『한 꽃송이』, p. 82.
12) 같은 책, p. 43.

초의 질서를 인식하는 데서 나온다. 그것은 곧 가이아 명상의 결과이기도 하며, 생명의 황홀경의 심화 정도를 나타내주는 구체적이고 감각적인 사례이다.

가이아 명상을 통한 시인의 꿈은 생명의 숨결과 우주혼의 원형을 따라간다. 사람들이 문명을 일으키고 물질적 도시를 세우면서 서서히 잃어버린 생명의 넋을 되찾아 기리려는 생태학적 시혼(詩魂)이 거기에 신화처럼 스며 있다. 가스통 바슐라르의 표현을 빌리자면, '우주의 아이'인 정현종은 온갖 살아 있는 자연 상태, 생명 현상으로부터 '아름다운 숨결'을 느끼고, '즐거운 자극'을 받는다. 시인이, "오늘은 내 즐거운 자극원에 몸을 기대련다/천둥과 번개/세상의 새들/지상의 나무들/꽃과 풀잎/이쁜 여자/터질 거예요 보름달/어휴 곤충들/저 지독한 동물들/너희/아름다운 숨결들"(「내 즐거운 자극원들」)[13]이라고 노래했을 때, 우리는 거기서 시인의 시적 숨결이 움트는 순간을 알아차리게 된다.

이 같은 '즐거운 자극원'들은 정현종 시에서 중요한 타자들이다. 이미 말했듯이, 시인이 이 타자들 속으로 퍼져 나가고 또 타자들을 자기 숨결 속에 스미게 하는 과정을 통해 시가 창조되는 까닭이다. 타자들과 교감하는 과정에서 시인은 조건 없고 창조적인 자기 방기, 혹은 정신의 완전한 자유가 이루어지는 역동적인 순간을 응축적으로 포착하여 강렬한 영원성의 시를 쓴다. 동양에서 말하는 선(禪)적 직관의 순간과 흡사한 이 시 쓰기의 순간을 위해 시인은 종종 세상살이의 터널에서 의식적으로 빠져나와 눈부신 자연의 광원

13) 『세상의 나무들』, p. 87.

(光源)을 응시한다.

2) 우주혼의 둥근 기억과 나무의 꿈

눈부신 광원 사이에서 그는 꿈결처럼 '가슴 두근두근 팽창'하는 우주의 "한마당 노래방"(「내 어깨 위의 호랑이」)[14]을 훔쳐낸다. 그러고 나니 세상의 모든 것이 달리 감지된다. 「세상의 나무들」은 생명의 신명을 즐기는 우주목이 되어 하늘 높은 데로 오른다.

세상의 나무들은
무슨 일을 하지?
그걸 바라보기 좋아하는 사람.
허구한 날 봐도 나날이 좋아
가슴이 고만 푸르게 두근거리는

그런 사람 땅에 뿌리내려 마지않게 하고
몸에 온몸에 수액 오르게 하고
하늘로 높은 데로 오르게 하고
둥글고 둥글어 탄력의 샘!

하늘에도 땅에도 우리들 가슴에도

14) 같은 책, p. 53.

들리지 나무들이 날이면 날마다
첫사랑 두근두근 팽창하는 기운을!

—「세상의 나무들」[15] 전문

정현종의 나무는 생명의 에너지로 충일해 있다. 그 우주의 나무는 하늘과 땅, 그리고 인간의 기운을 연결하며 생명의 환희로 모든 것을 춤추게 한다. 또 상승과 확산 운동을 통해 세상의 가슴을 첫사랑의 가슴처럼 만든다. 이 같은 나무 이미지는 상승 지향의 소망을 격정적으로 담고 있었던 정현종의 바람의 꿈이 심화되고 자연 상태에서 구체화된 결과라 하겠다. 또 나무의 생명력, 나무의 꿈을 일찍부터 감각적으로 헤아릴 수 있었기에 가능했던 시적 상상력이 아니었을까 싶다. 일찍이 정현종은 「사물의 꿈 1—나무의 꿈」에서 "그 잎 위에 흘러내리는 햇빛과 입맞추며/나무는 그의 힘을 꿈꾸고/그 위에 내리는 비와 뺨 비비며 나무는/소리 내어 그의 피를 꿈꾸고/가지에 부는 바람의 푸른 힘으로 나무는/자기의 생이 흔들리는 소리를 듣는다"[16]라고 노래했던 것을 우리는 잘 알고 있다. 이렇게 나무는 햇빛과 비와 바람과 교감하고 교호하면서 푸른 힘으로 자기 생의 노래를 들을 수 있는 존재로, 혹은 그럴 수 있기를 소망하는 꿈을 지닌 존재로, 시인은 직관한다. 그런 나무의 꿈이 있기에 나무의 생명력은 첫사랑처럼 두근두근 팽창하는 기운을 얻을 수 있는 것이 아닐까. 그러니까 생명과 사랑의 나무들과 숲에

15) 같은 책, p. 34.
16) 정현종, 「사물의 꿈 1—나무의 꿈」, 『정현종 시전집』 1, 문학과지성사, 1999, p. 80.

서라면 거친 문명에 지친 영혼들도 안식의 평화를 얻을 수 있을 터이다. 게다가 푸드득, 새들의 날갯소리까지 듣게 된다면 그 기쁨은 더해질 것이다. '소리의 무한'으로 우주를 열고(「새소리」)[17], "한없이 열려/퍼지는 푸르름"(「날개 소리」)[18]으로 우주를 무한 팽창시키는 그 소리의 비상에 시인은 그만 취하고 만다. 그래서일까. 시인은 까치에게 "창밖으로 네가/이 나무에서 저 나무로 날아다니는 걸/보지 못한다면 우리가 어떻게/가벼워지겠느냐"(「까치야 고맙다」)[19]며 헌사를 바친다. 이런 나무와 새와의 교감은 마침내 잃어버렸던 우주혼의 둥근 기억을 되찾게 한다.

우주로 통하는 무한한 시의 길은 「이슬」에서 막힘없이 유장하고 현묘한 생명의 숨길이 된다. 강물, 바람, 흙은 각각 우리들의 피, 숨결, 살이 된다. 구름, 나무, 새는 곧 우리들의 철학, 시, 꿈이 된다. 이런 교감으로 '길의 무한'은 열린다. 하여 "나무는 구름을 낳고 구름은/강물을 낳고 강물은 새들을 낳고/새들은 바람을 낳고 바람은/나무를 낳고……"(「이슬」)[20]의 경지에 이른다. '나무-구름-강물-새들-바람-허공'의 둥근 생성과 변화의 움직임은 전설의 고고학처럼 둥근 기억으로부터 나온 것이다.[21] 이 둥근 기억이

17) 『세상의 나무들』, p. 27.

18) 같은 책, p. 32.

19) 같은 책, p. 44.

20) 같은 책, p. 31.

21) 허공을 응시하는 나무의 상상력은 김완화의 「허공이 키우는 나무」에서도 드러난다. "새들의 가슴을 밟고/나뭇잎은 진다//허공의 벼랑을 타고/새들이 날아간 후,//또 하나의 허공이 열리고/그곳을 따라서/나뭇잎은 날아간다//허공을 열어보니/나뭇잎이 쌓여 있다//새들이 날아간 쪽으로/나뭇가지는,/창을 연다"(김완화, 『허공이 키우는 나무』, 천년의 시작, 2007, p. 15). 나무와 새와 허공을 겹쳐 조망하면서, 허공의 깊

영원한 생성과 영원한 변모를 직관하는 토대가 된다. 그런 의미에서 정현종 시는 이 영혼의 순진성에 대한 동경이요, 꿈이다. 그리고 정현종의 시-나무들은 그런 둥근 기억들을 환기하고 형성케 하는 구체적인 오브제다.

3) 나무-인간과 교감의 상상력

이와 같이 나무와 더불어 몽상하면서 우주혼의 둥근 기억을 찾아 허허롭게 상상하는 시인의 시적 발상은 심층 생태학적 감각과 사유로부터 형성된 것으로 보인다. 일찍부터 정현종은 나무와 바람과 구름과 이슬, 새와 곤충, 흙과 벌레 등 존재하는 모든 것들을 꿈꾸듯 감각하고, 그 사물의 꿈에 동참하고 동화하면서 시적 에너지를 충전했다. 말하자면 사물의 꿈은 곧 시인의 꿈이었고, 시의 꿈이었다. 특별히 나무와의 교감은 '나무-인간'에 의한 몽상이라 불러도 좋을 정도로 내밀한 것이었다. 일찍이 정현종은 「나무의 四季」에서 나무의 시간성과 공간성을 동시에 포착하며 나무의 생명성을 유현하게 형상화한 바 있다. 봄부터 겨울까지 나무의 사계 초상을 일목요연하면서도 산뜻하게 형상화하며 '나무-인간'의 가능성을 확인했다. 먼저 봄나무는 새싹이 트고 생명이 약동하는 순간의 경이와 환희로 묘사한다. "싹이 나올 때는/보는 것마다 신기한 어린애의/눈빛으로도 모자라는/기쁨의 광채, 경이의 폭죽이다가"

이와 나무의 생명, 새의 율동을 형상화한다.

같은 부분에서 보이는 것처럼, 새 생명의 경이와 황홀경에 젖어든다. 연초록의 시각적 광채와 놀라움은 바람과 교감하며 역동적 생명으로 나부낀다. "연초록 잎사귀의 청춘이/물불 안 가리듯 이 바람 저 바람에/나부"끼는 나무의 역동성은 "가지에 앉은 새들"과 더불어 서로 "간질이"는 상태로 심화된다. 나무–바람–새가 허공에서 연주하는 자연의 오케스트라가 더 큰 "기쁨의 광채"로 빛난다. 여름이 되면 연초록 청춘은 검푸른 성년의 나무가 된다. 그래서 "여름 해 아래 검푸르게 무성할 때는/루주도 한번 짙게 발라보는/40대 후반의 여자이다가"라고 의인화했다. 가을 나무는 잎을 내주며 새로운 천명을 알게 된다. "벌써 가을인가, 잎 지자/넘치던 여름잠에서 깨어/가을 바람과 함께 깨어/말없는 시간과 함께 깨어/제 속에서 눈 뜨는 나무들"에서 주목되는 것은 "깨어"의 반복으로 "제 속에서 눈 뜨는 나무들"을 감각적으로 인식하고 있다는 점이다. 가히 지천명(知天命)의 경지라 할 만하다. 그리고 겨울나무다. "눈 덮인 산의 겨울나무여/환히 보이는 가난한 마음이여"(「나무의 四季」).[22] 눈 덮인 산의 겨울나무는 이미 잎을 다 떨군 상태로 눈을 맞았기에 환히 보인다. 환히 보이지만 무성했던 여름을 떠올리면 가난한 것처럼 보인다. 추위에 떠는 가난한 나무를 시적 화자는 "가난한 마음"이라고 호명한다. 나무에 마음을 부여하면서 그 마음에 시인의 마음을 곁들인 결과다. 나무와 시인의 내밀한 교감과 회통 없이 얻을 수 없는 마음이요 발상이다. 표제 그대로 나무의 사계를 인생의 계절과 곁들이며 포괄적인 상상력을 펼쳤다.

22) 『정현종 시전집』 1, p. 293.

나무의 생은 인생의 각별한 지표가 된다. 삶의 굽이와 단계들, 성숙과 성장, 생로병사 또한 나무의 생이 웅숭깊게 환기하기 때문이다.

「나무의 四季」가 나무 풍경을 원경으로 포착한 경우라면, 「나무껍질을 기리는 노래」는 나무 가까이에서 직접 감각한 텍스트다. 화자는 서 있는 나무를 보면 껍질을 만져보고 싶은 마음이 든다. 하여 손바닥으로 나무껍질을 만져보곤 한다. "그것만으로도 나는/너희와 체온이 통하고/숨이 통해/내 몸에도 문득/수액이 오른다." 껍질을 만지는 것만으로도 체온이 통하고 숨이 통한 나머지 시인의 마음에 "수액이 오른다"고 한 이 교감, 이 동화의 경지가 예사롭지 않다. 나무와 시인은 분명히 개별적인 단독자들임에도 불구하고, 껍질을 만져보는 것만으로 통하여 나무의 수액이 시인의 몸에도 흐른다고 했으니 말이다. 수액이란 무엇인가. 나무에서 솟아나는 수액은 "성장의 고통이 만들어내는 감로"[23]라는 지적도 있거니와, 나무의 뿌리에서 가지까지 나무의 온몸이 하늘과 땅, 바람과 흙과 더불어 생성하는, 나무 생명의 살아 있는 물이다. 수액이 오른 시인은 이제 더 내밀하게 나무와 교감한다. 껍질을 감싸고 있는 나무 생명의 세월을 감지하고, 나무의 "살과 피"를 느낀다. 교감하면 교감할수록 그것이 나무만의 것이 아니었음을 감각한다. "바람과 햇빛,/숨결,/새들의 꿈,/짐승의 隱身과 욕망,/곤충들—/더듬이와 눈, 그리고/외로움, 시냇물 소리,/꽃들의 비밀,/그 따뜻함,/깊은 밤 또

23) 차윤정, 『나무의 죽음: 오래된 숲에서 펼쳐지는 소멸과 탄생의 위대한 드라마』, 웅진지식하우스, 2007, p. 31.

한/너희 껍질에 싸여 있다./천둥도 별빛도/돌도 불꽃도"(「나무 껍질을 기리는 노래」).[24] 그러니까 나무는 시인이 열거한 여러 자연 현상과 사물의 꿈들이 공동으로 빚어낸 각별한 화음이다. 그러기에 나무의 "살과 피"는 얼마나 경이(驚異)로우면서도 경외(敬畏)로운 것인가. 또한 그런 나무의 수액이, "살과 피"가 시인의 몸에도 흐른다고 했으니, 영락없는 나무-인간의 풍경이요, 황홀한 나무-인간의 몽상일 터이다. 사정이 이러하기에 정현종은 "생명의 원천"으로 나무를 기꺼이 껴안는다.

쓰러진 나무를 보면
나도 쓰러진다

　그 이파리와 더불어 우리는
　숨 쉬고
　그 뿌리와 함께 우리는
　땅에 뿌리박고 사니—

산불이 난 걸 보면
내 몸도 탄다

　초목이 살아야
　우리가 살고

24) 정현종, 『정현종 시전집』 2, 문학과지성사, 1999, pp. 94~95.

온갖 생물이 거기 있어야
우리도 살아갈 수 있으니

나무 한 그루
사람 한 그루

지구를 살리고
사람을 살리며
모든 생물을 살리고
만물 중에 제일 이쁘고 높은

나무여
생명의 원천이여

—「나무여」[25] 전문

「나무여」에서 나무-인간인 시인은 곧 나무와 한 몸이 된다. 쓰러진 나무를 보면 시인도 쓰러지고, 나무가 산불에 타면 시인의 몸도 탄다고 했다. "나무 한 그루"와 "사람 한 그루"는 내밀하게 동격이다. 아니 한 몸이다. 한 그루다. 나무 이파리와 더불어 인간이 숨 쉬고, 나무뿌리와 더불어 인간이 땅에 뿌리박고 산다는 것, 그러니 나무 생명 없이는 인간의 생명도 불가능할 것이라는 얘기다. "지구를 살리고/사람을 살리며/모든 생명을 살리"는 존재이기에,

25) 같은 책, pp. 51~52.

시인이 보기에 나무는 "만물 중에 제일 이쁘고 높은" 존재라고 예찬되어 마땅하다. 나무야말로 "생명의 원천"이기 때문이다. 어떻게 보면 매우 자명한 사실의 시적 보고처럼 생각될 수도 있지만, 나무에 대한 인간의 태도가 그 자명한 이치를 함부로 모반하고 있는 형국을 고려하면, 자명한 것의 낯선 인지와 환기라 해도 좋겠다. 생명의 원천인 나무를 인간이 얼마나 함부로 대해왔는가를, 우리는 근대 이후 문명사에서 얼마든지 확인 가능하다. 만약 인간이 나무와 더불어 공생하는 나무-인간이라면, 각종 개발 명분으로 무분별하게 나무를 훼손한다면, 곧 나무-인간의 자살 행위나 한가지인데, 인간들은 어리석게도 생명의 살림이 아닌 죽임의 행태를 숱하게 자행하지 않았던가. 그런 맥락을 고려하면 자명한 이치의 낯선 환기를 통해 생명의 원천으로서 나무의 존재론을 형상화한 이 시의 생태학적 위상은 아주 뚜렷하다고 할 수 있겠다. 이런 측면에서 나무-인간의 생태 윤리의 하나로 거듭 나무의 안부를 묻는 것을 전경화한 「안부」 역시 각별한 주목을 요한다. "도토리나무에서 도토리가/툭 떨어져 굴러간다./나는 뒤를 돌아보았다/도토리나무 안부가 궁금해서"(「안부」).[26] 단지 4행으로 이루어진 소품이지만, 도토리나무의 안부를 궁금해하는 시인의 마음은 도저하다. 도토리나무에게 있어서 도토리는 생명의 결실이다. 새 생명의 출산이라고 해도 좋다. 출산의 고통, 그 엄청난 산고 없이 새 생명의 탄생은 불가능하다. 그런 출산의 고통을 겪은 산부의 안부를 묻는 것은 어쩌면 매우 자연스럽다. 그런데 도토리 떨어지는 것을 보고 시인은

26) 같은 책, p. 250.

그렇게 했다. 떨어진 도토리를 새 생명의 탄생으로, 도토리를 떨구는 행위는 출산의 장면으로 지각하지 않으면 그럴 수 없다. 나무-인간이 보이는 나무와의 동화 감각은 이처럼 깊고도 그윽하다.

이런 감각으로 시인은 자연 속에서 희열 가득한 공생의 기획을 한다. 나무와 새들과 더불어 서로서로 깃들면서 함께 숨 쉬며 멋진 몽상을 한다. 「푸른 하늘」에서 시인은 새들과 나무들을 호명하며 "우리가 모두 하늘"인데 그런 이유는 우리가 모두 숨을 쉬기 때문이라는 것이다. 각자 숨을 쉬되, 한 하늘 아래서 그 숨들을 나누는 존재들끼리 공생을 노래한다.[27)]

새들아, 산 하늘들아
나무야, 하늘의 숨결아
너희의 깃을 나는 사랑하고
너희의 가지들을 나는 한없이
사랑하거니와
그리고
그리고 말이다
나는 언제나 너희 깃 속에 깃들여
나는 언제나 너희 가지에 깃들여

27) 정현종은 「시의 자기동일성」이란 에세이에서 이렇게 말한 적이 있다. "나와 나 아닌 것, 이것과 저것, 서로 다른 것들이 자기이면서 동시에 자기 아닌 것이 될 수 있는 공간이 시의 공간입니다. 시를 가리켜 예술과 역사, 인간과 자연, 聖과 俗을 연결하는 다리라고 하는 까닭도 그런 데 있을 것입니다"(정현종, 「시의 자기동일성」, 『작가세계』 1990년 가을호, p. 166). 새와 나무, 하늘과 인간을 연결하는 다리가 그에게 있어서 시다.

너희의 성장과 飛翔에 합류

너희의 그 아무도 몰라 이쁘고 이쁜 꿈에 합류하거니와……

—「푸른 하늘」[28] 부분

숨을 나눈다는 것, 숨결을 교감한다는 것, 서로 깃들고 깃들인다는 것, 하여 서로 "성장과 비상에 합류"한다는 것, 그것은 곧 "이쁘고 이쁜 꿈에 합류"하는 것이라는 이 천진성의 감각, 순진한 영혼의 상상력은 곧 시인이 나무라는 '시창작 교실'에서 자연스럽게 터득한 것으로 보인다. 인간이 자유를 추구하면서도 자연의 본성을 잃지 않기 위해서는 그런 교감과 성찰이 중요하다는 사실을 정현종의 시는 일깨운다.

요컨대 정현종 시에 있어서 나무와 새에 대한 교감과 동화는 인간적 현실에 대한 전면적 반성과 통한다. 나무는 생명의 원천으로서 인간으로 하여금 숨을 쉬게 하고, 새들로 하여금 비상의 날갯짓을 예비하게 한다. 나무 생명 없이는 인간 생명이 불가능하다는 사실을 시인은 직관한다. 시인이 자연스레 내면화한 나무 인간의 상상력 덕분이다. 또한 나무는 생명의 탄생과 성장, 성숙과 죽음에 이르기까지 다양한 제 단계들을 물질적으로 형상화하는 존재이기에, 그 자체로 생의 거울이 된다. 그러니까 정현종은 나무 거울을 통해 생명의 진정성을 탐구하고, 그 생의 구경(究竟)에서 시의 숨결을 벼리는 연금술사다. 아울러 비상의 꿈으로 통하는 새는 확실히 땅에 붙박인 채 기는 듯이 살아가는 사람들로 하여금 주눅 들

28) 『정현종 시전집』 2, pp. 216~17.

게 하는 구체적인 오브제다. 솟아오르지 않고서야 어찌 둥근 기억을 회복할 수 있겠는가? 니체의 가벼움의 철학이나 바슐라르의 상상력도 새에 관한 명상과 통한다. 새는 땅 위의 존재들에게 '이게 아닌데'라고 생각할 수 있는 반성의 계기를 부여한다. 문명의 흐름 속에서 부정적 형질로 치달아왔던 현대적 삶의 감각을 되돌려야 한다는 사실을 일러준다. 우리 삶과 의식을 커다란 우주적 질서, 원초적 자연적 질서로 되돌려놓자는 것, 그 되돌려진 질서가 자기 안에 자연스럽게 스며들게 하는 것이 소중하다는 생각을 많이 하는 시인이 바로 정현종이다. 문제는 잃어버린 우주의 둥근 기억을 되살리는 일이다. 그것은 「O」이라는 시에서 뚜렷한 의미를 얻는다. "O은 처음이며 끝/O은 인생의 초상/O은 다 있고 하나도 없는 모습/꽉차고 텅 빈 모습"이다. 또한 "空氣의 숨결"인 "O은 생명의 거울/O은 사랑"(「O」)[29]이다.

시인 정현종은 '생명의 거울'인 '나무 거울'을 응시하면서 우주의 큰 질서 안에서 시적 비전을 획득할 수 있기를 소망한다. 우주적 숨결 속에 스며들어 세상살이의 막힌 숨길과 숨통을 틔워보고자 하는 시인이기에, 더욱 신명나는 어조로 저간에 잃어버린 우주적 둥근 기억을 재생해내며 매우 웅숭깊은 생태학적 상상력을 노래한다. 여러 측면에서 그는 나무 인간이요, 나무 시인이다.

29) 『사랑할 시간이 많지 않다』, p. 36.

3. 나무의 율려와 우주목의 새싹

— 김지하의 시-나무들

내가 타 죽은
나무가 내 속에 자란다
나는 죽어서
나무 위에
조각달로 뜬다
—김지하, 「줄탁」(3 ; 18~19)[1)]

1) '타는 목마름'에서 '생명의 바다'로

김지하는 가장 정치적인 시인이자 사상적인 시인이고, 또 생태적인 시인이자 심미적인 시인이다. 그는 척박한 황톳길 위에 내동댕이쳐진 육신의 상처를 붙안고 그 상처보다 더 훼손된 영혼의 상처를 추스르면서 살아야 했다. 독재정권이 군림했던 여타의 제3세계 국가들이 그러했듯이, 한국에서도 지난 시절의 숨 막히는 격정의 나날들은 어쩌면 죽음을 내장한 아슬아슬한 삶의 풍경이었는지도 모른다. 몸은 억눌리고 귀와 입은 틀어 막혀 신산스러운 모독의

1) 본문에서 김지하 시의 인용은 시집의 번호와 쪽수만을 괄호 안에 표기한다. 1. 『결정본 김지하 시전집』 1, 솔, 1993 ; 2. 『결정본 김지하 시전집』 2, 솔, 1993 ; 3. 『중심의 괴로움』, 솔, 1994.

상처를 붙안은 채 견디거나 버티거나 저항해야 했던 나날들이었던 것이다. 그것은 삶이면서 삶이 아니었던 것, 차라리 죽음에 가까웠던 것이었다. 하고 보니 그런 나날들의 중심에서 치열하게 살고자 했던 이들은 역설적으로 죽음에 대한 속절없는 체험을 해야 했다. 특히 김지하는, 그 누구보다도 가장 치열하게 실존과 문학 등 모든 영역에서 그런 체험을 감당해야 했던 시인이다. 그의 시 제목처럼 "타는 목마름으로" 현실을 견디고 문학으로 싸워야 했던 시인이다. 여러 형태의 죽임과 죽음 체험의 절정에까지 이르렀던 그였다. 그 절정에서, 혹은 타는 목마름의 절정에서, 그가 죽임의 현실을 초극하고 진정한 '생명의 바다'를 지향하는 세계에 도달할 수 있었던 것은 확실히 특기할 만하다. 그 과정에서 시인이 나무의 율려를 재성찰하고 '우주목'의 새싹을 틔우려 했던 상상적 노력은 김지하 시의 수사학에서 매우 의미심장한 지점에 해당된다.

척박한 황톳길 의식에서 출발한 김지하의 초기 시에서 전경화되는 것은 분명히 정치적인 파토스다. 정치적 맥락에서 반민주적 현실과 민주적 시정(詩情) 사이의 변증법적 긴장과 충돌이 문제된다. 그러나 이 정치적 파토스 안에는 생명 있는 모든 것들이 갇힘과 눌림, 포박과 질식, 허기와 진통의 상태에서 벗어나 참 생명의 지평으로 승화되어야 한다는 인식을 함축하고 있는 게 사실이다. 아니 어쩌면 이 숨은 인식 때문에 그의 파토스가 더욱 격정적이었는지도 모른다. 그의 정치적 파토스는 「오적」을 비롯한 일련의 담시에서 절정을 이룬다. 시인 자신이 풍자가 아니면 자살만이 있을 뿐이라고 생각한 시기였던 1970년대에, 담시를 통한 풍자는 엄혹한 정치의 시대를 사는 문학적 생존 전략의 하나였다. 이런 정치적 파토스는 『대설 남(大說 南)』을 거치면서 생명의 바다로 물굽이를 돌린다.[2] 『대설 남』에서부터 그는 동학사상과 민중사상을 나름대로 해석하여 독자적인 생명 사상을 펼쳐 보이기 시작한다. 이후 발간된 시집 『애린』(1986)에서 『중심의 괴로움』(1994)에 이르기까지의 일련의 시편들에서 김지하는 유현한 생태학적 상상력을 형상화한다. 그 같은 시적 전개를 통해 모든 살아 있는 것들의 연대를 소망적으로 펼쳐 보였다. 그 생명의 연대는 인간과 인간, 인간과 자연, 인간과 우주의 연대이고 또한 세계의 연대이다. 요컨대 그것은 삶과 죽음의 세속적 갈림을 탈탈 털고 넘어선 해탈의 지평이요, 뭇 존재들이 서로 일으키고 피차의 경계를 허허로이 넘어서며 융섭하고 상생하는, 그래서 궁극으로 꽉찬 둥근 세계이면서 동시에 공(空)의 세계인 만공(滿空)의 우주이다.[3]

2) 생명의 연대와 우주목의 새싹

시에 정치적 의도가 혹은 정치적 파토스가 과잉되면 시 또한 무기처럼 여겨질 수도 있다. 「오적」을 비롯한 김지하의 담시 역시 그 같은 성격을 어느 정도 지니고 있는 게 사실이다. 하지만 그는

2) 서준섭은 "『남』은 그(김지하: 인용자)의 생명 사상의 탄생 과정과 그의 새로운 문학 양식 모색 과정을 동시에 보여주는 작품"이라고 지적한 바 있다(서준섭, 「우주와 역사」, 『감각의 뒤편』, 문학과지성사, 1995, p. 211).

3) Chan J. Wu, "Cosmic Buds Burgeoning in Words : Chiha Kim's Poetics of Full-Emptiness", Chiha Kim, tr. by Won-Chun Kim & James Han, *HEART'S AGONY : Selected Poems*, NY.; White Pine Press, 1998, pp. 15~33 참조.

1970년대를 넘기면서 새로운 정신세계, 새로운 시 세계를 추구하게 되니 곧 생명 사상이요, 생명의 미학이다. 시 「바램 1」에서 시인이,

내
다시금 칼을 뽑을 땐
칼날이여
연꽃이 되라

죽을 싸움 싸우다 죽어
피투성이 피투성일지라도
손에 쥔 것은 칼이 아닌
연꽃이 되라
연꽃이 되라

—「바램 1」(2: 292) 전문

고 소망한 것은 그 변화를 단적으로 알리는 징후이다. '칼'의 상상력에서 '연꽃'의 상상력으로의 전환은 단순히 광물적 상상력에서 식물적 상상력으로의 전환에서 그치는 게 아니다. 칼은 투쟁의 무기다. 정치의 도구이다. 분쟁과 대립의 상징이며 나뉨과 판별의 징표이다. 반면 연꽃은 불교 문화권에서 분명하게 드러나는 상징태로서 모든 생명들이 조화롭게 어울리고 승화되는 생명화(生命花)요 우주화(宇宙花)다. 이 같은 연꽃 지향으로의 변화에는 일정한 계기가 있었던 게 사실이다.

그 무렵 철창 아래쪽 콘크리트와 철창 사이 작은 홈 파인 곳에 흙먼지가 쌓이고 거기에 풀씨가 날아와 빗방울을 빨아들여 싹이 돋고 잎이 나는 것을 보았다. 신기했다. 봄날 민들레 꽃씨가 철창 사이로 하얗게 날아 들어와 감방 안에 하늘하늘 나는 것도 보았다. 아름다웠다. 운동을 나갔다가 교도소 붉은 담벼락 위에 이름 모를 꽃들이 점점이 피어 작은 꽃망울까지 달고 있는 것도 보았다.

그것을 본 날 감방에 돌아와 얼마나 울었던지. 생명! 이 말 한마디가 왜 그처럼 신선하고 힘있게 다가왔던지. 무궁광대한 우주에 가득 찬 하나의 큰 생명, 처음도 끝도 없이 물결치는 한 흐름의 생명, 그것 앞에 담과 벽이 있을 리 없고, 죽음과 소멸이 있을 까닭이 없었다. 합리적으로 생각하면 할수록 나는 작아지고 좁쌀이 되고 협심증이 되고 분열증에 빠지는 것 같았다. 어떻게 하면 이 생명의 이치를 마음과 몸에 익힐 수 있을까. 〔……〕

삶과 죽음, 긍정과 부정이 한 사태 속에 동시에 그리고 혹은 극에서 극으로 끊임없이 반복 왕래한다는 것도 새삼 깨달았다. 죽으면 태어나고 태어나면 죽고, 상처를 받으면 주게 되고 주면 받게 되는 이치도 함께. 뭣인가 마음을 알게 되니까 마음이 가라앉았다.[4)]

감옥 체험에서 발견한 생명의 참 의미는 김지하의 이력에서 매우 소중한 것이다. 이원론적 대립 세계를 일거에 뛰어넘을 수 있

4) 김지하, 「타는 목마름에서 생명의 바다로」, 『타는 목마름에서 생명의 바다로』, 동광출판사, 1991, p. 16.

는 새로운 패러다임으로서의 생명 사상에 대한 추구는 이미 말한 대로 죽음과 대립의 극단적 체험을 딛고 일어선 결과이기에 그렇다. "누구나 갖고 있는 생명, 누구나 알 수 있는 생명, 그 생명이 누구에게 있어서나 매일매일 파괴되고 있는 것이 현실이기 때문"에, "이 같은 문제에 대한 대중적 자각을 유도하는 열쇠말"로 쉽게 이해될 수 있는 것이 '생명'이라고 전제한 다음 김지하는, "처음도 끝도 없고 광대무변한, 끊임없이 자유롭고 끊임없이 창조적인, 끊임없이 순환하여 끊임없이 통일하는 생명의 본성을 회복"[5] 일이 급선무임을 강조한다.

김지하는 생명 있는 모든 존재들에 연민을 보이면서 그것들이 창조적인 순환과 통일을 이루어 마침내 생명의 본성이 회복될 수 있기를 갈구한다. 현존하는 생명들은 정치·경제적 이유 등 반생명적 원인들로 하여 생명의 본성을 훼손당한 채 살고 있기 때문이다. 그런 삶에 대한 가없는 연민을 보낸 시편들이 일련의 '애린' 연작이다. 「황톳길」을 비롯한 초기 시에서 처절했던 '아비'의 삶에 대한 역사적, 정치적 성찰을 보여주었다면, 이제 '애린' 연작에서는 새로운 세대인 '아이'의 삶에 대한 더할 수 없는 연민의 정조를 보여준다. 새로운 생명들조차 제 본성을 온전히 간직하지 못한 채 혼돈 속에서 방황하고 고통받는 상황에 대한 안타까움이 바로 그것이다.

네 얼굴이

5) 김지하, 「남녘땅 뱃노래」, 『동학 이야기』, 솔, 1994, pp. 223~26.

애린

네 목소리가 생각 안 난다

어디 있느냐 지금 어디

기인 그림자 끌며 노을진 낯선 도시

거리 거리 찾아 헤맨다

어디 있느냐 지금 어디

캄캄한 지하실 시멘트벽에 피로 그린 네 미소가

애린

네 속삭임 소리가 기억 안 난다

지쳐 엎드린 포장마차 좌판 위에

타오르는 카바이드 불꽃 홀로

가녀리게 애잔하게

가투 나선 젊은이들 노랫소리에 흔들린다.

—「소를 찾아 나서다」(1 ; 207~08) 전문

지상의 수많은 애린을 찾아 나선 시인은, 불교적 맥락에서 소를 찾는 자와 소 그 자체가 둘이 아니었듯이〔不二〕, 그 많은 애린을 찾아나서는 시인 자신과 애린이 역시 둘일 수 없음을 깨닫게 된다. 다음 시에서 우리는 시인의 인식 여정과 그 발전 과정을 어렵지 않게 확인할 수 있으며, 마침내 "내 속에서 차츰 크게 열리어/저 바다만큼/저 하늘만큼 열"린 의식의 빛은 '애린=나'라는 등식으로 승화되면서 매우 소중하게 독자들의 마음을 비춘다.

땅 끝에 서서

더는 갈 곳 없는 땅 끝에 서서
돌아갈 수 없는 막바지
새 되어서 날거나
고기 되어서 숨거나
바람이거나 구름이거나 귀신이거나 간에
변하지 않고는 도리 없는 땅 끝에
혼자 서서 부르는
불러
내 속에서 차츰 크게 열리어
저 바다만큼
저 하늘만큼 열리다
이내 작은 한 덩이 검은 돌에 빛나는 한 오리 햇빛
애린
나.

—「그 소, 애린 50」(2: 185) 전문

'애린' 연작에서 생명에 대한 연민과 포용의 정서를 보여주었던 김지하는 1990년대 들어 시집 『중심의 괴로움』에서는 보다 큰 깨달음을 바탕으로 새로운 생명의 탄생과 신생의 창조를 노래한다. 특히 시인이 나이 쉰을 넘기면서 얻게 된 삶과 문학에 대한 진경을 보여주는 것이어서 주목된다. 동양에서는 일찍이 쉰을 일컬어 지천명의 나이라고 했다. 이 시집의 자서에서 시인은 "知天命의 나이 쉰에 깨달은 나의 天命과 관계 있는 것"으로 "틈"을 들고, "틈을 열어 중심을 벗어난다는 것, 수없이 많은 중심으로 분산된 그물 같은 큰 삶이 울려나도록"(「자서: 틈나는 대로」, 3; 5) 하는 괴로움을 즐기고 싶다는 심경을 밝히고 있다. 하지만 그물코 같은 눈을 가진다는 것은 천명을 아는 것처럼 결코 쉬운 일이 아니며 매우 고단하고 괴로운 일임에 틀림없다. 그래서 시인은 「쉰」이라는 시에서 침침한 눈과 컴컴한 넋의 그림자를 정직하게 응시하기도 한다. 「쉰」은 전반부 9행과 후반부 9행이 대조의 관계로 구성되어 있는 시다. 전반부는 침침하고 컴컴한 육체의 그림자와 탈persona의 현재성을 언표화한 것으로서, 소망하는 것의 부재와 그에 따른 고독의 정서를 알려준다. 이에 반해 후반부는 소망하는 것의 실체와 그것과의 상생 가능성에 대한 암시를 통해 시인의 지향 의식을 표출한 것으로 보인다. 특히 "눈 밝은 아내"는 "눈 침침"한 화자가 자기 내면에 부재하기 때문에 소망하는 외경적 아니마이다. "아직 남은 온기 밟고" "눈 밝은 아내"가 돌아오는 소리는 곧 "가위 소리"(3; 15)이기도 하다. 여기서 "가위 소리"는 '병듦 속의 신생을 꿈꾸는 환청'의 성격을 지닌다. 이런 소리를 들을 수 있는 나이가 '스물'과는 준별되는 '쉰'이다.

그렇다면 쉰의 넋으로 조망한 신생(新生)의 풍경은 어떠할까. 서둘러 말하면 우주 내적 존재이기를 희망하는 시인은 순환 상생의 원리를 추구하는데, 이를 통해 그 나름의 우주적 가역반응은 현시되는 것이다. 가령,

하늘에서 내려와
땅을 돌아 다시 하늘로
비 솟는 소리

듣네

—「빗소리」(3 ; 26) 2연

썩은 물방울 속에
내 갇혀 있다

갇혀
다시 태어난다

꿈틀거린다

산 위
저 산 위
푸른 하늘 흰 구름

—「반전」(3 ; 87~88) 부분

같은 부분에서 알 수 있는 것처럼, 죽음과 신생, 하강과 상승, 갇힘과 트임이 둘이 아니라 하나로 유기적인 승화를 이루고 있다는 사실을 시인은 직관한다. 서로의 가름을 해체하고 위치를 전도시키며 틈을 내어 서로가 서로에게 틈입할 수 있도록 함으로써 신생을 추구하는 시인의 신묘한 비전은 확실히 순환 상생의 우주적 원리에 맞닿아 있다. 그 원리가 빚어낸 가장 아름다운 명편 중의 하나가 다음의 시 「줄탁(啐啄)」이다.

저녁 몸속에
새파란 별이 뜬다
회음부에 뜬다
가슴 복판에 배꼽에
뇌 속에서도 뜬다

내가 타 죽은
나무가 내 속에 자란다
나는 죽어서
나무 위에
조각달로 뜬다

사랑이여
탄생의 미묘한 때를
알려다오

껍질 깨고 나가리
박차고 나가
우주가 되리
부활하리.

—「줄탁」(3; 18~19) 전문

이 시의 2연은 각별한 주목을 요한다. '육체-불-재-나무-달-육체'의 유기적 순환 원리를 투시한 이 대목이야말로 생명의 영원함과 그 영원한 생명력이 인간의 몸 안에 스며 있음을 알려주는 것이라 하겠다. 이어 3, 4연까지 다 읽고 나면 우리는 이제 시인 김지하의 새로운 인식 체계가 무엇인지에 대해 분명한 인식을 갖게 된다. 사랑의 탄생, 부활 등의 시어에서 알 수 있는 것처럼 김지하가 추구하는 신생은 무엇보다 생명의 연대에 기반한 우주적 질서가 현현된 삶이다. 이전에 그가 정치적으로 항거하면서 죽음의 현실에 대한 반역의 정서를 촉발시켰던 것과는 사뭇 다른 것임에 틀림없다. 생명의 연대에 입각한 신생의 질서를 추구하는 까닭에 시인은 "우울의 밑바닥에서/우주가 떠오른다"(「새봄·7」, 3; 38)라고 적고, 또 "꽃들 저리도/시리게 아름다운 건/죽으며 살아나는/봄살이 때문"(「봄살이」, 3; 101)이라 소리한다. 이렇게 소리할 수 있었던 것은 "가슴 둥근거린다/모든 것 공경스러워/눈 가늘어진다"(「새봄·6」, 3; 37)의 상태와 "비우리라 피우리라"(「중심의 괴로움」, 3; 51)의 심정에서 "내 속에/텅빈 속에/바람처럼 움트는/웬 첫사랑 우주사랑"(「無」, 3; 74)을 할 수 있었기 때문이다. 그 결과 "사방에" 사는 "우주의 싹"(「공경」, 3; 70)을 정시하게 됐고, 그 우주에 쓰여 있는 "사람은 영생/사람은 무궁"(「새봄·7」, 3; 39)의 참의미에 다가갈 수 있게 되었으며, 하여 시인은 "이제/그 소리로 산다"(「소리」, 3; 65). 부연하면 우주의 싹이 트는 소리를 듣는 것과 표현하여 전하는 것으로 살겠다는 분명한 의지 표명인 것이다.

그러고 보면 죽임의 현실 너머 신생의 풍경은 봄살이로 우주의 싹이 틔어 뭇 생명들을 상생케 하는 화엄의 바다를 닮아 있다. 이 화엄의 바다에서, 용화의 우주에서, "내 안에 다시 태어나는/나 아닌 나의 노래"(「예전엔」, 3; 21)를 부르고 있는 시인은 이제 만공

(滿空)의 영매자(靈媒者)에 가깝다. 이 영매자는 자기 내면과 외면 풍경을 응시하면서 자기를 낮추고 우주적 생명에 대한 외경심을 보임으로써 우주에 대한 절대 대긍정의 세계를 이끌어낸 장본인이다. 억압받고, 구속되고, 사형선고 받고, 병들고, 그래서 이리저리 지치고 고단한 몸과 영혼을 딛고 일어선 하나의 우주목이 부단히 새싹을 틔우며 내는 소리로 어우러져 있는 시편들이 바로 김지하의 후기 시편들이다. 이 소리의 새싹의 바탕에 생태학적 상상력이 아주 긴요하게 작용함은 물론이다.

3) 연민의 비장미

앞에서 살핀 대로 김지하 시의 여정은 퍽 이채롭다. 특히 정치적 상상력에서 생명사상에 입각한 생태학적 상상력으로의 변화 과정이 두드러진다. 대결과 반항, 비판과 풍자의 정서를 매우 격정적인 파토스로 펼쳐 보였던 초기의 정치적 상상력이 주로 이항대립 binary opposition적 세계관에 근거한 것이었다면, 연민과 연대, 포용과 사랑, 공경과 순환의 정서를 매우 서정적인 어조로 노래하는 후기의 생태학적 상상력은 원환론적(圓環論的) 우주적 세계관에 입각한 것이라고 할 수 있다. 이 같은 변화는 20세기 후반의 한국의 현실 변화는 물론이거니와 지구적인 차원에서 전개된 사유와 문화의 패러다임의 변화에 적절히 조응하는 것이기도 하다.

그럼에도 불구하고 그 변화의 밑강물에서 '생명의 연대'라는 테마와 생태학적 상상력이 줄곧 지속되고 있음을 우리는 확인할 수 있다. 다시 말하면 초기의 파토스건 후기의 에코토피아건 간에 한결같이 죽임의 현실을 부정하고 살림의 현실을 지향하려는 생명의 연대에 대한 강고한 신념과 사상에서 비롯된 것이라는 점이다. 비록 그의 생명 사상이 상당한 시간의 흐름 속에서 축성된 것이어서 1980년대 중반을 넘어선 다음에야 그 온전한 모습을 드러내는 것은 사실이지만, 그 이전의 여러 서정시편들에서 생명의 연대에 대한 시인의 신념을 찾아보는 일은 그다지 어려운 게 아니다.

이 같은 지속과 변화상을 일별해볼 때 우리는 그의 생태학적 상상력의 기본 정조가 연민이고, 기본 미의식이 비장미라는 사실을 구체적 분석을 거치지 않더라도 알 수 있게 된다. 김지하는 시집 『애린』의 서문에서 "모든 죽어간 것, 죽어서도 살아 떠도는 것, 살아서도 죽어 고통받는 것, 그 모든 것에 대한 진혼곡이라고나 할까. 안타깝고 한스럽고 애련스럽고 애잔하며 안쓰러운 마음이야 모든 사람에게, 나에게, 너에게, 풀벌레 나무 바람 능금과 복사꽃, 나아가 똥 속에마저 산 것 속에는 언제나 살아 있는 것을. 그리고 그것은 매 순간 죽어가며 매 순간 태어나는 것을" "그 죽고 새롭게 태어남을"(1; 317~318) 애린이라 부른다고 적은 바 있다. 이런 애린의 정조야말로 김지하의 생태학적 상상력의 밑바탕에 흐르는 연민의 비장미의 핵심이다.

4. '남도' 나무와 생명의 길 찾기

당신의 정원에 두 개의 꽃나무가 있었습니다
하나는 잎이 예뻤고 다른 하나는 가지가 탐스러웠습니다
—이성복, 「두 개의 꽃나무」[1]

1) 이송(二松)의 소설화와 남도 나무

작가 이청준과 동향[2]인 한국화가 김선두는 이청준의 소설을 읽고 거기서 화제(畵題)를 취하여 적잖은 그림 작업을 수행해왔다. 이른바 소설화라 불리는 그의 그림 텍스트들은 이청준 소설에 형상화된 한의 에너지를 나름의 조형 수사학으로 화폭에 새롭게 담은 결과물이다. 김선두의 호는 이송이다. 장흥 고향집 앞에 있는 소나무 두 그루를 연상하며 호를 지었다고 하는데, 대부분의 한국화가들의 화폭에 나무가 주요 제재로 등장하지만, 김선두의 그림에는 더욱 특별한 감각이 스며 있는 것으로 보인다. 흔히 김선두의 그림에서는 "장지를 이용한 '스밈'과 '번짐'의 멋"을 느낄 수 있

1) 이성복, 『그 여름의 끝』, 문학과지성사, 1990, p. 18.
2) 작가 이청준, 한국화가 김선두, 시인 김영남은 모두 전남 장흥 출신이다.

다고 얘기된다. "그는 두껍고 질긴 장지에 아주 엷은 색을 칠한 뒤 마른 다음에 다시 칠하는 방법으로 수십 번의 반복적인 붓질을 통해 얹는다. 이런 그의 끈질긴 반복의 결과 장지 안에서 서로 스미고 번지며 김선두 그림 특유의 깊은 바탕색이 우러나게 되고 그는 그 위에 다시 색을 얹어 이미지를 완성해간다. 이런 그의 집요하리만큼 끈질긴 작업으로 완성된 바탕색은 한국인의 심성을 그대로 본받은 듯 소박하면서도 강인한 생명력을 지닌 장지의 멋을 고스란히 보여주고 있으며, 그 위에 다시 자연스럽게 스며들어 간 다양한 색채들의 획들은 그림에 표정과 생기를 불어넣고 있다. 김선두는 이렇게 전통적인 수묵화를 기반으로 장지라는 새로운 재료와 다양한 색채를 사용함으로써 한국화의 표현력을 넓혀가고 있다."[3)]

3) 인사아트센터, 「김선두 개인전: 그림, 문학, 그리고 영화의 만남」, 2007, http://blog.daum.net/jima777/1170 4773.

김선두는 화가이면서도 상당한 문학적 소양을 지닌 독자이자 문학적 저자이기도 하다. 그는 시적인 문장도 잘 구사하며 그의 산문이 보여주는 통찰력 또한 상당한 수준이다. 그의 회화로 들어가기 전에 그가 작가 이청준과의 인연에 대해서 밝힌 산문의 한 부분을 먼저 살펴보기로 하자.

"선생과 나는 두 가지 점에서 끈끈한 인연으로 맺어지지 않을 수가 없었던 같다. 하나는 같은 고향, 거기에 더하여 인근의 큰 산자락과 넉넉한 바다의 품 안에서 유년기를 보냈다는 것, 그리고 장르는 다르지만 소설과 그림이라는 순수예술의 창작을 평생의 업으로 삼았다는 것이 둘째다.

선생과 일찍이 젊었을 때 인연으로 맺어졌다는 것은 그림쟁이로서의 내 삶의 행운 중에서도 큰 행운이 아닐 수 없다. 선생은 의도와는 다르게 고향 언저리에서 미적거리고 있던 나의 그림 세계를 밖으로 확장시켜주었다. 함께한 일련의 책 작업을 통해서 나는 이전의 내 그림들에서 벗어나 좀더 폭과 깊이를 더할 수 있었던 것이다. 이런 작업 이후 삶과 예술을 읽는 내 두 눈이 더욱 밝아졌음은 물론이다.

요즘 우리 문화계에서 예술 장르 간의 교류가 다시 활발해짐을 볼 수 있다. 특히 문학과 미술의 만남이 빈번해졌다. 이 과정에서 장르 간 자존심을 지키는 일이 중요함을 말해 무엇하랴마는 전엔 글에 그림이 종속된 경우가 없지 않았다. 그림이 글의 이 이청준 소설과 김선두 그림과의 상호텍스트성 혹은 이청준 소설의 독자적 저자로서 열린 텍스트를 형성해온 화가의 사정을 고려하면서, 비교적 이청준 소설과의 친연성을 잘 보여주는 몇몇 회화 텍스트를 중심으로 나무의 이미지가 어떻게 형상화되면서 남도의 풍경을 극화하고 있는지를 구체적으로 논의해보자.

2) 생명의 우주적 회통과 위기

먼저 소릿길의 사람들이 있었다(그림 1). 또는 한(恨)의 사람들이 소릿길을 내고 있다. 공중에는 새가 날고, 그들의 등 뒤로 푸른 소나무가 하늘과 땅을 연결한다. 소릿길의 주인공들은 물론 아비와 오누이다. 아비의 발걸음이나 손동작이 비교적 활달하다. 확실치는 않지만 무언가 신념을 지닌 자의 그것이다. 누이는 다소곳하

해를 돕는 삽화 차원에 머물렀던 것이다. 선생은 나와의 작업 과정에서 이런 점을 늘 경계하였으며 당신의 글에 내 그림이 들러리가 되는 것을 원치 않았다. 「소설화전」 전시 오픈 날 이런 작업을 장르 간의 대화라고 의미 부여를 한 데서 그런 웅숭깊은 마음을 읽을 수가 있다.

최근 들어선 한발 더 나아가 다른 주문을 하고 있음을 본다. 내 작품전 서문 글에서 '그림이 문학적 설화성을 넘어 회화 작품으로 다시 태어나야 하는 과제, 비록 문자 작품을 바탕 소재로 취했더라도 그림이 문학 작품의 내용을 충실히 베껴내고 설명하는 작업이 아니기 때문에 문학을 넘어서서 또 다른 세계로 나아가기'를 염원하셨다. 문학과 미술의 대화가 아니라 오히려 싸움을 통해 문학을 넘어서라는 주문이다. 한마디로 나의 그림이 그림 자체만으로 '우리 삶의 대지와 우주의 숨겨진 중심에 닿아 그 생명과 삶의 대지, 그 대지의 꿈과 노래'가 되라는 것이다"(김선두, 2007, 「미백 선생과의 인연」, http://www.isongart.com/zb40pl5/view.php?id=diary&no=102).

그림 1「소릿길」, 장지 위에 분채, 60×44cm, 2007.

다. 아비의 뜻을 따르는 형상이다. 맨 뒤의 오라비는 어정쩡하다. 등짐(북)은 아비의 살림 짐에 비해 훨씬 작지만, 그는 이 소릿길이 그다지 마뜩잖다. 그러나 이 소릿길은 그냥 평지가 아니다. 높지는 않지만 다리 위다. 지표면과는 약간 떨어져 새들이 비상하는 공중 쪽으로 조금은 다가선 공간이다. 이런 공간 구도는 소리꾼들이 지상에 살면서도 우주적 비상의 꿈을 지향하는 예술가들이라는 생각에서 형성된 것일 터이다. 다리가 약간 오르막으로 처리된 것 역시 그 위에 대각선 구도로 하늘을 비상하는 새들을 향한 열망을 반영한 것으로 생각된다.

요컨대 김선두의 「소릿길」은 현실을 살면서 현실을 넘어서고자 하는 예술가들의 영혼을 담은 은유적 회화 텍스트이다. 유사성에 근거하여 공간 구조와 인물 및 새의 형상을 그렸기 때문이다. 여기서 나무는 전반적으로 배경적 요소로 작용한다. 소릿길 사람들의 등 뒤에서 그들의 한을 위무하고 그것을 넘어설 소리를 격려하고 지지하는 살아 있는 나무가 있다. 반쪽만 그려져 있지만 강한 붓 터치에 의해 수직적으로 하늘과 땅의 생명을 연결하는 우주목의 기운이 느껴진다. 그리고 소릿길 사람들이 걸어가는 다리를 지지하는 나무가 있다. 다리의 받침을 나무 형상으로 뚜렷하게 그렸다. 살아서는 물론 죽어서도 길 위의 사람들을 지지하는 존재가 바로 다름 아닌 나무라고, 화가 김선두는 생각했던 것일까? 이육사의 시 「교목(喬木)」을 떠올리게 하는 대목이다.

푸른 하늘에 닿을 듯이
세월에 불타고 우뚝 남아서서
차라리 봄도 꽃피진 말아라

낡은 거미집 휘두르고
끝없는 꿈길에 혼자 설레이는
마음은 아예 뉘우침 아니라

검은 그림자 쓸쓸하면
마침내 호수 속 깊이 거꾸러져
차마 바람도 흔들진 못해라[4]

"푸른 하늘에 닿을 듯"한 교목이지만, 그 생존 여건은 결코 만만

4) 이육사, 「교목」, 『광야』, 형설출판사, 1971, pp. 34~35.

그림 2 「선학동 나그네」, 장지 위에 분채, 80×36cm, 2007.

치 않다. 오죽하면 "차라리 봄도 꽃피진 말아라"라고 했으랴. "낡은 거미집"과 "검은 그림자"의 쓸쓸함을 교목은 "우뚝" 견딘다. 그러니 바람도 함부로 흔들 수 없다. 그런 생명이 있기에 교목은 푸른 하늘을 지향할 수 있는 것이다. 그런 교목이 소릿길의 사람들을 후원할 때, 그들은 힘을 낼 수 있다. 교목(喬木)의 지지를 받으며 교목(橋木) 위를 걸어가는 소릿길의 사람들은, 그래서 나름의 "꿈길", 그 한을 넘어선 소릿길을 걸어갈 수 있다. 그러나 푸른 하늘을 닿을 듯한 교목의 가지가 더 이상 하늘을 향하지 못하고 땅으로 꺾일 때 사정은 달라질 수 있다. '그림 2 「선학동 나그네」'를 보면 그 가지들이 하강적 이미지로 나타난다.

이 그림은 소릿길의 사람들이 각각 헤어진 상태에서 홀로 소리꾼 누이를 찾아다니는 오라비의 모습을 담은 텍스트이다. 「소릿길」과는 달리 하강 구도이고, 하늘을 향해 치솟던 소나무도 많이 꺾인 채 땅에 가까워져 있다. 이것은 단지 공사로 인해 비상학이 사라지고 재해에 의해 나무가 꺾인 외적 현상을 점묘한 것이 아

그림 3 「서편제—노을」, 장지 위에 분채, 97×66cm, 2013.

니다. 진정한 판소리 정신이 훼절된 산문적 시대의 회화다. 예술도 새의 비상을 꿈꾸지 못하는 위기 시대의 은유다. 그리고 찾음이나 그리움의 대상에 다가갈 수 없는 나그네의 실존적 비원이 담겨 있다.

남도 소리가 현실에서 제대로 소통하기 어려운 상황이나 오누이가 가족으로서 편하게 만나고 소통할 수 없게 된 상황은 유사한 속성을 지닌다. 오라비가 누이와 누이를 찾아 남도를 떠돌 때, 소릿꾼 누이 역시 홀로 고적하게 한의 소리를 기다리며 막막한 시절을 견뎌야 했다.

'그림 3 「서편제—노을」'에서 누이는 노을이 질 녘 커다란 교목 아래에서 오라비를 기다리며 그나마 소리에 대한 비원을 함축하고 있는 듯했다. 그러나 '그림 4 「서편제—홀로 가다」'에 이르면 수직

그림 4 「서편제—홀로 가다」, 장지 위에 분채, 97×66cm, 2013.

으로 상승하여 하늘과 땅을 연결하던 교목은 중간에서 꺾여 아예 수평적으로 누워 있는 형상이다.

꺾인 교목 아래에서 눈먼 누이가 지팡이를 짚은 채 뭔가를 기다린다. 물론 누운 교목의 큰 둥치 위로 잔가지들이 뻗어나고 있지만 교목의 거대한 생명력을 환기하기는 여러모로 역부족이다. 게다가 나무둥치 사이사이로 구멍도 숭숭 뚫려 있다. 생명의 우주적 회통이 위기의 상황에 봉착한 모습을 화가 김선두는 나무의 구도를 통해 웅숭깊게 표현했다.

3) 봄-나무의 생명의 길 찾기

현실과 문화적 상황에서 생명의 우주적 회통이 그리 쉽지 않은 처지라 하더라도 자연은 봄이 되면 새로운 생명을 예비하고 그 생명의 싹을 틔우기 마련이다. 그런 측면에서 김선두의 '그림 5 「봄은」'을 응시해보기로 하자.

대나무에 새순이 쑥쑥 자라난다. 아주 힘찬 생명의 기운을 김선두는 담도 짙은 먹으로 형상화했다. 거기에 새들이 날아와 활달하게 날갯짓을 한다. 작가 이청준이 화창한 봄날의 상징으로 강조했던 나무와 새들이 행복하게 합창하는 모습을 연상케 한다. 그는 산문 「나무와 새에 관한 꿈」에서 이렇게 말했다.

> 나무의 삶은 대체로 자족적이다. 그것은 혼자서 수분을 빨아들이고 햇빛을 취하여 줄기를 키우고 잎을 펼치며 열매를 맺는다. 그것은 결코 이웃을 얻어 함께하기 위하여 스스로 새를 부르지 않는다. 나무들은 그저 자기 생명의 실현 과정으로 잎을 피우고, 열매를 맺는다. 하지만 나무가 잎을 피우고 열매를 맺는 것은 그 고유의 생명의 실현 과정일 뿐만이 아니라, 그 자체가 이미 이웃의 삶에 대한 사랑의 표현이기도 한 것이다. 나무의 잎들이 무성해지면 새들은 스스로 나무를 찾는다. 그리고 그 무성한 잎들 속에 아름다운 노래를 깃들여온다. 새들은 그 무성한 나무에서 나무 자신의 생명력의 실현뿐 아니라 거기 깃들인 사랑의 꿈을 보게 되는 때문이다. 하여 나무가 크고 잎이 무성할수록 나무의 사랑은 그만큼 클 것이고, 새들도 그

그림 5 「봄은」, 장지에 먹, 49×69cm, 2013.

만큼 많이 찾아와 노랫소리가 더욱 화창해질 것이다.

나는 새들을 찾아 들판을 헤매 다니는 나무를 생각할 수는 없다. 그 대신 나는 높고 울창한 나뭇가지 속에 갖가지 새들이 날아들어 그 낭자한 노랫소리로 하여 나무와 새가 하나의 삶으로 어우러져 합창을 하는 그런 사랑의 나무를 꿈꾼다. 그것이 내가 나의 소설로 꿈꿀 수 있는 가장 아름답고 힘찬 생명과 삶의 나무, 혹은 자유와 사랑의 빛의 나무인 것이다. 새가 깃들이지 않은 나무를 생각할 수 없듯이 깃들일 나무가 없는 새 또한 생각할 수 없다. 그것은 나무가 곧 그 새의 자유와 사랑과 새로운 비상의 터전이기 때문이다.[5]

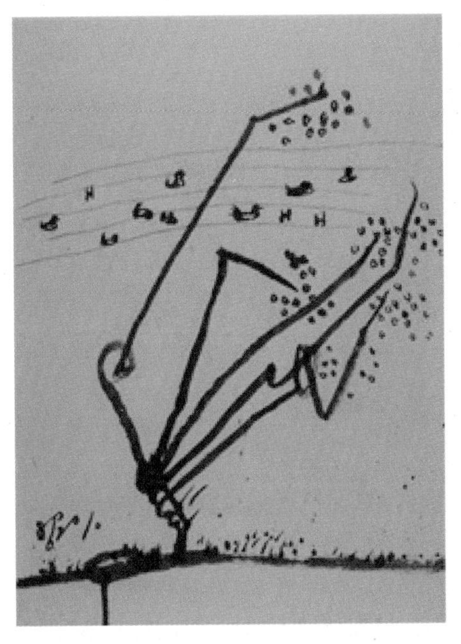

그림 6 「나무와 새」, 장지 위에 분채, 96×66cm, 2010.

이청준이 몽상하는 "가장 아름답고 힘찬 생명과 삶의 나무, 혹은 자유와 사랑의 빛의 나무"에 대한 김선두의 회화적 응답을 가장 극적으로 수행한 작품이 아닐까 생각된다. 나무와 새의 합창과 관련한 이청준의 몽상이 김선두에게도 매우 인상적이었고 공감하는 바 컸던 모양인지, 이 그림 이외의 다른 그림에서도 그 반응은 여러 차례 형상화되어 나타난다. '그림 6 「나무와 새」'에서는 나무와 새의 합창을 오선을 배경으로 묘사했다. 나무가 잎들이 무성해져 새가 날아와 노랫소리로 더욱 화창한 봄날을 환기하는데, 그렇

5) 이청준, 「나무와 새에 관한 꿈」, 『서편제』, 열림원, 1998, pp. 146~47.

그림 7「어수선한 풍경」, 장지 위에 먹 분채, 91×63cm, 2014.

게 새들이 노래하는 모습을 오선 위의 음표 형태로 극화함으로써 매우 인상적인 효과를 거둔다. 흔히 전깃줄 위의 새들의 모습을 볼 수 있는데, 화가는 그것을 오선 위의 음표들과 겹쳐 상상함으로써 나무와 새에 관한 이청준의 몽상에 미학적 동참의 새로운 지평을 열 수 있게 되었다.

그렇게 봄 생명은 활성화되기 마련이다. '그림 7「어수선한 풍경」'이 주목되는 것도 그런 맥락에서다. 나무는 가지를 키우고 잎을 무성하게 하며 꽃을 피운다. 대지 위에서는 온갖 잡풀들이며 식물들이 저마다 마음껏 기지개를 켜며 새로운 삶을 재촉한다. 오선 위에서 새들은 가장 활달한 리듬과 몸짓으로 노래한다. 각각의 존재들이 저마다 봄 생명을 지피기에 어수선해 보일 수도 있지만, 그 어수선한 풍경이야말로 봄기운의 어떤 요체이며, 봄 생명은 그토

그림 8 「행-길의 노래」, 장지 위에 분채, 338.5×134.5cm, 2007.

록 어수선한 풍경으로부터 찬란한 신록을 준비할 수 있을 터이다.

'그림 8 「행-길의 노래」'는 화가 김선두의 생철학과 주제의식이 잘 드러나 있는 텍스트다. 신산한 현실과 예술적 열망 사이에서 가능한 모든 풍경과 사연을 복합적으로 담았다. 길은 구불구불하고, 막힌 듯 뚫려 있고, 뚫린 듯 막혀 있다. 그게 삶이다. 현대의 길에서는 보기 어렵지만, 혹은 현상적인 안목으로는 보기 어렵지만, 본질적 심안으로 보았을 때, 삶의 길은 그런 형상이다. 현상적인 길이 아니라는 말은 곧 김선두가 형상화한 길이 단순한 공간적 국면만을 보여주는 것이 아니라는 점을 환기한다. 그의 길에는 오랜 시간의 적층이 채색되어 있다.

마치 그가 장지 위에 수십 번씩이나 덧칠하여 바탕지를 만들고 그 위에 또다시 수십 번씩 덧칠하여 모종의 형상을 만들듯이, 그가 보여주는 길 안에는 덧칠할 때마다 시간과 역사가 되살아나고 다시 묻힌다. 김선두가 '공간길'과는 별도로 '시간길'을 강조하는 것도 이런 맥락에서이다.[6] 김선두는 길의 크로노토프(시공복합

6) "우리는 길을 통해 어디론가 떠나고 돌아온다. 길은 사람과 사람을 이어주고 과거와

체) 기제를 은유적으로 활용하여 인간 행로의 진면목을 담아낸 것으로 보인다. 그의 회화길은 시간적으로는 과거와 현재, 미래 그 모든 시간대를 향해 열려 있고, 공간적으로는 고향과 타향, 시골과 도시, 육지와 바다, 땅과 하늘 등 모든 공간소들을 향해 열려 있다. 그 열린 시간과 공간으로 인간 영혼의 길이 두루 열린다. 그것이 김선두 회화가 지향하고자 했던 열린 예술혼이 아닐까 싶다. 그럴 때 김선두의 회화에서 나무들은 인간 영혼의 열린 길을 위한 열린 이정표 구실을 한다. 그리고 이청준의 나무와 새의 합창에서도 그랬지만, 김선두의 회화에서도 나무와 새에 관한 몽상은 어지간한 것이어서, 특히 '남도 사람' 연작과 관련하여 나무의 꿈은 비상학의 현현을 불러일으킨다. 물론 그 첫 발상은 이청준으로부터 온 것이었지만, 화가 김선두 역시 그 자신의 붓끝에서 날아오르는 비상학의 에피파니를 체현한 것 같은 느낌을 준다. '그림 9「비상하는 서편제」'가 매우 웅숭깊고 심원하게 보이는 것도 그런 사정에서 말미암은 것일 터이다.

'그림 9'에서 인간의 대지와 우주를 두루 감싸 안으면서 날고 있는 학의 선명한 비상의 모습은 소리꾼들의 열망이었고, 그 소리로 소통했던 공동체의 염원이었으며, 작가 이청준과 영화감독 임권택, 한국화가 김선두의 공통된 소망이었던 것이다. 비상학은 영원

현재를 이어준다. 시간길은 다시 갈 수 없기에 애틋하다. 시간길 위의 만남과 헤어짐, 떠남과 돌아옴은 한 맺힌 이야기를 만들고 시를 만들고 노래를 만들었다. [……] 살다 보면 쌓이는 무수한 한을 달래고 넘어서는 육자배기처럼 유장한 곡선이다"(김선두, 「모든 길이 노래더라」, 김선두·이청준·김영남, 『남도, 모든 길이 노래더라』, 아지북스, 2007, p. 66).

그림 9 「비상하는 서편제」, 장지 위에 분채, 388×134cm, 2007.

한 예술혼의 지향 대상이다. 이렇게 김선두의 회화 텍스트는 길의 크로노토프를 중심으로 자연과 삶과 예술의 존재와 당위 사이에서 부단히 갈등하면서, 그것을 넘어서는 새로운 열린 세계를 지향하는 열린 텍스트라고 할 수 있다. 그 열린 텍스트의 열림을 위해 나무는 때로는 배경 요소로, 때로는 상징 요소로 기능한다. 특히 봄-생명의 나무는 새들과의 합창을 통해서, 봄기운을 역동적으로 활성화하는 작용을 하며, 궁극적으로는 비상학의 에피파니와도 연계되는 신화적 생명성까지 담고 있는 것으로 보인다.

5. 나무와 새의 합창, 그 상생과 구도(求道)의 나무

— 이청준 소설의 나무의 언어와 '물아일체'의 상상력[1)]

유성에서 조치원으로 가는 어느 들판에 우두커니 서 있는
한 그루 나무를 만났다. 〔……〕
온양에서 서울로 돌아오자, 놀랍게도 그들은 이미 내 안에
뿌리를 펴고 있었다. 묵중한 그들의. 침울한 그들의. 아아
고독한 모습. 그 후로 나는 뽑아낼 수 없는 몇 그루의 나무를
기르게 되었다.
—박목월, 「나무」[2)]

나무와 나는 하나 되리라고, 그러면 나도 없고
나무도 없고, 짙푸른 그늘만 남게 되리라고……
—이성복, 「남지장사 1」[3)]

1) 물아일체와 열린 마음

이 장에서는 이청준의 「새와 나무」 「노송」 「목수의 집」 「노거목과의 대화」 등에 형상화된 나무의 상상력을 특히 '물아일체'의 상

1) 이 절은 졸고 「나무의 언어와 '물아일체(物我一體)'의 상상력」의 pp. 142~59를 가다듬은 것이다.

2) 박목월, 『구름에 달 가듯이』, 문학과비평사, 1989, p. 75.

3) 이성복, 『래여애반다라』, 문학과지성사, 2013, p. 115.

상력이라는 측면에서 논의하고자 한다. 이를 위해 먼저 도가(道家)와 유가(儒家)의 전통에서 보인 물아일체 논의를 간략히 살펴본 다음, 작가 이청준이 소설을 통해 '물아일체에의 꿈'을 어떻게 형상화했는지, 그 과정에서 나무의 상상력의 특성은 무엇인지를 고찰함으로써, 이청준 소설의 핵심적 특성을 밝힘은 물론, 한국 현대문학이 형상화한 나무의 생태학의 한 국면을 성찰해볼 수 있을 것으로 기대한다.

사물과 인간, 세계와 자아, 객관과 주관이 험악하게 분열되지 않고 혼연일체를 이룬 경지를 동양에서는 이른바 '물아일체'라고 불러왔다. 이 물아일체론은 노장과 유가의 경우 입장이 약간 달랐던 것으로 보인다. 먼저 "도는 경계가 없다(夫道未始有封)"고 생각하는 노장의 경우, 물아일체는 가장 높은 경지의 일환으로 받아들여질 수 있다. 노자에 따르면 "천하 만물은 유에서 생겨나고, 유는 무에서 생겨난다."[4] 이게 우주의 기원이다. 여기서 '무'에서 '유'로의 변화, 즉 '형체와 속성이 없는 것으로부터 형체와 속성이 있는 것으로'의 변화가 주목된다. 그처럼 "노자는 '무'에 절대적 의미를 부여"하였던 것이다. 그래서 "'유'의 근원은 '무'이며, '무'의 근원은 다시 '없음의 없음'이고, 다시 '없음의 없음의 없음' '없음의 없음의 없음의 없음'……은 끝없이 이어진다. 이로부터 무궁한 시간과 공간의 체계가 열린다".[5] 무궁한 시간과 공간의 체계 속에서 헤아리면 대부분은 상대적인 의미만을 확보할 수 있을 따름이다. 그

4) 天下萬物生於有, 有生於無. 『老子』 40章.

5) 진고응, 『노장신론』, 최진석 옮김, 소나무, 1997, pp. 248~49.

리하여 장자는 "차별적인 눈으로 볼 때, 만물이 크다는 일면만으로 그것이 크다고 여긴다면 크지 않은 것이 없으며, 만물이 작다는 일면만으로 그것이 작다고 여긴다면 작지 않은 것이 없다"[6]고 언급했던 것이다. 이처럼 장자는 "인식의 제한성으로부터, 사물의 상대성을 설명하고, 여기서 한 걸음 나아가 사물의 속성에 차별을 두는 것을 반대"[7]한다. 그래서 "천지는 나와 병존하고, 만물은 나와 하나가 된다"[8]고 말한다. 이런 장자의 물아일체의 경지에 대해 중국 철학자 진고응(陳鼓應)은 다음과 같이 정리한 바 있다.

> 장자는 무궁한 시간과 공간 체계를 열어 보였다. 시간적으로 끝없이 연이어 있고, 공간적으로 끝없이 넓어져 있다. 장자는 현상계의 여러 층위의 경계들을 꿰뚫고, 형체들 사이의 여러 간격을 건너뛰어, 대우주적 차원에서, 인간과 외계 간의 간격을 메움으로써 인간의 정신을 승화시키려 했다. 여기서 천지 만물과 나—객체와 주체—의 대립은 사라지고, 주체와 객체의 합일의 경지에 도달하게 된다. 〔……〕
>
> "천지와 내가 하나가 된다." 이 구절은 「제물론」에서 말하는 사물과 내가 하나가 되는 가장 높은 경지를 설명하고 있다. 이는 또한 '경계가 없는(未始有封)' 경지라고 할 수 있다.[9]

6) 以差觀之 因其所大而大之 則萬物莫不大. 因其所小而小之 則萬物莫不小. 『莊子』 「秋水」.

7) 진고응, 같은 책, p. 249.

8) 天地與我幷生 萬物與我爲一. 『莊子』 「齊物論」.

9) 진고응, 같은 책, p. 250.

이런 물아일체의 사례로 널리 알려진 '호접지몽(胡蝶之夢)'을 떠올릴 수 있다. 『장자』의 「제물론」편에 나오는 이야기이다. 어느 날 장자가 꿈을 꾸었다. 나비가 되어 꽃들 사이를 즐겁게 날아다니다가 문득 깨어보니, 자기는 분명 장주가 되어 있었다. 장주인 자기가 꿈속에서 나비가 된 것인지, 아니면 나비가 꿈에 장주가 된 것인지를, 좀처럼 구분할 수 없었다.[10] 이렇게 장주와 나비, 피아(彼我), 물(物)의 시비(是非)·선악(善惡)·미추(美醜)·빈부(貧富)·화복(禍福) 등이 구분될 수 있는 것이 아님을 강조하면서 만물은 결국 하나의 세계로 귀결되고, 만물과 나는 하나가 된다고 장자는 생각했다. "도는 경계가 없다"고 도가에서 강조했음에도 불구하고 실제로 인간 삶에서는 그 '경계'로 인해 온갖 분별이나 차별 들이 생겨나고 시비가 일어난다. 파벌이 생겨나고 사람들은 저마다의 틀에 갇힐 수도 있다. 그러면 분별 없고 경계 없는 물아일체의 경지에 접근하기 어렵다. 그렇다는 것은 인간이 정신적 자유를 향유하기 어렵다는 말과 통한다. 이에 장자는 "열린 마음을 기르는 것이 최선의 대책"[11]이라고 말하는데, 이때 "열린 마음은 '자연의 곳간〔天

10) 이 호접지몽의 물아일체 경지에 대해서는 이미 백과사전류에서도 일목요연하게 정리되어 있다. "장주와 나비는 분명 별개의 것이건만 그 구별이 애매함은 무엇 때문일까? 이것은 사물이 변화하기 때문이다. 꿈이 현실인지 현실이 꿈인지, 도대체 그 사이에 어떤 구별이 있는 것인가? 장주와 나비 사이에는 피상적인 구별, 차이는 있어도 절대적인 변화는 없다. 장주가 곧 나비이고, 나비가 곧 장주라는 경지, 이것이 바로 여기서 말하고자 하는 세계이다. 물아의 구별이 없는 만물일체의 절대경지에서 보면 장주도 나비도, 꿈도 현실도 구별이 없다. 다만 보이는 것은 만물의 변화에 불과할 뿐인 것이다. 이처럼 피아(彼我)의 구별을 잊는 것, 또는 물아일체의 경지를 비유해 호접지몽이라 한다"(「두산백과」, http://terms.naver.com/entry.nhn?docId=1169011&cid=40942&categoryId=32972).

府]'처럼 모든 존재하는 것들을 포용"한다. 장자가 '보광(葆光)'이라고 불렀던 이와 같은 마음 상태는, "마음을 텅 비우고 통달을 이루도록 인간에게 내재되어 있는 도량을 한곳에 모으는 것"[12]을 말한다.

이런 도가의 사유와 비슷하면서도 유가에서는 주체의 의지적 요소를 더 강조하는 것 같다. 실학 시기 양명학자였던 정제두(鄭齊斗)의 『하곡집(霞谷集)』을 따라 유가의 물아일체설을 정리해보면 다음과 같다. 『중용』에 이르기를, "오직 천하의 지성(至誠)이라야만 능히 그 성(性)을 다할 수 있는 것이니, 그 성(性)을 다할 수 있다면 능히 사람의 성(性)도 다할 수 있는 것이고, 사람의 성(性)을 다할 수 있다면 능히 물(物)의 성(性)도 다할 수 있는 것이며, 물의 성(性)을 다할 수 있다면 천지가 화육(化育)되는 것도 도울 수 있는 것이며, 천지의 화육을 도울 수 있다면 천지와 같이 참여[參]할 수 있는 것이라"(『중용』 22장)고 하였다. 주자는 이르기를, "사람이나 물(物)의 성(性)은 또한 나의 성(性)인 것이니, 다만 받은 바의 형기(形氣)가 같지 않기 때문에 다름[異]이 있는 것이라"(『중용』 22장의 주)고 하였다.[13] 도가의 경우 '무(無)'가 근원이었는데, 유가에서는 '성(性)'이 근원이다. 장자[張子, 장횡거(張橫渠)를 말함]에 따르면, "성(性)이란 것은 만물의 한 근원이요, 내가 사사로 얻을 수

11) 진고응, 같은 책, p. 251.

12) 같은 책, p. 251.

13) 中庸曰惟天下至誠. 爲能盡其性. 能盡其性則能盡人之性. 能盡人之性則能盡物之性. 能盡物之性則可以贊天地之化育. 可以贊天地之化育則可以與天地參矣. 朱子曰人物之性. 亦我之性. 但以所賦形氣不同而有異耳. 〔〈物我一性〉, 「經學集錄」, 『霞谷集卷十七』(『한국문집총간』 160권, 경인문화사, 1997, p. 452)〕.

없는 것이니, 오직 대인(大人)이라야만 능히 그 도(道)를 다하는 것이다. 이런 까닭에, 설〔立〕려면 반드시 함께 서는 것이고, 알려면 반드시 두루 알아야 하는 것이며, 사랑하려면 겸하여 사랑〔兼愛〕하는 것이고 이루려면 홀로는 이룰 수 없는 것이니, 저들이 스스로 물욕(物欲)에 가리우고 막히어서〔蔽塞〕 나의 이(理)에 순응할 줄을 모른다면 또한 어찌할 수 없는 것"[14]〔『정몽(正蒙)』 권 1, 성명편(誠明篇)〕이다. 맹자에 따르면, "만물(萬物)이란 모두가 나에게 갖추어져 있는 것이니[15], 내 몸에 돌이켜서 성(誠)으로 한다면 즐거움이 이보다 클 수가 없는 것이고, 서(恕, 나를 미루어서 남에게 미치는 것)를 힘써 행한다면 인(仁)을 구하는 것이 이보다 가까울 수가 없는 것"[16]〔『맹자』 진심편 상〕이다. 이에 맹자는 '마음을 다하면 성도 알고, 하늘도 안다(盡心則知性知天以此)'며 '인(仁)'을 강조했다. 마음을 다해 인을 실천하면 "하늘의 밝음이 너의 나들이에 미치고, 하늘의 아침 햇볕이 너의 노는 데를 비친다는 것이니, 한 물건에도 체(體)하지 않는 것이 없는"[17]〔『시경』 생민편(生民篇)의 주〕 경지에

14) 張子曰性者萬物之一源. 非有我之得私也. 惟大人爲能盡其道. 是故立必俱立. 知必周知. 愛必兼愛. 成不獨成. 彼自蔽塞而不知順吳理者. 則亦末如之何矣. 〔〈物我一性〉, 「經學集錄」, 『霞谷集卷十七』(같은 책, p. 452)〕

15) 만물(萬物)이란 …… 있는 것이니: 맹자의 이 말은 송유(宋儒)의 만물일체설(萬物一體說)이 되었고, 양명도 이 대목을 인용하여 "夫萬事萬物之理, 不外於吳心, 而必曰 窮天下之理, 是殆以吳心之良知爲未足, 而必外求於天下之廣……"이라고 하였으며, 이는 주자의 격물설을 반박하는 입론의 바탕이었다(『전습록』).

16) 集義 孟子曰萬物皆備於我矣. 反身而誠. 樂莫大焉. 强恕而行. 求仁莫近焉. 〔〈物我一性〉, 「經學集錄」, 『霞谷集卷十七』(『한국문집총간』 160권, p. 452)〕

17) 昊天曰明. 及爾出王. 昊天曰旦. 及爾游衍. 無一物之不體. 〔〈物我一性〉, 「經學集錄」, 『霞谷集卷十七』(같은 책, p. 452)〕

이를 수 있다는 것이 유가의 기본적인 생각이었다. 이런 유가의 맥락에서 퇴계 이황은 "개개 사물에 대한 정서적 반응이 아니라, 사물의 뒤편에 있는 보편적 추상성에 대한 방향성 있고 지속적인 반응, 오랜 동안의 수양에 의한 정서적 일치감"[18]으로서 물아일체에 대해 논의한 바 있다.

> 요산요수(樂山樂水)라는 성인의 말씀은 산이 인이고 물이 지라는 것도 아니고, 사람과 산과 물이 본래 한 가지 성(性)이라는 것도 아니다. 다만 인한 자는 산과 비슷하니 산을 좋아하고, 지자(智者)는 물과 비슷하니 물을 좋아한다고 말한 것이다. 같다는 것은 인자(仁者)와 지자의 기상(氣象)과 의사(意思)를 가리켜 말한 것뿐이다. 주자집주(朱子集註)를 보면 그 둘 밑에 似 자로 해석했으니 그 뜻을 알 수 있다. 그러므로 그 아래 글의 동정의 가르침〔動靜之訓〕은 또한 체단(體段)으로써 말한 것이요, 낙수의 뜻은 효험(效驗)으로서 말한 것이니, 모두 인과 지의 본연의 이치를 참으로 논한 것이 아니다. 아마도 성인의 뜻에 사람들이 인과 지의 이치의 미묘함을 쉽게 깨우치지 못하기 때문에, 이에 혹은 기상과 의사를 가리키고 혹은 체단과 효험을 가리켜서 반복 형용하여 형상을 통해 실제를 구하게 하여 지준(指準)과 모범(模範)의 극치로 삼고자 한 것뿐이지, 산과 물에 나아가 인과 지를 구하게 한 것은 아닐 것이다. 그러므로 내 생각에 그 두 즐거움의 뜻을 알고자 하면 마땅히 인자와 지자의 기상과 의사를

18) 신연우, 「이황 산수시의 양상과 물아일체의 논리」, 『한국사상과 문화』 20집, 한국사상문화학회, 2003, p. 59.

구해야 하고, 인자와 지자의 기상과 의사를 구하고자 하면 또한 어찌 다른 곳에서 구하겠는가? 내 마음으로 돌이켜 그 실질을 얻을 뿐이다. 진실로 내 마음에 인과 지의 실질이 있어 속으로 가득 차 겉으로 드러난 즉 요산요수는 애써 구하지 않더라도 자연히 그 락(樂)이 있게 될 것이다.[19)]

이렇게 퇴계는 단지 경물(景物)을 아는 것이 중요한 것이 아니라, 경물의 이(理)와 자아의 이를 알고, 그 둘이 궁극적으로 하나임을 아는 것이 중요하다고 생각했다.[20)] 둘이 서로 독립적으로 존재하는 다른 것인데, "그것이 나와 관계를 맺고 자연과 나를 합일시켜주는 것은 그것이 '활리(活理)'이기 때문"[21)]이다. 퇴계의 산수시에서 보이는 수정(守靜)과 관조(觀照)의 모습[22)]은 물아일체의 심연의 풍경이기도 하다. 퇴계의 산수시에 나타난 물아일체의 논리를 검토한 신연우에 따르면, 철학적으로 독특한 퇴계의 주장인 이발설(理發說)은 "논리상 이가 발할 수 있는가"라는 반론에 직면할 수 있지만, "물과 아가 만날 수 있다는 이발설은 물아일체를 구현하기 위한 시적 발상으로 보면 크게 공감 가는 면"[23)]이 있다고 한다.

19) 이황, 「答權童仲 丙辰」, 『도산전서』 3, 권 53, 한국정신문화연구원, 1980, p. 127. 여기서는 신연우, 같은 글, p. 60에서 재인용함.

20) 신연우, 같은 글, p. 61.

21) 신연우, 같은 글, p. 63. '活理'에 대해서는 최진덕, 「퇴계성리학의 자연도덕주의적 해설」, 김형효 외, 『퇴계의 사상과 그 현대적 의미』, 한국정신문화연구원, 1997, p. 164 참조.

22) 심경호, 「퇴계의 수정과 관조자연」, 김형효 외, 같은 책, pp. 347~416 참조.

23) 신연우, 같은 글, p. 66.

2) 이청준의 우주목과 '보광(葆光)'의 역학

이청준의 '남도 사람' 연작의 하나인 「새와 나무」는 이미 그 표제의 비유부터 의미가 각별하다. 이는 작가 자신이 산문을 통하여 나름대로 해석을 해놓은 것이기도 하다. 나무는 "혼자서 수분을 빨아들이고 햇빛을 취하여 줄기를 키우고 잎을 펼치며 열매를 맺는" 자족적인 실체이다. 나뭇잎들이 무성해지면 새들이 찾아들고 아름다운 노래가 깃들어진다. "높고 울창한 나뭇가지 속에 갖가지 새들이 날아들어 그 낭자한 노래 소리로 하여 나무와 새가 하나의 삶으로 어우러져 합창을 하는 그런 사랑의 나무", 바로 그것이 이청준이 소설로 꿈꿀 수 있는 "가장 아름답고 힘찬 생명과 삶의 나무, 혹은 자유와 사랑의 빛의 나무"[24]라고 한다. 얼핏 보기에도 『장자』의 「제물론」에 나오는 천뢰(天籟) 즉 하늘의 퉁소 소리를 떠올리게 한다. 즉 온갖 소리들을 나름의 조화 속에 잠기게 하는 자연의 절대음 말이다. 그러나 그것은 따로 있는 어떤 것이 아니라 저절로 그러한 혹은 모든 조화를 자연의 절대 속에서 차지하는 그런 모습이다. 이 세상의 모든 소리들이 저절로 조화를 획득하여 어울리는 그런 합창이다. 새와 나무에 관한 이청준의 꿈, 혹은 이청준의 합창은 그런 경지를 동경한 것처럼 보인다.[25]

「새와 나무」는 소리(판소리)를 찾아 남도를 순례하던 한 나그네

24) 「나무와 새에 관한 꿈」, 『서편제』, pp. 146~47.

25) 졸고, 「생태학적 무의식과 생태윤리」, 『동아연구』 59권, 서강대학교 동아연구소, 2010, p. 197.

가 외딴 산골에서 우연히 '나무'와도 같은 사내를 만나 '빗새' 이야기를 듣는 이야기다. 정처 없이 남도를 떠돌던 나그네가 폐원과도 같은 과수원 비슷한 수림에서 한 사내를 발견하는데, 그가 마치 "한 그루의 나무처럼 보였다"고 서술자는 적는다. 「새와 나무」는 소설 초입에서 "나무처럼 보였"던 사내가 끝부분에서는 "한 그루 나무가 되어" 있는 모습으로 변화되는 과정의 사연들로 이루어져 있다.

> 그 사내는 자기 집 마당 앞 나무들 사이에 서 있었다.
>
> 그는 방금 낙엽이 끝나가고 있는 늦가을 나무들에게 겨울 짚옷을 싸 입히다 쉬고 있는 중이었다.
>
> 오래오래 하늘을 쳐다보고 서 있는 모습이 그 자신 한 그루의 나무처럼 보였다.[26](밑줄은 인용자에 의한 것임. 이하 같음.)

> 그리고 그 역시 이젠 한 그루 나무가 되어 방금 자기 둥지를 떠나간 한 마리 밤새의 꿈을 품은 채, 붉게 물든 서녘 하늘의 노을빛 아래로 모습이 차츰 멀어져 가는 사내를 올연히 떠나보내고 있었다.[27]

첫 장면에서 서술자는 "나무들 사이에 서" 있는 "그 사내"를 초점화한다. 그는 나무들 사이에 있을 뿐만 아니라 나무들의 겨울나기를 위해 짚옷을 싸 입히다가 하늘을 쳐다보고 쉬고 있는 중이었

26) 이청준, 「새와 나무」(1980), 『서편제』, p. 94.
27) 같은 책, p. 145.

다. 나무들 사이에 인접해 있던 그는 나무를 위해 일하면서 나무에 더 가까이 겹쳐지게 되고, 마침내 나무처럼 보였다는 것은 세 가지 맥락에서 성찰의 세목을 제공한다. 첫째, 나무와 사내의 교감과 어울림 혹은 물아일체의 측면이다. 둘째, 하늘을 쳐다보는 모습을 통해 나무처럼 보였다고 한 대목에서 하늘과 땅을 연결하는 우주목의 상징성을 떠올릴 수 있다. 셋째, 그런 우주목과도 같은 나무-사내를 수정(守靜) 관조(觀照)하는 서술자의 태도와 그 풍경과 물아일체를 이루려는 서술자의 열린 마음을 가늠해볼 수 있다. 이런 세 맥락은 이 소설을 읽는 데 역동적인 기대지평을 형성할 수 있다.

'보광' 같은 열린 마음은 나무처럼 보였던 사내에게서 먼저 현시되면서 상호 교환되는 양상을 보인다. 나그네를 마치 아는 사람을 부르듯 손짓하여 부르고, 나그네도 무언가에 홀린 듯 그 사내에게 다가간다. 사내는 나그네를 청해 정겹게 저녁을 대접하고 잠자리까지 제공한다. 밤늦은 시간까지 둘은 이런저런 이야기를 나누게 된다. 이때 이야기의 교환은 곧 열린 마음의 교환이다. 그럴수록 사내와 나무 사이의 물아일체는 심화된다. 그 이야기의 핵심은 나무를 심고 나무와 더불어 사는 열린 마음이다. 사내의 형이, 가정 형편상 소학교 졸업 후 중학교에 진학하지 못해 도회지로 떠나간 후, 어머니는 빗새〔雨鳥〕 이야기를 하면서 집 앞에 작은 동백나무 한 그루를 심어 정성껏 돌본다. 빗새는 봄부터 가을까지 비가 오는 날에만 구슬프게 울어댄다는 (허구적인) 새다. 비가 와도 제 몸 하나 깃들일 둥지마저 없는 새이기에 날씨가 궂으면 그렇게 젖은 몸을 쉴 의지를 찾아 빗속을 울며 헤매 다닌다는 것이다. 어머니가 이런 빗새 이야기를 하면서 잎과 가지가 무성한 동백나무를 심은 것은, 일차적으로는 빗새에게 의지처를 제공하려는 마음이겠으나, 다른 측면에서는 집 나간 아들을 생각하는 마음이었을 것이다. 오랜 시간이 지난 다음에 성공하지 못한 아들이 집에 돌아와 크게 자란 그 동백나무를 보면서 '나무'와도 같은 어머니의 마음을 헤아린다. "긴 세월 허구한 날 어느 골목을 헤매고 다녔더냐. 바람 차고 어두운 밤인들 어느 한데다 의지를 삼았더냐"는 어머니의 말에 남루한 귀향자는 "바깥세상을 나가보면 엄니같이 자식을 일찍 객지로 내보내고 사는 노인네들을 자주 만날 수가 있어서요. 그런 분들의 인정으로 제가 이렇게 다시 무사하게 돌아온걸요"[28]라고 대답한다. 그렇게 돌아온 형은 몇 년간 어머니의 은혜에 보답이라도 하려는 듯 집 주변에 과수를 비롯한 나무를 심으며 수림을 일군다. 그러나 어머니가 돌아가시자 다시 집을 떠나고 만다. 이제 어머니가 없는 자리에, 측은한 빗새를 위해 '나무'를 심는 역할을 동생(사내)이 떠맡는다. 사내는 그렇게 나무를 심으며 빗새와도 같은 형을 어머니를 대신해 기다린다.

빗새와도 같은 형을 기다리던 사내는 어느 날 그 수림을 찾아든 시인을 만나게 된다. 도시 생활에 지친 시인은 우연히 그곳을 지나다가 자신의 지친 영혼에 평화를 가져다줄 것으로 기대되는 공간과 마주치게 된다. 노을이 질 무렵까지 한나절을 그 자리에서 망연히 앉아 있던 시인이, 사내에게는 빗새의 형상으로 보였음은 물론이다. 하여 그를 도와주기로 한다. 시인은 우선 땅만이라도 산 다음에 돈이 더 생기면 둥지를 틀었으면 좋겠다고 했다. 사내는 밭

28) 같은 책, p. 114.

주인과 협의하여 계약금도 없는 계약을 성사시킨 다음, 집 자리를 제외하고 나무를 심어준다. 그러나 시인은 결국 돈을 마련하지 못해, 그 땅에 둥지를 틀지 못한다. 뜻을 이루지 못하고 비명에 죽었다는 시인을 위해, 사내는 못 이룬 양택(陽宅) 대신에 음택(陰宅)이라도 그 땅에 마련해주고 싶어 했지만, 이미 화장하여 강물에 뿌려졌다는 소식을 듣게 된다. 그럼에도 불구하고 사내는 여전히 나무를 심으며 빗새들을 기다린다. 그러다가 나그네를 만나게 된 것이다.

이런 이야기를 전해 들은 나그네는 사내를 처음 보았을 때 나무로 보였던 사연에 대해 깨우치게 된다. "그는 한 마리 빗속의 새였고 주인 사내는 숲속의 나무였다. 그리하여 새는 나무를 보았고 나무는 다시 새를 본 것이었다. 낯모른 집을 따라 들어와서도 그토록 마음이 편해진 것 역시 거기에 곡절이 있었던 것 같았다."[29] 어머니와 동백나무, 어머니와 아들, 아들과 동백나무, 사내와 어머니, 사내와 나무, 사내와 시인, 사내와 나그네, 나무와 새 등 모든 관계는 서로 보광의 열린 마음으로 스미고 짜여 있다. 특히 나무와 인간, 나무와 새 사이의 물아일체의 경지는 극진하다. 교감과 나눔, 조화와 상생을 통해 물아일체의 순기능을 극대화한다. 어머니의 나무도 그렇고 사내의 나무도 일종의 우주목이다. 수직적으로는 땅과 하늘, 물과 흙과 공기를 순환시키고, 수평적으로는 새로 하여금 자신의 잎과 열매와 더불어 춤추게 한다. 그것이 나무의 삶이다. 그런 나무들이 신성한 숲을 이룬다. 그 숲에서 모든 존재들

29) 같은 책, p. 117.

은 신비롭고 아름답고 평화롭고 행복할 수 있다. 그 숲에서 소리와 사람은 혼연일체의 경지에 들기 쉽다. 보광의 열린 마음으로 물아일체의 경지에 들 수 있다. 이것은 작가 이청준이 나무와 함께 꿈꾸려 했던 물아일체에의 꿈의 단적인 모습에 속한다. 그러나 그것은 어쩌면 충만한 것이면서도 텅 빈 것이기도 하다. 소설의 끝부분에서 사내는 끊임없이 소리를 찾아 떠도는 나그네에게 이런 말을 한다. "집터를 찾든 소리를 찾든 그야 노형 좋으실 대로 할 일이겠소마는, 글쎄 내 보기로는 노형이 바로 그 소릿가락 같은디…… 자기 잔등에다 소리를 짊어지고 어디로 또 소리를 찾아댕긴다는 것인지……"[30] 사내가 보기에 나그네(주체)의 탐색 대상인 소리는 곧 나그네 안에 들어 있다. 그러니까 주체와 대상 사이의 물아일체의 형상이다. 그럼에도 주체는 "자기 잔등에다 소리를 짊어지고 어디로 또 소리를 찾아" 떠난다. 자기 안에 소리가 이미 내재되어 있음을 모르기 때문이라고 쉽게 말해서는 곤란할 것 같다. "도는 텅 빈 것이지만 그것의 작용은 꽉 참이 없이 무궁하다"[31]고 한 '도충이불영(道沖而不盈)'의 세계를 생각한다면 사내와 나무의 관계, 나그네와 소리의 관계는 '텅 빈 충만'의 역학 속에서 부단히 도를 보광하려는 마음과 통한다. 또 "만물이 잘 자라는 것을 보고 그것을 인도하려 하지 않고, 잘 살게 해주고도 그것을 자신의 소유로 하지 않으며, 무엇을 하되 자신의 뜻대로 하려 하지 않는다. 공이 이루어져도 그 이룬 공 위에 자리 잡지 않는다"[32]고 했던 노자

30) 같은 책, p. 144.

31) "道, 沖而用之, 或不盈,"『道德經』4章.

32) "萬物作焉而不始, 生而不有, 爲而不志, 功成而弗居,"『道德經』2章.

의 '공성이불거(功成而弗居)'의 세계와 상통하는 것이기도 하며, 이런 동력으로 인해 물아일체의 꿈은 더욱 심화된 지평으로 탄력성을 얻는다. 그러면서 우주목의 신화성도 거듭 탐문된다.

3) 나무와의 물아일체에의 꿈

「나무 위에서 잠자기」에는 어린 시절 고향 마을에서 팽나무 위에 올라가 잠을 자는 사람들의 풍경과 그것을 보고 주인공도 그리하고 싶었지만 이루지 못하고 도회지로 떠나왔다는 삽화가 담겨 있다. 주인공의 고향 마을 사람들은 여름이 되면 커다란 팽나무 그늘로 찾아와 오수를 즐기거나 잡담을 하곤 했다. "팽나무는 한 5미터 높이에서 가지들이 수평으로 갈라져 나갔는데, 그 가지 하나가 유난히 넓게 벌어져 사람 하나가 몸을 눕힐 만한 자리가" 되어 "그곳에는 항상 누군가가 편하게 올라 누워 잠을 자고 있었다."[33] 어린 주인공은 그것을 보면서 늘 조금만 잘못 움직이면 영락없이 나무 아래로 떨어질 텐데 어쩌면 저렇게 태평하게 잠을 잘 수 있을까 궁금해했다. 그러면서 자기도 그 가지 위에서 잠을 잘 수 있기를 소망했다. 그러다 마침내 기회를 가지게 된다. 주인공이 조심해서 그 넓은 가지의 잠자리로 다가가보니 과연 꼭 한 사람의 몸을 눕힐 만한 공간이 되었다. 하여 슬그머니 몸을 눕혀 잠이 들기를 기다렸다. 다른 사람들은 아주 편하게 잠자는 것처럼 보였는데, 막상

33) 이청준, 「나무 위에서 잠자기」(1968), 『매잡이』, p. 106.

올라가보니 사정이 그렇지 않았다. "조마조마하고 불안해서 그대론 여간해서 잠이 올 것 같지 않았다. 정신만 더 말짱해 왔다. 오히려 잠이 들어버릴까 봐 겁만 났다. 잠이 들고 나면 영락없이 거기서 굴러떨어지고 말 것만 같았다. 나는 할 수 없이 몸을 일으켜 다시 나무를 내려오고 말았다."[34]

이 삽화에서 우리는 작가 이청준이 상상했던 나무와의 물아일체의 꿈을 가늠해볼 수 있다. 인간이 나뭇가지 위에 올라가 잠이 든다는 것은, 마치 울창한 나뭇가지에 새가 모여들 듯이, 나무와 일체가 된 경지를 상징적으로 보여준다. 자연 상태에서 인간은 그런 모습이었을 터이다. 그러니까 어린 주인공이 나무 위에서 잠자기를 욕망한 것은 곧 그런 자연 상태에서의 물아일치의 꿈을 동경한 것이었다고 해도 과언이 아니다. 그러나 자연 상태에서 벗어나 인공적인 문명이 전개될수록 그 꿈은 막막한 것이 되고, 그럴수록 불안은 가중될 수밖에 없었다. 그런 상황을 이 삽화는 매우 압축적으로 보여준다. 그리고 이런 물아일치의 꿈은 훗날, 앞서 살펴본, 「새와 나무」에서 그 원형적인 모습으로 형상화된다.

시골 출신 작가인 이청준은 도시로 나와 생활하면서도 늘 시골의 자연 상태, 고향에서의 삶을 그리워했던 것으로 알려져 있다. 이미 많은 논자가 언급했듯이 도시와 시골의 길항관계는 이청준 소설의 핵심적인 축의 하나이다. 이때 고향적인 것, 시골에서의 자연 상태에 대한 동경은 종종 나무와 물아일체의 꿈으로 변주된다. 「큰 나무들은 변하지 않는다」는 수필에서 이청준은 불변하는 큰

34) 같은 책, p. 107.

나무의 은혜와 축복을 예찬하면서, 상대적인 인심의 유전(流轉)에 대한 소회를 밝힌 바 있다. 어릴 적 소풍 갔던 섬에 가서 여전히 변하지 않고 "긴긴 세월 동안 한자리에서 이토록 자기 삶의 터를 올연히 지켜가기도 하는 것"에 경의를 표한다. "큰 나무는 그런 뜻에서 우리의 삶에 대한 고마운 은혜요, 보이지 않는 축복임에 틀림없다. 그래 마을에 그런 거목을 정자나무나 당산목으로 지니고 사는 사람들은, 적어도 아직 그런 고향의 기억을 지니고 있는 사람들은 그 거목의 은혜와 축복에(그것을 심은 조상들의 지혜까지도) 스스로 감사하고 자랑스러워해야 마땅할 것이리라."[35] 이 경험을 소설화한 것이 「노송」이다. 섬에 오른 주인공은 "어마어마하게 큰 소나무들이 하늘을 찌를 듯 울립해 있"는 풍경에 감탄한다. "그 소나무들은 옛날 소풍 때 그대로 우람스럽게 둥치를 버티고 서서 먼 창공의 바람기로 우우우 영겁의 노래를 읊조리고 있었다. 거기에는 그간 세월이 더하고 덜함이 없었다. 흐르는 세월 따라 시들고 꺾임도 없었고, 병들고 늙음도 없는 것 같았다."[36] 요컨대 "그 압도적인 생명의 웅자"에 경탄해 마지않는 것이다.

변하지 않고 기다려주는 나무—그 거북등처럼 거치른 나무둥치로 시선이 자꾸 매달려 올라간다. 하늘이 그만큼 멀어져 올라간다. 그 하늘이 멀어진 만큼 나무도 자꾸 높아져 올라간다. 스스로 영원해지는 생명이듯이. 그게 차라리 생명 가진 것의 죽음에의 꿈이

35) 이청준, 「큰 나무들은 변하지 않는다」(1988), 『이어도』, 열림원, 1998, pp. 140~41.
36) 이청준, 「노송」(1981), 같은 책, p. 137.

듯이.

우우우—

바람 소리가 먼 허공 위를 스쳐 지나갈 뿐 나무는 가지 하나 흔들리지 않는다. 삶도 죽음도 흔들림이 없는 것 같다.

"그럼 난 이제 이 나무 아래서 낮잠이나 한잠 자고 갈까."

형님이 다시 한마딜 해온다. 바로 그 노송들로 하여 당신의 은밀한 기다림과 나에 대한 위로를 대신 보여주고 싶었던 사람처럼. 그리고 그것으로 당신은 내게 더 할 말이 없어진 사람처럼.

하지만 나는 이제 그 형님을 보지 않는다. 형님의 소리도 듣지 않는다. 눈앞을 가려선 노송으로 대신 형님을 보고 소리를 듣는다.

"아이들을 따라 소풍을 올 때도 나는 매번 이 나무들 아래서 낮잠만 자다 돌아가곤 했거든."[37]

이 소설에서 묘사된 큰 나무들 역시 우주목의 형상이다. 하늘을 향해 '영겁의 노래'를 연주하는 큰 나무들은 영원한 생명처럼 하늘과 땅의 기운을 연결한다. 그런 나무 기운에 사람들은 자연스레 동화되고 일체가 된다. 동행했던 집안 형님의 나무 아래서 잠자기는 자연 상태에서의 편안한 휴식과 몽상을 뜻한다. 굳이 나무 위에서 잠자기가 아니라도 그쯤 되면 물아일체의 경지라 할 만하다. 그런데 여기서 주목할 것은 그 물아일체의 과정이다. 「노송」에서 오래된 큰 나무는 변함없이 영원한 존재, 항상적인 존재로 받아들여진다. 반면 인간은 변화를 겪을 수밖에 없다. 그런 인간의 입장에서

37) 같은 책, p. 138.

영겁의 노래를 부르는 것 같은 나무의 미덕을 닮고 싶고 하나가 되고 싶어 한다. 그 아래서 편안하게 잠자고 싶어 한다. 그러면서 서서히 나무와 물아일체가 될 때, 어린 시절 지녔던 나무와 물아일체가 되지 못해 불안해했던 증상은 줄어들 수 있다.

4) 동시성(同時性)과 동소성(同所性): 우주목의 언어와 생명의 섭리

그런데 나무/인간을 영원/찰나, 항상성(恒常性)/무상성의 대립으로 구분하는 것이 과연 적절한 것인가? 이런 질문을 던지고 반성하면서 작가 이청준은 더 큰 생명의 섭리 안에서 현묘한 나무의 말을 듣는다. 「노거목과의 대화」는 표제가 이미 설명하고 있는 것처럼, 노거목이 들려주는 말을 서술자가 전해주는 형식의 소설이다. 프레이저의 『황금가지』를 보면 다양한 나무 신화들에서 나무(정령)와 대화하는 풍경이 그려지고 있는데,[38] 이 소설에서 노거목은 우주 삼라만상의 섭리를 설파하면서 인간 중심의 비좁은 상식적 견해들에 대해 반성을 촉구한다.

강남구 삼성동 삼릉(三陵) 일대의 수림 지대에 수령 300여 년을 헤아리는 거대한 은행나무 한 그루가 있다. 거목이긴 하지만 인간들에 의해 훼손되기도 해 "참연하면서도 외경스러운 모습"을 하고

38) 특히 '나무 숭배'장을 참조할 수 있다. 제임스 조지 프레이저, 『황금가지』 1권, 박규태 옮김, 을유문화사, 2005, pp. 291~350 참조.

있다. 그러면서도 "해마다 봄이 되면 그 위쪽의 둥치에서 새 가지와 무성한 잎들을 쏟아 내놓는 것이 무슨 생명력의 합창이나 절규와도 같은 우렁찬 무엇을 느끼게 하곤"[39] 하였다. 그 거목으로부터 주인공은 우연히 "생명과 구원에 관한 유현(幽玄)한 나무의 이야기를"[40] 듣게 된다. 주인공은 "생명의 무한성"을 지닌 나무에 비해 인간의 유한성 때문에 절망스럽다고 말한다. "저의 일회적인 생명은 이렇게 병고 속에 해마다 영육이 쇠진해가고 있습니다. 그 유한성이 당신 앞에 저를 이토록 절망케 하곤 합니다."[41] 이에 나무는 주인공에게 "무한성과 유한성"으로 나무와 인간을 대립적으로 인식하는 것에 대해 단순한 비교의 결과라며, "절대적 진실을 보는 것"이 중요하다고 말한다. "나를 다시 살펴보아라. 해마다 잎이 다시 피고 생명의 성하(盛夏)를 맞아 어우러질 뿐, 그 계절을 되풀이 살아갈 뿐, 내게도 생명은 일회적인 것일 뿐이다. 내가 어찌 무한의 생명력을 지녔더냐, 그리고 너만이 그 유한의 생명을 지녔더냐. 너의 생명이 유한하고 나의 그것이 무한의 것으로 보이는 것은 다만 네가 그것을 자신과 비교해보는 때문일 뿐이다. 나 역시 하나의 생명을 일회적으로 살아갈 뿐이다. 나는 너희 인간들보다 몇 개의 세월을 더 사는 것뿐이다."[42] 즉 절대적 진실의 측면에서 본질

39) 이청준, 「노거목과의 대화」(1984), 『비화밀교』, 문학과지성사, 2013, p. 257.

40) 같은 책, p. 258.

41) 같은 책, p. 260.

42) 같은 책, p. 261. 장자는 "차별적인 눈으로 볼 때, 만물이 크다라는 일면만으로 그것이 크다라고 여긴다면 크지 않은 것이 없으며, 만물이 작다라는 일면만으로 그것이 작다라고 여긴다면 작지 않은 것이 없다"(以差觀之 因其所大而大之 則萬物莫不大. 因其所小而小之 則萬物莫不小. 『莊子』「秋水」)고 논의한 바 있다.

적으로 보면, 혹은 장자의 맥락에서 무궁한 시간과 공간의 체계로 보면, 나무와 인간의 생명 원리는 다르지 않다는 것이다. 그러면서 생명의 본질, 우주 삼라만상의 본질을 터득하는 것이 중요하다고 말한다. 그렇다면 "우주 만상의 본질의 실상"은 무엇인가?

—그것을 무엇이라고 말할 수는 없는 것이다. 인간들의 말로는 섭리라 하고 법(法)이라 하고 혹은 원소(元素)나 도(道)나 무(無)라고들 말한다. 그러나 그 어느 것도 그 본질을 바로 말하고 있지는 못한다. 인간의 말이란 원래 그토록 불완전한 것이기 때문이다. 어쩌면 저 노자나 장자 같은 현인들은 그것을 이미 꿰뚫어보고 있었는지 모른다. 동시에 그 사람들은 그것을 말로 표현하려 할 때는 본질의 모습을 훼손하거나 왜곡하고 마는 것도 깨달은 것 같더구나. 그들이 그런 말을 하고 있지 않더냐. 우주의 본질이 침묵 속에 있고, 만유(萬有)의 생성은 없음〔無〕의 모태에서라고 한 것은 그런 뜻에서 일리 있는 말이다. 하지만 그 모순, 그 본질이 침묵 속에 있음을, 말이 본질을 훼손하고 왜곡함을 다시 말로 설명해야 하는 일이야말로 노장(老莊)을 포함한 모든 인간들의 슬픈 숙명이자 아이러니인 것이다.[43]

일단 나무는 도가의 흔적을 따라 도(道)나 무(無)의 심연으로 내려간다. 앞에서도 언급한 바 없음, 없음의 없음, 없음의 없음의 없음…… 이렇게 없음의 심연을 응시하다 보면 그 본질에 접근할 수

43) 같은 책, pp. 282~83.

있을지도 모른다는 것이다. 그런데 이어서 나무는 동시성과 동소성의 담론을 통해 물아일체론에 현묘한 체계를 부여한다. 소설에서 이 대화 장면은 사람들에 의해 노거목이 이미 베어진 다음의 일이다. 즉 나무의 죽음이 이루어졌는데, 죽으면서 나무는 주인공을 위해 '말'을 나무 안에 남겨놓았다. 주인공은 그 덕분에 나무의 말을 듣게 되지만, 그 목소리는 지금, 여기에 있는 듯 없는, 혹은 없는 듯 있는 말이었다. "그렇다면 그 본질은 어디에 있습니까. 본질로 돌아간 당신은 지금 어디에 어떤 모습으로 있습니까?"라는 질문에 나무는 이렇게 답한다.

—그 역시 너의 인간의 말로는 설명이 불가능한 것이다. 나는 지금 너와 함께 있으며, 동시에 억겁의 세월을 격한 다른 시간대 다른 공간대 속에 있는 것이다. 동시성(同時性)과 동소성(同所性), 다른 시간대 다른 공간대 속의 다른 차원의 세계 속에 다른 방식으로 존재하고 있으면서도 동시에 너와 같은 시간대 같은 곳에 있음, 동시 존재의 두 공간의 세계…… 상상하기 힘들겠지만, 그것이 이 우주의 본질이요 지금의 내 존재 방식인 것이다.[44]

그러니까 나무는 지금 주인공과 같은 장소에 있지 않다. 이미 죽음으로 다른 공간대에 진입해 있는 상태이기 때문이다. 그러나 나무의 말을 담아둔 나무의 몸(베어진 나무토막)은 지금, 여기에 있다. 그런데 나무의 그 말은 이미 과거에 담아둔 것인데, 주인공은

44) 같은 책, p. 283.

현재 그것을 듣는다. 시간적으로 다른 차원, 그러니까 과거와 현재 및 미래의 커뮤니케이션은 어느 순간 동시성으로 이루어질 수 있음을, 나무는 말한다. 그렇다는 것은 동소성의 측면에서도 비슷하게 추론할 수 있다. 「나무 위에서 잠자기」의 어린아이가 불안했던 것은 나무와 자신이 물리적으로 한 몸이 되기가 쉽지 않았기 때문이다. 나무 위에서 잠자다가 분리될 것 같은 불안 때문이었다. 그러나 「노송」에서 형님의 경우처럼 나무 아래서 잠잔다 하더라도 이 동소성의 실상을 천착하며 불안에 빠지지 않아도 좋다. 나무 위나 나무 아래나 결국 같은 장소, 즉 동소성이 구현된 지점이 되겠기 때문이다. 이런 동시성과 동소성 개념은 물아일체의 논리적 틀을 우주적으로 상상하게 한다는 점에서 매우 유용해 보인다. "무량겁의 시간차와 동시성, 무한 거리와 동소성"[45]이 논리화될 수 있는 것은 우주의 역동적 섭리 때문이자, 인간의 상상력 덕분이라고 나무는 말한다. 그렇다면 우주의 섭리와 인간 상상력의 물아일체의 경지, 그것이 인간이 꿈꿀 수 있는 현묘한 궁리(窮理)의 심연이 될 수 있다. 그것을 통해 인간과 자연, 삶과 이야기, 현실과 문학의 동시성과 동소성을 역동적으로 구현하며 역설적으로 존재하는 것이라는 생각을, 작가 이청준은 「노거목과의 대화」에서 나무의 말을 통해 전하고 있는 것처럼 보인다.

45) 같은 책, p. 287.

5) 우주목과 구도의 나무

나무는 그 자체로 생명의 주체이면서 인간에게 미학적 대상이기도 하다. 의인화하여 위대한 삶의 표상일 수도 있고, 존재의 신비와 우주적 비의를 상징하기도 한다. 특히 신화적 맥락에서 우주목은 하늘과 땅과 인간을 연결하는 비의적 장치였다. 근대 이후 인간중심적 개발이 진행되면서 나무의 신화적 성격이 많이 퇴색된 것이 사실이지만, 그럼에도 문학에서는 나무의 상상력을 통해 생태적 에너지를 회복하고, 생태학적 신화성의 비의를 통해 현대 문명의 질곡을 반성적으로 성찰하려는 경향을 보이기도 했다.

이청준의 「새와 나무」「노송」「노거목과의 대화」 등은 나무의 언어와 숲의 상상력을 통해 근대 이후 잃어버린 신화적 기미를 가늠해보려 한 서사적 노력의 소산으로 보인다. 「새와 나무」에서 나무는 이청준 소설의 대표적인 우주목이다. 수직적으로는 땅과 하늘, 물과 흙과 공기를 순환시키고, 수평적으로는 새로 하여금 자신의 잎과 열매와 더불어 춤추게 한다. 그것이 나무의 삶이다. '보광(葆光)' 같은 열린 마음으로 우주목과도 같은 나무-사내를 수정(守靜) 관조(觀照)하는 서술자의 태도와 그 풍경과 물아일체를 이루려는 서술자의 열린 마음이 주목된다. 「나무 위에서 잠자기」에서는 나무와의 물아일체에의 동경과 그것을 이루지 못한 불안이 전경화된다. 「노송」에서도 「나무」와의 물아일체의 꿈은 지속되지만 이전의 불안은 줄어든다. 그 대신 큰 나무의 항상성과 인간의 무상(無常)함 사이의 대조적 성찰을 보인다. 「노송」에서는 보통 인간들이 나무에 대해 생각하는 상식적인 범주와 비슷하다.

「노거목과의 대화」에서 작가는 그런 상식적 견해를 반성한다. 생명과 구원에 관한 유현(幽玄)한 나무의 말을 전하는 이야기인 「노거목과의 대화」에서 나무는, 큰 우주의 섭리에서 보자면 나무와 인간의 차이가 별로 없다고 말한다. 우주목과도 같은 나무와 인간이 섭리에 대해 대화를 나누는 과정에서, 나무가 강조하는 동시성(同時性)과 동소성(同所性)이 주목된다. "다른 시간대 다른 공간대 속의 다른 차원의 세계 속에 다른 방식으로 존재하고 있으면서도 동시에 너와 같은 시간대 같은 곳에 있음, 동시 존재의 두 공간의 세계"를 나무는 우주의 본질이요, 모든 존재들의 존재 방식이라고 강조한다. 노자와 장자 이래 동양에서 강조되었던 물아일체의 원리에서 작가 이청준이 특별히 착목한 지점이 바로 동시성과 동소성의 원리이다. 이처럼 이청준의 '나무' 제재 소설들에서 우리는 나무의 언어를 통해 '물아일체'라는 우주의 섭리를 성찰하려 했던 작가의 면모를 확인할 수 있다. 그것은 틀 지어진 관계적 사고를 넘어서 존재론적 성찰의 깊이를 더하려 했던 작가 이청준의 서사적 수고를 보여주는 대목이기도 하며, 『신화를 삼킨 섬』 『신화의 시대』 등 후기의 신화 지향의 서사 작업을 예비하는 지점이기도 하다. 「목수의 집」 「인문주의자 무소작씨의 종생기」 등 다른 작품들에 형상화된 나무의 언어와 물아일체의 상상력을 함께 논의하면 작가 이청준이 소설 상상력으로 키워내고자 했던 구도의 나무의 형상이 어떤 모양이었는지 가늠할 수 있을 것으로 생각한다.

6. 봄-나무와 생명의 뮈토스

나무의 바깥으로 나온 초록은
초록색이고 싶었을까
—하재연, 「은과 나」[1)]

봄에 나무는 그 뿌리를 더욱 단단히 내리기 시작한다. 그러면서 새싹을 틔우고 생명의 기운을 북돋운다. 봄-나무는 오랜 겨울잠에서 깨어나 약동하는 생명의 리듬을 연주한다. 그런 봄-나무의 생명 기운에 힘입어 봄은 인간이 다 알지 못하는 신비로운 기운 속에서 가능성과 희망의 이야기를 길어낸다. 가령 이런 봄 풍경은 어떨까. "앵두나무 꽃그늘에서/벌떼 들이 닝닝 날면/앵두가 다람다람 열리고/앞산의 다래나무가/호랑나비 날갯짓에 꽃술을 털면/아기 다래가 앙글앙글 웃는다". 오탁번의 시 「사랑하고 싶은 날」[2)] 전문이다. 이런 풍경들이 가능한 것은 어쩌면 봄-나무의 생명 기운 덕분이기도 할 터이다.

봄-나무의 상상력과 그 수사학적인 특성들을 앞에서 살펴보았

1) 하재연, 『세계의 모든 해변처럼』, 문학과지성사, 2012, p. 92.
2) 오탁번, 『사랑하고 싶은 날』, 시월, 2009, p. 119.

다. 늘 하늘과 땅 사이에서 우주적 바람을 일으키며 '노래' 부르는 것을 소망하는 시인 정현종은 나무 이미지를 현묘하게 구사했다. 나뭇잎 사이로 살랑거리는 바람결에서 하늘과 땅과 시인의 눈동자가 서로 교감하며 연주하는 화음을 남달리 잘 연주하며 생명의 황홀경을 이끌어낸다. 그래서 정현종의 나무는 생명의 에너지로 충일해 있다. 생명의 신명을 즐기는 우주목의 상상력으로 그린 「세상의 나무들」을 비롯한 일련의 시편들에서 그가 형상화한 우주목은 하늘과 땅, 그리고 인간의 기운을 연결하며 생명의 환희로 모든 것을 춤추게 한다. 또 상승과 확산 운동을 통해 세상의 가슴을 첫사랑의 가슴처럼 만든다. 이 같은 나무 이미지는 상승 지향의 소망을 격정적으로 담고 있었던 정현종의 바람의 꿈이 심화되고 자연 상태에서 구체화된 결과라 보인다. 또 나무의 생명력, 나무의 꿈을 일찍부터 감각적으로 헤아릴 수 있었기에 가능했던 시적 상상력이다. 나무 인간에 의한 나무 시편이라 할 만하다.

김지하의 「줄탁」을 비롯한 나무 시편들은 죽음과 신생의 역설적 지평을 다루면서 생명의 심연을 탐문한 결과다. 특히 「줄탁」에서 '육체-불-재-나무-달-육체'의 유기적 순환 원리를 투시한 이 대목이야말로 생명의 영원함과 그 영원한 생명력이 인간의 몸 안에 스며 있음을 환기하는 극적 대목이다. 사랑의 탄생, 부활 등의 시어에서 알 수 있는 것처럼 김지하가 추구하는 신생(新生)은 무엇보다 생명의 연대에 기반한 우주적 질서가 현현된 삶이다. 이전에 그가 정치적으로 항거하면서 죽음의 현실에 대한 반역의 정서를 촉발시켰던 것과는 사뭇 다른 것임에 틀림없다. 생명의 연대에 입각한 신생의 질서를 추구하는 까닭에 시인은 봄살이의 심연에서 새로운 생명, 새로운 우주를 길어 올린다. 그것은 때때로 "첫사랑 우주사랑"(「無」)이 틔우는 "우주의 싹"(「공경」)으로 피어난다. 억압받고, 구속되고, 사형선고 받고, 병들고, 그래서 이리저리 지치고 고단한 몸과 영혼을 딛고 일어선 하나의 우주목이 부단히 새싹을 틔우며 내는 소리로 어우러져, 봄-나무의 생명성을 특징적으로 묘출한다.

김선두의 회화 텍스트는 길의 크로노토프를 중심으로 자연과 삶과 예술의 존재와 당위 사이에서 부단히 갈등하면서, 그것을 넘어서는 새로운 열린 세계를 지향하는 열린 텍스트라고 할 수 있다. 그 열린 텍스트의 열림을 위해 나무는 때로는 배경 요소로, 때로는 상징 요소로 기능한다. 특히 봄-생명의 나무는 새들과의 합창을 통해서, 봄기운을 역동적으로 활성화하는 작용을 하며, 궁극적으로는 비상학의 에피파니와도 연계되는 신화적 생명성까지 담고 있다.

이청준의 「새와 나무」 「노송」 「노거목과의 대화」 등은 나무의 언어와 숲의 상상력을 통해 근대 이후 잃어버린 신화적 기미를 가늠해보려 한 서사적 노력의 소산으로 보인다. 「새와 나무」에서 나무는 이청준 소설의 대표적인 우주목이다. 수직적으로는 땅과 하늘, 물과 흙과 공기를 순환시키고, 수평적으로는 새로 하여금 자신의 잎과 열매와 더불어 춤추게 한다. 그것이 나무의 삶이다. '보광(葆光)' 같은 열린 마음으로 우주목과도 같은 나무-사내를 수정(守靜) 관조(觀照)하는 서술자의 태도와 그 풍경과 물아일체를 이루려는 서술자의 열린 마음이 주목된다.

이처럼 봄-나무의 상상력은 생명의 뮈토스로 충일한 모습을 보인다. 봄에 나뭇가지에 찬란히 움트는 수많은 새잎은 지난겨울 죽음과도 같은 세한의 시절을 견딘 겨울눈에서 촉발된 생명력이다. 그 생명력은 그 자체로 신비스러운 것이지만, 새로운 탄생의 아침을 감각하게 한다. 그렇게 신생의 가능성은 거듭 역동적으로 열린다. 생명 나무로서 봄-나무 뮈토스가 의미심장한 것도 바로 그런 지점에서 발원된다.

2장

여름—나무

변신의 수형도와 욕망의 나무

1. 여름-나무의 풍경

오동(梧桐)나무 꽃으로 불 밝힌 이곳
첫여름이 그립지 아니한가?
—정지용, 「오월 소식」[1)]

여름 나무들은 무성하다. 무성한 잎과 가지들은 나무의 가능성과 다채로운 수형도를 암시한다. 가능세계에 대한 꿈과 욕망으로 충일하다. 「면면(綿綿)함에 대하여」에서 고재종은 "날이면 날마다 삭풍 되게는 치고/우듬지 끝에 별 하나 매달지 못하던/지난겨울/온몸 상처투성이인 저 나무/제 상처마다에서 뽑아내던/푸르른 울음소리"를 "너 들어보았니"라고 묻는다. 그런 겨울-나무의 울음소리는 여름-나무에 이르면 "생생한 초록의 광휘"로 변화한다. "오늘은 그 푸르른 울음/모두 이파리 이파리에 내주어/저렇게 생생한 초록의 광휘를/저렇게 생생히 내뿜는데" 어찌 시인이 그 "생생한 초록의 광휘"[2)]를 외면할 수 있겠는가. 그런 광휘에 힘입어 오동나무는 꽃으로 불 밝힌다. 그럴 때 그곳의 첫여름에 대한 그리움을

1) 고규홍 엮음, 『나무가 말하였네』, 마음산책, 2008, p. 57.
2) 고재종, 『앞강도 야위는 이 그리움』, 문학동네, 1997, pp. 14~15.

정지용은 「오월 소식」에 담았었다. 또 초록의 광휘는 열매도 맺게 하고 과일도 익어가게 한다. 육사에게 칠월은 "청포도가 익어가는 시절"이었다. "먼 데 하늘이 꿈꾸려 알알이 들어와 박"히듯 알알이 열리는 청포도 이야기를 육사는 그 "마을 전설이 주저리주저리 열리"는 것이라고 노래했다.

여름-나무의 초록 광휘는 성장과 변신의 기폭제이다. 뜨거운 태양과 비를 영양 삼아 여름-나무는 놀랍게 성장한다. 나무에 따라 다르지만 많은 나무가 여름에 획기적인 성장을 보이기에 여름을 지난 나무들은 대부분 변신에 성공하는 듯 보인다.

> 나무는 여름에 자라기로 결심했다 나무는 올여름에야 겨우 나무가 되었으나 자신이 언제부터 나무가 된 것인지는 잘 알지 못한다 나무는 종종 자신의 몸을 오르내리는 이것이 사슴벌레인지 아니면 장수하늘소인지 알고 싶다 나무는 서서 자는 나무, 나무는 아낌없이 주는 나무, 나무는 간혹 누워서 잠들고 싶었으나 나무에게는 의지가 없다 나무는 자꾸 자라고 나무는 여전히 나무에 그친다 나무는 여름이라는 것이 끝나면 무엇이 오는가 어떻게 되는가 궁금하기도 하고 무서워지기도 하였으나 나무는 그저 기다린다 나무는 기다리는 것 외에는 다른 것을 해본 적이 없다 여름이 끝나고 오는 것을 뭐라고 불러야 하나……
>
> —황인찬, 「서정 2」[3] 부분

3) 황인찬, 『POSITION』 2013년 봄호, p. 112.

여름-나무의 성장은 종종 인간 육체와 정신의 성장, 혹은 세계와 영혼의 성장에 원용되기도 한다. 로베르 뒤마는 여름-나무의 성장 양상에 빗대어 자유의 나무 및 인간과 공동체의 성장에 대한 소망을 실어 논의한 바 있다. "자유의 나무는 성장하리라. 그와 더불어 아이들과 조국이 자라나리라. 그 존재 앞에서 언제나 부드러운 애정을 발견하리라. 그 신록은 가장 관대한 자연 속에서 깊은 애정 어린 눈길을 머물게 하리라. 여름의 아름다운 날들 속에서 사람들은 그 신선함을 찾아가리라. 나뭇가지들 곧바로 뻗어 나간 떡갈나무는 공동체의 가족 위에 넉넉한 그늘을 드리우리라. 나무는 희열에 들뜬 채 변함없이 천진무구한 장난 속에서 서로 이어잡아 두르는 우애의 손들을 보게 되리라."[4] 이처럼 여름의 아름다운 신록의 분위기 속에서 떡갈나무 성장하듯 우애와 애정이 자라고 자유가 성장하면 얼마나 좋겠는가. 그러나 소망이나 욕망은 결코 직선적인 방향으로 이루어지지 않는다. 종종 성장에의 욕망은 대타자의 억압에 의해 제어되기에 겨우 와선형으로 전개되는 경우가 빈번한 것이다. 모진 폭풍이나 해일 등에 의해 때때로 여름-나무의 욕망은 억제될 수도 있고, 다칠 수도 있고, 병들 수도 있으며, 심지어 생명 자체가 뿌리 뽑힐 수도 있다. 그래서 그 여름을 잘 보내고 성장하면 무사했음에 대해 특별한 생각을 지니게도 된다.

그 여름 나무 백일홍은 무사하였습니다 한차례 폭풍에도 그다음 폭풍에도 쓰러지지 않아 쏟아지는 우박처럼 붉은 꽃들을 매달았습

4) 로베르 뒤마, 같은 책, pp. 53~54.

니다

그 여름 나는 폭풍의 한가운데 있었습니다 그 여름 나의 절망은 장난처럼 붉은 꽃들을 매달았지만 여러 차례 폭풍에도 쓰러지지 않았습니다

넘어지면 매달리고 타올라 불을 뿜는 나무 백일홍 억센 꽃들이 두어 평 좁은 마당을 피로 덮을 때, 장난처럼 나의 절망은 끝났습니다

—이성복, 「그 여름의 끝」[5] 전문

그 여름 여러 차례 폭풍에도 나무 백일홍은 쓰러지지 않고 붉은 꽃을 피웠다고 했다. 폭풍이라는 대타자의 억압을 견디며 붉은 꽃이라는 욕망을 실현하게 된 것이다. 그러나 시인은 나무 백일홍과는 달리 소망의 꽃이 아닌 절망의 꽃을 매달았다고 했다. 폭풍에도 그 절망은 스러지지 않았다고 했다. 나무 백일홍과는 다른 시인의 처지를 역설적으로 형상화한 시이지만, 우리는 나무 백일홍의 여름 성장과 붉은 꽃을 향한 욕망과 정념을 어렵지 않게 읽어낼 수 있다. 시인 또는 시적 화자의 상황과 관점의 측면에서 김혜순도 이성복과 유사하면서도 더 집요한 감각을 보인다.

식지 않는 욕망처럼
여름 태양은 지지 않는다

5) 이성복, 『그 여름의 끝』, 문학과지성사, 1990, p. 117.

다만 어두운 문 뒤에서
잠시 쉴 뿐 서산을 넘어
결코 사라지지 않는다

다시 못다 끓은 치정처럼
몸속에서 종기가 곪는다
날마다 몸이 무거워진다
밥을 먹을 수도 돌아누울 수도 없을 만큼
고름 종기로 몸이 꽉찬다

한시도 태양은 지지 않고
한시도 보고 싶음은 지워지지 않고
한시도 끓는 땅은 내 발을 놓지 않고
그리고 다시 참을 수 없는 분노처럼
내 온몸으로
붉은 혹들이 주렁주렁 열린다

—김혜순, 「여름 나무」[6] 전문

여름 나무가 성장하는 과정에서 진액도 흘리고 혹들도 만들어낼 수 있는데, 그 형상을 김혜순은 인간 욕망의 고름과 혹으로 육화하여 반성적인 성찰을 보인다. 욕망의 신체화 전략의 일환으로 보이는데, "식지 않는 욕망"으로 인하여 주렁주렁 열린 "붉은 혹"은 여

6) 김혜순, 『우리들의 陰畫』, 문학과지성사, 1990, p. 106.

름 욕망의 부정적 표지이다. 이처럼 김혜순과 이성복의 시편에서는 자연스러운 나무와 욕망하는 인간 사이의 대조 양상이 뚜렷하다. 세상의 나무들은 봄부터 여름의 거센 바람에 견디기 위해, 그리고 자신의 성장을 위해 "더욱 깊게 뿌리를 내"리고, "바람 앞에 가장 튼튼하게 버틸 수 있도록" "얼른 잎을 내"[7]려 한다. 이순원의 『나무』에서 할아버지 나무는 "나무에게는 뿌리가 공중의 가지보다 소중하며, 잎은 또 꽃보다 소중한 것"[8]이라고 말한다. 이 소설에서 할아버지 나무의 손자 나무 격인 작은 나무는 생애 첫 열매를 기획하고 성장하는 중이다. 할아버지의 조언에 따라 열심히 잎을 틔우고 비가 와도 꽃을 피운다. 뿌리와 잎에서 만든 영양분을 줄기로 모으며 지난해에 실패한 첫 열매 맺기에 도전한다. 그런데 할아버지 나무는 손자 나무에게 욕망을 줄이라고 말한다. "한 해를 살다 가는 풀이라면 당연히 꽃과 열매에 욕심을 내야지. 하지만 우리 나무는 백 년도 살고 천 년도 사는 몸들이란다. 오래 살며 열매를 맺자면 우선 제 몸부터 튼튼하게 만들어야겠지. 네 몸이 어느 정도 자랄 때까지는 꽃보다는 줄기와 잎에 더 힘을 써야 한다."[9] 꽃과 열매라는 결과에 치중하여 기본이 되는 줄기와 잎을 제대로 키우지 않으면 안 된다며, 내려놓고 욕망을 줄이라는 이 말을 작은 나무는 쉽게 알아듣지 못한다. 자기 몸에 맺힌 일곱 개의 꽃에서 열매가 잘 익어가기를 욕망할 따름이다. 그러던 중 장마가 시작된다. 우람한 할아버지 나무에서 아직 채 여물지 못한 밤송이들이 툭툭

7) 이순원, 같은 책, p. 85.
8) 같은 책, p. 87.
9) 같은 책, p. 114.

떨어진다. 작은 나무가 할아버지 나무에게 떨어진 밤송이들이 아깝지 않느냐고 묻자, 아깝지만 어쩔 수 없는 것이라고 답한다. "모든 꽃이 다 열매가 되는 게 아닌 것처럼, 열매도 처음 달린 게 끝까지 다 익는 건 아니"라는 할아버지 나무의 말에 작은 나무는 그때까지 들인 공이 아깝지 않느냐고 재차 묻는다. 이때의 대화가 흥미롭다.

> "처음 열매를 준비할 때는 마지막 익을 때의 것과 비교해서 서너 배는 많이 가지고 시작하는 거란다. 힘이 부칠 때마다 하나씩 덜어내는 걸로 기운을 차리며 가을까지 가는 거지."
>
> "그럼 처음부터 가을에 익을 것만큼만 달면 어떨까요? 가을에 열 개가 익는다면 처음 열매도 열 개만 다는 거죠. 그러면 허튼 기운을 쓰지 않아도 되잖아요."[10)]

나무의 자연스러운 섭리를 헤아리고 있는 할아버지 나무와 실용적 사고를 하는 작은 나무 사이의 극명한 대조를 보이는 대목이다. 할아버지 나무는 자연의 이치에 순명하며 '내려놓기' 위해서라도 열심히 힘써야 하며, 중간에 내려놓은 것들도 전체적으로 보아 열매 맺기에 도움이 된다고 말한다. "우리가 피운 것 중에 열매를 맺지 못한 꽃들과 중간중간 이렇게 떨어지는 열매들도, 알고 보면 가을에 거두는 열매에 다 도움이 되는 거란다. 네 말대로 처음부터 꼭 그만큼만 꽃을 피우고 열매를 맺으면 마지막엔 그것의 반의반

10) 같은 책, p. 120.

도 남아 있지 않을 게야."[11] 장마가 지나가는가 싶더니 태풍이 불어닥친다. "황소의 무릎을 꿇리는 바람"[12]도 체험하며 오랜 시간을 견뎌온 할아버지 나무는 "나무에겐 열매보다 소중한 게 몸이란다. 바람이 오면 우선 발끝에 힘을 주듯 뿌리에 단단히 힘을 구거라. 그리고 바람에 맞서지 말고 탄력을 이용해 바람의 움직임에 몸을 맡기면 되는 거야"[13]라고 조언한다. 그러나 바람에 리듬을 맞추기가 쉽지 않아 작은 나무는 고생을 한다. 할아버지 나무도 태풍에 몇몇 가지와 열매들을 내어준다. 대체로 여름-나무들은 이런 고난을 거치며 성장을 도모하고 열매를 익혀나가는 것이다.

이 장에서는 여름-나무들의 풍경을 몇몇 국면으로 나누어 살핀다. 2절에서는 "나무를 꿈꾸는 사람은 나무의 영혼을 가진 사람이고, 나무의 영혼을 가진 사람은 이미 나무인 것"이라는 메시지를 함축하고 있는 이승우의 『식물들의 사생활』과 「검은 나무」를 함께 다루면서 '나무의 욕망과 변신'의 문제를 숙고한다. 3절에서는 김지하의 「무화과」, 이은봉의 「무화과」, 이제니의 「무화과나무 열매의 계절」 등 무화과 시편들 대상으로 꽃이 없다는 무화과나무에 피는 속꽃의 은유를 고찰하면서 나무의 역설적 존재 방식을 탐문한다. 4절에서는 한강의 「내 여자의 열매」, 『채식주의자』 등을 중심으로 나무와 인간의 변신 양상에 착목하여 여름-나무의 특징적인 국면을 살핀다. 5절에서는 김훈의 『내 젊은 날의 숲』, 김애란의 「물속 골리앗」 등을 중심으로 '보이는 나무와 보이지 않는 숲'의

11) 같은 책, pp. 122~23.

12) 같은 책, p. 130.

13) 같은 책, p. 131.

역설적 의미에 대해 탐색한다. 이렇게 나무와 숲의 관계망 등을 탐문한 다음 6절에서는 여름의 뮈토스를 욕망과 변신의 이야기에 초점을 맞추어 정리하기로 한다.

2. 나무의 욕망과 변신

—이승우의 나무 정원

나무는 뛰기 시작했다.
한동안
신록의 분수로
하늘을 향해 뿜고 있더니,
이윽고 나무는
향기로 흐르고 있었다.
—박남수, 「나무」[1]

1) 나무로의 변신

로마의 황금기로 일컬어지는 아우구스티누스 시대의 시인인 오비디우스의 『변신 이야기』에는 표제 그대로 풍부한 변신 이야기들이 무늬지어 있다. 가령 이오는 암소로 변신하고, 요정 쉬링크스는 갈대로 변한다. 페네이오스의 딸 다프네는 월계수로 변신한다. 순결한 아르테미스를 경배했던 다프네는 숲속에 은둔하고 독립적이고 자유롭게 사는 것을 좋아했기에 여러 구혼자의 청혼을 거절한다. 아버지 페네이오스는 딸의 혼사를 걱정하여 질책도 많이 했지만 다프네는 은일(隱逸)의 자유로운 삶을 계속 살고 싶어 한다. 그

1) 『나무가 말하였네』, p. 134.

런데 자만심 넘치는 아폴론이 에로스를 비웃자, 에로스는 아폴론으로 하여금 다프네와 격정적인 사랑에 빠지게 한다. 아폴론이 다프네의 머리칼을 어루만지며 격렬하게 구애하자, 다프네는 대지의 어머니에게 기도한다. 자신을 괴롭히는 아름다움을 거두어주고 다른 존재로 변신하게 해달라고 말이다. 그러자 변신이 이루어진다. 아폴론은 다프네가 변신한 나무껍질 속에서 그녀의 심장 박동을 느낀다. 나무로 변신한 요정 다프네를 껴안으며 입맞춤을 하려 하지만 그마저도 나무는 거절한다. 그럼에도 아폴론은 다프네-나무를 끌어안고 이렇게 속삭인다. "내 아내가 될 수 없게 된 그대여, 대신 내 나무가 되었구나. 내 머리, 내 수금, 내 화살통에 그대의 가지가 꽂히리라. 카피톨리움으로 기나긴 개선 행렬이 지나갈 때, 백성들이 소리 높여 개선의 노래를 부를 때 그대는 로마의 장수들과 함께할 것이다. 뿐인가? 아우구스투스 궁전 앞에서는 그 문을 지킬 것이며, 거기 걸릴 떡갈나무 관을 바라볼 수도 있을 것이다. 이날까지 한 번도 잘라본 적 없는, 지금도 싱싱하고 앞으로도 싱싱할 터인 내 머리카락같이, 그대 잎으로 만든 월계관 또한 시들지 않으리라."[2] 다프네와의 사랑의 상처를 달래기 위해 아폴론은 월계수 나뭇가지로 왕관을 만들었다. 최초의 월계수 왕관이 탄생하는 순간이다. 결국 아폴론은 다프네를 자기 여자로 만들지 못했고 "자신의 제의에서 신탁을 내리는 나무로"[3] 정하게 된다. 사랑이나 실연 때문에 나무로 변신한 이야기는 세계문학의 여러 군데서 다

2) 오비디우스, 『변신 이야기』 1, 이윤기 옮김, 민음사, 1998, pp. 48~49.
3) 자크 브로스, 같은 책, 1998, p. 231.

채로운 방식으로 신화적이고 상상적으로 변형 생성된다. 가령 피튀스라 불리는 검은 소나무 이야기도 그렇다.

시링크스와 마찬가지로 판 신이 범하려고 한 순결한 요정 피튀스도 그에게서 벗어나지 못하고 소나무로 변신한다. 그러나 피튀스의 소나무는 그리스어로 '페우케'인 아티스의 양산소나무Pinus Pinea가 아니고, 그리스어로 '피튀스'라는 이름을 간직한 검은 소나무 Pinus Pinaster 혹은 바다의 소나무이다. 자세한 내용에 따르면, 판 신과 북풍의 신 보레아스는 동시에 피튀스를 사모하고 있었다. 그런데 피튀스가 판을 더 좋아하자 보레아스는 엄청난 바람을 몰고 와서 그녀를 절벽 아래로 밀어버렸다. 판은 죽어가는 피튀스를 찾아내어 그녀를 검은 소나무가 되게 한다. 그때부터 가을이 되어 보레아스가 바람을 일으키면 솔방울에서는 투명한 송진이 흘러나오는데, 이것이 피튀스가 흘리는 눈물이다.[4]

"모든 나무들은 좌절된 사랑의 화신이다"라는 전언을 제출하고 있는 이승우의 『식물들의 사생활』도 그런 변형 중의 하나다. 또 「검은 나무」는 나무로의 변신 욕망을 신화적으로 다룬 소설이다. 이 두 편을 중심으로 나무로의 변신과 욕망의 주제를 살펴보기로 한다.

4) 같은 책, p. 234.

2) "모든 나무들은 좌절된 사랑의 화신이다": 『식물들의 사생활』[5)]

『식물들의 사생활』에는 두 개의 좌절한 사랑 이야기가 나무의 신화 위에서 겹으로 전개된다. 어머니의 첫사랑 이야기가 그 하나요, 형(우현)과 순미의 사랑 이야기가 그 둘이다. 어머니는 정치적 이유 때문에 첫사랑을 이루지 못한다. 그러나 그 첫사랑은 두 가지 결과물을 낳는다. 나무의 영혼을 가진 형의 탄생과 사랑의 표징으로 심었던 야자수의 탄생이 그것이다. 형 역시 강제 징집 당한 군대에서 다리를 잃게 되는 불행한 사건, 그리고 순미 형부의 탐욕스러운 간계로 인해 순미와의 사랑을 이루지 못한다. 이렇게 좌절한 사랑으로 인해 이 소설에서 나무의 신화는 현묘한 상상력의 불꽃을 지피게 된다.

1) 신화들 속에서 나무들은 흔히 요정이 변신한 것으로 나온다. 요정들은 신들의 욕정과 탐욕을 피해 육체를 버리고 나무가 된다. 신들은 권력을 가진 자이고, 권력을 가진 자들은 한결같이 탐욕스럽다. 그들의 욕망은 도무지 좌절되는 법이 없다. 그들의 절대욕망으로부터 달아나기 위한 유일한 방법이 변신이다. 탐욕스런 권력자인 신들의 욕망으로부터 자신들의 사랑을 지키기 위해 요정들은 어쩔

5) 이 항은 졸고 「식물성의 상상력, 혹은 신성한 숲」(『프로테우스의 탈주』, pp. 237~43)의 내용을 수정 보완한 것이다.

수 없이 나무가 된다. 나무들마다 이루어지지 않은 아프고 슬픈 사랑의 사연들을 하나씩 가지고 있는 것은 그 때문이다.[6]

2) 순미가 변해서 된 나무는 우현이 변해서 된 나무에 달라붙는다. 가지가 사람의 손처럼 상대방의 줄기를 끌어안고 뿌리가 사람의 발처럼 상대방의 뿌리에 엉킨다. 나무가 된 뒤에도 그들은 욕망과 사랑의 감정을 지워버릴 수 없다. 나무가 된 뒤에도 그들의 욕망과 사랑의 감정은 사라지지 않는다. 아니, 나무가 된 뒤에야 비로소 그들은 그들의 욕망과 사랑의 감정을 스스럼없이 표출할 수 있게 되었다. 나무가 됨으로써 그들은 사람으로 있을 때는 이룰 수 없었던 사랑을 이루었다. 나무는 욕망하고 사랑한다. 나무는 누구보다 더 크게 욕망하고 누구보다 더 간절하게 사랑한다. 큰 욕망과 간절한 사랑이 그들을 나무가 되게 했다.[7]

3) 하늘과 땅을 잇는 두 그루의 키 큰 나무가 바다 이쪽과 저쪽에 서 있어요. 금방이라도 바다 위를 달려갈 것 같은 기세로. 그러나 나무는 달려갈 수 없어요. 날아갈 수도 없어요. 나무는 움직일 수 없기 때문에 한곳에 고정되어 있어요. 안타깝게도 나무로 변신을 한 후에도 두 사람의 사랑은 이루어지지 못하는 것처럼 보여요. 그런데 그게 아니에요. 그게 끝이 아니에요. 내 꿈의 마지막은 신비스럽고 경이롭고 기묘해요. 밤이면, 그들이 벌판에서 만나 별을 보며 끝없이

6) 이승우, 『식물들의 사생활』, 문학동네, 2000, p. 221.
7) 같은 책, p. 245.

사랑을 맹세했던 그 밤이 오면, 두 그루의 나무는 놀랄 만큼 민첩하게 움직여요. 온 감각과 에너지가 뿌리로 집중해요. 뿌리는 쏜살같이 빠르게 바다 밑으로 뻗어나가요. 나무의 뿌리는 바다 밑을 가로질러 이쪽에서 저쪽으로, 저쪽에서 이쪽으로 달음질쳐요. 바다 밑을 달려온 두 나무의 뿌리는 바다 한가운데서 만나 서로 엉켜요. 나무의 뿌리는 사랑하는 사람의 손처럼 부드럽게 뻗어 상대방을 애무하고 끌어안아요. 애무는 부드럽고 포옹은 뜨거워요.[8)]

순정한 사랑에서 좌절한 형은 자학적인 삶 속에서 이야기를 짓는다. 1)은 그 이야기의 심층 인식을 드러내는 대목이다. 그가 나무를 꿈꾸는 것은 신화적 사고로 현실을 견디기 위해서다. 사랑을 지키기 위해서 어쩔 수 없이 나무가 될 수밖에 없었던 신화의 이야기들을 통해서만 그는 삶을 유지할 수 있다. 그래서 그는 나무가 되어 신성한 숲을 꾸미고자 한다. 그 이야기가 인용문 2)다. 그가 지은 이야기에서 그와 순미는 나무가 되어 절실한 욕망과 간절한 사랑을 이룬다. 이 신화적 열망은 순미에게 꿈으로 변형되어 나타난다. 3)은 순미의 꿈 내용이다. 하늘과 땅을 잇는 우주목 형상의 두 그루 나무가 제시된다. 우현이 상상으로 지은 이야기에서 그랬듯이, 순미의 꿈속에서 나무가 된 둘은 절대 사랑의 구경(究竟)을 체험한다. 그리고 이 꿈 이야기는 어머니가 이루지 못한 첫사랑의 징표인 남천의 야자수 이야기와 겹쳐지는 것이기도 하다. 순미가 꿈에서 본 나무의 풍경과 남천 야자수 나무의 풍경이 매우 흡사

8) 같은 책, p. 219.

한 것으로 묘사되기 때문이다. 여기서 아래로 하강하는 뿌리의 이미지는 매우 인상적이다. 역동적인 성적 욕망이 투사된 뿌리의 상상력은 보이지 않는 심연에서 길어 올린 몽상의 결과물이기 때문이다.[9)]

이 소설에서 두 개의 좌절한 사랑의 원인 항에는 타락한 현실 권력과 인간의 탐욕이 자리 잡고 있다. 타락한 현실 권력과 신화적 상상력을 대비적으로 성찰하는 것은 작가 이승우의 오랜 장기였다. 이 소설에서도 그 장기가 유현하게 드러난다. "식물의 피부는 너의 손을 통해 너의 마음을 지각한다"[10)]는 작중 아버지의 설명을 비롯한 여러 진술이 전경화되면서, 사랑의 식물성을 성찰한 작가의 상상력의 깊이를 알게 한다. 무엇보다 사랑은 식물이고, 곧 나무라는 비유가 매우 인상적이다. 인간과 나무의 내면에서 들끓고 있는 욕망의 유로를 성찰한 결과인 까닭이다. 비평가 김미현의 표

9) 위스망스의 『저기』에 나오는 질 드 레라는 인물은 "숲의 저 집요한 음탕을 이해하고 크게 자란 나무숲의 외설스런 노래를 발견한다"라고 말한다. 이를 언급하면서 바슐라르는 "그도 거꾸로 선 나무라는 그 생생한 이미지, 나무 모양을 하면서도 쇠스랑 갈퀴처럼 양 가랑이진 저 통속적 이미지, 그러면서도 참으로 성적인 이미지를 들고 있다! 나뭇가지들은 여기서는 더 이상 팔이 아니고 다리이다"라고 논의하면서 해당 부분을 인용한다. "여기서 나무는 그에게 살아 있는 존재, 머리를 아래로 하여 뿌리의 머릿단을 땅속에 박고, 다리는 공중에 들어 올려 벌려서 자꾸자꾸 새 엉덩짝들로 갈라지는 존재로 보였다. 그 엉덩짝들은 둥치에서 멀어질수록 점점 작게, 계속 그렇게 갈라지고 있었다. 거기에도 다시 다리 사이로 다른 가지가 처박혀 있으며, 반복되는 그 밀통(密通)을 통해 나무 꼭대기에 이를수록 점차 가늘어지는 잔가지들을 만들어내고 있었다. 거기에서도 나무줄기는 솟아오르는 음경처럼 보였고, 나뭇잎 치마 아래도 사라지는가 했더니 푸른 덮개에서 다시 솟아오르고 대지의 비단결 같은 복부 속으로 또 빠져드는 것이었다"(『대지 그리고 휴식의 몽상』, p. 354).

10) 이승우, 같은 책, p. 138.

현처럼 "나무 자체가 인간이 지닌 욕망의 상형문자"[11]임을 이야기하는 이승우의 소설에서 식물성의 상상력은 욕망의 새로운 자리를 알게 한다. 수성(獸性)적 혹은 동물적 욕망의 악무한(惡無限)으로 점철되고 있는 현실에서 수성(水性)적 혹은 식물적 욕망의 가능 지평을 탐문한 것이기 때문이다. 아내와 아들의 좌절된 사랑을 넉넉한 나무의 영혼으로 감싸 안고 있는 아버지의 다음과 같은 전언은 그런 면에서 퍽 시사적이다. "나무를 꿈꾸는 사람은 나무의 영혼을 가진 사람이고, 나무의 영혼을 가진 사람은 이미 나무인 것이다."[12] 아울러 다음과 같은 작가 후기에서 우리는 이승우가 형상화한 나무의 상상력의 원천이 어디에 있는지 잘 짐작하게 된다.

> 굵은 소나무의 줄기를 안으로 파고들 것처럼 끌어안고 있는, 매끄럽고 가무잡잡한 피부의 여체를 연상시키는 때죽나무를 보았습니다. 집 앞의 왕릉에서였습니다. 그 장면은 식물들의 욕망에 대해 생각하게 했습니다. 구도자처럼 하늘만 우러르며 고요하게 서 있는 나무들의 내면에서 들끓고 있는 욕망. 나무들은 그곳에 서 있고 싶어서가 아니라, 그곳에 서 있을 수밖에 없기 때문에 서 있는 거라는 하나의 문장이 아찔한 현기증을 불러일으켰습니다. 나무들의 내면에 이르지 않고서야 우리가 그들의 사랑과 아픔과 염원을 다 헤아린다고 어떻게 말할 수 있겠습니까? 밤의 숲에 가보았습니까? 그들의

11) 김미현, 「사랑의 나무들」, 이승우, 같은 책, p. 292. 이어서 김미현은 "세상의 동물성에 쫓겨 할 수 없이 '변신'한 나무들이 아니라 세상의 식물성을 위해 '진화'한 나무들이 될 수 있다"고 언급했다.

12) 같은 책, p. 254.

수런거리는 소리를 들어보았습니까? 그들의 분주한 움직임과 어디인지 모르는 세계를 향해 달려가는 천만 개의 욕망의 뿌리들을 본 적이 있습니까? 〔……〕

의인화되지 않은 나무란 없습니다. 문학의 맥락에서는, 세상의 모든 사람과 관련해서만 존재합니다. 신조차도 그러합니다. 내 소설의 주인공들, 나무가 되려고 하고, 혹은 이미 나무가 되어 있는 그 인물들에게 나는 하나의 정원을 만들어주려고 했습니다. 그러니까 이 책은 그들의 정원입니다.[13]

그러니까 이승우의 『식물들의 사생활』은 일종의 나무 정원이라는 이야기다. 나무의 내면에 들끓는 천만 개의 욕망을 뿌리들을 헤아리게 하는 나무 정원, 그 나무 정원은 결코 서정적일 수 없다. 온갖 욕망들이 들끓는 서사 공간이기 때문이다. 해탈이나 정화가 아닌 욕망의 대명사로 나무를 감각하고 상상하여, 신화적인 욕망과 사랑의 이야기를 빚어낸 것이다.

3) 욕망과 정죄(淨罪): 「검은 나무」

이승우의 「검은 나무」는 한 장의 흑백사진 같은 꿈 장면으로 시작한다. 바로 '검은 나무' 꿈. 크고 굵은 검은 나무가 불에 타 잎 하나 붙이지 못하고 검은 숯검정처럼 서 있는 장면. 그것도 온통 검

13) 같은 책, pp. 293~94.

은색 대지 위에 검은 나무. 불에 탄 것은 나무만 아니라 대지도 온통 불에 타버린 것 같은 불안한 꿈이었다. 주인공은 그 숯검정 나무 옆에 또 하나의 숯검정이 되고 싶지 않은 방어기제로 화들짝 꿈에서 깨어 불을 켠다. 그리고 어머니의 부재를 발견한다. 평생 시장 바닥에서 어렵게 살았지만 늘 정정했던 어머니의 치매 증상을 확인한 날 밤이었다. 밖으로 나가 아무 곳에서나 치마를 내리고 소변을 보는 증상이 그 발단이었다. "언제나 꼿꼿하기만 하던 어머니의 안쪽에 차곡차곡 쌓여갔던 생의 부하가 그녀를 쓰러뜨렸다고 생각하니 마음이 혼란스럽고 안타까"워 오래 잠을 이루지 못한 채 오래 뒤척이다가 새벽녘에야 겨우 잠이 들었는데, 그만 "불에 타 숯검정이 된 채 서 있는 한 그루의 나무가 꿈에"[14] 나타난 것이다. 불에 탄 숯검정 나무였으므로, 육안으로는 무슨 나무인지 식별하기 어려웠지만 이내 그게 감나무라는 것을 인지하게 된다. 얼마 후 결혼할 뻔했던 순영과 헤어진 다음에는 검은 나무 꿈의 빈도는 거의 매일처럼 잦아진다. 그러던 어느 날 어머니의 속옷을 챙기려고 옷장을 뒤지다가 오래 된 흑백사진 한 장과 편지를 발견한다. 예전 고향집 뒤란의 감나무를 배경으로 한 사진이다. 의붓아버지와 어머니, 그리고 누이와 어린 주인공 등 "네 명의 가족 뒤에, 네 명의 어색하고 굳은 표정의 가족을 감싸 안기라도 하는 것 같은 모습으로 크고 우람한 한 그루의 감나무가 잎을 무성하게 거느린 채 서 있었다."[15] 예의 감나무는 크고 우람했지만 그리 높지 않은 곳에서

14) 이승우, 『검은 나무』, 민음사, 2005, p. 297.
15) 같은 쪽.

두 가지로 갈라져 자란 나무여서, 어린 시절 그 위에 올라가 자주 놀곤 했었다. 말하자면 유년기의 황금 기억이 자리 잡고 있는 공간이다. 그럼에도 그는 의식적으로 그 기억을 거부하려 했었다. 그런데 오래된 사진이 그를 어쩔 수 없이 그리로 이끈다.

> 한 번도 제대로 회상된 적이 없었던 깊고 캄캄한 동굴의 시간 앞에 그는 있었다. 그 동굴 안으로, 그 캄캄하고 깊은 시간 안으로 발을 들여놓을 수 있을까? (……) 그에게 감나무가 서 있는 집은 공간이 아니라 시간이었다.[16]

그 사건이 있기 전까지는 주인공에게 감나무는 이미 언급한 것처럼 황금 기억에 값하는 것이었다. 그러나 그 사건 이후 캄캄한 검은 동굴, 결코 발을 들여놓고 싶지 않은 끔찍한 공간이었다. 감나무가 있던 옛 집은 분명 공간적 요소임에 틀림없는데, 서술자가 굳이 "공간이 아니라 시간이었다"라고 진술하고 있는 것도, 그 사건의 시간성, 역사성 때문이다. 그렇다면 그 사건이란 무엇인가? 누이가 열네 살이던 해 주인공은 어머니와 외가에 갔다가 일정보다 하루 먼저 귀가한다. 바다에 나갔던 의붓아버지는 생각보다 먼저 돌아왔다. 주인공네가 집에 도착했을 때 방 안에서는 가공할 만한 금기 위반 사태가 벌어지고 있었다. 이에 광기를 일으키다시피 한 어머니는 집에 불을 지르고 맨몸으로 뛰쳐나온 아버지를 몽둥이로 멀리 쫓아낸다. 그 순간 그 방 안에 딸이 있다는 생각을 하지

16) 같은 책, p. 299.

못했던 어머니는 뒤늦게야 깨달았지만, 사태를 되돌이킬 수 없었다. 그때 그토록 무성했던 감나무도, 누이와 황금빛 추억이 깃들어 있던 감나무도 숯검정처럼 타버린 것이다. 그 끔찍한 금기 위반과 참척의 고통이 있은 직후 어머니는 아들만을 데리고 집을 떠난다. 20년 전의 일이었다. 그 20년 동안 어머니도, 주인공도 극도로 귀환을 꺼려 했던 장면이었는데, 그 장면이 어머니의 치매 사건에 맞추어 소환된 것이다. 소설은 어쩌면 어머니의 치매가 옛 의붓아버지로부터 편지를 받은 직후일 것으로 추정한다. 오래된 가족사진과 함께 들어 있던 아버지의 속죄 편지가 그 단서다. 편지에서 그는 자기 허물을 정죄하기 위해 그곳 감나무 옆에서 물만 마시며 나무처럼 지내고 있다고 했다.

내 죄를 잊지 않기 위해 이곳으로 왔소. 숯검정이 된 채 서 있는 감나무는 단 한순간도 내가 죄인이라는 걸 잊어버리지 못하게 하오. 상기시키고 고발하고 정죄하고……

〔……〕

그러나 15년 동안 내가 한 것은 그런 것이 아니었소. 정말로 내가 한 것은 그런 것이 아니라 불에 타 죽어버린 나무를 표상하며 그 자리에, 그 하늘 아래, 해 아래 서 있는 것이오. 몇 년 전부터는 아무것도 먹지 않고 물만 마시며 살고 있소. 물만 마시며 나무처럼 살 생각이오. 이미 오래전에 나는 검은 나무에 동화되었소. 뒤란에 숯검정이 되어 서 있는 나무가 곧 나요……[17]

17) 같은 책, pp. 299~300.

아버지는 어떤 일로도 용서받지 못할 일을 했다면서, 용서받을 수 없지만, 스스로 정죄하기 위해 그 불에 검게 타 죽어버린 나무 옆에서 나무처럼 숯검정이 되어 죽겠다는 다짐을 전했다.[18] 소설의 끝은 물만 마시며 나무처럼 살겠다고 했던 그의 부고를 접한 주인공이, 어머니를 차에 태우고 고향으로 가는 장면으로 마무리된다. 그 차 안에서 자고 있는 것처럼 보이지만, 실은 자기 얘기를 듣고 있을 것만 같은 어머니를 상대로 혹은 혼잣말처럼 '검은 나무' 이야기를 한다. 소설 전체의 핵심을 일목요연하게 보여주는 대목이어서, 좀 길게 느껴지겠지만, 함께 다시 읽어보기로 한다.

1) 꿈을 꿨어요, 어머니, 감나무가 숯검정이에요. 우리 집 뒤란에 있던 그 나무요. 그 아래서 사진을 찍은 적이 있지요. 누이는 예뻤어요. 언제나 좀 슬픈 표정을 짓고 있긴 했지만…… 그 사진 속에서도 누이는 슬픈 표정을 짓고 있었어요. 어머니가 누이 생각이 날 때마다 사진을 꺼내보곤 하셨다는 걸 알아요. 세월의 먼지와 함께 어머니의 손때를 더 많이 확인할 수 있었지요. 누이와 나는 감나무 밑에서 놀곤 했어요. 더러는 감나무 위에 올라가서 놀기도 했고요. 물론 불에 타서 숯검정이 되기 전의 일이지요. 최근 얼마 동안 불에 타서

18) 김경희는 작가가 "「검은 나무」를 통해 현실 사회의 과도한 열정이나 뒤틀린 욕망으로 인한 상처를 회복할 수 있는 길을 신화성에서" 찾고 있다면서, "인간의 동물성에서 식물성으로의 위치 이동을 통해 공격적인 동물성을 구원에 이르는 길로 승화시켜 문명에서 받은 다양한 상처와 결핍을 치유하는 방법으로 신화를 제시하고" 있다고 논의했다(김경희, 「「검은 나무」의 신화성 분석」, 『비평문학』 47호, 한국비평문학회, 2013. 3., pp. 32~33).

숯검정이 된 감나무를 꿈에서, 지속적으로 보았어요. 어머니도 혹시 그 나무를 보고 계시는 게 아닌가요? 맞아요? 어쩌면…… 그럴 거라고 생각했어요. 20년 동안 당신의 안쪽 가장 깊은 곳에 유폐되어 있던 그 나무가 당신의 정신이 느슨해진 한순간을 노려 불쑥 떠오른 거라는 생각을 했어요. 어머니, 당신의 꿈 위로 20년 동안 잠겨 있던 검은 감나무가 떠오르는 순간, 당신이 그 불타는 기억으로부터 받았을 화상의 정도가 어떠했는지를 이젠 알 것 같아요. 당신은 봉인되었던 시간의 뚜껑에 금이 가자 그때까지 사생결단으로 붙잡고 있던 의식의 끈을 더 이상 견디지 못하고 놓아버렸던 거지요. 그랬던 거지요……[19]

2) 꿈을 꿨어요, 어머니. 숯검정 나무를 이틀 전에도 보았어요. 우리 집 뒤란에 있는 그 감나무요. 그 검은 나무는 어머니처럼 보였어요. 깡마른 어머니가 나무 대신 거기 서 있었어요. 어머니가 숯검정이 되어 거기 서 있었던 거예요. 들어보세요, 어머니. 그런데 그 숯검정 나무에 잎이 돋고 있었어요. 검은 나무의 한쪽 줄기에서 여리고 순한 싹이 고개를 내미는가 싶더니 잠시 후에 가지 이곳저곳에서 여리고 순한 싹이 경쟁하듯 고개를 내미는 거였어요. 죽은 나무의 검은 줄기가 여리고 순한 이파리들을 희망처럼 피워 올리고 있는 그 그림이 어찌나 강렬하던지 그만 꿈의 자리를 박차고 일어나야 할 정도였어요. 꿈 밖으로 나왔는데도 가슴이 두근거렸어요. 눈앞이 환하고 얼굴이 화끈거리고 마음이 설레어서 어떻게 해야 할지 어리둥

19) 『검은 나무』, pp. 304~05.

절한 심정이었어요. 꿈이 끝났는데도 아직 꿈을 꾸고 있는 것 같았어요……[20]

3) 아버지는 물만 먹고 살았어요. 몇 년째 아버지는 물만 먹고 살아오셨어요. 어머니도 그걸 아시지요. 거추장스럽고 불필요한 것들, 정신에 붙은 검불이나 비곗덩어리 같은 것들, 탐욕이나 집착, 애증 같은 것들을 다 털어버리고 나무처럼 말라서 세상에 가장 단순하고 순수한 하나의 몸이 될 때까지 살다가, 그런 몸이 되어 돌아가셨어요. 내가 검은 가지 한족에 여리고 순한 잎이 돋는 꿈을 꾸던 날 밤, 아버지는 감나무 아래 누워서 눈을 감았어요. 마을 사람들이 아버지의 몸을 감나무 아래 눕히기로 했고, 그러니까 우리는 오랫동안 숯 검정인 채로 대지에 박혀 있었던, 그러나 이제 한쪽으로부터 여리고 순한 잎을 피워 올리고 있는 감나무 아래 누워 있는 한 그루 나무의 몸을 보러 가는 거예요……[21]

인용한 1)은 20년 동안 억압하고 봉인했던 기억이, 그 끔찍한 화상이 어머니에게 다시 귀환한 것을 아들 입장에서 추정하고 있는 내용이다. 아들은 어머니에게 "당신의 꿈 위로 20년 동안 잠겨 있던 검은 감나무가 떠오르는 순간, 당신이 그 불타는 기억으로부터 받았을 화상의 정도가 어떠했는지를 이젠 알 것 같"다고 말한다. 2)는 반복되는 꿈 장면 속에서 '검은 나무'가 부활하는 순간을 소

20) 같은 책, p. 305.
21) 같은 책, p. 306.

개한다. "검은 나무의 한쪽 줄기에서 여리고 순한 싹이 고개를 내미는가 싶더니 잠시 후에 가지 이곳저곳에서 여리고 순한 싹이 경쟁하듯 고개를 내미는 거였"는데, "죽은 나무의 검은 줄기가 여리고 순한 이파리들을 희망처럼 피워올리고 있는 그 그림"이 너무나 강렬했다고 되뇐다. 3)에서 주인공은 아버지의 죽음과 검은 나무의 부활을 포개어놓는다. 아버지는 나무처럼 물만 마시며 "탐욕이나 집착, 애증 같은 것들을 다 털어버리고 나무처럼 말라서 세상에 가장 단순하고 순수한 하나의 몸이 될 때까지 살다가" 갔는데, 그 죽음의 순간 검은 나무가 새로운 싹을 틔우기 시작한 것 같다는 짐작을 전하는 대목이다.

오래된 숲에 자주 가본 사람들은 대개 짐작할 수 있는 일이지만, 숲에서 살아 있는 나무며 생명들만 소중한 게 아니다. 죽은 나무라 하더라도 "죽는 순간부터 완전히 사라지기 전까지 결코 짧지 않은 세월 동안 숲을 다양하고 풍부하게 만드는 일을 진행"한다. 가령 "죽은 나무가 없었다면 딱따구리도 장수하늘소도 아름다운 버섯도" 존재하기 어렵다. 그래서 "살아 있는 세계는 죽어 있는 세계를 토대로 세워"진다는 생각이 들기도 할 정도다. "숲이 성장하고 오래될수록 나무의 죽음 이후"가 중요해지는데, 이런 "경이로운 생태 드라마는 오래된 숲이 아니면 경험"[22]하기 어렵다. 이 경이로운 생태 드라마는 이승우의 「검은 나무」에서 신화적 상상력으로 변형 생성된다. 죽은 검은 나무는 살아 있는 아버지를, 금기를 위반하고 엄청난 죄를 지은 아버지를 반성케 하고 정죄케 한다. 나무처럼 살

22) 차윤정, 같은 책, p. 262.

면서 속죄할 수 있도록 또 다른 생의 가능성을 환기한다. 나무-삶의 가능성은 결국 죽음에로 이르는 길이다. 죽음이 아니고서는 용서받을 수 없는 죄의 성격 때문이다. 그런데 나무처럼 살던 아버지의 죽음이, 죽은 검은 나무를 다시 살게 한다. 죽은 가지에서 새로운 싹이 돋아나게 한다. 속죄와 부활의 경이로운 드라마가 아닐 수 없다. 앞에서 『식물들의 사생활』의 작가 후기를 소개하기도 했지만, 이승우는 나무를 통해, 그의 또 다른 소설 제목처럼, '생의 이면'을 곡진하게 환기하는 작가다. 그가 헤르만 헤세처럼 실제의 정원을 가꾸는지 알 수 없지만, 그가 소설로 가꾼 나무 정원에서는 사랑과 좌절된 욕망, 변신을 통한 좌절된 욕망의 신화적 실현 욕망, 금기를 넘어선 어긋난 욕망과 근원적 속죄, 그리고 죽음과 부활의 경이로운 드라마가 철따라 새로운 감각으로 펼쳐지고 있다. 그 정원 풍경은 무엇보다도 여름 나무와도 같은 인간의 욕망의 풍경을 반성적으로 성찰하게 한다. 그런 맥락에서 이승우는 소설로 현묘한 나무 이야기를 잘 빚어내는 '나무 정원사 작가'다.

3. 무화과나무 속꽃의 은유

열매 속에서 속꽃 피는 게
그게 무화과 아닌가
—김지하, 「무화과」[1]

1) 열매 속의 속꽃, 그 욕망과 절망의 심연

주로 전라남도와 경상남도에서 자라는 무화과나무에 대해 백과사전은 이렇게 설명하고 있다. "높이 2~4m이고 나무껍질은 회백색이다. 가지는 굵으며 갈색 또는 녹갈색이다. 잎은 어긋나고 넓은 달걀 모양으로 두껍고 길이 10~20cm이며 3~5개로 깊게 갈라진다. 갈래 조각은 끝이 둔하고 가장자리에 톱니가 있으며 5맥이 있다. 표면은 거칠고 뒷면에는 털이 있으며 상처를 내면 흰 젖 같은 유액(乳液)이 나온다. 봄부터 여름에 걸쳐 잎겨드랑이에 열매 같은 꽃이삭이 달리고 안에 작은 꽃이 많이 달린다. 겉에서 꽃이 보이지 않으므로 무화과나무라고 부른다. 암꽃은 화피 갈래 조각이 3개이고 2가화이지만 수나무는 보이지 않는다. 열매는 꽃턱이 자란 것

1) 김지하, 『김지하 시전집』 2, 솔, 1993, p. 191.

이며 달걀을 거꾸로 세운 모양이고 길이 5~8cm로서 8~10월에 검은 자주색 또는 황록색으로 익으며 날것으로 먹거나 잼을 만든다. 종자에는 배(胚)가 없으므로 꺾꽂이로 번식시킨다. 열매를 완하제(緩下劑)로 사용하고 민간에서는 유액을 치질 및 살충제로 사용한다. 수목의 품종은 3종으로 나눌 수 있는데 여름 과실 품종·가을 과실 품종·여름과 겨울 수확할 수 있는 품종으로 3종이 있다. 로마에서는 바쿠스Bacchus라는 주신(酒神)이 무화과나무에 열매가 많이 달리는 방법을 가르쳐주었다고 다산(多產)의 표지로 삼고 있다. 꽃말의 '다산'이란 뜻은 여기에서 유래되었을 것이다. 아시아 서부에서 지중해에 걸쳐 자생한다. 한국(제주)에 분포한다."[2]

고대 그리스나 로마에서 무화과나무나 그 열매와 관련된 상징이나 신화는 올리브나무만큼이나 풍부하다고 한다. 고대 그리스인들이 아프리카에서 '무화과 결실 촉진' 기술과 함께 크레타로 무화과나무를 들여왔다. 그들은 무화과가 익어가는 과정에 감탄했다고 전한다. "모든 열매들 가운데서 유일하게 자연의 기교로 숙성에 이르기 때문"[3]이었다. 그들에게 무화과는 때때로 외설적 욕망의 의미로 받아들여지기도 했다. 그래서 그리스어 무화과는 "열매가 음낭을 가리킴과 동시에 반쯤 열려진 여성의 외음부를 상기시키는"[4] 의미의 이중성을 지닌다는 것이다. 때로는 불순하고 불길한 나무로 받아들여지기도 했지만, 그럼에도 "신탁을 내리는 나무"로

2) http://terms.naver.com/entry.nhn?docId=1095225&cid=40942&categoryId=32712(「두산백과」).

3) 자크 브로스, 같은 책, p. 322.

4) 같은 책, p. 324. 무화과의 그리스어 어원과 관련해서는 이 책을 참조할 수 있다.

인정되기도 했다. 북아프리카에서는 무화과가 풍요뿐만 아니라 조상들의 세계와도 관련 있다고 한다. 자크 브로스는 이렇게 말한다. "땅속의 뿌리에서 시작해 나무, 특히 외설적인 무화과나무의 수액을 따라 무화과는 조상들의 세계로 점차 시간을 거슬러 올라간다. 그러므로 사람들을 밭을 경작할 때 첫번째 고랑에 무화과를 심고, '보이지 않는 자들의 몫'인 무덤과 성소에는 그것들을 심지 않는다. 무화과는 '죽은 자들을 위한 선택된 제물'이다."[5] 예로부터 무화과나무는 외설적 욕망에서 신탁에 이르기까지 다양한 신화적 의미의 스펙트럼을 보였다. 한국에서는 겉에서 꽃이 보이지 않아 무화과나무라 불리게 되었다. 보이지 않는 속꽃의 은유적 속성으로 인해 무화과나무는 문학에서 종종 상상력을 자극하는 욕망의 대상이 되었다. 전남 목포 출신의 시인 김지하의 시 「무화과」도 그중 하나에 속한다.

돌담 기대 친구 손 붙들고
토한 뒤 눈물 닦고 코 풀고 나서
우러른 잿빛 하늘
무화과 한 그루가 그마저 가려 섰다

이봐
내겐 꽃시절이 없었어
꽃 없이 바로 열매 맺는 게

5) 같은 책, p. 333.

그게 무화과 아닌가
어떤가
친구는 손 뽑아 등 다스려주며
이것 봐
열매 속에서 속꽃 피는 게
그게 무화과 아닌가
어떤가

일어나 둘이서 검은 개굴창가 따라
비틀거리며 걷는다
검은 도둑괭이 하나가 날쌔게
개굴창을 가로지른다[6)]

「무화과」에서 시적 화자는 뭔가에 절망한 상태다. 마음이 상한 상태에서 술을 마셨고 토한 뒤 눈물을 콧물을 닦는다. 그 분위기에 걸맞게 "잿빛 하늘" 아래에서다. 그런 상태에서 무화과나무를 보며 친구에게 말한다. "이봐/내겐 꽃시절이 없었어/꽃 없이 바로 열매 맺는 게/그게 무화과 아닌가/어떤가". 이렇게 절망을 토로하는 시적 화자의 등을 두드려주며 친구는 위로한다. "이것 봐/열매 속에서 속꽃 피는 게/그게 무화과 아닌가/어떤가". 시적 화자는 자기 삶에서 꽃을 피워본 적이 없다고 절망하는데, 친구는 그렇지 않다고, 꽃이 피지 않은 것 같지만 실은 속꽃이 피었다고, 그러니 너무

6) 「무화과」, p. 191.

낙담하지 말라고 위무의 말을 건네는 것이다. 즉 시적 화자는 무화과 열매 속에서 피어났던 꽃을 보지 못했고, 그렇다고 생각했고, 그래서 절망했고, 친구는 그렇지 않다고, 열매 속에서 꽃이 피어났었다고, 그러니 절망하지 말라고 하는 장면이다.

이 시에 대해 김지하와 동향의 비평가 김현은 평론 「속꽃 핀 열매의 꿈: 김지하」에서 그 심연의 의미를 유려하게 밝힌 바 있다. "나의 절망과 친구의 위로는 매우 진부한 주제이다. 그러나 그 진부한 주제를 형용하는 무화과라는 이미지는 뛰어난 이미지다. 그 무화과라는 이미지가 그 진부한 대화—나는 실패했다; 너는 위대하다—를 순식간에 비극적 높이로 이끌어올린다. 그 비극적 높이는 열매 속에 속꽃이 피어 있다는 놀라운 인식에 의해 가능해진다. 꽃시절이 없는 것처럼 보여도, 열매가 있으면 그 속에 꽃은 들어 있다! 그 인식은 비극적이다. 꽃은 숨어 있기 때문에 보는 사람에게만 보인다. 다시 말해 범속한 사람에겐 안 보인다. 열매는 안 보이는 꽃이다. 보이는 꽃만을 바라는 사람에겐 그 인식은 비극적이다. 그것은 절망을 자아내기 때문이다. 보이지 않는 꽃을 볼 수 있는 사람에게도 그 인식은 비극적이다. 그것은 영혼을 정화시켜 주기 때문이다. 그런 운명이 있을 수 있다는 것을 인정함으로써 그의 넋은 정화된다."[7] 김현은 꽃시절이 없었다고 절망하는 시적 화자를 현실에서 보상을 바라는 현실주의자의 태도로 보고, 보이지 않는 속꽃의 심연을 바라보는 친구를 신비주의자의 태도로 파악한

7) 김현, 「속꽃 핀 열매의 꿈: 김지하」, 『분석과 해석/보이는 심연과 안 보이는 역사 전망』 김현문학전집 7, 문학과지성사, 1992, pp. 62~63.

다. "속에 꽃이 있다는 태도야말로 내부 초월이라고 부를 수 있는 초월의 전형적인 태도이다. 속에 꽃처럼 밝고 환하고 아름답고 부드럽고 따뜻한 것을 간직하고 있는 한 초월은 가능하다."[8] 그러면서 시인은 꿈의 열매를 나눠 주는 사람이기 때문에 꽃이라고 한 김지하의 전언을 환기한다.[9] 그러면서 무화과나무의 자웅동체 성격과 무화과의 여성성을 해명한다.

너는 이 무화과 같다! 그 무화과는 꽃 없이 열매 맺는 과일이다. 그것은 특이한 과일이다. 그 특이성은 그러나 부정적 성격을 갖고 있지 않다. 그것은 오히려 긍정적 성격을 갖고 있다. 무화과는 다른 과일과 다르게 꽃 없이 열매 맺는다. 너는 그러니까 특이한 사람이다. 그다음, 무화과는 열매 속에서 속꽃이 핀다. 대개의 과일은 꽃이 핀 뒤에 열매가 맺는다. 그런데 무화과는 열매 속에 꽃을 피운다. 열매는 단단함이라는 감각적 깊이를 갖고 있다. 그 단단함 속에 아름다운 꽃이 간직되어 있다. 대개의 과일은 열매 속에 다디단 과육을 간직하고 있지만, 무화과는 꽃을 간직하고 있다. 무화과는, 나나 친구에게, 먹는 과일이라기보다는, 속꽃을 피어나게 하는 토양으로 인지되고 있다. 단단함 속의 부드러운, 아름다운 꽃! 무화과는 남성적 단단함 속에 여성적 화려함을 간직하고 있다. 그 여성적 화려함이

8) 같은 글, p. 63.

9) "시인이라는 것은 본래부터 가난한 이웃들의 저주받은 생의 한복판에 서서 그들과 똑같이 방황하고, 그 고통을 없애며 미래의 축복받은 아름다운 세계를 꿈꾸고, 그 꿈의 열매를 가난한 이웃들에게 선사함으로써 가난한 이웃들을 희망과 결합시켜주는 사람입니다. 그렇기 때문에 우리는 참된 시인을 민중의 꽃이라고 부르는 것입니다"(김지하, 『남녘땅 뱃노래』, 두레, 1985, p. 62).

내 절망을 달랠 수 있는 감각소이다. 무화과나무는 무화과 잎의 남성성과 무화과의 여성성을 동시에 간직하고 있는 자웅동체이다. 무화과라는 이미지는 잎만으로 이뤄질 수 없고, 열매만으로 이뤄질 수도 없다. 그것은 그 둘의 결합, 아니 합일에 의해 이뤄진다. 그 이미지의 내면에서는 환한 꽃이 피어나고 있다. 그 내면의 꽃이 무화과에 여성성을 부여한다.[10]

여기서 무화과 잎의 남성성과 무화과의 여성성을 직관하고 그로써, 합일된 자웅동체로서의 무화과나무의 속성을 간파한 게 무척 흥미롭다. 그와 같이 특이한 무화과나무의 성격을 바탕으로 우리는 욕망과 절망의 변증법 속에서 새로운 역승화의 탈주를 그려볼 수도 있겠다. 현실주의자에 가까운 시적 화자는 현실에서 자신의 욕망이 실현되지 않아 절망한다. 그것을 꽃시절이 없었다는 비유로 개탄한다. 그러나 친구의 생각은 다르다. 꽃이 피지 않았던 것이 아니다. 다만 겉으로 드러나는 화사한 꽃을 보지 못했을 뿐이다. 단단한 열매 안에서 피어나는 속꽃, 그것이야말로 자기 욕망에서 절망한 이들이 다시 욕망할 수 있는 심연의 근거가 되는 것이다. 그런 면에서 무화과나무는 심연에서 욕망의 가능성을 환기하는 은유로 작동한다. 없는 꽃시절에 있는 꽃의 욕망을 부추긴다. 그러기에 무화과나무는 여름 나무의 한 상징이 될 수 있다. 욕망의 나무와 관련한 심층적인 상상과 담론을 펼칠 수 있게 하기 때문이다. 속꽃에 대한 욕망과 열망이 있기에 절망한 이들도 거듭날 수

10) 김현, 같은 책, pp. 65~66.

있다. 시인 김지하는 그런 무화과나무의 속꽃 은유를 통해 민중의 꽃으로서의 시인의 몫을 감당하려 했던 것이다.

2) "꽃 피우지 못해도 좋다": 무화과나무의 역설

그런가 하면 시인 이은봉은 "꽃 피우지 못해도 좋다"며 무화과나무의 역설적 의미를 탐문한다. 그에게 꽃은 욕망의 어떤 절정이다. 실제 삶에서 인간이 제아무리 욕망한다 하더라도 절정의 순간으로 치닫는 것은 참으로 어려운 일이다. 그러기에 절정에 이르지 못한다 해도 그 절정을 향한 욕망의 순수 의지, 혹은 "혼신의 사랑"이면 족하다고 생각하는 것 같다. 이은봉 시인이 왜 "꽃 피우지 못해도 좋다"고 노래하는지 들어보기로 하자.

꽃 피우지 못해도 좋다

손가락만큼 파랗게 밀어 올리는
메추리알만큼 동글동글 밀어 올리는

혼신의 사랑……

사람들 몇몇, 입속에서 녹아
약이 될 수 있다면

꽃 피우지 못해도 좋다

열매부터 맺는 저 중년의 生!
바람 불어 흔들리지도 못하는.[11]

시인이 "꽃 피우지 못해도 좋다"고 말하는 것은 "손가락만큼 파랗게 밀어 올리는/메추리알만큼 동글동글 밀어 올리는" "혼신의 사랑……"에 대한 가없는 믿음 때문이다. 물론 그런 "밀어 올리는" 힘이나 의지는 겉으로 잘 보이지 않는다. 꽃처럼 바로 인지되지 않는다. 경이나 경탄의 대상이 아닐 수도 있다. 그럼에도 불구하고, 눈에 보이지 않는 그 속꽃 같은 것이 "사람들 몇몇, 입속에서 녹아/약이 될 수 있다면" "꽃 피우지 못해도 좋다"는 것이다. 이러한 무화과나무의 속성을 이은봉은 "열매부터 맺는 저 중년의 生!"에 견준다. 그렇다. 이미 꽃시절이 지났다고 많은 이가 생각하는 것이 중년의 생이다. 그러나 중년의 생은 무던한 견딤과 아스라한 밀어 올림으로 어떤 결실을 이뤄내고, 그것이 타인의 약으로 쓰일 수 있도록 애쓴다. 그런 중년의 삶을 무화과나무의 형상과 이미지에 빗대어, 빛바랜 채 고단한 중년을 위무한다.[12]

11) 이은봉, 「무화과」, 고규홍 엮음, 『나무가 말하였네 2: 나무에게 길을 묻다』, 마음산책, 2012, p. 90.

12) 이 시에 읽고 나무 전문가 고규홍은 이렇게 적었다. "꽃 없이 맺은 열매여서 무화과(無花果)다. 사랑 없이 맺는 열매는 세상에 없다. 무화과나무에서도 꽃이 핀다. 보이지 않을 뿐이다. 무화과나무는 오월께 잎겨드랑이에 도톰한 돌기를 돋운다. 영락없는 열매지만 꽃이다. 꽃은 주머니 모양의 돌기 안쪽에 숨어 핀다. 그래서 은화과(隱花果)라 한다. 혼신의 힘을 다해 메추리알만큼 키운 꽃주머니는 그대로 열매가 된다.

그러나 이은봉처럼 역설적 성찰도, 그에 앞선 김지하처럼 속꽃의 은유도 기대할 수 없는 없는 아득하고 막막한 세대들에게 무화과나무란 무엇일까. 이제니는 「무화과나무 열매의 계절」에서 그 막막함을 묘사한다. 절망처럼 욕망도 이미 시들어버리고, 그 어떤 기대의 응답도 언제까지나 돌아오지 않는 상황에서 무연히 말린 무화과 열매만을 씹고 있는 모습을 이제니는 차분하게 점묘하고 있다.

그 시절 나는 잘 말린 무화과나무 열매처럼 다락방 창틀 위에 조용히 놓여 있었다. 장례식 종이 울리고 비둘기 날아오를 때 불구경 간 엄마는 돌아오지 않았다. 오빠는 일 년 내내 방학. 조울을 앓는 그의 그림자는 길어졌다 짧아졌다 짧아졌다 길어졌다. 넌 아직 어려서 말해줘도 모를 거야. 내 손바닥 위로 무화과나무 열매 두 개를 떨어뜨리고 오빠도 떠나갔다. 기다리지도 않는데 기다리는 사람이 되는 일은 무료한 휴일 한낮의 천장 모서리같이 아득했다.

오빠가 떠나자 남겨진 다락방은 내 혼잣말이 되었다. 열린 창밖으론 끝없는 바다. 밤낮없이 울고 있는 파도 파도. 주인을 잃은 마호가니 책상 위에는 연두 보라 자주 녹두 색색 종이테이프, 지우개 연필 증오 수줍음 비밀 비밀들. 도르르 어둠의 귓바퀴를 감아넣듯 파랑파랑 종이꽃을 접으며 나는 밤마다 오빠의 문장을 읽었다.

무화과는 사람의 입안에 달콤한 기억을 남긴다. 꽃피우지 않고, 누가 알아보지 않아도 좋다. 비바람 몰아쳐도 수굿이 열매 맺는 중년의 삶이 그렇다"(고규홍 엮음, 같은 책, p. 91).

누구에게도 보내지 않을 편지를 쓰고 또 쓰는 밤. 아무도 나를 사랑하지 않습니다. 자신을 미워하는 고백의 목소리. 오빠의 공책 위로 지우개 가루가 검은 눈물을 뚝뚝 흘리고 있었다. 돌아오지 않는 것들은 언제까지 돌아오지 않는 것들일까. 기다리는 것들은 언제까지 기다리는 것들일까. 어제의 파도는 어제 부서졌고 오늘의 파도는 오늘 부서지고 내일의 파도는 내일 부서질 것이다.

모두 어디에 계십니까.

모두 안녕히 계십니까.

밤이면 착하고 약한 짐승의 두 눈이 바다 위를 흘러다녔다. 끝없이 밀려갔다 밀려오는 물결들. 끝없이 밀려왔다 밀려가는 가없음. 그것이 나를 울면서 어른이 되게 했다. 열매를 말리는 건 두고두고 먹기 위해서지. 잘 말린 무화과나무 열매를 씹으며 나는 자라났고 떠나간 사람들보다 더 많은 나이가 되었다는 사실을 알았을 땐 또다시 무화과나무 열매의 계절이 돌아오고 있었다.[13)]

그런 막막한 상황에서 "모두 어디에 계십니까" "모두 안녕히 계십니까"라고 질문하는 시적 화자의 차분한 처연함이 전경화된다. 일찍이 1930년대에 작가 염상섭은 "우리는 꽃이 없는 시대에 태어

13) 이제니, 「무화과나무 열매의 계절」, 『아마도 아프리카』, 창비, 2010, pp. 40~41.

났다"며 장편 『무화과』를 쓴 적이 있다. 흔히 『삼대』의 후속편으로 논의되는 이 장편에 등장하는 이원영을 비롯한 여러 인물은 꽃 시절을 알지 못한 채, 혹은 추구할 겨를이 없는 상황에서 그야말로 '돈'이 지배하는 타락한 현실 상황에 부대끼며 일그러진 삶을 살아간다. 물론 사회주의자로서 실천적 삶을 추구하는 봉익이나 기존의 안이한 안락을 거부하고 진정한 사랑을 좇아 동경 유학을 떠나며 새로운 세계를 지향하는 주체적 의지를 보이는 문경 같은 긍정적인 인물상이 없는 것은 아니지만, "꽃이 없는 시대"의 여러 인물이 매우 가혹한 혼돈과 시련, 절망 속에서 타락하고 방황할 수밖에 없는 모습을 보인다. 그만큼 "꽃이 없는 시대"의 삶은 가혹하고 미혹했던 것이다. 속꽃의 은유를 헤아릴 여유도, 상상력도, 미학도 제약받을 수밖에 없었기 때문일 터이다. 그러니까 무화과나무 속꽃의 은유는 자연의 역설적 심연을 가늠케 하는 속 깊은 비유이기도 하면서, 현실이나 세계와 대결하는 자아의 처지나 상황 혹은 태도나 세계관을 가늠케 하는 구성적 기제이기도 한 것처럼 보인다.

4. 나무로의 변신, 그 식물성의 저항[1)]

— 채식주의 신체와 나무의 윤리: 한강의 『채식주의자』

사람 모여 사는 곳 큰 나무는
모두 상처가 있었다.
흠 없는 혼이 어디 있으랴?
—황동규, 「오늘 입은 마음의 상처」[2)]

1) 동물적 신체를 넘어 나무로의 식물화 욕망

작가 한강은 폭력적 현실에서 절망하여 식물적인 나무의 상태로 회귀하려는 충동과 정념을 보인다. 「내 여자의 열매」, 『채식주의자』 등 몇몇 소설에 제시된 한강의 나무의 상상력은 무엇보다도 광물적이고 동물적인 욕망이 현실의 폭력을 산출하는 것임을 성찰하고 나무와 같은 식물성의 육체로 돌아갈 수 있을 때 모종의 정화 가능성을 발견할 수 있음을 매우 인상적으로 보여준다. 특히 웰빙 식사를 위해 역설적으로 식물의 웰빙을 침해하는 경우가 많은 현실 상황에서, 한강은 육식을 거부하고 채식을 지향하는 인물의 이야기를 통해, 새로운 시대의 섭생 윤리와 생태 윤리를 환기한다.

1) 이 절은 졸고 「섭생의 정치경제와 생태 윤리」(『문학과환경』 9권 2호, 문학과환경학회, 2010.12., pp. 62~67) 부분을 수정 보완한 것이다.
2) 황동규, 『황동규 시전집』 Ⅱ, 문학과지성사, 1998, p. 44.

그렇다고 해서 한강이 단지 채식주의 그 자체만을 강조한 것은 결코 아니다. 육식과 연계된 동물적 폭력성에 대한 반성적 숙고와 더불어 식물성의 윤리를 환기하고 싶었던 것이다.

「내 여자의 열매」에서 아내는 어릴 적부터 자유롭게 살다가 자유롭게 죽기를 꿈꾸었던 인물이다. 그런데 소망과는 달리 "보이지 않는 사슬과 묵직한 철구(鐵球)가 발과 다리를 움쭉달싹하지 못하게 하고 있는 것처럼"[3] 일상의 억압에 가위눌려 살다가 심한 구토 증세를 보인다. 고통스럽게 구토에 시달리는 그녀는 오래전부터 "바람과 햇빛과 물만으로 살 수 있게 되기를 꿈꿔"[4]왔던 인물이었다. 마침내 그녀는 어느 날 식물화하는 경계에 선다. 출장을 갔다가 오랜만에 귀가한 남편은 식물로 변신하는 그녀를 목도한다. "아내는 베란다의 쇠창살을 향하여 무릎을 꿇은 채 두 팔을 만세 부르듯 치켜 올리고 있었다. 그녀의 몸은 진초록색이었다. 푸르스름하던 얼굴은 상록활엽수의 잎처럼 반들반들했다. 시래기 같던 머리카락에는 싱그러운 들풀 줄기의 윤기가 흘렀다."[5] 동물적 육체를 넘어 식물화하려는 아내의 요구에 따라 남편은 물을 뿌려준다. "그것을 아내의 가슴에 끼얹는 순간, 그녀의 몸이 거대한 식물의 잎사귀처럼 파들거리며 살아났다."[6] 물세례를 통해 청신하게 피어나는 아내를 보면서 남편은 "내 아내가 저만큼 아름다웠던 적

3) 한강, 『내 여자의 열매』, 창작과비평사, 2000, p. 225.
4) 같은 책, p. 236.
5) 같은 책, p. 233.
6) 같은 책, p. 234.

은 없었다"[7]고 느낀다. 카프카의 「변신」에서 벌레로 변한 남자의 이야기를 우리는 잘 알고 있거니와, 한강의 소설에서 식물로 변신하여 열매까지 맺게 하는 환상적 변신 이야기는 연작 장편 『채식주의자』에서 좀더 면밀한 실감을 얻게 된다.

2) 초록빛 나무에의 욕망

『채식주의자』에서 영혜는 악몽을 꾼 다음에 채식을 선언한다. 악몽은 다채롭게 변주되지만 단속적으로 덮쳐오는 짧은 장면들은 대개 "*번들거리는 짐승의 눈, 피의 형상, 파헤쳐진 두개골, 그리고 다시 맹수의 눈*"[8] 같은 것들로 점철된다. 동물적인 공격성과 폭력성, 죽음을 몰고 오는 세계 파국의 공포와 불안 같은 것들 때문에 잠도 못 자고 먹지도 못하다가 내린 결단이었다. 동물적 공격성으로 넘쳐나는 세상에서 그녀가 원하는 것은 식물적 평화였다. 그녀가 유일하게 옹호하는 젖가슴의 상징도 그런 면에서 주목된다. "*내가 믿는 건 내 가슴뿐이야. 난 내 젖가슴이 좋아. 젖가슴으론 아무것도 죽일 수 없으니까. 손도, 발도, 이빨과 세치 혀도, 시선마저도, 무엇이든 죽이고 해칠 수 있는 무기잖아. 하지만 가슴은 아니야. 이 둥근 가슴이 있는 한 난 괜찮아. 아직 괜찮은 거야.*"[9] 그러나 그렇다고 해서 이분법적 대립을 단순하게 지양하여 식물성으

7) 같은 쪽.

8) 한강, 『채식주의자』, 창비, 2007, p. 43.

9) 같은 쪽.

로 종합하려는 어설픈 시도를 보이지는 않는다. 「내 여자의 열매」에서도 식물성을 추구하는 아내가 연민의 대상이었듯이, 『채식주의자』에서 영혜 역시 단호한 추구에도 불구하고 연민의 대상이 아닐 수 없다. 남편은 물론 부모나 형제자매들에게조차 이해받지 못한 상태에서 몸도 마음도 상하고 다친 상태가 되고 만다.

평범한 소시민인 남편은 자신의 단순한 필요에 의해 영혜와 결혼한 인물이다. 특별한 매력도 없지만 이렇다 할 단점도 없고, 평범한 아내의 역할을 묵묵히 수행하면서도 남편에게 귀찮은 요구를 하지 않는 그녀에게 편안함을 느끼며 결혼했고 그러구러 결혼 생활을 유지해온 터였다. 그렇다는 것은 진정한 애정이나 진심의 소통과는 상관없는 이기적 필요에 의한 일상의 도구쯤으로 자기 아내를 여긴다는 것과 크게 다르지 않다. 그런 상황에서 어느 날 아침 얼어붙은 고기를 썰고 있는 아내에게 남편은 화를 내며 재촉한다. "*제기랄, 그렇게 꾸물대고 있는 거야?*"[10] 이런 남편의 재촉에 허둥대며 칼질을 하다가 영혜는 손가락을 베게 되고, 식칼의 이도 나가게 된다. 칼에 베어 검지에서 피가 뚝뚝 흐르는 아내의 고통에는 아랑곳하지 않고, 남편은 불고기를 우물거리다가 나온 칼 조각을 발견하고는 이내 고함을 지른다.

> *뭐야, 이건! 칼 조각 아냐!*
> *일그러진 얼굴로 날뛰는 당신을 나는 우두커니 바라보았어.*
> *그냥 삼켰으면 어쩔 뻔했어! 죽을 뻔했잖아!*

10) 같은 책, p. 26.

왜 나는 그때 놀라지 않았을까. 오히려 더욱 침착해졌어. 마치 서늘한 손이 내 이마를 짚어준 것 같았어. 문득 썰물처럼, 나를 둘러싼 모든 것이 미끄러지듯 밀려나갔어. 식탁이, 당신이, 부엌의 모든 가구들이. 나와 내가 앉은 의자만 무한한 공간 속에 남은 것 같았어.

다음날 새벽이었어. 헛간 속의 피웅덩이, 거기 비친 얼굴을 처음 본 건.[11]

이와 같은 남편의 폭력에 가까운 몰이해와 그에 따른 상처가 영혜의 악몽의 원동력의 하나였던 셈이다. 예의 악몽을 꾼 영혜는 온갖 고기들을 버린다. "샤브샤브용 쇠고기와 돼지고기 삼겹살, 커다란 우족 두 짝, 위생팩에 담긴 오징어들, 시골의 장모가 얼마 전에 보낸 잘 손질된 장어, 노란 노끈에 엮인 굴비들, 포장을 뜯지 않은 냉동만두와 내용물을 알 수 없는 수많은 꾸러미들"[12]을 쓰레기 봉투에 쓸어 담는 아내를 향해 남편은 격렬하게 항의하고 저주한다. "미쳤군. 완전히 맛이 갔어."[13] 영혜의 친정아버지 역시 남편의 행위 범주에서 크게 벗어나지 않는다. 육식을 거부하는 딸을 처음에는 설득하고 달래던 아버지는 이내 완력으로 고기를 먹이려 한다. 딸의 입에 고기를 마구 쑤셔 넣으려 하는데 딸이 계속 완강하게 거부하자 딸에게 명백한 폭력을 가한다. 이런 폭력 앞에 속수무책이던 그녀는 자학적으로 자해 행위를 벌인다.

상황이 그러하다 보니 그녀 뜻대로 이루어지는 것이 거의 없다.

11) 같은 책, p. 27.
12) 같은 책, p. 16.
13) 같은 책, p. 17.

자기 뜻대로 되지 않는 상황과 자기 몸에 대해 "*그런데 왜 자꾸만 가슴이 여위는 거지. 이젠 더 이상 둥글지도 않아. 왜지. 왜 나는 이렇게 말라가는 거지. 무엇을 찌르려고 이렇게 날카로워지는 거지*"[14]라며 자탄하고 있거니와, 결국 그녀는 형부와의 예술적/성적 일탈을 거쳐 정신병원에 갇혀 광기의 영역에 묻히고 마는 "퇴행적 진화"[15] 양상을 보인다. 물과 바람과 공기와 더불어 숨 쉬며 초록빛 나무가 되려 했던 그녀의 욕망은, 그 진정성에도 불구하고 현실에서는 계속 미끄러질 수밖에 없다. 그녀의 둥근 가슴이 날카로워지는 것은 충분히 일리 있는 몸의 항의로 받아들여진다.

3) 채식주의 신체와 나무-몸

『채식주의자』에서 영혜의 남편이나 아버지를 비롯한 가족, 그리고 남편의 회사 사장 부부 등은 공통적으로 육식을 해야 힘을 쓸 수 있고 건강을 유지할 수 있다는 견해를 보인다. 상대적으로 남성 인물들이 육식에 더 집착하는 경향을 보인다. 인류학자 페기 샌데이는 "동물 중심 경제는 남성 지배적인 데 반해 식물 중심 경제는 훨씬 더 여성을 축으로 움직인다는 사실"[16]을 보고한 바 있다. 그는 "동물 중심 문화에서는 고기가 주로 성별을 구분하고 지위와 계층을 정하는 게 사용되지만, 식물 중심 문화에서는 여성들이 주

14) 같은 책, p. 43.
15) 허윤진, 「열정은 수난이다」, 한강, 『채식주의자』, p. 232.
16) 제레미 리프킨, 『육식의 종말』, 신현승 옮김, 시공사, 2002, p. 287.

요 음식을 분배하는 까닭에 차별당하는 일이 없다"[17]고 주장한다. 일찍이 헤겔 역시 "남성과 여성의 차이는 동물과 식물 간의 차이와 흡사하다. 남성은 동물에 대응하고 여성은 식물에 대응한다. 여성의 성장이 보다 조용하기 때문이다."[18] 프랑스의 인류학자 부르디외 또한 현대의 프랑스인들 사이에서도 육류와 성별에 대한 근거 없는 통념이 편만화되어 있음을 지적한 적이 있다. "모름지기 사내라면 강한 음식을 먹고 마시는 것이 어울린다. [……] 남성들은 맛있는 음식 한 조각을 아이들과 여자들에게 남긴다. [……] 육류는 남성들에게 적당한 반면, 샐러드 같은 채소는 여성들에게 더 적당하다."[19] 이와 같은 논의들은 육식이 성별이나 계층 문제와 긴밀하게 연계되어 있는 문제임을 폭넓게 환기한다. 이런 상황을 비판적으로 거스르며 새로운 생명의 기운을 지피려 하는 움직임의 하나가 이른바 채식주의운동일 것이다. 한강의 『채식주의자』에서 영혜의 몸과 관련하여, 우리는 '채식주의 신체'라는 개념에 대해 주목할 필요가 있다.

나는 은유적으로 '채식주의 신체vegetarian body'라는 개념을 사용한다. 이 개념은 여성 억압과 동물 억압에 대한 윤리적, 도덕적 주

17) Carol J. Adams, *The Sexual Politics of Meat*, NY.: Continuum, 1990, p. 35. 여기서는 제레미 리프킨, 같은 책, p. 288에서 재인용함.

18) 헤겔의 『권리 철학』의 내용을 리프킨이 정리한 것으로, 제레미 리프킨, 같은 책, p. 288에서 재인용함.

19) Pierre Bourdieu, trans. by R. Nice, *Distinction: A Social Critique of the Judgement of Taste*, Harvard UP., 1984, pp. 190~92. 여기서는 제레미 리프킨, 같은 책, p. 289에서 재인용함.

장을 환기하면서 현재 과학/의학 연구가 밝혀주고 있는 채식의 이점들(예컨대 질병 예방)의 실체를 표현하기 위한 개념이다. '채식주의 신체'라는 개념은 기존의 육식 습관을 포기하고 채식주의자가 된다는 의미도 포함된다. 채식주의자가 되면서 우리 자신과 신체의 관계도 바뀌며, 그리고 하나의 종(種)으로서 인류 전체가 채식주의 신체로 진화하지 못한다고 할지라도, 채식주의자들과 완전한 채식주의자들은 채식주의 신체—채식주의 신체의 건강과 행복은 채식주의자가 됨으로써 달성된다—로 진화해 가고 있는 것 같다.[20]

아담스가 은유적으로 언급한 '채식주의 신체'의 구체적 형상화 사례로 한강의 「내 여자의 열매」와 『채식주의자』를 지목하는 것은 매우 자연스럽다. 아니 오히려 한강의 인물들은 아담스가 논의한 채식주의 신체를 넘어서, 그 경계를 넘어서 격렬하게 탈주하려는 경향을 보인다. 「내 여자의 열매」에서는 아예 식물화하는 경계를 넘었고, 『채식주의자』에서도 영혜는 남성과 육류 중심의 폭력적 세상의 경계를 넘어서고 있는 것이다. 동물성의 현실에 대한 식물성의 저항은, 한강의 소설에서 조용한 듯 제법 격렬하다. 요컨대 한강의 경우 '채식주의 신체'는 곧 '나무-몸'과 관련된다. 동물성 몸을 거슬러 나무라는 식물성 몸으로의 변신을 희구하고 상상하는 것, 이 인상적인 변신의 욕망은 나무의 상상력의 심연에서 발원된 것으로 보인다. 그렇다면 왜 나무이고, 나무의 상상력인가? "대

20) 캐럴 J. 아담스, 『육식의 성정치: 페미니즘과 채식주의 역사의 재구성』, 이현 옮김, 미토, 2006, p. 30.

지와 물로부터 자양을 얻고, 빛을 향해 일어서기 위해 대기를 뚫고 나가면서 형태는 자신의 주위에 네 가지 요소로 나누어 주고, 우주를 가로질러서 그들에게 자리를 배정하"[21]는 나무의 강력한 상징, 그 아름답고 강한 몰입과 집중 등을 고려하면, 육식과 관련하여 파생되는 폭력적 현실의 대안에서 나무의 세계를 지향하는 것은 차라리 자연스러운 것이 아닐까 생각된다.

한강의 여성 인물 대부분은 기아(棄兒) 의식이나 그에 준하는 트라우마를 지닌 채 살아가지만 타인이나 세상을 향한 동물적 공격성이나 이렇다 할 적의를 보이지는 않는다. 그 대신 식물로 변신하는 과정을 통해 평화의 바람을 일으키기를, 아니 평화의 바람을 일으키지는 못하더라도 최소한 평화로운 숨결 속에서 자유롭게 살아갈 수 있기를 바란다. 그럼에도 동물적 공격성으로 점철된 현실이나 사람살이의 상황은 그런 소망을 지닌 사람들로 하여금 제대로 숨도 쉬지 못하게 혹은 질식하게 하는 경우가 많다. 만약 세상이 생태학적 진실에 따라 조금이라도 평화로운 식물성의 기미를 보여주었더라면 『채식주의자』에서 영혜는 그토록 가혹한 악몽에 시달리지 않아도 좋았을 것이다. 그녀는 행하지 않고 말하지 않는 곳에서 존재하는 인물이다. 보이지 않는 곳에서 부재하듯 존재하면서 성찰적 메시지를 제공하는 그늘의 존재이다. 그늘 속에 음울하게 존재하되, 폭넓고 복잡한 생태학적 무의식을 환기하는 특징을 보인다. 그러니까 그녀의 채식은 몸의 문제를 넘어선다. 그러니까 '채식주의 신체'에서 그치지 않는다는 것이다. 결코 명료하게 부각

21) 로베르 뒤마, 같은 책, p. 27.

될 수 없는 그 무의식의 지대에서, 혹은 타자의 영역에서, 동시대 중심부의 타락이나 몰이해, 불가능한 소통 등 여러 문제를 다각적으로 환기한다. 우리 시대에 밥은 단지 밥이 아니고, 몸도 단순한 몸일 수 없다. 그 복합적인 문제에 대해 식물성의 윤리 감각으로 함께 성찰해보자고 작가 한강은 제안하고 있는 것처럼 보인다.

5. 보이는 나무, 보이지 않는 숲

잎과 가지 너머 많은 잎과 많은 가지 그 너머 보이지
않지만 길이 있지 그 길가에 많은 잎과 많은 가지가 있다
보이지 않는 길로 보이지 않는 차가 지나가고 보이지 않는
사람이 지나간다
—송승언, 「피동사」[1]

1) 나무의 개별성과 숲의 익명성

김훈의 『내 젊은 날의 숲』은 "나무와 꽃과 잎을 그리는 계약직 세밀화 작가"[2]의 시선으로 포착한 나무와 숲의 풍경과 그 풍경을 형상화하는 말의 풍경이 어우러져 있는 소설이다.[3] 주인공 조연주는 2월 하순 동부전선의 남방한계선에 잇닿은 민간인 통제구역 안에 있는 국립 수목원의 전속 세밀화가로 채용되어 간다. 이 시기

1) 송승언, 『세계의 문학』 2012년 가을호, 민음사, p. 178.

2) 김훈, 『내 젊은 날의 숲』, 문학동네, 2010, p. 24. 이후 이 책의 인용은 본문에 쪽수만 표기한다.

3) '작가의 말'에서 김훈은 이렇게 적었다. "나는 눈이 아프도록 세상을 들여다보았다. 나는 풍경의 안쪽에서 말들이 돋아나기를 바랐는데, 풍경은 아무 기척이 없었다. 풍경은 태어나지 않은 말들을 모두 끌어안은 채 적막강산이었다. 그래서 나는 말을 거느리고 풍경과 사물 쪽으로 다가가려 했다. 가망없는 일이었으나 단념할 수 없었다. 거기서 미수에 그친 한 줄씩의 문장을 얻을 수 있었다"(김훈, 같은 책, pp. 341~42).

부터 1년여에 걸쳐 그녀가 포착한 나무와 숲의 풍경이 이 소설에 잘 드러나 있다. 이런 성격 때문에 이 소설에는 봄, 여름, 가을, 겨울 나무가 다 드러난다. 김훈의 말들의 풍경으로 그린 사계 나무와 숲의 풍경을 살펴보기로 하자.

수목원에 부임한 주인공은 우선 수목원을 원경으로 포착하면서 숲의 풍경을 그려 보인다. "수목원 부지를 이루는 자등령의 사면은 다른 수종(樹種)들과의 오랜 생존경쟁을 끝낸 서어나무 신갈나무 갈참나무 들이 극상림을 이루고 있었다. 키 크고 잎 큰 나무들의 태평성대였다. 나무들은 드문드문 들어서 있었다. 나무들은 서로 적당한 간격으로 떨어져서 저마다의 존재를 남에게 기대지 않으면서도 숲이라는 군집체를 이루고 있었다. 아침마다 자등령의 젖은 숲은 자줏빛 일광으로 빛났고 바람이 산맥을 훑어 올라갈 때 잎 큰 나무의 숲이 서걱거렸다. 무수한 이파리들이 바람의 무수한 갈래에 스치면서 분석되지 않는 소리의 바다가 펼쳐졌다. 바람의 흐름이 끊어지면 숲의 소리는 잦아들었고 바람이 이어지면 숲의 두런거림이 다시 일어서는 것이어서, 숲의 소리에도 들숨과 날숨이 있었다"(pp. 23~24). 여기서 우선 두 가지 중요한 관찰 결과가 보고된다. 하나는 "나무들은 서로 적당한 간격으로 떨어져서 저마다의 존재를 남에게 기대지 않으면서도 숲이라는 군집체를 이루고 있었다"는 문장에서 알 수 있는 것처럼, 나무는 남에게 기대지 않으면서 숲을 형성하여 더불어 살아간다는 것이다. 둘째는 숲과 나무의 소통의 지표이기도 한 "숲의 소리"에 대한 인식이다. 필경 바람의 작용으로 인해 생기는 것이겠지만, 숲의 소리에도 들숨과 날숨이 있다는 통찰은 매우 예리하다. 이런 눈을 지니고 있는 존재이기에 나무의 개별성과 숲의 익명성에 대한 성찰로 이어지는 것은 어쩌면 당연하게 느껴진다. "나무의 개별성과 숲의 익명성 사이에는 아무런 대립이나 구획이 없었다. 나무는 숲속에 살고, 드문드문 서 있는 그 삶의 외양으로서 숲을 이루지만, 나무는 숲의 익명성에 파묻히지 않았다. 드문드문 서 있는 나무는 외롭지 않고, 다만 단독했다"(p. 63). 그런 점에서 "사람과 나무의 차이"를 발견한다.

주인공이 수목원에 도착했을 때는 아직 봄이 오기 전이었다. 그래서 이 소설은 겨울나무의 풍경을 먼저 보여준다. "숲속의 겨울은 길었다. 쌓인 눈 위에 또 눈이 내려서 추위는 안으로 깊이 익어갔다. 눈 덮인 숲속의 추위는 바라보기에 따듯했다. 잎이 다 떨어진 바닥에 눈이 쌓여서 나무와 나무 사이가 헐거웠고 그 사이를 바람이 쓸고 갈 때 숲은 마른 소리로 서걱거렸는데, 잎 떨어진 자리마다 나무의 어린 눈들이 돋아나서 눈에 덮여 있었다. 추워서 하늘이 팽팽했고 키 큰 전나무들이 우뚝했다. 눈 속에서 제철을 맞은 소나무는 가지들이 파랗게 빛났다. 소나무 껍질에 붉은 기운이 피어올랐고, 높은 우듬지에 쌓인 눈덩이에서 햇빛이 난반사했다"(p. 85). 무엇보다 주목되는 것은 겨울나무에 대한 상식적인 인식을 넘어서 추위 속에서도 우뚝하고 강건한 겨울나무의 이미지를 전경화한다는 사실이다. "추위 속에서 나무들은 우뚝하고 강건했다. 나무들은 추위와 더불어 자족해서, 봄을 기다리는 것 같지 않았다. 눈 덮인 숲에 한낮의 햇볕이 내리면 숲은 부풀어 보였다"(pp. 92~93). 추위 속에서도 우뚝하고 강건하여 추위와 더불어 자족해 보이는 나무여서 봄을 기다리는 것 같지 않았다는 인식이 비범하다. 나무가 봄을 기다리든 기다리지 않든 간에 봄은 온다.

봄나무를 보면서 주인공은 '신생의 시간'을 확인한다. "우수가 지나자 숲 위로 서리는 뿌연 기운이 짙어졌다. 숲의 봄은 언 땅 밑에 숨어 있다가 나무뿌리로 스며들고 나무기둥을 타고 올라가서 공중으로 발산되었다. 숲의 봄은 나무가 뿜어내는 신생의 시간이었다. 부푸는 땅의 들숨과 날숨이 나무의 입김에 실려서 온 산에 자욱했고 봄으로 뻗어가는 나무는 새로운 시간의 냄새와 빛깔까지도 뿜어냈다"(p. 93). "숲이 수런거리는 소리와 나무의 입김으로 가득 차 있"(p. 93)는 봄에 주인공은 "숲속의 나무나 벌레처럼 홀로 적막하고 자족하기를"(p. 94) 욕망하게 된다. 확실히 봄에 나무들은 새로운 생명의 윤기를 드러낸다. 다음 문장들은 그 징표들이다.

> 나무들도 아침이면 잠에서 깨어나는 것인지, 멀리서 새벽의 여린 햇살이 다가오면 잔설 속에서 봄을 맞는 숲은 짙은 풋내를 풍겼다. (p. 109)

> 생애의 가장 역동적인 순간에 작동하고 있는 식물의 생명의 표정을 드러내라는 요청…… (p. 115)

> 자작나무의 흰 껍질은 흰색의 깊이를 회색으로 드러내면서 윤기가 돌았다. (p. 115)

> 5월의 숲은 강성했다. 숲의 어린 날들은 길지 않았다. 나무들은 바빠서 신록의 풋기를 빠르게 벗어났다. 잎이 우거지면 숲의 음영은

깊었다. 밝음과 어둠이 섞여서 푸른 그늘이 바람에 흔들렸고 나무들 사이로 맑은 시야가 열렸다. 빛과 그림자가 서로 스며서 그림자가 오히려 빛을 드러냈고 어둑한 시야 안에서 먼 나무와 풀 들의 모습이 가깝고 선명했다. 숲에서는, 빛이 허술한 자리에서 먼 쪽의 깊이가 들여다보였다. (p. 143)

봄나무가 신생의 시간에서의 생명의 윤기를 가늠하게 한다면, 여름 나무는 약동하는 생명의 현재성 내지 약동하는 욕망의 풍경을 발견하게 한다. 무엇보다 서술자는 "여름의 숲은 크고 깊게 숨쉬었다"라고 보고한다. "나무들의 들숨은 땅속의 먼 뿌리 끝까지 닿았고 날숨은 온 산맥에서 출렁거렸다. 뜨거운 습기에 흔들려서 산맥의 사면은 살아 있는 짐승의 옆구리처럼 오르내렸고 나무들의 숨이 산의 숨에 포개졌다"(p. 177)는 것이다. 그리고 바람과 비, 빛, 나뭇잎들이 숲에서 어떻게 여름의 풍경을 역동적으로 묘출하는지 보여준다. "소나기는 산맥의 먼 끝자락부터 훑으며 다가왔다. 소나기가 쏟아질 때 안으로 눌려 있던 숲의 날숨이 비가 그치면 골짜기에 가득 차서 바람에 실려 왔다. 비가 그친 한낮에 어린 벚나무 숲의 바람은 가늘고 달았다. 비가 그치고 해가 내리쪼이면, 잎이 넓은 떡갈나무숲의 바닥에는 빛들이 덩어리로 뭉쳐서 흩어져 있었고, 뭉쳐진 빛들의 조각이 바람에 흔들리는 잎그림자 사이를 떠다녔다"(p. 177). 풍경의 묘사에 능한 작가답게 숲의 날숨을 듣거나, 햇빛과 잎그림자를 보는 방식에 있어서 매우 인상적이다. 소나기가 쏟아질 때는 숲의 날숨이 안으로 눌려 숨죽이고 있다가 비가 그친 다음 내쉰다는 것이나, 비가 그친 후 햇빛이 내리쪼이면 "잎이 넓은 떡갈나무숲의 바닥에는 빛들이 덩어리로 뭉쳐서 흩어져 있었고, 뭉쳐진 빛들의 조각이 바람에 흔들리는 잎그림자 사이를 떠다"닌다는 보고는 여름 숲의 어떤 심연을 예리하게 포착한 것이라 하겠다. 특히 여름 나무와 숲을 조망하면서 빛의 이미지를 사려 깊게 다룬 것이 빛난다. "잎이 가는 소나무나 전나무 숲에 빛이 닿을 때, 잎들의 사이를 지나면서 부서진 빛의 입자들이 미세한 가루로 숲의 바닥에 깔렸다. 빛의 가루들은 튕겨오르지 않았고, 땅에 쌓인 솔잎 사이로 스며들어서 소나무숲은 흙 밑이 밝았다" (p. 178). 그런 빛의 입자들의 역동적 작용 때문일까. 주인공은 숲은 온전히 보이지 않았다고 말한다.

> 풀과 꽃은 겨우 그릴 수 있지만 숲과 산은 온전히 보이지 않았다. 숲은 다가가면 물러서고 물러서면 다가와서 숲속에는 숲만이 있었고 거기로 가는 길은 본래 없었다. 본다고 해서 보이는 것이 아니고 보여야 보는 것일 터인데, 보이지 않는 숲속에서, 비 맞고 바람 쏘이고 냄새 맡고 숨 들이쉬며 여름을 보냈다. (pp. 178~79)

"개별적 생명의 현재성"을 그리면서 그 심연에 들어 있는 "종족의 일반성"(p. 203)을 발견해나가는 게 세밀화가의 숨은 능력이라지만, 그건 결코 쉬운 일이 아니다. 개별적 생명의 현재성도 제대로 포착하기 어려운데, 그 안에서 그 종복의 일반성을 유추해내기가 어디 그리 쉬운 일이겠는가. 특히 여름에는 숲의 위력이 강성한 때여서 더욱 어려울 터이다. 어쨌거나 가을에 주인공은 안요한 실장으로부터 '서어나무' 과제를 받는다. 안 실장은 "어려울 거야.

꽃과는 전혀 다르지. 나무의 전체는 잘 보이지가 않아. 서어나무는 잎이 많아서 보기가 더 어렵지"(p. 237)라고 말한다. 나뭇가지에 아직 잔설이 남아 있던 초봄에 "핏빛처럼 새빨간 순" 아니 새순이라기보다 마치 단풍을 먼저 내미는 것 같았던 서어나무를 주인공은 보았다. 그런 풍경에서 "나무 안에 그렇게 새빨간 것들이 가득 차 있다가 봄이 와서 물이 도니까 밖으로 비어져"나온 것으로 생각했었다. "겨울에 온 산에 눈이 내리듯이 초봄에 온 자등령 숲에는 서어나무의 새빨간 순이 돋아났다. 그 새빨간 순이 연두색의 이파리로 변해가면서 서어나무는 여름을 맞는다. 윤기 흐르던 여름이 지나면 서어나무의 잎들은 빨강에서 흰색에 이르는 모든 색을 드러내면서 가을볕 속에서 바스락거린다"(p. 238). 서어나무를 관찰하고 그리면서 주인공은 가을 나무의 잎들이 가을볕 속에서 바스락거리는 풍경에 주목한다. "가을에는 숲의 힘이 물러선 자리를 빛들이 차지한다. 잎들이 떨어져서 나무와 나무 사이가 멀어진 공간에 빛이 고이고 빛들은 시간에 실려서 흘러가는데, 빛에 시간이 묻지 않은 것처럼 시간에도 빛이 묻지 않았다. 봄에, 나무는 새잎을 내밀어서 스스로가 빛을 뿜어내는데, 가을에 나무는 잎을 떨군 자리에 빛을 불러들인다"(p. 264).

또 "나무들은 각자 따로 따로 살아서 숲을 이룬다는 것"(pp. 264~65)을 가을의 서어나무를 보면서 알게 되었다고 주인공은 말한다. "가을에 죽는 나무는 살아서 잎을 떨구는 나무들 옆에서, 푸른 잎을 달고 죽는다. 살아 있는 나무들이 초록을 떠나서 붉게 물들 때, 죽은 나무는 초록에 머물러 있다가, 초록이 썩어서 검게 변한 이파리를 떨구며 죽는다. 나무의 죽음은 느리게 진행되어서, 살아가는 일처럼 나무는 죽는다"(p. 266). 여름에는 엽록소가 초록이기에 초록빛의 잎들이 빛난다. 그러다가 가을에 단풍이 붉게 노랗게 물드는 것은 초록 엽록소가 소멸한 후 붉은 색소가 생겨나기 때문이다. 초록 엽록소의 소멸은 곧 단풍 이후, 그러니까 낙엽으로 결과되고, 비단 나뭇잎만 떨어지는 것이 아니라 식물 전체의 소멸로 이어질 수도 있다. 특히 한해살이풀이나 두해살이풀들의 경우 그렇게 소멸과 죽음의 풍경을 보여주기 마련이다. "죽은 나무들은 땅에 쓰러졌다. 죽은 것들은 다들 땅으로 추락한다. 새들도 죽어서 땅으로 떨어지고 한해살이나 하루살이 벌레, 한해살이나 두해살이풀들도 죽어서 땅으로 쓰러진다. 죽음은 존재의 하중을 더 이상 버티어낼 수 없는 생명현상이라는 것을 수목원에 와서 알게 되었다"(p. 267). 존재의 하중을 더 이상 버티어내지 못하는 것은 존재의 무게를 스스로 덜어내기 때문이기도 한 것 같다. 점점 가벼워지다가 마침내 쓰러지고 마는 것이다. "서어나무의 이파리들이 가을의 날들을 살아가면서 푸른 기름기가 걷히고 감추어진 색들을 드러내면서 가벼워지는 과정의 표정을 나는 날마다 숲에서 들여다보고 있었다"(p. 279).

여름 나무와 숲 들이 초록의 엽록소로 인해 익명성에 가까이 간다. 그러나 나뭇잎들의 형상으로 나무는 보인다. 숲은 초록의 익명성으로 덮인다. 그러나 나뭇잎을 모두 떨군 겨울나무들 위에 눈이라도 내린다면 그 익명성은 심화될 수밖에 없다. "나뭇잎이 모두 떨어지고 숲에 눈이 쌓이면 나무들의 이름을 구별하기 어려웠는데, 눈에 덮이는 익명성 속에서 나무들은 편안해 보였다"(p. 320). 그런 익명성에 갇힌다면 더 이상 묘사는 불가능하다. 풍경들의 관찰이 익명성의 늪에 빠질 때 구체적 묘사는 발견의 지평으로 이르지 못할 것이기 때문이다. 거기서 벗어나기 위해 작가는 나무의 겨울눈에 주목한다. 주인공의 마지막 작업은 나무의 겨울눈을 세밀화로 그려내는 것이다. 눈이 멎은 뒤 주인공은 나무의 겨울눈을 그리기 위해 숲으로 들어간다. 개나리, 진달래, 갯버들의 겨울눈을 들여다보며 "그 눈 안에 꽃들은 이미 발생해서 조직이 분화되고, 태아의 모습으로 개화되어"(p. 323) 있음을 확인한다. 겨울눈을 그리는 과정에서 세밀화가에 의해 발견된 풍경들이 예사롭지 않다. 그것은 나무의 특성, 좁혀서는 겨울나무의 특성을 헤아리는 주요 근거로 기능할 수도 있을 것이다.

> 이파리가 떨어진 자리에서 다시 돋아나는 겨울눈은 나무의 가장 약하고 여린 조직이었다. 약하고 여린 것을 밖으로 내밀어서 나무는 겨울을 나고 있었다. 눈 덮인 숲속에서 나무의 겨울눈을 들여다볼 때, 나무 위에 쌓인 눈이 날리면서 햇빛이 가루로 부서졌고 겨울 숲은 눈의 비린내와 나무의 풋내를 풍겼다. 목련의 겨울눈은 잔털로 덮여 있었고 물푸레나무의 겨울눈은 가죽으로 덮여 있었다. 겨울눈에는 꽃으로 피어날 꽃눈과 이파리로 펼쳐지는 잎눈, 그리고 그 두 가지가 한 눈에 들어 있는 경우도 있다. (p. 321)

> 꽃이 피지 않아도, 꽃눈 속에서, 개화를 예비하는 꽃은 이미 피어 있었는데, 아직 햇빛에 닿지 않은 어린 꽃잎들은 물기에 젖어 있었다. (p. 321)

겨울눈은 솜털에 덮인 껍질에 싸여 있지만 껍질과 속을 구분할 수 가 없는 동일체이고, 나무의 뿌리가 닿는, 가장 깊은 땅속에서부터 밀어올려진 꽃과 이파리의 잠재태이지만, 밖에서는 그 안쪽을 볼 수 없었고, 그릴 수 없었다. (p. 323)

밖에서는 볼 수도 그릴 수도 없다는 겨울눈의 잠재태, 즉 "나무의 뿌리가 닿는, 가장 깊은 땅속에서부터 밀어올려진 꽃과 이파리의 잠재태"에 대한 발견이야말로 겨울나무의 존재론적 특성을 명확히 해주는 것이 아닐까. 이런 잠재태로 인해 겨울나무들은 추위 속에서도 당당하고 오히려 풋풋할 수도 있는 것이 아닐까.[4] 이렇게 김훈의 『내 젊은 날의 숲』은 겨울나무에서 봄, 여름, 가을 나무를 거쳐 다시 겨울나무에로 이른 풍경첩을 매우 실감 있게 보여준 소설이다.

2) 나무의 삶과 죽음, 그 동시성의 신비

『내 젊은 날의 숲』에서 주인공이 수목원에 머문 기간은 1년이다.

4) 가령 다음과 같은 대목을 주목해보자. "추위가 깊어지면 박달나무 껍질은 헌옷을 벗듯이 너덜거리면서 떨어져 내리고, 그 안쪽에 맑은 새 껍질이 드러난다. 소나무 밑동은, 추위 속에서 더 붉어져서 멀리서 보면 흰 눈 속에 붉은 기둥들이 우뚝우뚝 솟아 있고, 그 골을 따라서 눈이 매달려 있다. 은사시나무와 자작나무는 하얀 껍질로 뒤덮이는데, 눈이 내리지 않은 날도 자작나무는 숲속에서 흰 밑동을 드러내고 있다. 숲속의 겨울 추위는 한군데로 뭉쳐서 강추위가 되지 않고 추위가 고루 퍼져서 나무들을 덮고 나무들은 추위 속에서 풋풋해 보였다"(p. 324).

그래서 소설의 이야기도 겨울나무에서 시작해서 겨울나무로 끝난다. 시간의 순환성과 사계 상징의 구조를 지니고 있지만, 그런 순환의 계기적 현상 속에서 작가는 계열적 동시성의 원리를 발견하기도 한다. 무엇보다 "나무의 삶에서는 젊음과 늙음, 죽음과 신생이 동시에 전개되고" 있다는 사실의 발견이 주목된다.

> 나무의 줄기에서, 늙은 세대의 나이테는 중심 쪽으로 자리 잡고, 젊은 세대의 나이테는 껍질 쪽으로 들어서는데, 중심부의 늙은 목질은 말라서 무기물화되었고 아무런 하는 일이 없는 무위(無爲)의 세월을 수천 년씩 이어가는데, 그 굳어버린 무위의 단단함으로 나무라는 생명체를 땅 위에 곧게 서서 살아갈 수 있게 해준다는 것을 수목생리학에서 배웠다. 줄기의 외곽을 이루는 젊은 목질부는 생산과 노동과 대사를 거듭하면서 늙어져서 안쪽으로 밀려나고, 다시 그 외곽은 젊음으로 교체되므로, 나무는 나이를 먹으면서 늙어가는 것이 아니라 나무의 삶에서는 젊음과 늙음, 죽음과 신생이 동시에 전개되고 있었다.
>
> 나무의 푸른 이파리가 빛과 공기와 물을 섞어서 일용할 양식을 만들어내므로, 숲 전체는 이 원초적이고 무구(無垢)한 양식과 더불어 자족한다고 연구실 관리계장은 광합성작용을 설명했다. (p. 87)

이런 성찰과 관련해 노인과 숲 해설사의 대화 부분에 귀기울일 필요가 있다. "이 큰 나무가 새파란 잎을 달고 있으니, 이 나무는 젊은 나무요, 늙은 나무요?"라는 노부부의 질문에 숲 해설사는 "나무는 늙은 나무들도 젊은 잎을 틔우니까 한 그루 안에서 늙음과 젊음이 순환하는 겁니다. 인간의 시간과는 다르지요"(p. 212)라고 답하는 장면 말이다.

> 그는 노부부를 데리고 키 큰 백양나무 고목 밑에 서 있었다. 새로 돋은 백양나무 이파리들은 바람이 불지 않아도 쉴 새 없이 흔들려서, 나무가 내재된 힘으로 몸을 떠는 것처럼 보였고, 흔들리는 잎들이 빛을 뒤섞어서 숲 바닥에 미세한 음영이 흘러갔다. 그가 노부부에게 설명했다.
>
> —나무줄기의 중심부는 죽어 있는데, 그 죽은 뼈대로 나무를 버티어주고 나이테의 바깥층에서 새로운 생명이 돋아난다. 그래서 나무는 젊어지는 동시에 늙어지고, 죽는 동시에 살아난다. 나무의 삶과 나무의 죽음은 구분되지 않는다. 나무의 시간은 인간의 시간과 다르다. 내용이 다르고 진행 방향이 다르고 작용이 다르다. (p. 215)

주인공은 현미경으로 식물의 줄기나 이파리, 꽃잎이나 꽃술 등을 관찰하면서 생명의 세계가 얼마나 난해하고 광활한지를 절감한다. "해독할 수 없는 암호와 미로들은 내가 알아들을 수 없는 신호로 교신하며 수군거리고 있었다. 그 만다라 속에서는 미세한 것과 거대한 것이 따로따로가 아니었고, 모든 미세한 점들이 거대한 구조와 율동을 포함하고 있었는데, 그 살아 있는 것들의 무늬에서는 늘 물기가 흘렀다"(p. 88).

그러니까 『내 젊은 날의 숲』에서 작가가 성찰한 나무의 존재론적 특성으로 이렇게 요약할 수 있다. 첫째, 나무는 인간과 달리 젊음과 늙음이 공존한다. 늙은 나무도 젊은 잎을 틔우고, 젊은 나무도 늙은 잎을 떨군다. 이를 더 밀고 나가면 둘째, 나무 안에서는 죽음과 신생이 동시에 진행된다. 나이테의 안쪽 부분이 무기물화되다가 죽어가지만 바깥 부분은 끊임없이 신생의 지평을 열어간다. 셋째, 젊음과 늙음, 죽음과 신생이 공존하는 가운데 나무는 자족적인 생명체를 형성한다. 흙과 물, 공기와 빛을 섞어서 일용할 양식을 만들어내며, 그 원초적이고 무구한 양식과 더불어 자족적인 생명 현상을 빚어낸다. 넷째, 그 자족적 원리는 생명세계의 "거대한 구조와 율동"을 함축적으로 암시하는 것이기도 하다. 자연의 생명적인 것들을 복합적으로 가로지르고 넘나들면서 서로 소통하고 교신하면서 형성하는 율동, 그것이 있기에 생명적인 것은 정녕 위대하다.

3) 재난의 상황과 여름 나무의 두 풍경: 김애란의 「물속 골리앗」

살핀 것처럼 김훈의 『내 젊은 날의 숲』은 자연 상태에서의 나무의 존재론에 대한 순환적이고 존재론적 성찰을 보인 소설이다. 물론 자연 상태의 범주는 매우 넓다. 자연의 순리와 이치에 따라 움직이는 자연 상태가 있는가 하면, 때때로 격렬하게 탈난 자연 상태도 있을 수 있다. 엄청난 지진이나 화산 폭발, 폭우, 폭설 등등 여러 경우를 떠올려 볼 수 있다. 그럴 때 『내 젊은 날의 숲』은 비교적 탈나지 않은 자연 상태에서의 나무의 풍경이었다. 그러나 김애란의 「물속 골리앗」은 다르다. 수해와 관련된 자연재해 이야기이면서, 그런 자연재해를 야기하게 한 인적 재해에 대해서도 숙고하게 하는 소설이다. 동시에 지속가능한 삶과 관련한 다양한 지혜를 요청하는 이야기다. 재난의 상황에서 두드러지는 두 여름 나무의 풍경은 나무의 상상력의 현실 연관성과 관련하여 매우 시사적이다.

20년 전부터 살아온 아파트의 주택 담보 대출을 다 갚았을 즈음 재건축을 위한 철거 명령이 내려진다. 그때 느닷없이 진짜 집주인을 자처하는 사람이 나타난다. 이 어처구니없는 문제를 해결하려고 애쓰던 와중에 아버지는 40미터 높이의 타워크레인에서 추락해 사망한다. 사건은 실족사로 처리되었지만, 이 사고는 썩 의심스러운 구석이 많다. 다른 주민들은 모두 이주를 마치고, 갈 곳 없는 주인공네만 홀로 남겨졌다. 예정대로 단전, 단수 조치가 취해진다. 그리고 엄청난 큰물이 진다. 길이 끊기고 학교도 갈 수 없다. 아파트 권리를 사기당한 사회·경제적 인재(人災)로 고립되었던 주인공네는 설상가상 홍수라는 수재(水災)로 고립이 가중된다.

i) 자연은 지척에서 흐르고, 꺾이고, 번지고, 넘치며 짐승처럼 울어댔다. 단순하고 압도적인 소리였다. 자연은 망설임이 없었다. 자연은 회의(懷疑)가 없고, 자연은 반성이 없었다. 마치 어떤 책임도 물을 수 없는 거대한 금치산자 같았다.[5)]

ii) 그렇게 비가 오는 날에 할 수 있는 일은 거의 없었다. 티브이

5) 김애란, 「물속 골리앗」, 『비행운』, 문학과지성사, 2012, pp. 94~95. 이후 이 책의 인용은 본문에 쪽수만 표기한다.

와 라디오는 나오지 않았고, 양초는 되도록 아껴야 했다. 나는 창밖을 내다보거나 이런저런 몽상에 잠기는 일로 시간을 때웠다. 그러곤 눅눅한 방바닥에 누워 지구의 살갗 위로 번져 나가는 무수한 동심원의 무늬를 그려봤다. 〔……〕 우리의 수동성을 허락하고, 우리의 피동성을 명령하며, 우리의 주어 위에 아름다운 파문을 일으키는 동그라미들. 몹시 시끄러운 동그라미들. 그렇게 빗방울이 번져가는 모양을 그리다 보면 이상하게 내 안의 어떤 것도 출렁여 세상을 이해할 수 있을 것 같은 기분이 들었다. 하지만 나는 나약한 사춘기 소년에 불과했고, 당장 뭘 이해하고 어떻게 움직여야 하는지조차 모르고 있었다. (p. 95)

고립을 가중시키는 자연에 대해 사춘기 소년이 느끼는 감각은 ⅰ)과 같은 것이었다. 회의도 반성도 없는 무책임한 자연의 자연성 앞에서 어린 주인공은 속절없이 타자화되고 만다. ⅱ)에서 보는 것처럼 피동성의 수인이 된 채 몽상의 판타지에 사로잡히는 것이다. 그럼에도 가공할 만한 비는 그치지 않는다. 그렇듯 악화일로 플롯도 그치지 않는다. 당뇨를 앓던 어머니가 약이 다 떨어져 그만 절명하고 만 것이다. 아버지의 죽음의 진실을 알아주는 사람들이 아무도 없었는데, 얼마 안 되어 이제 어머니의 죽음의 사실을 아는 이 아무도 없는 고립적 상황에서, 어린 주인공이 홀로 두 죽음을 감당해야 하는 처지에 놓인 것이다. 게다가 그치지 않는 폭우로 고립된 상태에서 말이다. 어쨌든 여길 빠져나가야 한다고 다짐하지만 막막하기 그지없다. "사람들이 우리를 잊은 게 아닐까" (p. 108), 불안의 늪은 깊어만 간다. 할 수 없이 나무 문짝으로 간이 배를 만들고 어머니 시신을 거기에 태워 탈출을 시도한다. 물 위에서 허기를 때우려고 먹을거리와 사투를 벌이다가 그만 어머니 시신을 놓치게 된다. 얼마 후 다시 정자나무 뿌리에 단단히 박힌 채 부유하는 어머니 시신을 발견하지만 인양에는 실패한다. 날이 저물자 주인공은 무시무시한 어둠 속에서 물위로 솟아 있는 타워크레인에 매달리게 된다. 살려달라는 그의 외침은 공허한 메아리에 불과하다. "나는 우주의 고아처럼 어둠 속에 홀로 버려져 있었다. 마치 물에 잠긴 마을이 아닌 태평양 한가운데 떠 있는 기분이었다"(p. 117). 어린 주인공은 고립감의 절정에서 아득한 광장공포에 시달리면서 이렇게 흐느낀다. "왜 나를 남겨두신 거냐고. 왜 나만 살려두신 거냐고. 이건 방주가 아니라 형틀이라고. 제발 멈추시라고……"(p. 118). 다음 날 다시 막막한 고립의 항해를 계속하던 그는 해 질 녘 한 타워크레인의 꼭대기에서 아버지를 닮은 사람이 앉아 있는 환각을 느끼며, 그리로 기어 올라간다. 텅 빈 고요만이 오롯한 꼭대기에서 다시 한번 주인공은 혼자 남겨졌음을, 무섭고 서럽게 확인한다. 거기서 아버지의 죽음을 추체험하면서 파랗게 질린다. 앞으로 어떻게 될지 알 수 없는 막막한 고립의 절정에서, 그럼에도 그는 "누군가 올 거야"라고 중얼거리며 고공의 칼바람을 견딘다.

이렇게 「물속 골리앗」은 자연재해와 인재가 중첩되어 비극적인 고립의 절정을 보이고 있다. 사춘기 어린 소년으로서는 홀로 감당키 어려운 상황이어서 그 비극미가 높은 크레인처럼 고조된다. 그런데 이 소설에서 주인공이 발견한 인상적인 두 나무의 풍경이 있어 주목된다. 하나는 아파트 앞의 고목이고, 다른 하나는 물속 철골 나무이다.

iii) 태풍에 몸을 맡긴 채 쉴 새 없이 흔들리는 고목이었다. 나무는 대낮에도 검은 실루엣을 드러내며 서 있었다. 이국의 신처럼 여러 개의 팔을 뻗은 채, 두 눈을 감고— 그것은 동쪽으로 누웠다 서쪽으로 휘기를 반복했다. 그리고 바람이 불 때마다 포식자를 피하는 물고기 떼처럼 쏴아아 움직였다. 천 개의 잎사귀는 천 개의 방향을 가지고 있었다. 천 개의 방향은 한 개의 의지를 가지고 있었다. 살아남는 것. 나무답게 번식하고 나무답게 죽는 것. 어떻게 죽는 것이 나무다운 삶인지는 알 수 없지만, 그런 게 종(種) 내부에 오랫동안 새겨져왔다는 것만은 분명했다. 고목은 장마 내 몸을 틀었다. 끌려가는 건지 버티려는 건지 모를 몸짓이었다. 뿌리가 있는 것은 의당 그래야 한다는 듯, 순응과 저항 사이의 미묘한 춤을 췄다. 그것은 백 년 전에도 똑같은 모습으로 서 있었을 터였다. (pp. 85~86)

iv) 물에 잠겨 크기를 가늠하기 어려웠지만 가로로 뻗은 기다란 철골의 길이로 보아 대부분 골리앗크레인이 틀림없었다. 그것은 물 속 곳곳에 들쭉날쭉한 높이로 박혀 있었다. 마치 지구상에 살아남은 유일한 생물처럼 가지를 뻗고 물안개 사이로 음산하게 서 있었다. 그것들은 대부분 한쪽 팔이 길었다. 그래서 마치 한쪽 편만 드는 십자가처럼 보였다. 먼 데서도 그보다 더 아득한 수평선 너머로도 타워크레인의 앙상한 실루엣이 드러났다. 세계는 거대한 수중 무덤 같았다. 세상에 이렇게 많은 타워크레인이 있었나 싶을 정도로 잦은 출현이었다. 그리고 그때 나는 비로소 전 국토가 공사중이었음을 깨

달았다. (p. 112)

iii)에서 자연의 나무는 천 개의 잎사귀에 천 개의 방향을 가지고 있다고 했다. 그러나 그 천 개의 방향도 모두 "살아남는 것"이란 한 개의 의지로 귀결된다고 어린 주인공은 생각한다. 고립감의 절정에서 죽음으로 내몰리는 처지를 고려하면 비교적 자연스러운 생각으로 받아들여진다. 그 나무는 "순응과 저항"의 자연스러운 리듬을 보여준다. 그런데 그 자연의 나무는 살아남는 것의 의지를 빼앗긴 채, 폭우에 저항하지 못하고 순응하여 뿌리 뽑히고 물속을 떠다니게 된다. 그 또한 자연의 일이다. 살아남는다는 것은 운명적 과제이다. 그런데 뿌리 뽑히고 물에 잠기고 하여 자연의 나무가 사라진 다음에 인공의 철골 나무만이 물위로 가지를 뻗는다. 골리앗 크레인은 마치 지상의 유일한 생물인 것처럼 가지를 뻗고 있다고 했다. 그 인공 나무에는 뿌리가 있는 자연 나무가 보여주는 순응과 저항의 미묘한 리듬이 없다. 마치 거대한 수중 무덤의 표지목처럼 서 있는 그 나무들을 보면서, 어린 주인공은 두 가지를 생각한다. 첫째는 한쪽 팔이 길어 한쪽 편만 드는 십자가 같다는 생각이다. 자연과 인간의 일을 공정하게 관리하지 못하고 있다고 여겨지는 절대자에 대한 항의의 시선이다. 둘째는 전 국토가 공사중이라는 사실의 재인지이다. 크레인은 건설의 도구이다. 자연의 나무를 베고 쓰러뜨린 다음에, 그렇게 자연을 정복한 다음에 욕망의 인공물을 하늘 높이 지어 올린다. 그런 인공적 조작이 무반성적으로 진행될 때 인간은 자연으로부터 부메랑처럼 역습을 당할 수도 있다. 기후 이변으로 인한 피해를 실제로 경험하고 있으며, 이 소설 속의 큰물 또한 기후 이변의 문제로부터 자유롭지 않을 터이다. 김애란의 「물속 골리앗」은 이런 생태 문제의 심층을 건드리고 있으며, 근원적으로 인간이 어떻게 살아남을 수 있을 것인가, 살아남는다는 것은 무엇인가와 관련된 깊고 넓은 문제의식을 보이고 있다. 자연재해와 인재를 중첩적으로 경험하면서 졸지에 부모를 모두 여의고 우주의 고아가 된 어린 영혼이, 고공의 물속 골리앗 꼭대기에서, 그 고립감의 절정에서, 아득한 광장공포를 느끼면서, 고뇌한 살아남는다는 것의 문제이기에 그 환기력이 참으로 어지간한 편이다. 지속가능한 삶을 위해서 우리가 고민할 일이 참으로 많다는 사실을, 김애란은 재난의 상황을 설정하고 문제적인 두 나무의 풍경을 연출하면서 웅숭깊게 보여준다. 자연의 나무와 달리 욕망의 나무는 위태로운 욕망의 기호이다.

6. 여름-나무와 욕망의 뮈토스

내 고장 칠월은
청포도가 익어가는 시절

이 마을 전설이 주저리 주저리 열리고
먼 데 하늘이 꿈꾸려 알알이 들어와 박혀
—이육사, 「청포도」[1)]

무성한 잎과 가지 들, 그 역동적인 신록의 성장으로 여름-나무들은 무성하다. 무성한 여름-나무들은 역동적인 생명의 가능성의 상형기호다. 그 가능성은 가능세계에 대한 꿈과 욕망으로 꿈틀거린다. 그래서 여름-나무의 성장은 종종 인간 육체와 정신의 성장, 혹은 세계와 영혼의 성장에 원용되기도 한다. 나무의 영혼을 지닌 인간과 욕망과 언어의 유로를 안내하는 나무 사이의 역설적 소통의 상상력을 이승우의 소설을 통해 살폈다. "모든 나무들은 좌절된 사랑의 화신이다"라는 전언을 제출하고 있는 이승우의 『식물들의 사생활』은 나무와 관련한 신화적 상상력에 입각해 두 개의 좌절한 사랑 이야기를 펼친 소설이다. 좌절된 사랑과 나무의 신화 사이의 현묘한 상상력의 불꽃이 도저하다. 현실에서 사랑을 이룰 수 없기에 어쩔 수 없이 나무가 되어 신성한 숲을 꿈꾼다는 것, 그래서

1) 이육사, 『이육사 전집』, 집문당, 1986, p. 39.

나무는 욕망의 상형기호일 수 있다는 것, 그러다 보니 역동적인 성적 욕망이 투사된 뿌리의 상상력이 각별하다는 것 등을 주목했다. 사랑과 욕망의 식물성을 성찰한 작가 이승우에 의해 제출된, 사랑은 식물이고, 곧 나무라는 메타포가 매우 의미심장하다. "나무를 꿈꾸는 사람은 나무의 영혼을 가진 사람이고, 나무의 영혼을 가진 사람은 이미 나무인 것이다." 「검은 나무」에는 금기를 위반한 죄를 속죄하고자 나무로의 변신을 욕망하는 신화적 상상력이 현묘하게 전개된다.

꽃 없이 바로 열매 맺는 나무, 혹은 열매 속에 속꽃을 감추고 있는 특이한 나무인 무화과나무를 제재로 한 세 편의 시를 3절 「무화과 속꽃의 은유」에서 다루었다. 김지하의 「무화과」는 욕망과 절망의 변증법 속에서 새로운 역승화의 탈주를 감각적으로 형상화한 시다. 현실에서 자기 욕망이 이루어지지 않은 것을 절망하는 화자는 꽃시절이 없었다는 비유로 개탄하지만, 친구는 꽃이 안 피었던 게 아니라 단단한 열매 안에 속꽃으로 피었음을 환기한다. 이로써 자기 욕망에서 절망한 이들로 하여금 다시 욕망할 수 있게 하는 심연의 근거를 제공한다. 이때 무화과나무는 심연에서 욕망의 가능성을 환기하는 은유로 작동한다. 없는 꽃시절에 있는 꽃의 욕망을 지핀다. 그러기에 무화과나무는 여름-나무의 역설적 상징이 될 수 있다. 속꽃에 대한 욕망과 열망이 있기에 절망한 이들도 거듭날 수 있다는 점을 비롯해 욕망의 나무와 관련한 여러 심층적인 상상과 담론을 펼칠 수 있게 하기 때문이다. 이은봉은 「무화과」에서 "꽃 피우지 못해도 좋다"며 무화과나무의 역설적 의미를 탐문한다. 그에게 꽃은 욕망의 어떤 절정인데 구체적인 삶에서 인간이

제 욕망의 절정에 도달하기는 참으로 어려운 일이기에, 그 절정에 이르지 못한다 해도 그 절정을 향한 욕망의 순수 의지, 혹은 "혼신의 사랑"이면 족하다고 생각하는 것 같다. 김지하처럼 속꽃의 은유도, 이은봉처럼 역설적 성찰도 기대할 수 없는 없는 아득하고 막막한 세대들에게 포착된 무화과나무의 상상력을 이제니의 「무화과나무 열매의 계절」이 보여준다. 절망처럼 욕망도 이미 시들어버리고, 그 어떤 기대의 응답도 언제까지나 돌아오지 않는 상황에서 무연히 말린 무화과 열매만을 씹고 있는 막막한 모습이다.

폭력적 현실에 절망하여 식물적 나무의 상태로 회귀하려는 정념과 욕망을 보이는 한강의 「내 여자의 열매」, 『채식주의자』 등에 제시된 나무의 상상력은, 광물적이고 동물적인 욕망이 현실의 폭력을 산출하는 것임을 성찰하고 나무와 같은 식물성의 육체로 돌아갈 수 있을 때 모종의 정화 가능성을 발견할 수 있음을 시사한다. 특히 육식을 거부하고 채식을 지향하는 인물의 이야기를 통해, 새로운 시대의 섭생 윤리와 생태 윤리를 환기한다. 그것은 나무의 상상력과 관련된 식물성의 윤리의 특징적 국면이다. 만약 세상이 생태학적 진실에 따라 조금이라도 평화로운 식물성의 기미를 보여주었더라면 『채식주의자』에서 영혜는 그토록 가혹한 악몽에 시달리지 않아도 좋았을 것이다. 나무의 상상력을 바탕으로 나무 그늘에서 인간 삶과 현실의 서늘한 그늘을 조망하는 한강의 식물성의 윤리는 여름-나무인 욕망의 나무가 지니는 심연의 특성, 즉 욕망을 반성케 하는 욕망의 인상적 속성을 환기하는 특징적인 감각이다.

봄-나무가 신생의 시간에서의 생명의 윤기를 가능하게 한다면, 여름-나무는 약동하는 생명의 현재성 내지 약동하는 욕망의 풍경을 발견하게 한다. 김훈은 『내 젊은 날의 숲』에서 "여름의 숲은 크고 깊게 숨쉬었다"라고 보고한다. 풍경 묘사에 능한 작가답게 숲의 날숨을 듣거나, 햇빛과 잎그림자를 보는 방식에 있어서 매우 인상적이다. 소나기가 쏟아질 때는 숲의 날숨이 안으로 눌려 숨죽이고 있다가 비가 그친 다음 내쉰다는 것이나, 비가 그친 후 햇빛이 내리쪼일 때 잎그림자 사이를 떠도는 빛의 율동을 조망하면서 여름 숲의 어떤 심연을 예리하게 포착한다. 특히 여름 나무와 숲을 조망하면서 빛의 이미지를 감각적으로 형상화한 것이 빛난다. 『내 젊은 날의 숲』에서 작가가 성찰한 나무의 존재론적 특성 또한 주목에 값한다. 나무는 인간과 달리 젊음과 늙음이 공존한다는 것, 나무 안에서는 죽음과 신생이 동시에 진행된다는 것, 젊음과 늙음, 죽음과 신생이 공존하는 가운데 나무는 자족적인 생명체를 형성한다는 것, 그 자족적 원리는 생명 세계의 "거대한 구조와 율동"을 함축적으로 암시하는 것이기도 하다는 것, 자연의 생명적인 것들을 복합적으로 가로지르고 넘나들면서 서로 소통하고 교신하면서 형성하는 율동이 있기에 생명적인 것은 정녕 위대하다는 것 등이다. 이런 김훈의 『내 젊은 날의 숲』이 자연 상태에서 나무의 존재론에 대한 순환적이고 존재론적 성찰을 보인 소설이라면 김애란의 「물속 골리앗」은 탈난 자연 상태에서의 나무의 상상력을 다룬다. 수해와 관련된 자연재해 이야기이면서, 그런 자연재해를 야기하게 한 인적 재해에 대해서도 숙고하게 하는 소설이다. 자연의 나무가 아닌 인공의 철골 나무들이 자연과 인간에 가져올 수 있는 재난의 상상력을 통해, 또 다른 나무의 상상력을 문제 삼고 있는 형국이다.

요컨대 여름-나무는 무성한 가지와 잎들과 더불어 다양한 변신의 가능성과 그 변신을 추동케 하는 욕망의 이야기들로 넘쳐난다. 이때 욕망은 생명의 성장을 향한 욕망일 수도 있고, 현실에서 타락한 인간 욕망을 반성케 하는 식물성의 욕망일 수도 있다. 여름-나무의 욕망의 이야기는 욕망을 통해 욕망을 넘어서고, 그러면서 새로운 식물성의 윤리를 제안한다. 마치 겉으로는 꽃을 피우지 못하지만 열매 속에서 속꽃을 피우는 무화과나무의 은유처럼 나무의 율동은 역동적 욕망의 상형기호로서 다양한 스펙트럼을 형성한다.

3장

가을－나무

난세의 풍경과
상처의 나무

1. 가을-나무의 풍경

모든 것이 멸렬하는 가을을 가려 그는 홀로
황홀한 빛깔과 무게의 은총을 지니게 되는

과목에 과물들이 무르익어 있는 사태처럼
나를 경악케 하는 것은 없다

—흔히 시를 잃고 저무는 한해, 그 가을에도
나는 이 과목의 기적 앞에 시력을 회복한다.
—박성룡, 「과목」[1)]

가을 하면 모든 게 넉넉한 이미지로 다가온다. 수확의 계절이기 때문이다. 그런데 그것은 인간의 입장에서 본 가을 풍경 아닐까. 인간에게 그토록 넉넉한 수확의 계절이 다가오는 것은 나무를 비롯한 세상의 식물들이 내어주는 계절이기 때문이 아닐까. 오랜 시간 동안 전국의 나무를 찾아다니며, 사진도 찍고 글도 쓴 고규홍은 가을 나무 풍경에 대해 이렇게 말한다. "땅에서 하늘 높이 솟구친 나무는 제 몸을 하늘에 온전히 내어놓는다. 가을 하늘이 맑디맑은 것은, 나무가 하늘에 닿은 나뭇가지로 부지런히 쓸어낸 까닭이다. 하늘을 비질하는 나무는 힘이 세다. 구름에 나무가 비질한 흔

1) 박성룡, 『풀잎』, 창작과비평사, 1998, p. 31.

적이 담겼다. 나뭇잎이 붉게 물드는 건 푸른 영혼을 하늘에 덜어주어서다. 바람 끝에 날리는 낙엽은 하늘을 쓸어내며 온 힘을 다한 나무의 살덩이다. 나무는 너그럽다. 잎 떨구고 궁핍해진 나무는 온 가지에 생명의 등불을 내걸고 겨울을 날 채비에 든다. 나무의 덕을 먹고 사는 사람은 이 가을에 행복하다."[2] 나무의 영혼에 들리고 나무의 풍경에 취한 사람다운 묘사다. 그에게 온갖 가을 풍경은 나무와 연관된다. 높고 푸른 하늘의 맑음도 나무 덕분이다. 나무에 단풍이 드는 것이 푸른 영혼을 하늘에 덜어주었기 때문이라고 본 대목은 가히 일품이다. 이렇게 나무에 들린 사람이 아니더라도 가을 나무는 시인이 예찬하기에 좋은 제재이다. 시인 배한봉은 아예 '나무 성자(聖者)'라며 우러른다.

가을이 청명한 것은
불타는 잎들이 천공(天空) 문질러
하루 맨 처음 햇빛을 팽팽히 잡아당겼기 때문이다
깡마른 팔다리로
하늘 퉁기는
저 성자(聖者)들
세간 근심 무거운 자들을 위해
세상에서 가장 겸손한 자세로
바람 끝에 제 살덩이인 잎들을 풀어놓는다
얼마 있지 않아 차갑게 식을 땅에

2) 『나무가 말하였네 2』, p. 67.

입맞춤으로 축복을 내리는
붉은 잎들의 환한 시간
나는 이보다 더 장엄한 단청불사를 본 적이 없다
그러므로, 오래도록 햇빛에 찔려 몸 구멍 난
마음은 피리라도 된 것일가, 바람이
소슬한 가락 띄우자 새들은
줄 없는 천상의 거문고를 탄주한다
눈부신 예감의 숲이여
나는 이제 저녁노을을 바라보아야 한다
나무 성자들은
영혼과 눈과 온 생명으로 등불을 내건다
궁핍 속에서 받쳐 든
자그마한 나뭇잎 등잔
나도 이제
내 몸의 기름으로 등잔 하나 밝혀야 하리
얽히고설킨 길 위에
단풍 든 시간이 금가루를 흩고 있을 동안

—배한봉, 「나무 성자」[3] 전문

가을 나무에 대면하는 시인은 나무 성자를 신실하게 섬기는 신도 같다. 나무의 불타는 잎들이 천공을 문질러 맨 처음 햇빛을 팽팽히 당겼기에 가을 하늘이 청명하다는 것부터 시작해, 낙엽을 지

3) 같은 책, pp. 64~65.

상으로 떨구는 것도 곧 차갑게 식을 땅을 축복하기 위함이라고 했다. 시인이 섬기는 나무는 모든 것을 내어주는 성자다운 자세로 그렇게 하늘을 청명하게 하고 땅을 붉은 잎들로 장엄하게 단청한다. 하늘과 땅에 좋은 기운을 불어넣어주는 나무의 존재 방식으로 인하여 하늘의 기운과 땅의 기운은 우주적 회통을 하게 되고, 그 기운에 힘입어 새들은 천상의 거문고를 탄주하게 되는 것이다. 그리고 나무는 자기 온 생명과 영혼을 실어 등불을 내건다고 했다. 아낌없이 내어주고 온몸으로 세상을 밝히는 나무의 모습을 '나뭇잎 등잔'으로 묘사하고 있거니와, 그런 나무들이 열매까지 달게 되면 나무 성자의 면모는 더욱 풍요로워진다. 박성룡의 「과목」을 보자.

과목에 과물들이 무르익어 있는 사태처럼
나를 경악게 하는 것은 없다

뿌리는 박질 붉은 황토에
가지들은 한낱 비바람들 속에 뻗어 출렁거렸으나

모든 것이 멸렬하는 가을을 가려 그는 홀로
황홀한 빛깔과 무게의 은총을 지니게 되는

과목에 과물들이 무르익어 있는 사태처럼
나를 경악게 하는 것은 없다

—흔히 시를 잃고 저무는 한해, 그 가을에도

나는 이 과목의 기적 앞에 시력을 회복한다.

—박성룡, 「과목」[4] 전문

과일나무들은 가을에 "황홀한 빛깔과 무게의 은총을" 지닌 과물들을 무르익게 한다. 시인은 그 경이로운 사태에 경의를 표한다. 나무의 뿌리들이 박질 붉은 황토와 맞씨름하고 가지들이 거센 비바람에 견디며 '홀로' 일구어낸 사태이기 때문이다. 그런 과목들을 보면서, 그 "과목의 기적 앞에"서 시인은 시력을 다시 회복할 수 있게 되었다고 고백한다. 가을 나무의 대표적인 풍경이 단풍과 과일이라고 할 수 있겠는데, 배한봉의 「나무 성자」와 박성룡의 「과목」은 그 각각의 경우를 전형적으로 형상화한 시라고 할 수 있겠다. 그러나 낙엽도 다 떨구고, 과일도 다 내려놓은 다음, 그다음 가을 나무의 초상은 어떠한가. 그 절정 직후의 나무는 절정을 위해 몸 바치는 동안 저도 모르는 사이에 감당해야 했던 상처를 견디어야 할지도 모른다. 이런 나무들과 대면하면서, 황지우는 난감함의 정조로 번뇌한다.

11월의 나무는, 난감한 사람이
머리를 득득 긁는 모습을 하고 있다
아, 이 생이 마구 가렵다
주민등록번호란을 쓰다가 고개를 든
내가 나이에 당황하고 있을 때,

4) 『풀잎』, p. 31.

환등기에서 나온 것 같은, 이상하게 밝은 햇살이
일정 시대 관공서 건물 옆에서
이승 쪽으로 測光을 강하게 때리고 있다
11월의 나무는 그 그림자 위에
가려운 자기 생을 털고 있다
나이를 생각하면
병원을 나와서도 病名을 받아들일 수 없는 사람처럼
내가 나를 받아들이지 못하고 있다
11월의 나무는
그렇게 자기를 받아들이지 못하고 있다
나는 등 뒤에서 누군가, 더 늦기 전에
준비하라고 말하는 소리를 들었다고 생각했다

—황지우, 「11월의 나무」[5] 전문

이 시에서 시인 황지우는 11월의 가을 나무를 장년의 처지에 빗대어 성찰한다. 시적 화자는 주민등록번호란을 쓰다가 나이에 당황하여 난감해한다. 나이가 당황스럽다. 그 나이에 이르도록 무엇을 했는지 난감해하는 모습이 역력하다. 그래서 몸이 가렵기에 "가려운 자기 생을 털고 있다"는 진술을 낳는다. 인생의 초년에 꾸었던 꿈과는 다른 장년의 현주소를 봄에 새싹을 틔웠을 때 나무의 꿈과는 다른 형상인 11월의 나무라는 상관물로 형상화하고 있는 것이다. 장년의 시적 화자가 "나를 받아들이지 못하고 있"듯이, 11월

5) 황지우, 『어느 날 나는 흐린 酒店에 앉아 있을 거다』, 문학과지성사, 1998, p. 81.

의 나무 또한 "그렇게 자기를 받아들이지 못하고 있"는 형국, 그러기에 "더 늦기 전에/준비하라고 말하는 소리"가 사뭇 간절하게 다가온다. 무엇을 준비할 것인가. 겨울에 되기 전에 준비할 것은 무엇인가. 준비가 되지 않은 상태에서 동사하고 말 것인가, 아니면 미리 준비하여 매서운 겨울을 견디고 새봄을 예비할 수 있을 것인가, 하는 자연스러운 문제에 대한 성찰을 보이고 있는 대목이다.

이순원의 『나무』에서 할아버지 밤나무는 예년보다 풍성을 밤을 영글게 하여 사람들을 환호케 한다. 작은 나무도 생애 첫 열매를 두 송이나 수확하게 했다. 주인집 아이들이 그 밤알을 줍고는 기뻐할 때 작은 나무는 뿌듯한 보람을 느낀다. 그러면서 지난봄, 여름의 일을 반성하기도 하는 등 한결 성숙한 모습을 보인다. "올해는 힘이 없어서 그 아이들을 떨어뜨렸지만 내년에는 절대 그런 아픔을 겪지 않을 거야. 그러기 위해서라도 더 깊게 뿌리를 내려야지. 더 곧게 줄기를 뻗고, 더 많은 잎을 피워야지."[6] 이렇게 가을 나무는 절정의 단풍으로 물들었다가 겸허하게 내려놓고, 탐스러운 열매를 익게 했다가 그것을 다 내어준 다음에는 그 과정에서 있었던 상처를 추스르기도 하고, 반성적 성찰과 새로운 성숙을 위한 다짐을 하기도 한다. 곧 겨울이 다가올 것이기에 난감하기도 하지만, 겨울을 예비하기 위한 나름의 준비에도 충실하다.

이런 가을-나무의 풍경을 몇몇 국면으로 나누어 다루기로 한다. 2절에서는 「인간접목」 「나무들 비탈에 서다」 등의 황순원 소설들을 대상으로 하여, 상처받은 나무와 관련한 비유와 상상력을 읽어

6) 이순원, 같은 책, p. 161.

낸다. 전쟁을 비롯한 일련의 험한 상황을 겪으면서 어쩔 수 없이 위기를 맞고 상처받을 수밖에 없었던 인간들을 치유하고 새로운 생명의 나무로 자랄 수 있도록 해주기 위해 황순원이 도입한 기제가 접목의 수사학이다. 구체적인 논의를 통해 황순원에게 있어 소설 쓰기는 나무 기르기, 혹은 상처받은 나무에 새로운 생명을 접목하기와 통한다고 논점을 밝힐 예정이다. 3절에서는 이문구의 『관촌수필』과 『내 몸은 너무 오래 서 있거나 걸어왔다』를 대상으로 하여 왕소나무에서 엉성한 장삼이사 나무들에 이르기까지 다양한 나무 이야기를 전개한다. 특히 장평리 찔레나무, 장석리 화살나무, 장천리 소태나무, 장이리 개암나무, 장동리 싸리나무, 장척리 으름나무, 장곡리 고욤나무 같은 것들은 굽은 나무의 역설적 의미에 대해, 그리고 이른바 장자의 나무와 관련해 많은 생각을 하게 한다. 4절에서는 전상국의 「꾀꼬리 편지」 등을 중심으로 하여 낙엽을 떨구며 땅으로 회귀하려는 나무의 순환적 모습과 삶의 욕망을 비우고 내려놓으며 대자연의 섭리에 순응하려는 노년의 내면 풍경을 겹쳐 성찰하면서, 가을-나무의 뮈토스를 구성하기 위한 분석적인 논의를 전개할 것이다. 5절에서는 「가을 거울」 「대추나무」 「자라는 나무」 「이대목의 탄생」 등 일련의 김광규의 시편들을 분석하면서 가을 나무의 풍경과 그 수사적 특성에 대해 숙고하는 계기를 마련하고자 한다. 이런 논의를 바탕으로 6절에서는 가을-나무의 풍경을 종합하고, '상처의 나무'와 관련한 가을-나무의 뮈토스를 정리하겠다.

2. 질곡의 역사와 상처받은 나무[1)]

—뿌리의 심연과 접목의 수사학: 황순원 소설

신경증과 불면증에 시달리며 피어나는 꽃
참을 수 없다 나무는, 알고 보면
치욕으로 푸르다
—손택수, 「나무의 수사학 1」[2)]

1) 황순원의 소설-나무들

이 절에서는 황순원 소설에 나타난 사회 상징적 나무의 상상력에 주목하면서, 그의 소설의 핵심적 특성이 상처받은 나무를 건강하게 기르려는 접목의 수사학에 있음을 논의하고자 한다. 식민지 침탈과 남북 분단에 이은 전쟁의 상처를 직접 경험하면서 작가는 인간적 삶의 진정성이 훼손됨은 물론 존재론적 근거마저 박탈당한 위기의 상황임을 직관하고 소설적 상상력을 펼쳤는데, 그의 대표적인 소설의 제목이기도 한 '나무들 비탈에 서다'는 그런 상황을 심도 있게 표상한 것이라고 할 수 있다. 비탈에 선 나무들의 위기 상황을 황순원은 뿌리의 심연으로부터 천착하고 접목의 상상력

1) 이 절은 『문학과환경』 14권 2호(문학과환경학회, 2015. 9, pp. 125~42)에 발표했던 「황순원 소설에 나타난 뿌리의 심연과 접목의 수사학」을 수정한 것이다.
2) 손택수, 『나무의 수사학』, 실천문학사, 2010, p. 45.

을 구사하였음을 밝히고 그 심층에서 배려의 문학 윤리를 확인하는 것을 주된 과제로 삼고자 한다.

시인으로 출발한 황순원은 해방 후 간행된 「목넘이 마을의 개」로 단편 작가로서 기반을 다지고, 『별과 함께 살다』 『카인의 후예』 「인간접목」 「나무들 비탈에 서다」 『일월』 『움직이는 성』 『신들의 주사위』 등의 장편소설을 통해 한국 소설의 정신사와 형식사를 공히 혁신했다.[3] 간결하고 정확하면서도 세련된 문장과 다채로운 기법적 장치들로 나름의 소설 미학을 창안했다. 겨레의 기억과 집단무의식 및 전통적 삶에 대한 애정을 웅숭깊게 보여주었으며, 승화된 휴머니즘의 벼리를 보이는 데 부족함이 없었다.

황순원은 한국 근대소설의 유년기부터 소년기, 장년기를 거쳐 노년기까지 두루 보여준 작가다. 그만큼 폭넓고 웅숭깊은 문학 세계를 지니고 있다. 그런 면에서 그를 "말한다는 것은 해방 이후 한국 소설사의 전부를 말하는 것과 다름없다"[4]는 권영민의 지적도 그리 과장된 게 아니다. 그만큼 황순원의 문학은 글 읽는 이들의 욕망을 자극한다. 그것은 앞으로도 계속될 것이다. 본고 역시 그런 욕망의 소박한 표시에서 출발하되, 생태학적 상상력의 측면에 초점을 두고 고찰하여 황순원 소설의 핵심 특성을 포착해보고자 하는 것이다.

3) 작가 황순원의 문학적 연대기는 김종회의 「문학적 순수성과 완결성, 또는 문학적 삶의 큰 모범: 황순원의 「나의 꿈」에서 「말과 삶과 자유」까지」(황순원학회 편, 『황순원 연구총서』 1, 국학자료원, 2013)를 참조 바람.

4) 권영민, 「황순원의 문체, 그 소설적 미학」, 황순원 외, 『말과 삶과 自由』, 문학과지성사, 1985, p. 148.

그동안 황순원의 문학에 대해 "간결하고 세련된 문체, 군더더기 없는 구성과 훈기 있는 여운"[5], "서정미가 넘치는" "우리말이 갖는 아름다움의 한 극치"[6], "서정적 소설로서의 특이한 색채"[7], "한국 산문 문체의 모범으로 정평이 나 있는 그의 문장미는 서정성과 절제로 충만"[8], "적은 말로 현실의 많은 느낌을 표현할 수 있는 능력"[9], 서정적인 감각성과 지적 절제에 의한 세심한 문학적 의장(意匠), 보여주기를 통한 핍진성 제고, 서사적 거리 인식과 내면화된 문체 등등 여러 논의가 많았다. 황순원은 확실히 하나의 텍스트를 형성하는 텍스트적·심리적·사회적·정보처리적 요인들을 매우 정치하면서도 종합적으로 구성해낸 작가였던 것으로 보인다.[10] 특히 텍스트 요인으로는 문체소들의 대조와 반복 조직을 통한 종합적인 결속성을, 심리적인 요인으로는 타자와 융섭(融攝)하려는 의

5) 유종호, 『동시대의 시와 진실』, 민음사, 1982, p. 311.

6) 이형기, 「유랑민의 비극과 무상의 성실」, 『황순원문학전집』 제1권 해설, 삼중당, 1973, p. 376.

7) 이재선, 『한국현대소설사』, 홍성사, 1979, p. 404.

8) 김병익, 『상황과 상상력』, 문학과지성사, 1988, p. 131.

9) 이남호, 『문학의 위족』 2, 민음사, 1990, p. 350.

10) 『담화·텍스트 언어학 입문』의 저자들은 단순한 일련의 문장 연쇄로 텍스트를 보지 않았다. 하나의 통합적 유의적 총체로서 텍스트를 보기를 소망했다. 그래서 그들은 텍스트를 구성하는 네 가지 요인으로 텍스트적 요인으로서의 언어, 심리적 요인으로서의 인간 정신, 사회적 요인으로서의 현실, 정보처리적 요인으로서의 커뮤니케이션 등을 상정했다. 그리고 각각의 텍스트 구성 요인으로부터 산출되는 텍스트성textuality의 기준 일곱 가지를 마련했다. 결속 구조·결속성(텍스트적 요인), 의도성·용인성(심리적 요인), 상황성·상호텍스트성(사회적 요인), 정보성(정보처리적 요인) 등이 바로 그것이다(Robert A. de Beaugrande & Wolfgang U. Dressler, 『담화·텍스트 언어학 입문』, 김태옥·이현호 공역, 양영각, 1991, 역자 해설 및 pp. 1~15 참조).

도의 배치와 그것의 용인 과정 및 기억의 환기 원리를, 사회적 요인으로는 현실을 내면에 투사시켜 상황을 상징적으로 조작하는 형상화 원리를, 정보처리적 요인으로는 역동적 결말 방식을 통해 독자를 해석학적 순환 과정 안으로 끌어들이면서 정보의 정서적 소통을 기획하는 장치 등등을 효과적으로 구안하고 형성했던 드문 작가였다. 이런 점들을 고려하면서 나는 예전에 "황순원은 정련된 '말무늬'로 아름다운 영혼의 '숨결'을 상상적으로 포착하여 세심한 '글틀'을 짜내려고 한 작가"[11]라고 말한 적이 있는데, 지금도 비슷한 생각이다. 그에게 있어서 이 '말무늬' '숨결' '글틀'은 따로 떨어져 존재하는 게 아니다. 한데 어우러져 조화를 이루며 역동적인 텍스트를 생성해낸다. 그리고 그것들은 한국 현대소설사의 중요한 가닥과 맥락을 형성한다. 단편에서 특히 그러하거니와 장편에서도 황순원만의 연금술은 매우 독특한 진정성의 빛을 발한다.

이러한 황순원 소설의 문체적 특장과 연금술은 그 자체로 빛나는 것이 아니다. 그의 말무늬와 글틀은 그의 문학 정신의 숨결과 긴밀하게 호응하면서 중요한 소설사적 궤적을 형성한 것임을 거듭 강조하지 않아도 좋을 터이다. 이를 위해 그가 보인 나무의 상상력에 주목하고, 나무와 관련된 역사적 비유와 사회적 상징을 분석적으로 논의하고자 한다. 주로 다룰 텍스트는 『카인의 후예』 「인간접목」 「나무들 비탈에 서다」 등이다. 가장 문제적인 시기 중의 하나였던 해방 전후사, 특히 북한에서 월북한 작가이기에 더욱 문제

11) 졸고, 「'말무늬', '숨결', '글틀'」, 『타자의 목소리: 세기말 시간의식과 타자성의 문학』, 문학동네, 1996, p. 268.

적으로 실감했을 토지개혁 전후사를 배경으로 한 『카인의 후예』는 왜 이 시기에 인간 존재들이 '비탈에 선 위태로운 나무'처럼 되지 않으면 안 되었던가를 환기하는 배경적 텍스트로 주목된다. 이를 바탕으로 표제에서 이미 나무의 수사학과 관련된 사회 상징적 의미를 잘 드러낸 「인간접목」 「나무들 비탈에 서다」를 논의하고, 그 심층의 문학 윤리를 가늠하기 위해 단편 「물 한 모금」을 살피게 될 것이다. 그 밖에 논의에 필요한 「산」 「나무와 돌, 그리고」를 비롯한 몇몇 단편을 추가적으로 논의할 예정이다.

이미 프롤로그에서도 언급한 것처럼, 문학에서는, 특히 복합적으로 인간과 자연을 다루는 소설에서는 나무의 사회적·형이상학적·역사적·자연적 상징들이 중층적으로 문제될 수 있다. 이런 문제의식을 바탕으로 할 때 접목의 수사학의 접근 지평은 넉넉하게 확보된다. 살아 있는 유기체인 나무에 접목을 하는 행위는 나무의 생장 촉진과 건강성 혹은 수확성 확장을 위한 인공적 기획의 일환으로 볼 수 있는데, 이는 나무에게도 이롭고 접목 행위를 수행하는 인간에게도 이로운 공생의 방식이기도 하다. 생태적인 공생의 기획에 속한다. 황순원이 소설 제목을 '인간접목'이라고 한 것도 비탈에 선 위기의 나무를 구하고, 나무를 구하면서 인간도 함께 구하기 위한, 그러니까 상처받은 남을 위로하면서 스스로도 위로받으려는 상상적 노력이 아니었을까 짐작한다.

2) 상처의 뿌리, 그 심연의 성찰

먼저 작가 황순원이 접목의 수사학에 공들이지 않으면 안 되었던 역사적 배경을 헤아리기 위해 『카인의 후예』를 살펴보기로 하자. 이 소설은 그런 맥락이 아니더라도, 1950년대 문학을 대표하는 소설의 하나로서, 그리고 황순원의 소설적 특징이 잘 드러난 장편으로서 주목에 값한다. 한국전쟁 중인 1953년 정월에, 이데올로기와 원한이 상충하는 전쟁 현실 속에서 상징적인 화해 방식으로 따스한 인간미를 빼어나게 보여준 단편 「학」을 썼던 황순원이었다. 왜 덕재와 성삼이는 그럴 수밖에 없었을까. 그 둘의 갈등과 다툼을 무척 안타까워했던 작가는 결국 성삼이로 하여금 옛 학 사냥의 기억을 되살리게 하여 끌고 가던 벗 덕재를 풀어주는 결구로 마무리한다. 그럼에도 작가는 분단된 민족 상황에 대한 안타까움을 접을 수가 없었다. 왜 그럴 수밖에 없었을까? 이 물음이 장편 『카인의 후예』를 낳게 한 것이 아닐까.

『카인의 후예』는 해방 이후 토지개혁이 진행된 북한을 배경으로 한 이야기이다. 작가의 고향에서 벌어졌음 직한 일들이 이모저모 엮여 있다. 단편 「학」에서는 친구 사이였지만, 『카인의 후예』에서는 장편답게 사정이 훨씬 복잡해졌다. 지주와 마름의 관계. 박훈은 지주의 아들이고 도섭 영감은 박훈의 아버지를 헌신적으로 섬겼던 마름이었다. 박훈의 사촌 혁이 어린 시절 물에 휩쓸려 죽을 고비에 처했을 때 목숨을 걸고 구해준 이도 바로 도섭 영감이었다. 게다가 어린 시절부터 도섭 영감의 딸 오작녀와 박훈은 서로 좋아하는 마음을 지녔었다. 안타깝게도 오작녀는 신분상의 관습적 벽을 넘지 못한 채 다른 남자와 결혼했다가 불행에 빠져 현재는 친정에 돌아와 아버지의 뜻에 따라 박훈의 집에서 그를 돌보는 일을 하고 있다.

해방 후 공산 정권이 들어서면서 지주-마름-소작인이라는 옛 생산관계가 전복된다. 1946년 3월 '북조선 토지개혁에 관한 법령'이 공포되고, 이를 바탕으로 사회주의적 생산관계 정립을 위한 토지개혁이 실시되면서 숙청과 보복의 비극들이 많이 벌어졌는데, 『카인의 후예』는 이 지점을 주밀하게 파고든다. 박훈과 도섭 영감이 균열을 일으키는 것도 바로 그 토지개혁 때문이었다. 특히 소작인들에게 가혹하게 했던 과거를 덮기 위해 도섭 영감은 더욱 토지개혁에 헌신하는 열성을 보이는데, 그럴수록 옛 지주 박훈과의 균열은 심화될 수밖에 없었던 것이다. 계급적 적대 관계에 있는 박훈과의 관계만 일그러지는 게 아니다. 도섭 영감의 경우 가족 관계도 좋지 않게 된다. 특히 딸 오작녀는 아버지의 변신을 전혀 이해하지 않을뿐더러, 박훈이 자신과 결혼했다는 결정적 허위 진술로 아버지가 추진하는 박훈 숙청과 토지개혁 작업을 방해한다. 아내나 아들 삼득이와의 관계 역시 원만치 못하다. 이런 희생을 감수하면서도 그는 새로운 사회조직과 생산관계에서 자기 이익을 추구하고 권력의 발판을 마련하고자 했으나, 그조차 여의치 못하다. 이용만 당하다가 퇴출된 형국이랄까. 그래서일까. 마지막 부분에서 보이는 그의 광기는 사뭇 자연스럽다. 물론 이와 같은 토지개혁 전후사의 비극은 비단 도섭 영감에서 그치지 않는다.

숙청당했다가 결국 죽음에로 이르는 박훈의 숙부 박용제 영감은 물론이려니와 함께 숙청당한 윤초시 영감과 같은 지주 계급의 비극적 몰락이 다루어진다. 시종 관조적인 성격을 보이다가 막판에 행동적으로 돌변하는 지주 집안 지식인 박훈의 내면 또한 비극으로 일렁이기는 마찬가지다. 아버지의 숙청과 죽음을 경험한 혁이 도섭 영감을 죽이겠다고 결심하는 것도, 토지개혁 전후사의 황무지와도 같았던 마음의 풍경을 증거하는 대목이다. 그렇다고 해서 그 반대편 인물들이 행복의 가능성을 찾는 것도 아니다. 농민위원장을 맡았다 피살된 남이 아버지는 물론 그다음 위원장이 되었다 숙청된 도섭 영감도 결코 그 범주에 속할 수 없다. 새로 위원장을 맡은 홍수 역시 거기서 예외일 것 같지 않다.

험악한 난세의 풍경을 작가는 월남한 지식인의 시선에서 가능하면 차분하게 형상화하려 한 것으로 보인다. 바로 이 지점에 이 소설의 특성과 한계가 들어 있다. 박훈은 토지개혁 전후사의 난세에 자신이 처한 즉자적 현실에 대해서는 크게 개의치 않으려 한다. 윤초시처럼 토지를 덜 빼앗기려고 자작농으로 꾸미려 한다든지 하는 어떤 현실적 행동도 하지 않는다. 다만 시속의 흐름을 받아들이면서 조용히 물러나는 모습을 보인다. 토지와 집을 내어주면서 대신 그 자리에 사람과 사랑을 새롭게 발견하여 채우려 한다는 점에, 박훈과 이 소설의 개성이 들어 있다. 사랑의 대상 인물인 오작녀를 향한 열정과 불안의 상호작용, 오작녀의 남편 최씨가 펼치는 연애의 진정성과 관련된 담론, 그리고 끝부분에서 삼득이를 통해 드러나는 순수한 인간성의 벼리 등등 이런 것들과 관련한 박훈의 성찰이 현실을 넘어서는 현실성을 획득하면서, 즉자적 현실을 넘어선 대자적 성찰의 지평을 확대 심화하고 있는 모양이다.

황순원은 인류 최초의 살인자였던 카인의 맥락을 토지개혁 전후사의 현실로 가져와, 사람을 살리게 하는 것과 죽이게 하는 것의 근원 혹은 심연을 천착했다. 이기적 욕망, 질투심 따위가 살인으로 치닫게 한다면, 진정한 사랑은 죽임의 현실을 살림의 미래로 바꾸어줄 수 있는 소망스러운 덕목이다. 안타까운 시선으로 작가 황순원은 그 심연 깊숙이 서사적 그물을 드리웠던 것이다.

3) 상처받은 나무와 접목의 수사학

이처럼 황순원의 『카인의 후예』는 토지개혁 전후사의 고단한 여정을 예리하게 성찰한 소설이다. 이 소설에서 박훈의 성찰은 역사철학적 현실성을 환기함과 동시에 그것을 넘어선 대자적 성찰의 지평을 확대한다는 점에서 의미심장하다. 그렇다면 박훈의 성찰의 특별함은 어디에서 오는가? 그는 다른 인물들에 비해 가시적 현상에 미혹되거나 이끌리지 않는다. 그보다는 현상 이면의 다양한 관계망들을 헤아리면서, 그 현상의 뿌리를 심연으로부터 탐문하고자 한다. 가령 이런 대목을 보자.

> 훈은 시골 나와 이 과수원에서 비로소 나무의 잎눈이나 꽃눈이 언제 생겨나 어떻게 큰다는 걸 알았다. 그때까지 그는 나무의 눈이란 봄에 생겨나 잎과 꽃이 되는 것이라고만 알고 있었다. 그러나 그렇지가 않았다. 가을에 단풍이 들어 낙엽이 지기 전에 벌써 눈들을 장만해놓은 것이었다. 이 작고 연약한 눈이 그대로 추운 겨울을 겪고

나서 봄에 싹이 트고 잎과 꽃을 피우는 것이었다. 처음 이것을 발견했을 때 훈은 무슨 신기한 것이나 발견한 것처럼 혼자 가슴까지 두근거렸던 것이다.[12)]

나무의 눈에 대한 성찰 대목이다. 흔히 잎눈이나 꽃눈이 봄에 생겨나리라 짐작하곤 하지만 그렇지 않다는 것, 이미 가을에 낙엽 지기 전에 그 눈들을 예비해놓고 있었다는 생명의 철리에 대한 성찰은 범상한 듯 비범하다. 이 박훈의 눈을 통해 나는 작가 황순원이 구사한 나무의 수사학을 헤아리게 된다. 그 누구보다도 묘사에 능했던 작가 황순원은 산의 풍경이나 나무 묘사에서도 인상적이었다.

산에는 단풍이 들어 있었다. 산 중턱까지는 검푸른 전나무와 잣나무 소나무로 둘리고, 그 위로는 하아얀 자작나무와 엄나무 피나무 느릅나무 숲인데, 그 사이에 단풍나무가 타는 듯이 물들어 있는 것이었다. 그리고 이 검푸르고 하얗고 누렇고 붉은 빛깔은 가까운 산에서 먼 산으로 멀어짐에 따라 그 선명한 빛깔을 잃어가다가 나중에는 저쪽 하늘가에 뽀오야니 풀려버리고 마는 것이었다. 어디를 보나 마찬가지 산이요, 또 산이었다.

길이란 게 있을 리 만무했다.[13)]

12) 황순원, 『별과 같이 살다/카인의 후예』 황순원전집 6, 문학과지성사, 1981/1994, p. 342.

13) 황순원, 「산」, 『학/잃어버린 사람들』 황순원전집 3, 문학과지성사, 1981/1994, p. 195.

단풍 든 산의 풍경을 묘사하면서 "길이란 게 있을 리 만무했다" 라고 적었다. 압축미에 농축된 의미의 용장도가 참으로 어지간하다. 단풍 든 나무들 때문에 길이 없다는 것을 보는 눈은 또 다른 맥락에서 다양한 길을 성찰하는 것 같다. 앞에서 인용한 『카인의 후예』에서 박훈은 낙엽이 지기 전에 새봄을 위해 잎눈이나 꽃눈을 예비하고 있음을 보았다. 생명의 길에 대한 성찰의 세목이다. 그런데 그것은 결코 단순하게 준비되지 않는다. 나무는 자신이 틔우고 기른 몸들을 버리면서 새로운 생명을 잉태한다. 예컨대 다음 은행나무의 경우를 보자.

> 석양 그늘 속에 은행나무는 한창 황금빛으로 물들어 있었다. 가을이 온통 한데 응결된 듯만 싶었다. 얼마든지 풍성하고 고요했다.
>
> 그 둘레를 서성이고 있는데 난데없는 회오리바람이 일어 은행나무를 휘몰아쳤다. 순식간에 높다란 나무 꼭대기 위에 새로운 장대하고도 찬란한 황금빛 기둥을 세웠는가 하자, 무수한 잎을 산산이 흩뿌려놓았다. 아무런 미련도 없는 장엄함 흩어짐이었다. 뭔가 그는 속 깊은 즐거움에 젖어 한동안 나뭇가를 떠날 수 없었다.[14]

"아무런 미련도 없는 장엄한 흩어짐"을 통해 "새로운 장대하고도 찬란한 황금빛 기둥"을 예비하는 존재가 바로 이 소설에서 은

14) 황순원, 「나무와 돌, 그리고」, 『탈/기타』 황순원전집 5, 문학과지성사, 1976/1997, pp. 238~39.

행나무다.[15] "꽃이 피고, 열매를 맺고, 잎이 떨어지면서 나무는 극적인 성장을 꿈꾸게 한"[16]다고 질베르 뒤랑이 지적한 바 있거니와, 황순원 역시 나무와 관련해 직접적으로 그 형상을 묘사하는 것에서 비유적이거나 상징적으로 형상화하기까지 다양한 수사학적 전략을 구사한다. 그 어떤 경우라도 기본은 나무의 뿌리로부터, 그 심연에서부터, 문제를 발본적으로 성찰한다는 점이다.

『카인의 후예』 이후 장편인 「인간접목」과 「나무들 비탈에 서다」는 그 표제부터 나무의 수사학과 관련하여 관심을 끈다. 한국전쟁이 할퀴고 간 상처로 인해 순수한 이상주의자든 실리적 현실주의자든 할 것 없이, 온통 기울기가 심한 비탈에서 허우적대는 형국일 수밖에 없었다는 가슴 아픈 이야기, 표제가 상당 부분 암시하는 것처럼 비탈에 선 인간 존재론의 이야기, 인간관계가 배려와 공감 혹은 이해와 감사의 지평에서 이루어지기보다는 상처와 독선 내지 만인 대 만인의 투쟁 관계로 점철되었을 때의 비극성을 환기하는 이야기를 통해, 우리는 존재의 위기론에 대한 이런저런 생각을 하지 않을 수 없게 된다. 「나무들 비탈에 서다」에서 동호나 현태, 윤구, 숙이 등 대부분의 인물들은 비탈의 존재들이다. 그것도 무척 가파른 비탈에 가까스로 존재하는 인물들이다. 작중 윤구의 말처럼 날카로운 유리 조각에 찔려 고통받는 존재들로 그려진다.[17] 날

15) 이승준은 이 대목을 "자연의 순환에 대한 깨달음"(이승준, 「한국 현대소설에 나타나는 '나무' 연구」, 『문학과환경』 4, 2005. 10, p. 96)으로 해석했다.

16) 질베르 뒤랑, 같은 책, p. 518.

17) "유린 참 무서운 거야. 살에 박히기만 하면 자꾸 속으로 파구 들어가거든. 어렸을 때 잘못해서 파리통을 밟았는데, 그 아픈 건 칼에 찔린 유가 아니야. 그런데 말이지, 백힌 유리 조각을 빼버렸는데두 그냥 따끔거리구 콕콕 쑤시지 않겠어? 그날 밤 한잠

카로운 유리 파편이 속살을 파고드는 것만 고통스러운 상황으로 동호를 비롯한 여러 인물은 받아들인다. 어쩌면 삶이 죽음보다 더 고통스러울 수 있는 상황에서라면, 전쟁터에서 전사하든, 거기서 살았지만 고통을 못 이긴 채 끝내 자살하든, 위악적으로 폭력을 저지르든, 모두 유리 조각에 깊숙이 찔린 비탈의 존재론을 넘어서지 못한다. 전쟁 상황에서 뿌리 뽑힌 존재들이기에 온전한 생명의 나무가 되기 어렵다. 그렇듯 비탈에 선 나무들을 위해서는 '접목' 서비스가 필요하다고, 작가 황순원은 생각한 것 같다. 「인간접목」에서 최종호는 그 자신도 전쟁에서 희생된 상의군인이면서도 접목이 필요한 소년들을 위해 접목에의 의지를 실천하면서 희망의 윤리를 견인한다. 소년원의 아이들, 그러니까 남준학, 김백석, 짱구대가리, 배선집 등은 이런저런 상황과 이유로 삶의 본바탕에서 뿌리 뽑힌 상처받은 나무들이다. 그 상처받은 어린 나무들을 위해 혼신의 노력을 경주한다. "어디까지나 아이들의 인간성을 되살려줘야 한다는 자신의 소신"[18]을 실천하기 위해 애쓰지만 "애들 가슴속의 흐려진 거울을 닦아주기에는 자기의 손이 자라지 못하는 것"[19]이라는 반성을 한다. 때때로 "그만큼 사람과 사람 사이의 혼의 교섭이란 거의 불가능하도록 힘이 드는가 보"[20]다며 회한에 젖기도

두 못 자구 이튿날 병원엘 갔드니 좁쌀알만 한 게 둘 남아 있었어. 글쎄 그게 상당히 깊이 들어가 있잖어. 밤새두룩 따끔거리구 아팠든 것두 그게 오물오물 살 속을 파구 들어가느라구 그랬지 뭐야"(황순원, 「나무들 비탈에 서다」, 『인간접목/나무들 비탈에 서다』 황순원전집 7, 문학과지성사, 1981/1993, p. 197).

18) 황순원, 「인간접목」, 같은 책, p. 168.

19) 같은 책, p. 180.

20) 같은 쪽.

하지만, 인간에 대한 기본적인 신뢰를 바탕으로 접목에의 의지를 놓지 않으려 한다. 그 결과 소년원의 아이들도 점차로 감화되고 자존감을 획득해나가게 된다. "천사의 그림이 붙었던 어두운 벽 쪽을 가리키며" 준학이 하는 말이 결구로 인상적인 것은 이와 관련된다. "저기 있던 천사의 날개보다도 더 희었어. 그걸 우리가 모두 달고 있었어. 너도 달고 있고 나도 달고 있고. 그리고 저, 짱구대가리도."[21]

전쟁 상황에서 상처받은 인간들을 치유하고 새로운 생명의 나무로 자랄 수 있도록 해주기 위해 도입한 기제가 바로 접목의 수사학이었다. 최근의 접속의 수사학은 접속 주체의 유희 욕망과 관련되지만, 주체의 주체성과 타자의 타자성도 휘발되기 쉽다.[22] 반면 1950년대에 황순원이 구사한 접목의 수사학은 상처받은 타자를 환대하고 치유하면서 공동으로 희망의 원리를 탐문하려 했다는 점에서 윤리적이다. 접목을 통해 타자를 치유하면서 스스로도 힐링하고 자기를 정립해나가려 했던 것이다.[23]

21) 같은 책, p. 183.

22) 접속의 수사학에 대해서는 졸고, 「접속하는 프로테우스의 경험과 상상력」「접속 시대의 사회와 탈(脫)사회」「접속 시대의 최소주의 서사」 등을 참조하기 바람(졸저, 『프로테우스의 탈주: 접속 시대의 상상력』, pp. 13~72).

23) 널리 알려진 장 지오노의 『나무를 심은 사람』에서 나무를 심은 사람은 이렇게 설명된다. "그의 행동이 온갖 이기주의에서 벗어나 있고, 그 행동을 이끌어나가는 생각이 더없이 고결하며, 어떠한 보상도 바라지 않고, 그런데도 이 세상에 뚜렷한 흔적을 남긴 것이 분명하다면, 우리는 틀림없이 한 잊을 수 없는 인격과 마주하는 셈이 된다"(장 지오노, 『나무를 심은 사람』, 김경온 옮김, 두레출판사, 1995, p. 11). "숯을 파는 것을 놓고, 교회의 자리를 놓고 경쟁"하고, "미덕(美德)들을 놓고, 악덕(惡德)을 놓고, 그리고 선과 악이 뒤엉클어진 것들을 놓고 끊임없이 경쟁"(같은 책, p. 25)하는 세상에서, '나무를 심은 사람'은 오로지 황무지가 되어가는 땅을 살리기 위

4) 타자와의 융섭(融攝)[24]과 '물 한 모금'의 문학 윤리

황순원은 한 산문에서 이렇게 쓴 적이 있다. "타자와의 관계 속에서 나를 확인해보려고 지금 여기까지 걸어왔다. 한데 아직도 막막하기만 하다."[25] 황순원 문학의 특징은 아마도 이토록 막막한 진실을 계속해서 탐문하고자 했다는 데 있지 않을까 싶다. 그런 점에서 인상적인 단편이 바로 「물 한 모금」이다. 시골 간이역 건너편 초가집 헛간. 갑작스러운 소나기를 피하려 몰려든 여러 행인의 행색이 퍽 스산하고 을씨년스럽다. 흰 수염을 기른 노인, 딸네 집을 찾아가는 노파에서 젊은 청년에 이르기까지 행인들은 제각각이지만 근심 걱정은 한가지다. 비는 좀처럼 그칠 줄 모르는 데다 한기

해 나무를 심는다. "그는 나무가 없기 때문에 이곳의 땅이 죽어가고 있다고 판단했다"(같은 책, p. 33). 그는 땅의 생명을 되살리기 위해 사심 없이 나무를 심었다. 오랜 시간이 지난 뒤 그 결과는 사뭇 창대했다. "모든 것이 변해 있었다. 공기까지도. 옛날에 나를 맞아주었던 건조하고 난폭한 바람 대신에 향긋한 냄새를 실은 부드러운 미풍이 불고 있었다. 물 흐르는 소리 같은 것이 저 높은 언덕에서 들려오고 있었다. 그것은 바람 소리였다. 게다가 더 놀라운 것은 못 속으로 흘러들어 가고 있는 진짜 물소리가 들리는 것이었다. 나는 샘이 만들어져 있는 것을 보았다. 물은 풍부하게 넘쳐흘렀다. 그리고 나를 가장 감동시킨 것은 그 샘 곁에 이미 네 살의 나이를 먹었음 직한 보리수 나무가 심어져 있는 것이었다. 이 나무는 벌써 무성하게 자라 있어 의문의 여지없이 부활의 한 상징임을 보여주고 있었다"(pp. 61~62). 이렇게 '나무를 심은 사람'의 행위는 상처받은 땅을 대상으로 생명의 접목을 한 것으로 해석될 수 있다.

24) '융섭'이란 단어는 사전에 등재되어 있지 않다. 타자와 서로 긴밀하게 스미고 짜이는 내밀한 상태를 지시하기 위해 융합과 상호 포섭이란 개념을 혼합한 융섭이란 신조어를 사용했다.

25) 황순원, 「말과 삶과 自由」, 황순원 외, 『말과 삶과 自由』, p. 21.

까지 스며들 뿐만 아니라 주인의 허락도 없이 헛간을 찾아든 시간도 제법 흘렀기에, 혹시 주인이 쫓아내면 어쩌나 우려해야 했던 것이다. 그런데 그런 걱정과는 달리 뜻밖의 장면이 연출된다. 집주인이 따뜻한 차를 들고 나와서 비를 피해 제집 헛간에 든 행인들에게 한 잔씩 권하는 풍경이 바로 그것이다.

> 찻종에 붓는데 김이 어린다. 그 김을 보기만 해도 속이 녹는 것 같다. [……] 단지 그것이 더운 맹물 한 모금인데도, 그러나 그것은 헛간 안의 사람들이나 밖에 무표정한 대로 서 있는 주인이거나 모두 더운 물에 서리는 김 이상의 뜨거운 무슨 김 속에 녹아드는 광경이었다.[26]

어떤 경우든 집을 떠나 길을 나서면 고단할 수 있다. 하물며 예기치 않은 비를 맞은 행인들의 행색은 그 고단함을 더욱 진하게 느끼게 한다. 그런 이들에게 초가집 주인의 '물 한 모금'은 무거운 고단함을 덜게 하는 확실한 청량제였다. "노파도 이제는 비도 가늘어졌지만 물 한 모금에 기운을 얻어 사람들 틈을 빠져나와 떠날 준비를 차릴 수 있었다."[27] 물 한 모금에 기운을 얻을 수 있었다고 했다. 시간이 제법 흐른 과거의 이야기지만, 그래서 시대착오적인 예화처럼 보이기도 하지만, 그럼에도 "더운물에 서리는 김 이상의 뜨거운 무슨 김"의 속 깊은 의미는 오래된 미래의 진실을 환기한

26) 황순원, 「물 한 모금」, 『늪/기러기』 황순원전집 1, 문학과지성사, 1980/1992, pp. 283~84.

27) 같은 책, p. 284.

다고 생각한다. 사람과 사람 사이의 따스한 정의 기반에 진실한 교감의 징표가 아닐까 싶다. 나눔으로써 커지는 인간 영혼의 위대성의 상징이기도 하다. 따스한 말 한마디, 작은 정성과 배려가 어려운 처지의 이웃들에게 줄 수 있는 힘은 결코 작지 않다는 진실을 어김없이 환기한다.

황순원의 단편 「물 한 모금」은 그런 소설이다. 갑작스러운 소나기로 자기 집 처마 밑을 찾아든 나그네들에게 따듯한 물 한 모금을 나누어 주는 배려의 윤리를 웅숭깊게 형상화한 소설이다. 그것은 오래된 겨레의 나눔과 껴안음의 심성에 의지한 이야기였다. 이쯤 되면 초가집 주인은 썩 괜찮은 '인간-접목사'가 아니었을까 싶다. 상처받은 나무에 따스한 물 한 모금으로 접목의 이니시에이션을 수행하려 한 주인의 초상에서, 우리는 작가 황순원의 진면목을 어렵지 않게 발견하게 된다. 수생목(水生木)이라고 했던가. 황순원의 '소설-나무'들은 그런 '물 한 모금'에서 접목되고 자라났던 것으로 보인다.

5) 황순원 소설-나무와 생태 윤리

이상에서 살펴본 것처럼 황순원은 식민 상황과 분단, 그리고 전쟁의 참상을 경험하면서 인간적인 것의 가능성을 문학적으로 고민한 작가다. 그의 소설에서 인간들은 종종 상처받은 나무들로 비유된다. 그런 나무들의 외양에 대한 관찰이나 묘사에서 머물지 않고, 그 뿌리의 심연으로부터 발본적으로 탐문하여 상처를 주고받는 다양한 관계망들을 헤아리고자 했다. 『카인의 후예』「인간접목」「나무들 비탈에 서다」 등 여러 장편에서 황순원은 한국전쟁이 할퀴고 지나간 후에 남겨진 상처로 인해 순수한 이상주의자든 실리적 현실주의자든 할 것 없이, 경사가 심한 비탈에서 위태롭게 허우적대는 형국이라는 사실을 형상화한다. 비탈에서 위기에 처한 존재론의 이야기, 인간관계가 배려와 공감 혹은 이해와 감사의 지평에서 이루어지기보다는 상처와 독선 내지 만인 대 만인의 투쟁 관계로 점철되었을 때의 비극성을 환기하는 이야기를 통해, 작가는 존재의 위기론에 대한 각성을 낮은 목소리로 촉구한다.

이렇게 위기의 존재들, 상처받은 인간들을 치유하고 새로운 생명의 나무로 자랄 수 있도록 해주기 위해 도입한 기제가 바로 접목의 수사학이다. 상처받은 타자를 환대하고 치유하면서 공동으로 희망의 원리를 탐문하려 한 그의 문학 정신의 핵심을 「물 한 모금」에서 확인할 수 있다. 상처받은 나무에 따스한 물 한 모금으로 접목의 이니시에이션을 수행하려 한 인물의 초상에, 황순원 특유의 배려와 환대의 윤리가 잘 나타나 있다. 결국 황순원에게 있어 소설 쓰기는 나무 기르기, 혹은 상처받은 나무에 새로운 생명을 접목하기와 통한다고 하겠다.

여기서는 나무의 상상력을 중심으로 황순원 소설의 핵심 특성을 포착하는 데 중점을 두었다. 두루 아는 것처럼 황순원은 그 나름의 나무의 수사학을 바탕으로 다수의 작품을 창작하였기 때문에 그 맥락에서 더 논의할 여지가 많은 게 사실이다. 예컨대 「산」에서 단풍 든 나무와 「나무와 돌, 그리고」에서 잎을 떨구는 나무는 각기 다른 자연적 상징을 보인다. 그러한 구체적 세부를 논의하자면 더 많은 지면을 필요로 할 것이나, 이 장에서는 역사·철학적 맥락과 나무의 생태학을 접목하여, 전체적으로 비탈에 선 위기의 나무를 위한 접목의 마음과 그 심연에서 '물 한 모금'을 건네주는 문학 윤리를 중점적으로 다루었다. 나무의 수사학 내지 접목의 수사학과 관련하여 『별과 같이 살다』『움직이는 성』『일월』 등 여러 작품을 더욱 면밀히 심층적으로 성찰하여 논의를 한다면 황순원 소설에 나타난 접목의 수사학을 더욱 심화된 담론을 펼칠 수 있을 것이다.

3. 곧은 나무와 굽은 나무의 역설

—이문구의 소설-나무들

나는 곧은 나무보다
굽은 나무가 더 아름답다
곧은 나무의 그림자보다
굽은 나무의 그림자가 더 사랑스럽다
함박눈도 곧은 나무보다
굽은 나무에 더 많이 쌓인다
그늘도 곧은 나무보다
굽은 나무에 더 그늘져
잠들고 싶은 사람들이 찾아와 잠이 든다
새들도 곧은 나뭇가지보다
굽은 나뭇가지에 더 많이 날아와 앉는다
곧은 나무는 자기의 그림자가
구부러지는 것을 싫어하나
고통의 무게를 견딜 줄 아는
굽은 나무는 자기의 그림자가
구부러지는 것을 싫어하지 않는다
—정호승, 「나무에 대하여」[1]

1) 장자의 나무

정호승의 「나무에 대하여」는 곧은 나무와 굽은 나무의 대조를

1) 정호승, 『눈물이 나면 기차를 타라』, 창작과비평사, 1999, p. 57.

통해 역설적 의미를 형상화한 시다. 흔히 사람들은 곧은 나무가 쓸모 있다고 생각하기 마련이다. 목재로 보나 땔감으로 보나 곧은 나무가 쓰임새가 많고 실용적이기 때문이다. 그런데 시인은 실용적 안목이 아닌 심미적 안목, 더 나아가 생태적 안목에서 곧은 나무를 예찬한다. 곧은 나무보다 굽은 나무가 더 아름답고 그림자도 더 사랑스럽다고 했다. 함박눈이 쌓이기도 좋고 새들이 날아와 앉기도 좋다고 했다. 더 주목되는 것은 굽은 나무에서 "고통의 무게를 견딜 줄 아는" 미덕을 전경화한 일이다. 나무가 곧게 뻗으며 자랄 때와는 달리 굽이로 휘돌아가며 자랄 때 그 순간의 고통을 포함해 여러 가지 고통의 내력들을 함축한 것으로 보인다. 이런 정호승의 시 「나무의 대하여」를 읽으면서 우리는 자연스럽게 널리 알려진 『장자』의 나무 이야기를 떠올리게 된다. 「인간세(人間世)」 편에 들어 있는 쓸모 있는 나무와 쓸모없는 나무 이야기 말이다. 정호승의 시와 더불어 이문구의 나무 소설들로 들어가기 전에 우선 『장자』의 나무 이야기를 먼저 들어보기로 하자.

〔목수인〕 장석(匠石)이 제(齊)나라로 가다가 곡원(曲轅)에 이르러 〔그곳 토지신을 모신〕 사당 앞에 서 있는 상수리나무를 보았다. 그 크기는 수천 마리의 소를 가릴 정도이며, 〔굵기는〕 재어보니 백 아름이나 되고, 그 높이는 산을 내려다볼 정도이며, 여든 자쯤 되는 데서 가지가 나와 있었다. 그 가지도 배를 만들 수 있을 정도의 것이 수십 개나 되었다. 〔그 둘레에는〕 구경꾼이 장터처럼 모여 있으나 장석은 거들떠보지도 않으며 끝내 걸음을 멈추지 않고 그대로 지나쳐버렸다.

제자가 한동안 지그시 그 나무를 지켜보다가 장석에게 달려와 물었다. "저는 도끼를 잡고 선생님을 따라다니게 된 뒤로 이처럼 훌륭한 재목은 아직 본 적이 없습니다. 〔그런데〕 선생님께선 거들떠보지도 않고 그대로 지나쳐버리시니 어찌 된 일입니까?" 장석이 대답했다. "그만, 그런 소리 말게. 〔그건〕 쓸모없는 나무야. 〔그것으로〕 배를 만들면 가라앉고, 널을 짜면 곧 썩으며, 기물(器物)을 만들면 곧 망가지고, 문을 만들면 진이 흐르며, 기둥을 만들면 좀이 생긴다. 〔그러니〕 저건 재목이 못 되는 나무야. 아무 소용도 없으니까 저처럼 오래 살 수 있었지."

장석이 집에 돌아온 날 밤 상수리나무의 목신(木神)이 꿈에 나타났다. "너는 나를 무엇에다 비교하려느냐. 너는 나를 쓸모 있는 나무에 비교하려는 거냐. 대체 아가위·배·귤·유자 따위 열매 종류는 그 〔열매가〕 익으면 잡아 뜯기고, 뜯기면 〔가지가〕 부러진다. 큰 가지는 꺾이고 작은 가지는 잡아당겨진다. 이래서 그 천명(天命)을 다하지 못하고 중도에 죽게 된다. 〔즉〕 스스로 세속의 타격을 받은 자이다. 〔세상의〕 사물이란 다 이와 같다. 또한 나는 쓸모 있는 데가 없기를 오랫동안 바라왔다. 〔지금까지 여러 번〕 죽을 뻔했으나 오늘 〔자네가 쓸모없다고 했기 때문에〕 비로소 뜻을 이루어, 〔그 쓸모 없음을〕 내 쓸모로 삼게 되었다. 가령 내가 쓸모가 있었다면 어찌 이토록 커질 수 있었겠는가. 〔그리고〕 너도 나도 다 같은 하찮은 것〔物〕이다. 어찌 서로를 하찮다고 헐뜯겠는가. 〔너같이〕 거의 죽은 〔거나 다름없는〕 쓸모없는 인간이 어찌 산목(散木)을 알겠는가. 〔네가 어찌 쓸모없는 나무를 판별할 수 있겠는가〕."

장석이 깨어나 그 꿈을 이야기했다. 〔그러자〕 제자가 물었다.

"〔그토록〕 급히 쓸모없게 되고 싶다면 어째서 사당나무는 되었을까요?" 장석이 대답했다. "조용히 해. 자넨 잠자코 있게. 저 상수리나무도 〔겨우〕 사당에 의지하고 〔신목(神木)이 되어〕 있을 뿐이야. 자기를 이해 못하는 자들이 헐뜯는〔게 귀찮〕다고 생각해서지. 혹 사당나무가 되지 않았다 해도 아무에게도 베이지 않았을 게다. 또한 저 나무가 지닌 보전책(保全策)은 일반 세상의 것과는 다르다. 사당 나무가 되었다고 해서 저 나무를 기린다면 당치 않은 짓이야."[2]

이 예화에서 상수리나무는 세상에 실용적인 쓸모는 없지만, 천수를 누리며 산다. 그러나 유실수는 과일이 익으면 베이기 일쑤다. 쓰임 곧 재능이 저 자신을 망쳐놓은 것처럼 보이기도 한다. 장자는 열매를 맺어 요긴하게 쓰이거나 재목으로 쓰이는 나무를 문목(文木)이라고 하였고, 열매도 맺지 못하고 재목으로도 쓰임새가 없는 나무를 산목(散木)이라 하였다. 문목은 그 쓸모 때문에 제 생명을 서둘러 망칠 수 있지만, 산목은 쓸모없음으로 인하여 베이지 않고 마음대로 자랄 수 있어 그늘을 주게 되었다는 얘기다. 중국의 노장 철학자 진고응은 이를 "난세에 지식인이 처한 어려운 국면과 그들의 비극적 삶"[3]에 대한 비유로 해석한다.

장자는 권력 쟁탈로 인해 폭력이 횡행했던 불안정한 시대, 통치계급과 백성 간의 모순이 격화되어, 두 계급의 서로 다른 가치관이

2) 『장자』, 안동림 역주, 현암사, 1993, pp. 133~37. 번역 일부를 수정했음.
3) 진고응, 같은 책, pp. 277~78.

극단적으로 대립하던 시대에 살았다. 통치자들은 오직 백성들을 이용하여 폭력을 휘두르고 권력을 쟁탈하려 들기만 했다. 백성들의 생사는 안중에도 없었다. 한편, '재능 있는' 지식인들은 자신들의 개성을 간수하고, 통치자에게 이용당하지 않기 위해 애썼다. 그래서 지식인들은 세속적인 가치들을 무시하면서 어려운 국면 속에서 우울하게 자신들이 어떻게 살아나갈 것인가 그 방도를 찾으려고 애썼다. 세속적 인간들이 있는 힘을 다해 추구하는 공명, 부귀, 권력, 지위와 같은 가치들을 장자는 빠져나오기 힘든 그물로 보면서 회피하고 대항하면서 자신의 가치를 실현하려고 애썼다.

그러나 이처럼 불안정한 사회에서는, 지식인들이 아무리 조심하고 신중하게 행동하여도, 이용당하지 않고 숙청을 모면하기란 어려운 일이다. 모든 일에 무기력한 태도로 임하는 장자는 오직 사직 안에서 자라는 상수리나무처럼 "실제적인 쓰임이 아닌 쓰임"을 구하면서, 통치자에게 이용당하지 않기만을 빈다. 이와 같은 통치자 아래에서 일하지 않으면서 명령에 거역하려는 정신은, 후대의 지식인들에게 깊은 영향을 주었다.[4)]

류영모는 이 예화의 의미를 더 밀고 나가 은자(隱者)의 도(道)로 설명한다. "세상에 나타나려고 하지 말고" "숨으면 숨을수록 더 기쁨이 충만하게" 되는데, 그 까닭은 고양(高揚)의 가능성이 있기 때문이라고 했다. "위로 오르려는 사람은, 하느님께로 나아가려는 사람은 깊이 숨어야 한다. 숨는다는 것은 더 깊이 준비하고 훈련한

4) 같은 책, pp. 278~79.

다는 것이다. 훈련에 훈련을 통하여 사람은 얼[道]에 이르는 것이다."[5]

이문구의 『관촌수필』 연작 중 「관산추정(關山芻丁)」에서 유복산은 "꾸부러진 나무가 선산 지킨다더니 내가 바루 그 짝이지"[6]라고 말한다. 굽은 나무를 스스로 자처하는 이 선산지기는 굽은 나무처럼 은일(隱逸)의 삶을 살면서 류영모가 언급한 얼에 이르려는 사람처럼 보인다. 『관촌수필』 이후 『우리 동네』를 거쳐 이문구는 1990년대에 일련의 나무 연작을 지었다. 이를 두고 서영채는 "모두 고향을 지키는 구부러진 나무들, 무용지용(無用之用)의 넉넉함으로 우리들에게 고향을 상기시켜주는, 저 장자의 나무들일 것임은 자명해"[7] 보인다고 언급한 바 있거니와, 그 장자의 나무들의 수사학적 특성들을 일별해보기로 하자.

2) 『관촌수필』의 왕소나무

이문구의 『관촌수필』은 1972년에 발표된 「일락서산(日落西山)」부터 1977년 작 「월곡후야(月谷後夜)」」에 이르기까지 모두 8편으로 구성된 연작이다. 고향을 떠나 도회지에 살던 서술자가 다시 고향을 방문하면서 체험하고 관찰하고 회고한 이야기들이다. 산업화

5) 『장자』, 박영호 옮김, 두레, 1998, p. 237.

6) 이문구, 『관촌수필』, 문학과지성사, 1977/2016, p. 297.

7) 서영채, 「충청도의 힘」, 이문구, 『내 몸은 너무 오래 서 있거나 걸어왔다』, 문학동네, 2000, p. 327.

와중에 변화된 고향 풍경과 인정세태가 다채롭게 엮여 있다. 전통적 농경적 삶의 양식이 근대 문명에 침윤되는 과정에서 변화된 것과 여전히 남아 있는 것, 혹은 변화하는 세태에서도 그 변화를 거슬러 여전히 지켜졌으면 하는 윤리 감각이 웅숭깊다. 「관산추정(關山芻丁)」에서 변화된 고향 마을 풍경은 이렇게 형상화된다.

> 관촌부락도 어디 못지않게 변했다. 뭉개진 뵝재에는 여자중고등학교가 보다 높은 봉우리로 솟아 있었으며, 여우가 길을 잃어 우짖었던 개펄은 사철 봇물이 넘실대는 수로를 가운데로 하고 농로와 논두렁이 바둑판으로 그어졌다. 상여가 돌아가던 서낭당터는 라디오가게가 차지했고, 수백 년을 버티며 견딘 왕소나무 자리에는 2층으로 올린 붉은 벽돌 위에 슬라브 지붕을 인 농지개량 조합 청사가 풀색 새마을 깃발을 드높이 치켜들고 있었다. 서예당터에는 교회 십자가가 우뚝하고, 엉겅퀴와 패랭이꽃이 우북하던 버덩에는 담장에 가시철망이 돌아간 똑같은 모양의 집장수 집이 대여섯 채도 넘게 들어서 있었으니, 산과 바다가 사람보다도 더 못미더운 동네로 변해버린 거였다.[8)]

"못미더운 동네로 변해버린" 고향 관촌에 대한 서운함의 으뜸되는 원인 중의 하나는 왕소나무가 사라진 것이다. 고향 마을에서의 유년기 삶에 결정적 인상이 바로 왕소나무였으며, 그렇다는 것은 왕소나무가 서술자의 삶과 의식에 크게 영향을 미친 조부의 상

8) 『관촌수필』, p. 295.

징이기도 한 까닭이다.[9] 고향 마을의 전반적인 변화를 보이기 위해 「관산추정」의 이 대목을 먼저 인용했지만, 사실 연작의 첫 작품 「일락서산」에서부터 왕소나무에 대한 안타까움이 현저하게 드러난다. 「일락서산」에서 오랜만에 고향 마을에 들어 선 서술자는 "그중에서도 맨 먼저 가슴을 후려친 것은 왕소나무가 사라져버린 사실"[10]이라며 일변한 고향에 대한 딱하고 서운한 심사를 노정한다. "4백여 년에 걸친 그 허구헌 풍상을 다 부대껴내고도 어느 솔보다 푸르던, 십장생(十長生)의 으뜸다운 풍모로 마을을 지켜온 왕소나무가 아니던가."[11] 그래서 "마을의 주인"[12]으로까지 여겼던 나무였다. 이 나무에 대한 각별한 애착과 안타까움에는 그만한 사연이 있다. "토정(土亭: 李之菡) 할아버지께서 짚고 가시던 지팽이를 꽂아놓셨는디 이냥 자란 게"[13]라며, 주인공의 할아버지가 평생 가장 애호하던 나무라는 것, 할아버지의 타계와 더불어 이 왕소나무도 생명을 잃었다는 것 때문이다. 그러니까 할아버지와의 관련성에서만 왕소나무가 중요한 게 아니다. 조부가 그 왕소나무를 그토록 애호했던 것은 조상인 토정이 집던 지팡이가 뿌리내려 자란 나무라는 '전설'[14]도 큰 몫을 작용했던 것이 사실이다. 전설, 즉 이야기가

9) 이승준은 이 연작에서 할아버지가 주인공의 '자아이상'이라고 지적한 바 있다(이승준, 「한국 현대소설에 나타나는 '나무' 연구」, 『문학과환경』 4, 문학과환경학회, 2005. 10, p. 104).

10) 『관촌수필』, p. 10.

11) 같은 책, p. 11.

12) 같은 책, p. 12.

13) 같은 책, p. 11.

14) 황종연은 『관촌수필』이 근대 문명에 의해 침식되기 이전의 농촌의 풍경과 풍속, 농

나무와 사람, 왕소나무와 조부 가문을 긴밀하게 연결한다. 이에 따라 그 왕소나무는 단순한 자연물이 아니라 토정과 할아버지, 그리고 주인공을 연결하고 '융섭(融攝)'[15]하는 상징적 상관물이었던 것이다. 전설에 힘입어 가문의 운명의 푯대와 같은 것이었을 터이므로, 그 상실감은 그만큼 더 깊을 수밖에 없다.[16]

"상주목사(尙州牧使)의 아들이요, 강릉부사〔江陵大都護府使〕의 손자로"[17] 태어난 "고색창연한 이조인(李朝人)이었던 할아버지"[18]는 "사대부 가문의 후예라는 기개만은 대단한 것이었고 평생을 자랑으로 알며 살았던"[19] 인물이다. 그는 비록 출사하지 않고 "사액서원인 화암서원(花巖書院)의 도유사이며 보령향교(保寧鄕校)의 직원

촌 사람들의 심성을 풍부하게 담지하고 있음을 주목하면서 '전설'에 주목한 바 있다. "반상차별의 문화적 잔재가 사라지지 않았고, 희로애락을 함께하는 공동생활의 풍습이 생생히 살아 있으며, 전설과 속신이 여전히 지식의 중요한 부분으로 통"하는 이문구의 성장기 체험 속에 남아 있는 관촌의 이미지는 "자연적, 사회적 세계에 대한 합리적 인식이 미처 정착되지 못한 사회, 막스 베버의 유명한 구절을 빌려 말하자면 '세계의 탈마법화disenchantment of the world'가 아직 진전되지 않은 사회"를 떠올리게 한다고 지적했다(황종연, 「도시화·산업화 시대의 방외인」, 『작가세계』 4권 4호, 세계사, 1992년 11월, p. 63).

15) 융섭이란 말은 사전에는 등재되어 있지 않으나, 서로 끌어들이고(포섭하고) 융합한다는 복합적인 의미망을 구축하기 위해 필자가 예전에 제안한 용어이다. 융합보다는 능동적 상호작용과 생기가 더 깊고 넓어 보이는 용어라고 생각한다(졸고, 「'융섭(融攝)'의 상상력과 한(恨)의 포월(匍越)」, 『상처와 상징』, 민음사, 1994, pp. 41~42 참조 바람).

16) 왕소나무와 조부의 성격 부분은 졸고, 「포괄의 언어와 복합성의 생태학: 이문구의 『관촌수필』론」(『문학과환경』 10권 1호, 문학과환경학회, 2011) pp. 87~88 및 pp. 95~96에서 다루었던 것을 수정 보완한 것이다.

17) 『관촌수필』, p. 41.

18) 같은 책, p. 9.

19) 같은 책, p. 41.

(直員)"[20]에 머물러 있었지만, 사대부의 선비 정신과 분별력으로 평생을 일관되게 살았던 인물로 가족이나 지역사회에 대단한 영향력을 행사했던 것으로 얘기된다. "할아버지의 존재는 비단 수복(守僕)이들에게만 위엄과 고고(孤高)의 상징은 아니었다. 서원말 일대의 주민들에게도 추상같은 권위자였으며 행교 안의 대성전이나 동서재를 거들어온 향반 토호의 가문과 유림에서도 함부로 근접할 수 없는 근엄한 선비의 기풍을 유감없이 발휘하고 있었던 것이다."[21] 그러니까 『관촌수필』에서 '왕소나무=조부'라는 등가의 원리는 유교적 선비 정신 내지 군자의 도를 상징하는 것이라고 볼 수 있다. 한국 문화에서 소나무는 "길상(吉祥)의 의미로 장수(長壽), 그리고 군자의 품격을 나타내는 지조, 절개, 우정" 등의 상징으로 요약될 수 있으며, "고상한 인간의 문화적 가치"[22]를 지향한다는 점을 고려하면, 왕소나무가 사라진 것에 대한 안타까움은 단순히 나무 한 그루의 소멸에 대한 섭섭함을 넘어서 할아버지가 견지했던 상고적 삶의 태도 혹은 양식이 변화하는 세태에서 소실되었음

20) 같은 쪽.

21) 같은 책, pp. 43~44.

22) 변영섭, 「문화 시대에 읽는 소나무 그림의 상징성」, (사)한국지역인문자원연구소 편, 『소나무 인문사전』, (사)한국지역인문자원연구소, 2016, p. 52. 고인환도 권근의 시편 「뜨락의 네 가지 가운데 소나무」(겨울에도 마음 깊이 절개 지키고/그늘 드리워도 뜻은 맑아/군자는 늘 가까운 벗을 찾게 마련이라/마땅히 곁에 두고 보겠느니라)를 통해 "예로부터 '서리 내리고 눈 쌓여도 변치 않는' 소나무의 '절개'는 '군자'가 따라야 할 마땅한 도리로 여겼다. 선비들은 이러한 소나무를 '늘 가까운 벗'으로 '곁에 두고' 자신의 내면을 비추는 거울로 삼았다"(고인환, 「우리 문학 속의 소나무」, (사)한국지역인문자원연구소 편, 『소나무 인문사전』, pp. 67~68)고 논의한 바 있다.

에 대한 안타까움으로 심화된 것이라고 보아도 좋겠다. 물론 『관촌수필』 연작에서 왕소나무에 대한 토포필리아만 드러나 있는 것은 아니다.[23] 가계의 전통, 혹은 선비 정신의 전통과 관련하여 왕소나무가 주목되는 것이 사실이지만, 고향 마을에 흔하게 널려 있는 옻나무나 찔레덩굴 등 장삼이사(張三李四)에 해당하는 여러 장자의 나무들이 민초들의 삶의 생태를 실감 있게 묘출하는 기제로 도입되는데, 이런 수사학적 특성은 『내 몸은 너무 오래 서 있거나 걸어왔다』에 수록된 나무 시리즈 소설들에서 더 실감 있게 드러난다.

3) 무용지용(無用之用)의 나무들

『내 몸은 너무 오래 서 있거나 걸어왔다』에 수록된 8편 중 7편이 나무를 표제로 삼은 작품들이다. 「장평리 찔레나무」 「장석리 화살나무」 「장천리 소태나무」 「장이리 개암나무」 「장동리 싸리나무」 「장척리 으름나무」 「장곡리 고욤나무」 등이다. 이름만 보아도 짐작할 수 있듯이, 이문구가 바라본 나무들은 한결같이 나무 같지도 않은 나무들이다. 소나무나 느티나무, 참나무같이 과거에 신화 속에서 우주목으로 받들어지던 나무들과는 확연히 다르다.[24] 이렇다

23) 신재은은 이문구의 연작 글쓰기 행위의 핵심을 "잃어버린 고향에 대한 욕망인 토포필리아를 표출하는 과정에서 오히려 그 욕망의 지연을 통해 끊임없이 잉여적 희열을 찾아가는 필사적인 시도의 흔적"(신재은, 「'토포필리아'로서의 글쓰기—이문구의 『관촌수필』 연작을 중심으로」, 『한국문학이론과비평』 7권 3호(20집), 한국문학이론과비평학회, 2003. 9, p. 129)에서 찾은 바 있는데, 이때 잃어버린 고향에 대한 욕망인 토포필리아를 산출하는 핵심적인 상관물이 왕소나무라고 할 수 있겠다.

할 존재감 없이 그저 산천에 널려 자란다. 눈여겨보는 이들도 별로 없고, 땔감으로도 사용하지 않은 지 오래여서, 쓸모라고는 찾아보기 어려운 그런 나무들이다. 『장자』에 나오는 상수리나무는 이 문구의 나무에 비하면 외형적 존재감은 있는 편이라 하겠다. 이런 나무들에 대한 묘사와 설명들을 직접 확인해보기로 하자.

> 돌너덜겅에는 그루마다 마디게 자란 데다 다다분한 잔가지가 갯바람에 모지라져서 나무도 나무 같지 않은 화살나무들이 떼를 이루고 있다는 사실까지도 알고 있었다. 그 화살나무의 잔가지에는 늙은 곰솔 껍질의 보굿처럼 부드러운 것이 화살대의 깃 모양새로 붙어 있게 마련이었다. 홍은 그 보굿질의 주름살이 참빛살과 비스름한 것 같아서 한때는 참빗살나무라고 제멋대로 부른 적도 있었다. (「장석리 화살나무」)[25]

> 자랄수록 늘어지는 갯버들과 자라봤자 가로 퍼져서 모양이 그 모양인 자귀나무 돌뽕나무 닥나무 진달래며, **이름은 나무지만 나무 축에도 못 들고 풀 축에도 못 드는** 개암나무 산딸기나무 찔레나무 국수나무 싸리나무처럼 잔가시가 있거나, **어느 가닥이 줄기이고 어느 가닥이 가지인지 대중을 못 하게** 자라기도 지질하게 자라고 퍼져도 다다분하게 퍼져서, 베어다 말린대도 불땀이 없어 물거리밖에 되지 않

24) 자크 브로스의 『나무의 신화』에서 다루어지는 나무들은 참나무, 물푸레나무, 자작나무, 포도나무, 소나무, 보리수, 호두나무, 편도나무, 월계수, 은백양, 무화과나무, 사과나무 등이다(자크 브로스, 같은 책).

25) 『내 몸은 너무 오래 서 있거나 걸어왔다』, pp. 50~51.

아 아무도 낫을 대지 않는 나무들이 그루마다 덤불을 이루며 뒤엉켜서 웬만한 사냥꾼은 발도 들이밀 수가 없는 형편인데도, 물녘으로 올라와서 푸서리나무에 의지하여 자는 놈이 없었다. (「장동리 싸리나무」)[26]

느릅나무 옆에는 해거리도 없이 연년이 다다귀로 열려서 매실주를 서너 말씩 담그게 하는 매화나무가 있고, 그 곁에는 학업이가 그끄저께 겨울에 뒷동산의 솔수펑이로 춘란을 캐러 다디던 길에 보고 옮겨다 심은 화살나무 한 그루가 자라고 있었다. 늙은 소나무 둥치에 더뎅이 져 있는 두툼한 보굿처럼 탄력을 지닌 채 **잎사귀도 아니고 줄기도 아니면서** 가지마다 덤으로 붙어 있는 것이 참빗살과 비슷해 보여서 참빗살나무라고 우기는 이도 있지만, 정작 비슷하기로 말하면 영락없이 화살의 살깃이었다. 화살나무 건너에서 마당보다 한길 쪽으로 가깝게 서 있는 구새먹은 고목은 옹하고 나이가 비슷한 꾸지나무였다. 그것이 뽕나무의 일종이라고 하면 곧이듣는 이가 드물어도 수형이 멋들어지다는 것은 보는 사람마다 하는 말이었다. (「장척리 으름나무」)[27]

"두구 보니께 이 고용나무만이나 **쓸다리** 읎는 **나무**두 드물레그려. 과일나문가 허면 그게 아니고, 그게 아닌가 허면 그것두 아니구… 어린것 같으면 감나무 접목허는 대목으루나 쓴다건만, 그두 저두 아

26) 같은 책, pp. 175~76.
27) 같은 책, p. 203.

니게 늙혀노니께 까치나 꾀들어서 시끄럽지 천상 불땔감이더먼."
(「장곡리 고욤나무」)[28]

북창문을 여니 고욤나무가 보였다. 손을 안 타고 자라서 곁가지가 땅에 끌리도록 이리저리 늘어지고, 화라지를 쳐주지 않아서 절반은 삭정이로 묵어버린 **볼품없는 나무**였다. (「장곡리 고욤나무」,[29] 이상 진한 강조는 인용자의 의한 것임.)

인용하면서 진하게 강조한 부분에서 분명히 알 수 있듯이, 이 소설의 나무들은 대개 나무 같지도 않은 나무, 가지와 줄기가 구분이 되지 않는 나무, 나무인지 풀인지 애매한 나무, 한마디로 별로 쓸모없는 나무들이다. 그런 나무들은 종종 민초들의 삶의 비유로 형상화된다. 「장척리 으름나무」에서 은산이가 노인을 으름나무 같다면서 "나무두 아니구 풀두 아니구 나무랑 풀 사이에서 어중간하게 걸치구 양쪽 눈치나 보구 사는 덩굴이라구. 다른 나무를 타구 올라가서 그 타구 올라간 나무 덕에 키가 자라는 덩굴 말여"[30]라고 한 대목이나, 「장동리 싸리나무」에서 '그'가 "나 역시 저냥 저랬던 겨. 달빛에 번들거리는 저 물빛마냥 살아온 겨. 못나게. 지지리도 못나게"[31]같이 넋두리하는 부분에서 명료하게 드러나듯이, 못난 나무 같은 못난 민초들의 삶에 대응된다. 그러나 그렇듯 볼품없는 나무

28) 같은 책, p. 258.
29) 같은 책, p. 267.
30) 같은 책, pp. 225~26.
31) 같은 책, p. 177.

와 같은 민초들의 삶의 애환과 관련한 넋두리를 드러내는 데서 그치지 않고, 그 심연에서 쓸모없음의 쓸모, 그 심연의 생명력을 탐문하는 작가의 생태학적 의식과 무의식이 이문구 특유의 충청도 사투리와 더불어 주목된다. 「장이리 개암나무」를 통해 이를 구체적으로 살펴보기로 하자.[32)]

전형적인 시골 농부인 전 씨는 남들은 거들떠보지도 않는 개암나무를 애지중지한다. 그가 "개암나무를 가을에 한 축씩 씀씀이를 보태주는 은행나무나 호두나무나 감나무보다도 한결 깊이가 있는 눈으로 쳐다본 지가 오래"[33)]된 데는 나름대로 사연이 있다. 어느 해 10월 종산(宗山)의 시향(時享)에 갔다가 "푸네기 중에서도 유독 저 잘난 체가 심하던 꽃같잖은 이와 마주 보게 된 것이 마뜩잖아 뒷전으로 뒷걸음질을 치다가 개암나무에 걸렸는데" 그 개암나무 밑에서 여문 개암을 줍게 된다. 그 푸네기 때문에 비위가 상했던 터였는데, 어린 시절 추억이 담긴 개암을 줍게 되자 그 상한 비위마저 돌리게 된 그는 열세 톨을 주워 아이들에게 여섯 톨을 주고

32) 개암나무에 대한 개괄적 정보는 다음과 같다. "이른 봄, 잎이 나기도 전에 애벌레 모양의 꽃을 치렁치렁 피우고는 신록이 한창인 늦여름 고소한 열매를 맺는 나무. 야산 언저리나 아이들이 모여서 놀기 좋은 양지바른 '뭇뚱' 주변에 커봐야 고작 어른 키쯤 되는 높이로 옹기종기 작은 숲을 이룬다. '깨금' '처낭'이라고도 하는 자작나뭇과의 생육 갈잎떨기나무인 개암나무"(고주환, 『나무가 민중이다』, 글항아리, 2011, p. 73). 고준환은 이 개암나무의 의미에 대해 다음과 같이 지적했다. "동서양 모두에서 개암나무는 어려운 자의 꿈을 이루어주는 마법의 효험을 지니고 있다. 서양에서는 마법의 지팡이로, 동양에서는 길흉을 점치는 산지기로, 아마도 개암나무의 섭생으로 보아 하녀의 부지깽이로, 민초 소생들의 간식으로 고달픈 신분의 사람과 함께했던 이유가 아닐까 생각해본다"(같은 책, pp. 76~78).

33) 『내 몸은 너무 오래 서 있거나 걸어왔다』, p. 101.

나머지 일곱 톨을 밭둑에 심었다. 이듬해 봄 그중 오로지 하나만 싹이 트자, 그것을 공들여 가꾸게 된 것이다. 그러나 조경업자는 물론 가족이나 이웃들에게도 개암나무는 천덕꾸러기 취급을 당한다. 아내는 트집거리가 마땅치 않을 때마다 "꾸지뽕낭구는 조경업자덜이 오며가며 쳐다나 본다구 허지. 저까짓 깨금낭구는 둬서 뭘 헌더구 쓸디없이 둬두는지 물러. 밭에 그늘만 지게. 비여버리라구. 내가 톱질만 쪼끔 헐 중 알었어두 벌써 자빠뜨리구 말었을 껴"라며 공연히 개암나무 탓을 한다. 그것은 별 쓸모없는 개암나무를 아끼는 남편에 대한 못마땅한 심사를 에둘러 표현한 것이기도 하다. 이웃들도 그렇다. "이게 깨금나무라메유? 깨금나무가 워치게 생겼나 했더니 이냥 생겼구먼유. 보니께 나무가 미끈허질 않구 다다분허니 영 개갈 안 나게 생겼네유. 그런디 안 없애구 왜 그냥 내버려두신댜. 밭둑에 있는 나무를 살리니께 올 적 갈 적에 걸리적거려쌓서 일허기만 망하구 들 좋더먼."[34] 그럼에도 전 씨는 남 탓에 아랑곳하지 않고 개암나무를 귀하게 여긴다. 지금은 비록 쓸모없는 나무로 외면당하게 되었지만, 예전엔 그렇지 않았다는 것을 잘 기억하고 있기 때문이다.

개암나무는 자라고 싶은 대로 자란대도 키가 사람을 넘보지 못하는 겸손한 나무다. 그리고 밑동도 그루라고 하는 것보다 포기라고 하는 것이 걸맞을 정도로 어느 것이 줄기이고 어느 것이 가지인지 뚜렷하지 않게 떨기 져서 덤불처럼 자란다. 둥치의 둥테도 굵은 것

34) 같은 책, p. 100.

이 작대기보다 가늘며 잎사귀도 오리나무를 닮아서 볼품이 없어 나무 장수가 쳐주지 않고, 나무 장수가 찾지 않으니 묘목 장수도 기르지 않는다. 소위 경제성이 없는 나무인 셈이다. 그래도 예전엔 그렇지가 않았다. 가령 여름에 땔감이 떨어져서 풋장을 베어다 말려 땔감을 대었던 때만 해도, 어린 떡갈나무와 더불어 단골로 풋장 노릇을 해준 나무가 바로 개암나무였던 것이다. 장마가 그치지 않는 가운데 사나흘에 하루쯤 비가 긋고 해가 나는 것을 나무말미라고 이름지은 것도 개암나무서껀 싸잡아서 벤 풋나무를 뒤집어가며 생으로 말려서 조석을 끓인 까닭이었다.

그뿐만 아니라 한약방에서 진자(榛子)라고 하는 개암도 예전에는 약재보다 제사상에 한다 하는 실과의 한 가지로 알뜰하게 쓰이던 과일이었다.[35)]

그도 개암나무가 경제성이 없는 나무라는 것은 인정한다. 현재 상황에서라면 별 쓸모가 없다는 것도 잘 안다. 그럼에도 예전에는 나름대로 쓸모 있는 생명이었음을 기억하고 있기에, 그리고 주전부리가 흔치 않았던 어린 시절 추억이 깃들어 있는 나무이기에, 그는 여전히 귀하게 가꾸어주고 싶은 것이다. 더욱이 적자생존의 자연 현상에서 개암나무는 그 생명을 부지하기도 어려워 점점 희귀해져가고 있음을 안타까워한다. "나무두 아니구 풀두 아닌 것마냥 워느 게 줄기구 워느 게 가진지 모르게 덤불처럼 퍼지는 나문디다가 키까장 작어노니, 민둥산에서는 잘 살어두 숲이 우거져서 그늘

35) 같은 책, p. 102.

이 지는 디서는 못 하는 나무라 이 말이여. 그러니 귀해질밖에."[36] 한때는 쓸모 있던 생명이 멸종되어가는 사태를 그는 무척 안쓰럽게 여긴다. 그리하여 자기라도 가꾸고 싶다는 얘기다. "개암나무야 늙도록 키워봤자 작개깃감두 안 나오구 지팽잇감두 안 나오구, 개암을 따두 먹을감은 고사허구 놀잇감두 안 되는 신세가 돼버렸지만 그렇다구 누가 알어보지두 않구, 누가 찾어보지구 않구, 누가 심는 이두 없구, 누가 가꾸는 이두 없구, 그러다가 어느 결에 시나브로 멸종이 돼버리면 그래서 속이 션헐 것은 또 뭐여. 그러니 내라두 하나 가꿔야겄다, 그거 아녀. 그것두 일곱 개나 심은 디서 제우 하나 난 것을. 참말루."[37] 그러니까 개암나무에 대한 전 씨의 생각은 이렇게 요약된다. 개암나무는 현재 경제적·실용적으로 쓸모없는 하찮은 나무가 되었다. 그렇지만 과거에는 나름대로 쓸모 있는 생명이었고, 어린 시절 추억도 있는 나무다. 그런 나무가 자연 생태적으로나 사회 생태적으로 멸종 위기에 있는 것이 안타깝다. 귀한 생명이든 덜 귀한 생명이든 사라지는 것들에 대한 가없는 연민을 보이는 것은 인지상정이다. 그것은 어쩌면 평생 농사를 짓다가 이제는 늙어버린, 그래서 그 쓸모가 현저하게 덜해진 자신을 떠올리게 하는지도 모른다. 그래서 자신은 개암나무를 아끼고 가꿔주고 싶다.

전통적인 농경적 상상력을 여전히 담지하고 있는 전 씨는 개암나무뿐만 아니라 다른 나무들도 귀하게 여긴다. 꾸지뽕나무 얘기

36) 같은 책, p. 105.
37) 같은 책, p. 105~06.

가 보태지는 것도 그 때문이다. 꾸지뽕나무는 "텃밭머리에서 스스로 나고 자라 오늘을 보고 있는 나무"로 "키는 전봇대와 겨루고 둥치는 아름이 넘는 데다, 흙이 씻겨 땅 위로 들솟은 묵은 뿌리와 바위옷처럼 이끼가 더뎅이 져서 등걸로 보이기가 십상인 밑동으로 하여 누가 헤아리나 줄잡아도 백 년은 넘어 된 고목"으로, "모양도 그만하면 무던한 편이"이고, "돌뽕나무와 마찬가지로 가지가 부드러워서 어떤 풍우대작(風雨大作)을 치러도 꺾인 법이 없었으니, 첫째로 우듬지가 가지런한 것이 뭇사람의 눈길을 끌어온"[38] 나무다. "뽕나무 종류 가운데에도 이렇게 아름드리 고목이 있다는 사실에 놀라고 신통하여 탐을 내는" 조경업자들이 가끔씩 찾아와 팔기를 권할 때마다, 전 씨는 이 꾸지뽕나무야말로 장이리의 살아 있는 역사라면서 거절한다. "이 진마딧굴에서는 인륜대사부터 동네 잡사에 이르기까지 이 나무만치 아는 이가 없을 것이다 그런 얘기유. 그러니 아무리 살림이 째두 팔아먹을 게 따루 있지. 사램이 돈 몇 푼에 워치게 그럭 허겄수. 돈 없었으면 워떡헐 뻔했어. 참말루. 놔두슈. 나무두 이웃입디다."[39] 오랜 세월을 동네 사람들과 더불어 살아온 나무의 역사에 대한 존중과 경의는 "나무두 이웃입디다"라는 전언에서 뚜렷하게 제시된다. 그 나무에 까치가 날이와 둥지를 틀자 그는 뛸 듯이 기뻐하기도 한다. 오래된 이웃인 나무의 쓸모가 더 생긴 까닭도 있겠거니와, 까치와 더불어 나무도 덜 외로울 것이고, 까치 이웃으로 하여 그 자신도 덜 고독할 것이기 때문이다. 생

38) 같은 책, p. 112.
39) 같은 책, p. 112~13.

태적인 관점에서 보면 "나무를 통해 연결된 다양한 생물들은 나무의 일부를 전혀 다른 물질로 만들고, 때로는 나무를 벗어난 새로운 곳으로 이동시키거나" 하는데, 그럴 때마다 "물질의 흐름은 복잡해지고 풍성해"지기 마련이다.[40] 꾸지뽕나무와 까치, 공기와 바람과 흙, 그리고 사람이 자연스럽게 회통하면서 넉넉한 생명의 기운을 지피고 있다는 사실을 무의식적으로 체감하는 이가 이 소설의 전 씨이고, 그런 생태학적 무의식을 토속적인 민간 수사학으로 생생하게 살려낼 수 있는 작가가 바로 이문구였던 셈이다.

『내 몸은 너무 오래 서 있거나 걸어왔다』의 해설에서 서영채는 이문구의 "나무 같지도 않은 나무들은" "나무의 전통적인 형상, 우뚝한 수직성과 굵은 줄기의 안정감이나 깊은 뿌리의 역사성 등과는 아무런 상관이 없다"[41]고 지적했다. 그가 상관이 없다고 한 "깊은 뿌리의 역사성"은 필경 나무 신화와 관련한 거대 서사의 측면에서의 역사성이었을 터이다. 인류학자나 신화학자 들이 다루는 그런 나무 서사에는 제시되지 않는 나무들임에는 틀림없지만, 이문구가 다룬 나무들은 제각기 작은 미시 역사성을 지니고 있는 것 같다. 개암나무도 그렇고 꾸지뽕나무도 그렇다. 비록 『관촌수필』의 왕소나무와 같은 거대 역사성은 아니라 하더라도, 「장이리 개암나무」의 전 씨를 비롯한 여러 장삼이사들은 개암나무 등과 함께 했던 자신들의 작은 역사를, 그리고 점점 왜소해지는 운명을, 어쩌면 쇠잔해지다 못해 멸종의 위기에 처하게 될지도 모르는 생명의

40) 차윤정, 같은 책, p. 261.
41) 서영채, 같은 글, p. 342.

위기를, 부지불식간에 감지하고 있는 것이 아닐까 싶다. 쓸모없음의 쓸모를 거듭 반추하고 되살리고 또 그 생명을 연장시키려 하는 이유도 그 때문이다. 그러니까 이문구는 『관촌수필』의 왕소나무를 통해서는 전설의 힘과 더불어 나무의 거대 서사를 환기하고, 장곡리나 장이리, 장동리, 장척리 등 '장' 자로 시작되는 마을의 나무들은 나무의 미시 서사를 곡진하게 대변한다. 다시 말해 '장' 자로 시작되는 마을의 나무들은 무용지용의 '장자'의 나무들이다. 그런데 인상적인 것은 그 쓸모없음의 쓸모를 성찰하여 본연의 생명성을 되돌리려 한다는 점이다. 나무에게서나 사람에게서나 무용지용의 철리를 투시하려 해본 것이 이문구의 나무의 수사학이다. 여러 면에서 이문구의 소설에서 나무의 수사학은 나무 그 이상을 넉넉하게 환기한다.

4. 투명한 비움과 회귀의 나무

— 전상국의 「꾀꼬리 편지」[1]

일찍 찾아온 저녁의 기운에 낙엽 하나가
잔 햇살을 보여주기도 감추기도 하며 떨어진다
사람들은 그 규칙을 궁금해하지만 지금은
낙하의 유연함을 관람하기로 하는 때 그리하여
나는 끝없이 갈라진 나뭇가지의 몸들을 만지며
내가 걸어가는 11월의 숲이
가장 아름답다고 생각할 뿐이다.
—심재휘, 「11월의 숲」[2]

1) 물매화의 황홀경

하늘재 무릇은 상사화와 그 생태가 같다. "잎이 없어진 뒤 꽃이 피고 꽃이 진 뒤에 다시 잎이 나"온다. "잎과 꽃이 땅 위에 머무는 시간이 서로 달라 결국 둘은 영원히 만날 수 없"다. 전상국의 「물매화 사랑」을 읽으며 알게 된 사실이다. 잎과 꽃이 서로 만날 수 없기에 서로를 그리워해서, 이름마저 상사화일까. 마음은 있

1) 이 절은 전상국 소설집 『남이섬』(민음사, 2011)의 해설로 수록된 원고 중 pp. 265~67 및 pp. 278~86 부분을 수정 보완한 것이다. 이후 이 책의 인용은 본문에 쪽수만 표기한다.

2) 『나무가 말하였네 2』, p. 55.

으되 서로 만날 수 없다는 것은 가슴 아픈 일이 아닐 수 없다. 반대로 마음은 없는데 어쩔 수 없이 만나는 것은 더 고통이다. 혹은 마음과 상관없이 만나서 함께 일하거나 생활해야 하는데 마음이 통하지 않고 교감이 어려우면 그 또한 평화롭지 못하다. 가령 "상호작용이 아닌 자기 생각의 일방적 관철을 위해 상대의 굴복을 요구하는 말"[3]에는 교감이나 소통의 시니피에가 없다. 「물매화 사랑」의 여주인공이 울증에 걸린 이유 중의 하나도 바로 그것이다. "사람들이 원하는 것은 말을 많이 하지 않고도 그 실체가 속속들이 보이는 그런 관계의 만남이다."[4] 그런데 그런 만남은 쉽지 않다. 그래서 사람들은 말을 많이 하게 되는데, 그러면서도 혹은 그럴수록 진정성 있는 실체를 공유하는 만남에 실패하는 경우가 많다. 「물매화 사랑」은 교감 없는 일방적 말에 의한 상처와 교감을 통한 치유 지향의 대조를 보이는 소설이다. 여기서 주인공은 신비 체험처럼 물매화가 피어나는 모습을 보게 된다. "백여 송이 물매화 꽃망울이 앞다투어 한꺼번에 꽃으로 벌어지고 있었다. 꽃망울이 모두 꽃으로 피기까지 걸린 시간은 그리 길지 않았다. 물이 충충하게 고인 도랑가 산기슭에 해맑은 우윳빛 유방운 한 자락이 내려와 깔렸다."[5] 7월 초에 꽃망울이 올라오기 시작해 거의 두 달이 넘어서야 꽃을 피우는 게 물매화다. 그런데 그 물매화 피기를 애타게 기다리던 '그'가 있었고, 그와 교감하며 그를 마음으로 지지하던 주인공 그녀가 있었다. 그는 살아갈 시간이 그리 많이 남지 않은 시한

3) 전상국, 『온 생애의 한순간』, 문학과지성사, 2004, p. 30.
4) 같은 책, p. 25.
5) 같은 책, p. 37.

부 환자로서, 희망을 버리는 희망을 지닌 사람이다. 뒤늦게 물매화의 아름다움에 빠져 물매화와 교감하며 아름답게 피어나기를 고대하는 것으로 나날의 시간을 보낸다. 그런 교감과 기원이 신비 체험을 가능하게 한 것일까. 단지 새벽 비가 내렸을 뿐인데 100여 송이 물매화 꽃망울들이 한꺼번에 피어난 것이다. 이 황홀경 앞에서 주인공은 교감의 신비를 절감한다. "등 뒤에서 내 어깨에 올린 그의 손을 느낄 수 있다. 그와 함께 물매화를 보고 있다. 그가 물매화와 나눈 말들이 은밀하고 따스하게 내 안으로 들어온다. 눈앞의 이적, 나는 이 비현실감이 너무 벅차 그를 향해 돌아선다."[6]

물론 교감이나 소통의 어려움은 가장 기본적인 말의 문제뿐만 아니라 제도나 체제, 성이나 인종 등 인간 사회를 규율하는 여러 기제들과 복합적으로 관련된다. 지난 20세기에 한국인들은 원활한 소통을 어렵게 하고 불통을 조장하는 불통 콤플렉스와 더불어 살았다고 해도 과언은 아니다. 일제 강점과 전쟁 및 분단 상황, 오랜 군부 독재와 산업화의 갈등 등 이런저런 사정들이 그 콤플렉스를 조장한 요인들이었다. 소년기에 한국전쟁을 체험한 전상국은 이렇듯 곳곳이 '지뢰밭' 형상이었던 20세기의 고단한 역정과 맥락을 헤아리면서 불통의 상처에서 소통의 치유로 나가려는 서사적 수고를 아끼지 않은 대표적인 작가다. 「아베의 가족」으로 대표되는 일련의 분단 소설에서 보인 분단의 상처들을 비롯하여, 「우상의 눈물」 같은 소설에서 보인 진정한 소통이 결여된 타락한 권력관계의 문제성으로 인한 상처들을 떠올린다면, 전상국이 그동안 그의 소

6) 같은 쪽.

설을 통해 수행했던 20세기 상처의 진혼 도정을 어렵지 않게 짐작할 수 있을 것이다. 특히 21세기 이후 전상국의 소설 작업은 사람과 사람, 혹은 사람과 자연 사이의 허물없는 소통 가능성을 탐문하는 데 집중된다. 그 과정에서 세상과 인간을 성찰하는 작가의 원숙한 시선과 생철학을 느낄 수 있다. 실험적인 젊은 탈주의 감각만으로는 포착하기 어려운 삶의 심연을 웅숭깊은 서사적 탐문을 통해 풀어 보이면서 교감과 지혜가 어우러지는 이야기 향연을 빚어내는 수고를 아끼지 않았던 것이다. 나무를 비롯한 자연 현상을 응시하는 깊이도 남다르다.

2) 투명한 비움과 회귀

전상국의 「남이섬」에서 두 남자는 평생 나미에 대한 그리움으로 살다 갔다. 자살한 여인도 "그리움이 기도를 막아 죽은 사람"에 속한다. 그리움은 '오래된 미래'와도 같은 문학의 모티프이거니와, 작가 전상국은 그윽한 눈길로 그 그리움의 세계를 세심하게 성찰한다. 그리움의 감각의 절정을 보인 소설로, 애잔한 아름다움을 주는 「꾀꼬리 편지」가 단연 주목된다. 노년기의 연애 감정 혹은 그리움이나 기다림의 감수성을 이토록 섬세하고 그윽하고 아름답게 그릴 수 있을까. 이미 전상국 이전에도 여러 원로 작가에 의해 노년 서사들이 다양하게 전개되어왔지만, 노년의 연애 감정을 이처럼 그윽하면서도 열정적이고, 곡진하면서도 애잔한 파동으로 넘쳐나고, 슬프면서도 아름답고, 정서적이면서도 생태적인 파토스와 로고스가 농밀하게 교호하는 소설을 찾아보기는 쉽지 않다. 소설의 처음부터 독자들은 이 도저한 노년의 은빛 감수성에 그저 사로잡힌 영혼이 되고 만다. 오로지 은발이 성성한 노년 세대의 영혼과 감수성을 진솔하게 투사할 수 있는 시선만이 포착할 수 있는 곡진한 '은빛 그리움'의 세계와 그 꽉 찬 그리움을 역설적으로 비워내는 투명한 비움의 웅숭깊은 패러독스를 이 소설은 잘 보여주고 있다.

「남이섬」에서 강섬 카페 여인이 이미 두 사랑을 보낸 것으로 얘기되거니와, 「꾀꼬리 편지」에서도 주인공은 자신이 그토록 열망해 마지않았던 두 남자를 차례로 보낸다. 육순을 앞둔 쉰아홉의 주인공은 유아기의 어느 날 제재소 앞에서 버림받고 대책 없이 오래 서서 울며 기다려야 했던 트라우마를 지닌 인물이다. 그때부터 그녀는 기다림의 생을 살게 된다. "몸과 영혼이 온통 기다림이란 날줄과 씨줄로 직조되었다는 생각"을 하면서, "몸과 마음이 하나로 열릴 수 있는 그런 대상에 대한 그리움"(p. 18)으로 살아왔던 여인이다. 초헌과 만나 복사골로 들어와 그런 그리움을 열락으로 풀어보기도 했다. "자연 속에서 둘이 하나가 되는 절정, 그 열락이 사랑의 본색이라고 믿"(p. 19)게 했던 초헌이 어느 날 '허망'에 빠지게 된다. "허망……. 나는 초헌의 말갛게 비어 있는 눈에서 허망을 보았다. 마음이 몸을 떠났고 몸도 마음을 등지고 있었다"(pp. 19~20). "체념이란 비움의 도일 터"라며 "비움으로 가득한 마음"이 된 초헌으로 인해 그녀는 "그리움의 조갈증"(p. 20)에 시달린다. 그러다 초헌의 손아래 아재비 우목을 알게 되면서 다시 기다림 병이 도진다. 「꾀꼬리 편지」는 3년 전 초헌을 먼저 보낸 주인공이 우목을 보내는 장례날을 현재 시간으로 삼고 있다. 초헌이 그랬듯이 우목도 그녀가 사는 복사골 나무 밑에 뿌려지기를 원한 터라, 복사골에서 그녀가 우목의 유해를 초조하게 기다리는 장면으로 소설이 시작된다. "습관의 관성이 집요하다. 한 줌 재가 되어 나타날 사람을 이토록 초조하게 기다릴 건 뭐람. 먼 길을 줄곧 가늠하려니 생전의 그를 향했던 기다림까지 한꺼번에 조여들어 흐린 시야를 채운다. 실상 우목이 복사골에 나타나면서 기다림 병이 도졌다. 우목이 올라온다고 한 날은 온대서 마냥 들떴고 약속이 없는 날은 혹시나 하면서 기다렸다. 뇌일혈로 쓰러진 우목이 거동을 못 하는 괘씸하고도 괘씸한 상황 속에서도 나는 올라오는 승용차가 없나 하루 내내 아랫마을 신작로에서 눈을 떼지 못했다"(p. 12). 그녀의 그리움은 그윽하면서도 곡진하다. 그 정조로 인해 복사골의 자연 현상도 달리 보인다. 이 소설의 제목이 되기도 한 '꾀꼬리 편지'를 우목과 함께 관찰하는 대목은 관찰과 교감의 엑스터시로 인해 상큼한 생태적 진실을 느끼게 한다.

꾀꼬리가 아닌 거위벌레의 작품이었다. 거위벌레 성충이 낳은 알이 우화되기까지의 집이며 먹이였다. 애벌레에서 성충이 된 뒤 불과 20여 일 사는 동안 거위벌레 암컷은 짝짓기를 한 뒤에는 곧장 산란할 나뭇잎 하나를 선택해 오랜 시간 재단을 한다. 잎 하나를 이리저리 깔축없이 재고 난 뒤에는 잎의 위쪽 부분을 가로로 3분의 1쯤에서 삭삭 절단, 다시 잎의 아래위를 오르내리며 엽맥 깨물기. 마지막으로 잎 끝에 구멍을 뚫고 거기에 알을 한 개 낳은 뒤 잎을 착착 말아 올려 만든 요람이다. 그렇게 거위벌레가 말아놓은 잎이 간댕거리

고 있으면 호기심 많은 꾀꼬리가 그것을 부리로 쪼아 땅에 떨어뜨리었다…… 꾀꼬리 편지. (p. 26)

우목이 이름 붙인 꾀꼬리 편지의 형성 과정을 핍진하게 묘사한 부분인데, 이 대목이 이토록 선연할 수 있는 것은 바로 우목과의 절정의 순간에 함께 지켜본 풍경이기 때문이다. 사진을 비롯한 그 어떤 복제 기제로도 복제가 불가능한 생태적 아우라로 충일한 그 장면을 주인공은 자기 생의 절정이라고까지 여긴다.

> 등 빨간 거위벌레 암컷이 졸참나무 잎에 산란을 한 뒤 잎을 말아 올리는 일을 하루 내내 우목과 함께 지켜보던 그 봄날의 숨죽였던 시간을 나는 생의 절정이라고 생각했다. 사진을 찍고 싶었지만 우목이 고개를 저었다. 생전의 초헌도 자연을 모사하는 일을 그리 달갑지 않게 생각했다. 세상의 온갖 예술은 자연을 모방하는 것인데 그것이 자연보다 낫다는 자신이 없으면 아예 손을 대지 말 일. (p. 26)

짝짓기를 한 후 거위벌레 암컷이 꾀꼬리 편지를 만드는 과정은 주인공에게 결여의 대상으로 남겨진 것이어서 더 애틋하다. 예전의 초헌과 그랬듯이 몸과 마음이 하나로 열리는 그런 그리움의 향연을 욕망했지만, 현실적으로는 그럴 수 없는 처지이다. "보고 싶어요." 그녀는 "하루에도 몇 번씩 목련나무 숲에서 달뜬 목소리로 중얼거"리며 "그런 말을 몸 전체로 드러내며 복사골을 헤매고 다녔"지만, "갈증처럼, 안에서 끊임없이 갈구하고 있는 어떤 신명" (p. 28)을 채울 수는 없는 노릇이었다. 다만 초헌이 죽고 우목도 뇌

출혈로 쓰러진 후 몸이 성하지 않은 상태로 휠체어 신세를 진 채 복사골에 왔을 때 그녀는 단 한 번 "절절한 기다림 속에 빚어뒀던 말"을 처음이자 마지막으로 발화한다. "저도 많이 뵙고 싶었어요" (p. 34). 그리고 이제 한 줌의 재를 기다린다. 오래된 은빛 그리움은 이제 투명한 비움의 경지로 승화된다. 이 대목은 다소 길게 느껴지더라도 직접 함께 되새겨보기로 하자.

드디어 늙음도 없고 죽음도 없으며 늙음과 죽음이 모두 없어졌다는 생각조차 없다는 절간의 말씀처럼 모든 것을 관통하여 하나 되기, 그 없음이 바로 죽음이 아니겠는가. 화살이 시위를 벗어나 과녁에 맞는 그 순간까지가 인생일 터. 화덕을 거쳐 기계 공이로 빻은 뼛가루가 이렇게 산 사람의 손가락을 통해 술술 빠져나가 바람으로 물로 사라지는 이 투명한 비움.

우목의 가족이 돌아간 뒤 유골함을 열고 그가 생전에 좋아하던 백합나무 밑에서부터 목련나무 숲 전체로 뼛가루를 뿌리기 시작한다. 초헌 때는 잘 몰랐는데 우목의 뼛가루는 손을 대기 어려울 정도로 뜨겁다.

뼛가루에 아직 머물고 있는 우목의 온기, 화덕의 열기가 아직 식지 않고 있는 것이겠지만 이 순간 이 열기가 우목의 마지막 몸이며 마음이라는 감회에 젖는다. 산행 때 오르막길에서 이따금 부축해주던 그 손길의 온기가 아닌, 평생 처음이자 마지막인 우목의 몸과 마음 전부를 온전히 만지는 뜨거움이다. 아직 이승에 발을 끌고 있는 자의 이 더러운 미련. 허리를 펴는 순간 나는 가벼운 어지럼증으로 이마를 짚는다.

샘물이 솟아나듯 생명이 태어나는 것 막을 수 없고 구름이 흩어지듯 허무로 돌아가는 것 막을 수 없나니. 지금 복사골 계곡을 졸졸거리는 저 물과 수천 년 전 흘러갔던 그 물이 무엇이 다르겠는가. 먼저 간 초헌은 어디 있고 지금 뼛가루로 흩어지는 우목은 또 어디에 머물 것인가. 말을 떠나 있는 이 지극한 슬픔도 슬픔을 지닌 사람이 사라지기도 전에 이미 잊힐 터. 슬픔 중 가장 큰 슬픔이 마음이 죽는 일이라 했던가. 우목의 뼛가루가 손가락에서 다 빠져나가자 생전의 그 형체가 기억에서 아득히 멀다. (pp. 37~38)

앞에서도 보았듯이 그녀는 우목을 열정적으로 욕망했으되 윤리적으로 억제될 수밖에 없었다. 이 점에서는 우목 또한 사정이 비슷했다. 그의 유족들이 우목의 유지를 좇아 유골함을 그녀에게 온전히 맡기고 떠난 것도 그 때문이다. 그 유골을 자기와 함께 교감을 나누었던 장소에 뿌리면서 그녀는 그리움의 죽음을 체감하고 "바람으로 물로 사라지는 이 투명한 비움"의 경지를 절감한다. 그다음 이어지는 장면은 특별한 감각에 의해 빚어진 에로티시즘의 절정에 값한다. 초헌 때는 몰랐는데 우목의 뼛가루는 손을 대기 어려울 정도로 뜨겁다고 했다. 초헌과는 마음과 몸으로 뜨거운 열정을 나눈 사이다. 우목과는 그럴 수 없었다. 그리움과 욕망은 끊임없이 미끄러지기만 했다. 그러므로 그 뜨거움이 단지 화덕의 열기의 잔여물일 수만은 없을 터이다. "평생 처음이자 마지막인 우목의 몸과 마음 전부를 온전히 만지는 뜨거움"이라고 했던가. 이 엑스터시로 인해 그녀는 가벼운 현기증까지 느낀다. 죽음으로 투명한 비움을 실천한 우목을 뿌리면서 처음이자 마지막으로 뜨거운 엑스터시를 경험하고는 이내 그것을 다시 큰 슬픔 안에서 투명하게 비운다.

이렇게 전상국의 노년 인물을 대상으로 한 은빛 상상력은 그윽하고 깊은 심연에서 우러난다. 정성스레 우려낸 녹차의 향기를 낸다. 그렇다는 것은 이러한 노년의 은빛 그리움과 투명한 비움의 정조를 그리는 과정에서 보인 정신의 품격과도 관련된다. 그녀의 그리움의 대상이었고 또한 그녀를 그리워했던 초헌과 우목은 대체로 고전적 품격을 지닌 정신세계의 소유자로 그려진다. "땅의 참주인은 그 땅의 속성을 속속들이 알아 그것을 손수 가꾸는 사람"이라며 자기 땅을 가꿔주는 용 씨를 존중해 마지않았던 초헌도 그렇고, "말 못 하는 저 사람 눈에 비친 내가 참 나일"(p. 14) 것이라고 말하는 우목 역시 그렇다. 그들은 노자와 자연, 천도(天道), 유용(有用)과 무용(無用) 등의 화두를 일상처럼 주고받는다. 그와 같은 동양의 고전적 교감이나 소통의 지혜의 측면에서는 그녀 역시 그 품격을 나란히 한다. 가령 이런 장면들을 쉽게 찾아볼 수 있다.

> 쓰임새가 있어 잘리는 옻나무보다 무용(無用)의 쓰임으로 오래 존재하는 나무들이 더 많지요. 유용(有用)의 쓰임은 알아도 무용의 쓰임은 모르고 있는 사람들에 대한 나름의 개탄을 하면서도 우목의 눈길은 늘 무연히 먼 숲에 머물고 있었다.
>
> 나무는 시간을 초월한 존재지요. 저 퇴침으로 살아 있는 향나무만 해도 그렇지요. 초헌의 비위라도 맞추는 양 우목이 다시 말했다. 저 나무도 우리 나이쯤은 돼 보이네요. 하나 초헌 말씀처럼 쓰임이 없는 나무라, 아마 지금의 우리 나이보다 몇 배는 더 많은 세월을 이

세상에 머물겠지요.

지나치게 사려를 추구하면 위태로운 법. 마음이 어지러이 뒤섞이고 흔들려 근심 걱정이 태산이로다. 내가 초헌의 무언에 그 화법으로 아재비 조카의 대화에 끼어들었을 때 두 남자가 함께 큰 소리로 웃은 적도 있다. (pp. 21~22)

이런 화법들은 물론 인물들의 단순한 상고(尙古) 취향일 수 없다. 경박하고 표층적인 관심에 이끌리는 세속의 풍경과 대조해서 이 대화의 정경을 관찰하면, 잘 익은 능금의 깊은 맛을 느낄 수 있다. 이런 성찰과 정신의 깊이는 적어도 세 가지 측면에서 의미심장하다. 첫째, 문학의 언어가 감각의 언어에서 그칠 수 없고 성찰의 언어를 통해 깊이를 더하는 것이라고 할 때, 전상국의 노년 서사에서 보이는 이와 같은 성찰의 언어는 전통적 지혜와 현대적으로 교감하면서 한국 문학의 깊이를 더욱 심원한 것으로 만들고 그 저변을 확대한다. 둘째, 이 성찰의 언어는 「꾀꼬리 편지」에서 대안의 정념의 언어, 혹은 감성의 언어와 교감하고 삼투되면서 수사학적 상승효과를 발한다. 그녀를 중심으로 한 그리움의 감수성이나 기다림의 조갈증을 드러내는 정념의 언어들과 이 성찰의 언어들이 서로 스미고 짜이면서, 파토스와 로고스가 소용돌이치다가 정화의 한 지점으로 다가섰다가 물러나기를 반복하는 형상과 흡사하다. 셋째, 그것은 단지 언어의 목소리나 톤, 분위기, 스타일의 교감이나 소통에서 그치는 것이 아니다. 무엇보다도 전상국의 성찰의 언어와 정념의 언어가 어우러지는 오케스트라가 최종적으로 빚어내는 것은 인생의 허망함 내지 허무를 견디게 하는 자연적 지혜이다.

두 노인의 죽음과 그 죽음을 받아들이는 투명한 비움의 의식을 통해, 인생의 허무를 넘어서 큰 자연의 지혜에 어울리는 성찰의 방향을 지닐 수 있도록 이 소설이 안내하고 있기 때문이다.

이 소설에서 초점 인물인 우목은 산림 대학 교수답게 나무에 대한 관심이 많았다. 아예 이름에도 나무가 들어 있을 정도면, 나무와 더불어 살다가 나무로 돌아갈 운명이었나 보다. 그는 수령이나 나무의 품위에 맞게 대우를 해줘야 한다고 생각했다. "잎이 나기도 전에 꽃이 피는 나무들보다 산목련이나 백합나무처럼 무성한 잎 속에서 없는 듯이 은근히 꽃을 피우는 나무를" 좋아했던 우목은 특히 "목련나무 숲 곁에서 수십 년 동안 키 자람 경쟁을 벌여온 백합나무 고목"(p. 14)을 아꼈다. 그래서 그리로 회귀하고 싶어 했던 것이다. 숲 전체를 조감하면서 무용지용의 장자의 나무들까지 아끼며 숲 그 자체를 신성시했던 초헌과 달리 "나무의 무한한 쓰임이나 그 구조"에 관심을 보일 때도 많았다. 그의 직업적 성격과 관련된 문제이기도 했을 터이다. 이를테면 "나무만큼 성능이 좋은 펌프가 없어요. 저 떡갈나무 하나가 하루에 600여 리터, 무게로 치면 0.5톤 이상의 물을 빨아올린다고 생각해봐요. 중력과는 반대 방향으로 물을 끌어올리는 나무줄기의 모세관 역할이나 나뭇잎 하나하나가 물을 증발하는 과정 등을 얘기할 때 우목의 상기된 표정은 어린아이만 같았다"(p. 21)는 부분에서도 확인할 수 있듯이, 상대적으로 생태학적 관심이 더 많았던 것이 사실이다. 그러나 노자나 장자풍의 나무와 숲을 예찬하는 초헌의 경지를 존중하며, 나무와 숲의 보편 원리로 회귀하고자 한 인물이다. 복사골에서 초헌과 더불어 지내며 실용적이거나 물질적인 것, 혹은 생태학적이거나 자연과학적인 관심사를 넘어서 심층적 생명 원리를 성찰하는 방향으로 의식적으로 진화할 수 있었기 때문일 것이다. 앞에서 인용한 초헌과의 대화에서 "나무는 시간을 초월한 존재지요"(p. 21)라고 말하는 것도 그런 진화 덕분일 터이다. 어쨌거나 전상국의 「꾀꼬리 편지」는 기본적으로 노년의 은빛 그리움을 절절하게 형상화한 소설이지만, 그 과정에서 나무 곁에서 살다가 나무 곁으로 회귀하는 두 사람-나무 이야기가 인상적인 작품이다. 초헌과 우목 둘 다 모든 것을 투명하게 비운 상태에서 한 줌의 가루로 나무 생명에 귀의했던 것이다. 가을 나무는 그런 회귀의 여정을 함축하며, 회귀의 서사를 산출하기에 적절한 대상임에 틀림없다.

5. '가을 거울'로서의 나무와 생태 미학

— 김광규의 시-나무들[1)]

겨울이 지쳐서 피해 간 뒤
온 세상 새싹과 꽃망울들
다투어 울긋불긋 돋아날 때도
변함없이 그대로 서 있다가
초여름 되어서야 갑자기 생각난 듯
윤나는 연록색 이파리들 돋아내고
별보다 작은 꽃들 무수히 피워내고
앙징스런 열매들 가을내 빨갛게 익혀서
돌아가신 조상들 제사상에 올리고
늙어 병든 몸 낫게 할 수 있을까
대추나무가 아니라면 정말
무엇이 그럴 수 있을까
—김광규, 「대추나무」[2)]

1) '말하여질 수 없는 소리'에서 '중얼거림'까지

시는 어떻게 탄생하는가. 일찍이 김광규는 첫 시집 『우리를 적시는 마지막 꿈』의 첫 시 「시론(詩論)」에서 "언어는 불충족한/소리의

1) 이 절은 김광규 시집 『시간의 부드러운 손』(문학과지성사, 2007)의 해설로 쓴 졸고 「'가을 거울'의 진실, 혹은 세월의 미학」(pp. 131~52)을 수정한 것이다.

2) 김광규, 『좀팽이처럼』, 문학과지성사, 1988, pp. 26~27.

옷"이라며 사물이나 현실 그 자체에 육박해 들어갈 수 없는 언어의 한계에 대해 안타까워한 적이 있다. "한 마리 참새의 지저귐도 적을 수 없는/언제나 벗어던져 구겨진" 언어에 대한 안타까움 말이다. 그러나 언어의 불충족성에 대해 단지 안타까워한다고 해서 시인이 되는 것은 아니다. 하여 시인은 비록 "받침을 주렁주렁 단 모국어들이/쓰기도 전에 닳아빠져도/언어와 더불어 사는 사람은/두려워하지 않고 슬퍼하지 않고/아무런 축복도 기다리지 않고//다만 말하여질 수 없는 소리를 따라/바람의 자취를 쫓아/헛된 절망을 되풀이한다"고 적는다. 시인의, 시인에 의한, 역설적인 결의이고, 도저한 다짐이다. 마치 송도음(松濤音)과도 같은 바람의 동성(動性)과 향상(向性)을 예민하게 감각하면서 "말하여질 수 없는 소리"[3]를 재현하고자 한다. 두번째 시 「영산(靈山)」에서도 뚜렷하게 보이지 않는 대상에 형상을 부여하고자 한다. 세속의 눈으로는 '헛된 절망'처럼 보일지도 모를 그런 시적 추구야말로 시인 김광규가 시종일관 탐문해온 시 정신의 핵심에 속한다. 첫 시집의 「자서」에서 했던 말이 우리의 관심을 새삼 환기하는 것도 비슷한 맥락에서이다. "아무도 되어보지 못한 그런 사람이 되어 아무도 써본 적이 없는 그런 글을 써보려는 것이 나의 오랜 소망이었다. 무엇인가 되어버린다는 것이 두려워 언제나 되어가는 도중에 있고 싶었다."[4] 처녀림과도 같은 상상력과 스타일에 대한 끝없는 탐문을 추구하다 보면 당연히 도정의 문학이 될 수밖에 없다. 이는 단지 낭만적 태

3) 김광규, 『우리를 적시는 마지막 꿈』, 문학과지성사, 1979/1994, pp. 11~12.
4) 같은 책, p. 5.

도의 일환으로 볼 수 있는 것이 아니라, 진정한 문학 그 자체의 본성과 어울리는 생각으로 여겨진다.

"말하여질 수 없는 소리"에 형상을 부여하고자 하는 욕망은, 시인이 일찍이 간파했듯이, "헛된 절망"으로 점철될 수 있다. 결코 성공이라는 실재에 도달할 수 없는 위험한 욕망이다. 그러나 실재에 도달할 수 없는 욕망이기에 대단히 탄력적이고 또 끊임없이 형성적인 도정의 상상력과 스타일을 길어 올리는 데 유효한 기제가 된다. 1975년에 『문학과지성』을 통해 등단한 김광규는 30년이 넘는 시력을 통해 비교적 일관되게 자기 나름의 시 세계를 추구해온 드문 시인이다. 그 세월 동안 오로지 그는 "언어와 더불어 사는 사람"이었고, 언어를 통해 세상과 맞서고 세월을 견뎌온 시인이었다. 그러면서 그는 서서히 언어를 자기 안으로 끌어들인다. 시적 자아와 대상과 언어가 카오스처럼 소용돌이치는 가운데 나름의 의미 있는 메시지나 다의적 시적 담론이 창출될 수 있기를 소망했던 것으로 보인다. 그렇다고 해서 그가 난삽한 언어적 실험을 하거나 그 절망의 포즈에 젖어든 것은 아니다. 난해한 시의 늪으로 탈주하지도 않았다. 계관예술가로서의 시인을 자임한 적은 더욱 없다. 그는 누구보다도 겸손한 언어 예술가다. 제5시집 『아니리』의 표제가 시사하듯, 판소리에서 창이 아닌 아니리의 존재를 주목하고, 아니리로서의 시가 스스로의 품위를 지닌 채 예술로서의 필연적 존재 이유를 확보할 수 있게끔 새로운 상상력과 스타일을 모색한다. '시는 말하여질 수 없는 소리다'에서, '시는 아니리다'를 거쳐, 다시 '시는 중얼거림이다'라는 명제를 김광규는 제출한다. 가령 제7시집 『가진 것 하나도 없지만』에 수록된 시 「중얼중얼」에서 시인은 줄곧 '중얼중얼'거리고 있지 않는가. "저마다 목청 높여 부르짖는데/중얼중얼/혼자서 지껄이는 말/누가 들으려 하겠는가/어디를 가나 그래도 바람결에 실려/끊임없이 중얼거리는 소리/들리지 않는 곳 없고/한평생 중얼거리는 사람 또한/없지 않으니/알 수 없는 일이다/중얼중얼중얼……"(「중얼중얼」)[5] 목청 높여 명령하고, 금지하고, 억압하고, 회유하는 폭력적 현실에서, 또는 디지털 복합매체의 가공할 만한 약진으로 가상현실이 현실을 넘나들면서 시적 상상력을 위축시키는 문화적 상황에서, 시인이 할 수 있는 일이라곤 오로지 제2시집 『아니다 그렇지 않다』의 제목처럼 부정과 비판의 정신으로 끊임없이 중얼거려야 한다는 반어적 인식이 주목에 값한다.

그런데 그와 같은 김광규 식 '아니리'나 '중얼거림'이 지니는 실제 예술적 효과는 남달랐다. 아니리가 결코 화려한 창의 보조적 장식물이 아니었고, 중얼거림이 목청 높은 명령에 파묻히지도 않았다. 오히려 결과는 그 반대였던 것으로 보인다. 아니리와도 같은 김광규의 산문적 중얼거림은 나름의 리듬을 타고 일상의 깊은 늪에서 반성의 계기를 갈망하던 많은 이에게 신선한 충격을 주었다. 시인이 단지 혼자 중얼거리는 소리를 누가 들으려 하겠는가 하며 겸사를 썼지만, 누구라도 그와 같이 리듬 있는 중얼거림을 듣고 싶어 했던 것이다. 그도 그럴 것이 김광규의 시는 늘 "차분한 마음, 맑은 눈, 끈기 있는 손"[6]으로 삶과 꿈, 일상과 이상, 세계와 자아,

5) 김광규, 『가진 것 하나도 없지만』, 문학과지성사, 1998, p. 12.

6) 김주연, 「말과 삶이 어울리는 단순성」, 김광규, 『우리를 적시는 마지막 꿈』, p. 103.

세속과 신비, 인공과 자연, 현실과 언어, 사회와 문학 사이에서 보편적 진리에 값하는 시적 질문을 계발해왔기 때문이다. 나름의 일상시의 문법과 스타일을 일구어낸 시인답게 그의 시는 "많은 사람들에게 비속하고 모순된 삶을 부정하고 다시 긍정으로 전환시킬 수 있게 하는 힘"[7]을 제공한다. 그의 시는 대개 "시대에 대한 관찰, 삶에 대한 반성, 정치와 역사에 대한 고찰"[8] 등으로 긴장해 있으며, "어떤 시적 대상에 대한 관찰로부터 일정한 반성을 이끌어내는 구조"[9]로 이루어져 있다. 억압적인 제도나, 인간적 진실을 거스르는 갖은 허위적 작태들, 억압적 제도에 무비판적으로 순응하거나 편입되는 소시민적 행위들, 이런 것들에 대해 날카로운 인식과 아울러 반생태적 환경에 대한 비판에 이르기까지 김광규가 그동안 보인 시적 인식의 진자운동은 그 범역이 비교적 넓은 편이다. 그렇다는 것은 시인이 한 지점에 비좁게 갇혀 있지 않았다는 점을 의미하기도 하고, 세계와 일상적 현실에 부단히 열린 감수성을 보였다는 점을 환기하기도 한다. 열린 감각으로 일상적 실존의 내력을 자유로운 리듬에 실어 '중얼중얼'거렸다는 점, 하여 일상시라는 한국시사의 큰 광맥 하나를 웅숭깊게 형성해온 점, 그 이외에도 시인 김광규의 시력 30년의 공헌은 얼마든지 더 열거될 수 있을 터이다.

7) 오생근, 「삶과 시적 인식」, 김광규, 『크낙산의 마음』, 문학과지성사, 1986/1991, p. 128.
8) 김우창, 『시인의 보석』, 민음사, 1993, p. 472.
9) 성민엽, 「두 개의 시간」, 김광규, 『가진 것 하나도 없지만』, p. 122.

2) 자연의 세월과 세월의 자연

언어가 시의 핵심 매체임에 틀림없지만, 언어 또한 연금술사인 시인에 매달려 있기 마련이다. 시인의 관찰과 인지, 탐문과 인식, 비판과 성찰의 과정에서, 언어는 태생적 '불충족성'을 넘어서고자 한다. 이와 같은 시인과 언어의 상호작용을 통해 의미 있는 중얼거림의 지평이 형성된다. 이를테면 봄날 창밖에 산수유 꽃이 핀다. 꽃이 피는 형상은 우선 시각의 대상이지만, 이미 관음(觀音)의 경지에 이른 시인은 보는 것을 넘어 듣는다. 시각과 청각의 통감각으로 새로운 언어를 조형한다. 그 결과 "창밖에서 산수유 꽃 피는 소리"(「춘추(春秋)」)라는 한 줄이 얻어진다. "말하여질 수 없는 소리"의 허망함을 넘어서 중얼거림의 지평을 여는 순간이다. 그러나 아직 그 한 줄이 온전히 얻어진 게 아니다. 시인이 "들린다고 할까 말까 망설이"고 있기 때문이다. 이 반성적 망설임에 타자의 시선이 대화적으로 개입한다. "허튼소리 말라"고 눈치 주는 아내의 시선이 바로 그것이다. 거기에 현실의 고난과 세월의 무게가 보태어진다. 이 모든 것들이 어우러지면서 "뒤뜰에서 후박나무 잎 지는 소리"라는 또 한 줄을 보태게 되고, 그로써 시 한 편이 탄생한다.

창밖에서 산수유 꽃 피는 소리

한 줄 쓴 다음
들린다고 할까 말까 망설이며

병술년 봄을 보냈다
힐끗 들여다본 아내는
허튼소리 말라는
눈치였다
물난리에 온 나라 시달리고
한 달 가까이 열대야 지새며 기나긴
여름 보내고 어느새
가을이 깊어갈 무렵
겨우 한 줄 더 보탰다

뒤뜰에서 후박나무 잎 지는 소리

—「춘추(春秋)」[10] 전문

예의 소리를 알아듣는데, 시인은 세 계절이나 걸렸다고 했다. 「산길」의 화자 또한 "너무 늦게서야/그 소리 알아듣지요"라고 고백한다. 새삼 세월의 힘을 느끼게 하는 대목이다. 아니, "산수유 꽃 피는 소리"나 "후박나무 잎 지는 소리" 혹은 산길에서의 새소리며 물소리를 듣는 것은 차라리 세월이다. 그냥 일시적으로 창밖에 귀 기울인다고, 뒤뜰을 거닌다고, 산길을 산보한다고, 들릴 수 있는 소리가 아니다. 소리가 그리도 단순한 것이었다면 이 시인이 애당초 "말하여질 수 없는 소리"에 대한 절망을 보이지 않아도 좋았을 것이다. 간명한 짧은 시임에도 불구하고, 시인의 시적 인식과

10) 『시간의 부드러운 손』, p. 11.

시의 형성 과정을 잘 보여주는 시라는 점에서, 그리고 이전과 다른 시적 인식의 깊이의 출처를 짐작하게 한다는 점에서, 각별한 주목을 요하는 시로 보인다. 그런데 세월에 대해 다시 묻자. 세 계절의 세월이 흘렀다고 해서 "산수유 꽃 피는 소리"와 "후박나무 잎 지는 소리"를 겹쳐 통감각으로 인식할 수 있는가. 그 소리들 사이에 2연의 사연이 없었다면, 아마도 가능하지 않았을 것이다. 고난의 현실을 직접 겪고 견디며 타자와 긴밀하게 대화성의 지평을 형성하지 않았다면 필경 이 관음의 경지에 이르지 못했을 것이다. 초기 시에서 소리는 "빛과 물로 싱그럽게 열리는"(「시론」) 어떤 것이었다. 그때는 시적 대상의 자연적 속성이나 운동 쪽에 무게중심이 놓여 있었다. 이제 소리는 시적 대상에게서만 오지 않는다. 그것과 시적 자아 및 현실 맥락이 긴밀하게 어울리면서 좀더 중층적이고 복합적인 소리가 탄생한다. 시적 대상이 일차적으로 요청한 시각적 감각을 화자가 청각으로 호응한 것도 그런 까닭이다. 이 지점에서 세월과 마주한 시적 자아 혹은 시인의 자리가 새삼 돌올하게 부각된다. 이순(耳順)을 훌쩍 넘긴 시인이 독자들에게 새롭게 선사한 세월의 미학은 그렇게 형성된다.

아홉번째 시집 『시간의 부드러운 손』에 실린 시들은 대개 시인이 정년퇴임을 전후해 얻은 소리들 혹은 시도한 중얼거림들의 살아 있는 목록들이다. 나는 예전과는 달리 직접 경험하지 않고는 제대로 헤아릴 수 없는 것들이 몇 가지 있다고 믿는 편이다. '타인이 된 나'를 구체적으로 경험하게 되는 계기는 다름 아닌 아이의 출생이라고 적은 레비나스의 글을 읽을 때만 하더라도, 나는 직접 경험에 의지하지 않더라도 세상의 진실을 대부분 인식할 수 있을 것으로 믿었다. 그렇다고 내가 속절없는 관념론자였던 것은 결코 아니다. 그러다가 후일 내 아이의 출생을 직접 경험한 다음, 나는 레비나스를 읽던 시절의 교만함을 겸허하게 반성하지 않으면 안 되었다. 그때 알았다고 생각했던 것은 절반의 진실에도 미치지 못했음을 절실하게 느꼈기 때문이다. 그와는 좀 다르겠지만 나는 정년퇴임 역시 실제로 경험해봐야 제대로 알 수 있는 영역일 것으로 짐작한다. 그런데 시인 김광규는 무척 의연하게 세월의 무게를 받아들이고 있는 게 아닐까 여겨진다. 시집 제목을 '시간의 부드러운 손'으로 정한 이유도 아마 그런 사정과 연관될 것이다. '시간의 부드러운 손'과 허심탄회하게 진실한 악수를 건네면서 시인의 인식안 역시 훨씬 심원해졌음을 감지케 한다. 단적인 예로 나는 「가을 거울」을 들고 싶다. 가을비가 추적추적 내리고 난 뒤 땅에 떨어져 나뒹구는 후박나무 잎사귀에 고인 빗물을, 그 "한 숟가락 빗물"을 보면서 화자는 주체와 대상의 "온 생애"를 읽어내고 나아가 우주적 비의를 가늠해본다.

조그만 물거울에 비치는 세상
낙엽의 어머니 후박나무 옆에
내 얼굴과 우리 집 담벼락
구름과 해와 하늘이 비칩니다
지천으로 굴러다니는 갈잎들 적시며
땅으로 돌아가는 어쩌면 마지막
빗물이 잠시 머물러
조그만 가을 거울에

온 생애를 담고 있습니다

—「가을 거울」[11] 부분

두루 알다시피 이상 앞에는 유리 거울이 놓여 있었고, 윤동주에게는 구리거울이나 물(우물)거울이 자아를 비추는 도구였다. 김광규도 물거울이긴 하되 윤동주보다 훨씬 "조그만" 거울이다. 윤동주의 우물에 비해 김광규의 나무 잎사귀에 고인 "한 숟가락 빗물" 거울은 그 얼마나 비좁고 가난한가. 그러나 조그만 거울에 비춘 세상과 인간의 진실은 크고 넓고 웅숭깊다. 거기엔 구름과 해와 하늘이 있을 뿐만 아니라, 잎의 생애와 빗물의 생애가 교호적으로 얽혀 있다. 무엇보다도 그 생애의 마지막 순간을 응시하는 시인의 심원한 눈빛이 담겨 있다. 이를 '가을 거울'이라는 더 이를 데 없는 리듬으로 형상화한 것 또한 시인의 범상치 않은 수고에 기인한 것이다. 바쁘게 살아가는 일상에서 좀처럼 비춰볼 수 없는 거울이 바로 '가을 거울'이다. 그러나 봄 거울이나 여름 거울에 비해 가을 거울은 그 자체로 세월의 깊이를 고즈넉하게 느끼게 한다. 이러한 가을 거울에 세상과 현실과 인간을 비춰볼 때 다른 거울에는 떠오르지 않았던 많은 진실들이 새롭게 부감된다. "마침내 흙으로 돌아갈 때까지/찬바람에 흔들리며/나뭇가지 끝에 매달린 채/힘 빠진 두 손을 놓지 않"(「마지막 잎새」)는 마지막 잎새의 영혼에 적절한 영혼의 소리를 부여하는 것도 가을 거울이고, '이대목의 탄생' 비의를 알게 하는 것 역시 가을 거울의 몫이다. 물론 이전의 '나무' 시

11) 같은 책, p. 24.

편들에서도 김광규의 '가을 거울'은 매우 웅숭깊게 작동했었다. 가령 「대추나무」를 보자.

> 〔……〕
> 수많은 손과 수많은 팔
> 모두 높다랗게 치켜든 채
> 아무것도 가진 것 없이
> 빈 마음 벌거벗은 몸으로
> 겨우내 하늘을 향하여
> 꼼짝않고 서 있을 수 있을까
> 나무가 아니라면 정말
> 무엇이 그럴 수 있을까
> 겨울이 지쳐서 피해간 뒤
> 온 세상 새싹과 꽃망울들
> 다투어 울긋불긋 돋아날 때도
> 변함없이 그대로 서 있다가
> 초여름 되어서야 갑자기 생각난 듯
> 윤나는 연록색 이파리들 돋아내고
> 별보다 작은 꽃들 무수히 피워내고
> 앙징스런 열매들 가을내 빨갛게 익혀서
> 돌아가신 조상들 제사상에 올리고
> 늙어 병든 몸 낫게 할 수 있을까
> 대추나무가 아니라면 정말
> 무엇이 그럴 수 있을까

—「대추나무」 부분

이 시에서 시인은 대추가 빨갛게 익는 가을 풍경만을 바라보지 않는다. 시인의 가을 거울은 그토록 탐스러운 빨간 열매가 익기까지 나무는 어떤 사정을 견디어야 했는지를 지난겨울부터 성찰한다. 겨울, 봄, 여름 나무에 대한 사려 깊은 성찰 이후에 열매 맺는 가을 나무를 본다는 것이다. 그만큼 김광규의 가을 거울은 시간의 깊이를 가늠할 수 있는 웅숭깊은 기제다. 그것은 또한 시간의 심연뿐 아니라 공간적 역동성을 계측하는 감각적 거울이기도 하다. 예를 들어 「자라는 나무」에서 시인이,

실뿌리가 자라서
굵은 뿌리가 되고
나무 밑둥에서 조금씩
조금씩 줄기가 생겨 갈라지고
줄기에서 나뭇가지 퍼져나가
가지마다 수많은 이파리 돋아나고
마침내 하늘을 가리는
커다란 나무가 된다 보아라
땅으로부터 하늘을 향하여 나무는 위로
위로 자라는 것이다

—「자라는 나무」[12] 전반부

12) 김광규, 『아니리』, 문학과지성사, 1990, p. 48.

라고 형상화했을 때, 우리는 이 범상함에 놀란다. 실뿌리에서 굵은 뿌리, 밑둥, 줄기, 가지, 커다란 나무로, 하늘을 향해 위로 자라는 상방 운동에 대한 있는 그대로의 진술이기 때문이다. 사실 여기까지라면 시가 될 수 없다. 그런데 이어지는 부분에서 역동적 시적 구조를 형성할 수 있는 대조의 수사학이 발동한다.

> 그러나 자세히 보면 위로
> 아래로 힘껏 온몸을 뻗으며
> 실처럼 가늘어지는 나뭇가지들
> 그 무수한 가지 끝마다
> 햇볕이 쌓이고
> 빗방울이 머물고
> 바람이 걸려 조금씩
> 조금씩 줄기를 기르고
> 밑둥을 굵게 살찌우고
> 마침내 땅속으로 들어가
> 엄청나게 많은 뿌리로 갈라지며
> 넓고 깊게 퍼져나간다 보아라
> 하늘로부터 땅을 향하여 나무는 아래로
> 아래로 자라는 것이다
>
> —「자라는 나무」 후반부

이 후반부에서는 전반부와 대조적으로 나무의 하방운동이 묘사된다. 전반부가 '땅에서 하늘로' 자라는 나무였다면, 후반부는 '하늘에서 땅으로' 자라는 나무이다. 이렇듯 상하 양방향의 운동성을 직관할 수 있는 것은 결코 단순한 감각이 아니다. 직관이 아닐 수도 있다. 결코 짧지 않은 시간을 나무와 함께 살며 시정을 가다듬으며 '가을 거울'을 닦은 시인만이 확보할 수 있는 심원한 상상력이 아닐까 싶다. 아니다 다를까. 벽오동 비슷해 그냥 벽오동이라 부르며 화자가 30년 넘게 길러온 나무가 있다. 오랜 세월을 함께 살아왔는데 올해는 하지가 지나도록 새잎이 돋지 않는다. "식물도 늙으면, 죽는구나"라는 연민의 정조와 그래도 혹시 되살아나지 않을까 하는 미련 때문에 틈나는 대로 보살폈는데 좀처럼 소생의 기미가 보이지 않는다. 그런데 "대서를 앞둔 초복날 아침에, 벽오동 밑동이 줄기에서 연초록 이파리가 작은 주먹을 펼치듯 돋아나고 있지 않은가." "때늦게 벽오동의 유복자가 태어난 것이다." 이 생명의 황홀경 앞에선 시인은 여전히 차분하다. 황홀한 경이에 적합한 언어를 가을 거울에 되비추어 찾아야 하기 때문이다. "끈질긴 생명의 경이와 환희를 보여준 이 화초의 본명을 찾아주기는 쉽지 않아, 우선 새 이름을 붙여주었다. 대를 이어 되살아난 나무, 이대목(二代木)이라고"(「이대목의 탄생」). 나는 이 시를 읽는 동안 줄곧 몇 년 전 경험을 떠올렸다. 캐나다 밴쿠버 섬을 여행할 때였다. 해안가의 공원을 산책하던 중 특별한 소나무 한 그루가 한눈에 들어왔다. 나무 위의 나무라고나 할까. 오래전에 잘린 커다란 소나무 밑동 위로 자라난 소나무였다. 얼마나 오랜 세월이었을까. 한 나무가 자라 땅과 하늘을 연결하다가 인간의 톱에 의해 베어졌을 것이다. 그리고 세월이 한참 지나 그 밑동이 적당히 썩어갈 무렵 솔 씨 하나가 그 밑동 위로 떨어져 생명의 기운을 지피기 시작했을 터이다. 이미 100여 년은 족히 되었음 직한 나무였다. 죽은 나무 위에서 자라난 새 나무의 푸른 기상은 확실히 생명의 멋진 찬가였다. 죽어서도 새 생명을 키우는 나무. 그러니까 죽어도 죽지 않는 나무. 인근의 사람들한테 물어보니 그걸 '간호사 나무nurse-tree'라고 부른다고 했다. 그럴듯한 이름이라는 생각이 들었다. 시인 김광규는 그 간호사 나무에서 새롭게 태어난 '이대목'의 진실을, 담백한 산문시로 우리 앞에 고즈넉하게 전달한다. 오로지 30년 넘게 외길로 자기 시를 쓰며 깊게 보려 했던 이에게만 보이는 진실을 말이다.

이와 같이 자연과 인간의 상호작용과 관련된 시편들이 주로 이 시집의 1부에 식목되어 있다. 시인이 의미심장한 가을 거울로 비춰본 온갖 나무와 잎들이 새로운 생명을 얻어 생기를 발한다. 척박한 환경 속에서도 "어느 날 갑자기" 한꺼번에 돋아난 "쌀알처럼 작은 꽃과 연녹색 잎"을 보면서 시인은 청 단풍 한 그루에 생명의 공감을 표한다. "강인하구나/좁은 땅에 한갓 나무로 태어났어도/광야의 꿈 키우며/제 몫의 삶 지켜가는/청 단풍 한 그루"(「청 단풍 한 그루」). 이런 식으로 게다리 선인장, 담쟁이덩굴, 팽나무 등에 적절한 영혼의 숨결을 부여하는 시인은, 그 자연과의 대화 속에서 결국 삶의 존재 원리를 새롭게 터득한다. 세월의 자연을 "참고 견"(「마지막 잎새」)디며 "겸손하게 여행"(「해협을 건너서」)한 시인은 이를테면 이렇게 자연의 세월을 노래한다. 가을 거울을 응시하는 세월의 미학이 보여주는 결코 가볍지 않은 성찰의 세목이다.

어둠이 스며들며 조금씩
온몸으로 퍼져가는 아픔과 회한
아무에게도 말하지 않고
혼자서 지긋이 견딥니다 남은 생애를
헤아리는 것 또한 나에게 주어진
몫이려니 나의 육신이
누리는 마지막 행복이려니
그저 이렇게 미루어 짐작하고
그렇게 미루어 짐작하고
땅거미 내릴 무렵
마당 한구석에 나를 앉혀 둡니다

—「땅거미 내릴 무렵」[13] 부분

3) 빠른 세월, 느린 시

자연에 대한 새로운 성찰은 김광규의 시가 이전보다 훨씬 깊어졌음을 실감케 한다. 그리고 범상한 생태시와 김광규의 시를 변별하게 하는 대목이다. 가을 거울에 비친 자연과 인간에 대한 성찰의 미덕은 그가 즐겨 다루어온 주제들, 이를테면 일상적 삶에 대한 성찰이나 인생과 존재에 대한 통찰, 허위적 현실 비판과 같은 주제들을 다루는 시편들에서도 비슷하게 관철된다. 특히 이번 시집에

13) 『시간의 부드러운 손』, p. 30.

서 두르러지는 핵심적 특성, 즉 세월의 미학과 관련하여 가을 거울은 매우 효율적인 상상 기제로 작동한다. 시인의 가을 거울은 종종 20세기와 21세기 사이에서, 노년과 청년 사이에서, 느린 시와 빠른 현실 사이에서 대조의 경상(鏡像)을 형성한다. 예컨대 「생사(生死)」라는 시에서 가을 거울은 '출입통제선'이다.

방독면 쓴 방역요원들이 계사(鷄舍)에
사정없이 분무기로 소독약을 뿜어대고
닭과 오리 수천 마리를 비닐 백에 잡아 넣어
한꺼번에 살(殺)처분한다
조류독감 때문이다
출입통제선
바깥의 냇가에는
어디서 날아왔나
청둥오리들 한가롭게 무자맥질하며 놀고
백로 몇 마리 한 발로 서서
명상에 잠겨 있고

—「생사(生死)」[14] 전문(강조는 인용자에 의한 것임)

'출입통제선'이라는 거울을 사이에 두고 정확히 다섯 행씩 죽음과 삶의 풍경이 마주 보고 있다. 이와 같은 대조의 가을 거울은 보이는 현상에서 보이지 않는 심연의 진실을 발견하고 환기하는 데

14) 같은 책, p. 111.

비의적이고 탄력적인 기능을 한다. 현실 비판의 상상력을 보여준 3부의 시편들에서 특히 그러한데, "안산 중턱 팔각정 앞마당에" 있던 비둘기들이 어느 날 갑자기 한 마리도 보이지 않는 사건과 "아프가니스탄이던가/이라크이던가/공습이 시작되던 때부터 갑자기/한 마리도 보이지 않네"(「비둘기들의 행방」)라는 비판적 성찰을 마주 세워놓음으로써, 평화가 아닌 전쟁을 야기하는 현실을 효율적으로 비판하는 식이다. 이런 방식으로 미국에 대한 비판적 인식이 전경화되고(「태평양 건너」), 한문을 익혀야 했던 증조부와 영어 공부에 혈안이 되어 있는 증손자 사이의 대조의 겹침을 통해 한국과 한국어의 현실에 대한 비판적 성찰을 유도하기도 한다(「증손자의 꿈」). 또는 헛된 욕망에 사로잡힌 인간 군상들을 점묘하기도 하고(「화산이 많은 나라」), "(주)한국"을 지탱해온 "개미처럼 부지런히 살아온 우리들/소액주주의 소박한 믿음"과는 다른 "대주주"들의 작태를 비판하거나(「을유년 새해 아침」), 아파트 공화국의 허장성세를 냉소적으로 적시하기도 한다(「우리 아파트」).

20세기와 21세기 사이의 대조를 통해 인생에 대한 의미 있는 성찰의 지평을 마련한 시편들 역시 적잖이 눈에 들어온다. 가령 「우체통」이란 시에서 시인은 "신촌 로터리 혼잡한 오거리"에서 "편지 한 통 부치려고 우체통 찾아/헤매는 저 노인"을 보라고 독자들에게 청유한다. 복잡한 그곳에는 빨간 우체통 하나 눈에 띄지 않고 다만 "핸드폰 걸면서 바쁘게 지나가"는 혹은 "밀려가는 행인들"로 북적댈 따름이다. 그런 와중에 "머리가 허옇게 세고 검버섯이 돋"은 노인이 우체통을 찾고 있다. 그 노인을 보면서 시인은 성찰한다. "오래 생각하며 천천히 쓴 편지/봉투 한구석에 정성껏 우표를 붙여서/우체통에 갖다 넣고/모레 들어갈까 글피에 들어갈까/답장을 기다리는 마음"을 직관한다. 그러나 그 노인의 존재는 분명히 시대착오적 이방인으로 여겨질 따름이다. 혹은 이미 용도 폐기된 무관심의 영역으로 치부될 뿐이다. "이어폰 귀에 꽂고/쉴 새 없이 문자질 하면서/갈 길 재촉하는 청소년"들과 그 노인은 확실히 대조된다. 이 대조를 통해 시인은 연민의 눈길을 낸다. 그러면서 거듭 청유한다. "머지않아 우체통처럼 사라져버릴/저 20세기 인간을 보아두세요". 노년에 대한 눈길만이 아니다. 소릿길도 성찰의 길에서 어지간하다. 노년의 몸에서 생겨나는 "참으로 다양한 삶의 증세"(「몸의 소리」)를 성찰하고 "안으로부터 무너지는 소리"를 "송도음(松濤音)처럼" 듣는다. 그런 노년의 몸은 「이른 봄」에서 형상화한바, "봄꽃들"처럼 피어나는 여중생들의 몸과 대조의 거울상을 형성한다. 그런가 하면 흥선대원군과 그 며느리인 명성황후 사이의 관계를 알레고리로 활용한 것으로 보이는 「대원군의 늘그막」에서는 다섯 살짜리 손주로부터 "할아버지는 언제 하늘나라로 가느냐"는 참혹한 질문을 받는 노년이 등장한다. "제 엄마를 따라 이모네 다녀오더니/귀여운 목소리로" 물었다고 했다. 시종 흐트러짐 없는 아이러니의 어조로 차분한 생각거리를 제공한다. 어김없이 이순(耳順)의 성찰적 경지다.

오늘 연민의 대상인 노년의 어제를, 그 세월을, 시인은 차분하게 성찰한다. 그들은 한국 근현대사의 질곡을 거치며 "춥고 배고프고 괴로운 온갖 세월 겪으면서/지금까지 살아남았지/힘들게 자식들 키우고 가르쳐서/청장년 세대로 길러"(「배추꼬랑이」)낸 세대들이다. 이런 존재값은, 그러나, 오늘의 현실에서 애써 외면되고 만다. “한평생 고생한 보람 없이/이제 와서 잘못 살았다 욕먹고/환갑도 되기 전에/등 밀려 일자리 떠난 퇴직자들” 처지로 전락하고 마는 것이다. “배추고랑이 신세가 되고” 마는 것이다. 지난 “시간의 바퀴는 보증수리도 안 되”(「어둡기 전에」)는데, “그나마 남은 시간 점점 줄어”드는데, 지난 시간의 존재값을 제대로 보증받지 못하는 안타까움에 대한 성찰의 눈길이 웅숭깊다. 최근작 「치매 환자 돌보기」는 그 극적 풍경이다.

어려운 세월 악착같이 견뎌내며
여지껏 살아남아 병약해진 몸에
지저분한 세상 찌꺼기 좀 묻었겠지요
하지만 역겨운 냄새 풍긴다고
귀여운 아들딸들이 코를 막고
눈을 돌릴 수 있나요
척박했던 그 시절의 흑백
사진들 불태워버린다고
지난날이 사라지나요
그 고단한 어버이의 몸을 뚫고 태어나
지금은 디지털 지능 시대 빛의 속도로
누리는 자손들이 스스로 올라서 있는
나무가 병들어 말라죽는다고
그 밑동을 잘라버릴 수 있나요

—「치매 환자 돌보기」[15] 부분

구차한 설명을 보탤 필요도 없는 시다. 어려운 세월을 견디며 오늘을 이룬 세대를 치매 환자가 되었다고 돌보지 않으려 하는 세태를 시인은 간명한 언어로 표현한다. 감탄고토(甘呑苦吐)의 가벼운 세태를 비판적으로 거스르며, 김광규는 자기 세대의 진실을 새삼스럽게 가을 거울에 비추고 어루만진다.「잃어버린 비망록」「어느 날」「전화번호 지우기」 등의 시편에서 시인이 "돈으로 환산할 수 없는 가치"(「잃어버린 비망록」)를 지닌 "색깔이 바래가는 비망록만/뒤적거"(「전화번호 지우기」)리는 것도 그런 이유 때문이다. 일찍이「희미한 옛사랑의 그림자」를 비롯한 수많은 시편에서 자기 세대의 부끄러움과 잘못을 냉철하게 비판해왔던 시인이기에, 자기 세대에 대한 늦은 변호 역시 나름의 설득력을 확보한다. 돌보지 않는 치매 환자 처지가 된 핵심 요인으로, 시인은 시간의 파시스트적 가속도와 더불어 사는 삶의 가치의 실종 현상을 지목한다.「어둡기 전에」에서 아이들의 시간과 노년의 시간은 극명하게 대조된다. "퀵보드 타고 가볍게 스쳐가는 아이들"은 "시간을 앞질러" 질주한다. "잠도 안 자며 맹렬한 속도"로 내달린다. 이런 파시스트적 가속도는 오로지 앞의 방향만을 향해 질주할 뿐 어제와 오늘과 내일의 의미론적 시간 연쇄를 성찰하지 않는다. 어제는 없다. 오늘의 현상적 시간만 시시각각 명멸할 뿐이다. 그러니 노년은 그런 아이들의 시간에 의해 속절없이 쫓김을 당할 뿐이다. 그 시간의 바퀴를 피할 도리가 마땅치 않다.「산 아래 동네」「세발자전거」「그리마와 더불어 2」 등의 시편들에서 보이는 "더불어 살겠다는 것"(「그리마

15) 같은 책, p. 100.

와 더불어 2」)의 가치를 절절하게 강조한 것 역시 그런 미덕이 훼절된 현실에 대한 안타까운 성찰의 결과로 보인다.

그렇다고 해서 김광규가 현실에 체념하거나, 노년의 우울증에 감상적으로 빠져드는 것은 결코 아니다. 체념이 아닌 달관을, 미망인 아닌 성찰을, 노욕이 아닌 겸양의 미덕을 보인다.

> 시간의 바퀴 피해보려고 백미러를
> 힐끔힐끔 쳐다보며 가속페달 밟아보지만
> 소용없습니다 이제는 주행차선을
> 양보하고 천천히 갓길로
> 들어섰다가 인터체인지 진출로 따라
> 내려가야지요 어둡기 전에
>
> —「어둡기 전에」[16] 부분

어떻게 노욕에서 벗어나 노추에 빠지지 않을 것인가. 그러면서도 노년의 존재값을 허탈하게 포기하지 않을 수 있을 것인가. 김광규의 시적 질문이 새삼 의미심장하게 다가오는 장면이다. 정치·경제·사회·문화 각계에서 무리한 노욕 때문에 노추를 보인 안타까운 사례를 시인은 누구보다도 잘 아는 것처럼 보인다. 허장성세의 문제에 대해서도, 시간과 세월에 순명하지 않으려 했던 정치적 책략에 대해서도 이미 오랫동안 성찰의 눈길을 보냈던 시인이다. 그 누구보다도 차분하게 일상적 진실과 본원적 가치의 넓고도 깊은

16) 같은 책, pp. 92~93.

부챗살을 예리하게 인식해왔던 시인이 바로 김광규다.

그 결과 김광규는 누구보다도 설득력 있는 시인처럼 보인다. 앞에서도 언급했듯이 그는 나날의 삶의 세목에서 시적 제재를 다양하게 취하되, 담담하고 차분한 어조로 이지적 담론을 펼쳐왔다. 물론 그가 추구하는 시적 정의는 설득력을 갖추지 못한, 잡스럽게 일그러진 세상과 인간사를 반성적으로 인식하여 진실을 회복하는 것이었다. 이를 위해 그는 시적 대상은 물론 시적 주체와도 차분한 거리 두기를 시도했다. 그에게 감정의 포즈나 수사적 몸짓 따위는 다른 동네의 이야기다. 섣불리 대상에 몰입하지도 동일화를 시도하지도 않는 거리 두기의 담론은 화자 자신을 포함한 우리 모두에게 진정한 반성의 지평을 알게 해왔다. 예전의 탁월한 시 「안개의 나라」에서 분명히 했듯이, 많은 사람이 안개의 두께를 감히 뚫지 못한 채 허황되고 표면적인 삶을 산다. 안개는 존재의 심연일 수 있다. 심연은 보이지 않는다. 그러나 심연의 진실에 이르기 위해서는 진정한 심안이 요구되는 법. 김광규는 그 웅숭깊은 심안으로 안개를 보고 그 소리를 들어왔다. 이지적 성찰과 아이러니 정신으로 빚은 시적 긴장으로 설득력 있는 시적 담론을 펼쳐왔다. 그는 제9시집을 상자하면서, 그 "시간의/부드러운 손"(「효자손」)을 쓰다듬으면서, 아홉수를 건너간다. 그가 새롭게 발견한 '가을 거울'의 시적 진실은 세월의 미학을 형상화하는 웅숭깊은 메타포다. 본원적 가치와는 상관없이 빠르게 질주하는 현실에서 비록 느리지만 진정한 삶의 가치를 오랫동안 비춰줄 소중한 시의 거울이다. 그 '가을 거울'에 비친 가장 핵심적 자연은 바로 나무이다. 김광규가 형상화한 가을 나무는 자연스러운 나무의 생태에 대한 심오한 성찰일 뿐만 아니라, 척도가 드문 시대에 지상의 척도를 마련할 수 있게 해주는 소중한 나무-거울, 나무-척도이다.

6. 가을-나무와 상처의 뮈토스

단풍나무 밑동은 어찌나 고운지 나는 연거푸 입맞췄습니다
찝찔한 껍질의 감각이 혀에 묻어났습니다

나도 그렇게 살고 싶었습니다 급한 골짜기로 쏟아지는
물을 한쪽 어깨로 받으며, 연한 뿌리로 바위 틈에 길을
만들며

언젠가 나도 그렇게 살고 싶었습니다 푸른 하늘 한쪽에
나의 작은 하늘을 만들며, 겹 많은 잎새들을 다른 잎새 위에
드리우며

찝찔한 나의 입맞춤을 단풍나무 껍질은 알았을까요?
—이성복, 「나무 1」[1)]

니콜라 푸생의 사계 그림에서 「가을」 그림은 열매를 맺은 사과나무 한 그루가 전경화되어 있다. 「봄」 그림이 찬란히 만개한 수많은 나무로 채워졌던 것과 비교된다. 그렇게 가을-나무는 성숙의 한 경지를 보인다. 절정의 단풍으로 물들었다가 겸허하게 내려놓고, 탐스러운 열매를 익게 했다가 그것을 다 내어준 다음에는 그 과정에서 있었던 상처를 추스르기도 하고, 반성적 성찰과 새로운

1) 『그 여름의 끝』, p. 35.

성숙을 위한 다짐을 하기도 한다. 곧 겨울이 다가올 것이기에 난감하기도 하지만, 겨울을 예비하기 위한 나름의 준비에도 충실하다.

식민 상황과 분단, 그리고 전쟁의 참상을 경험하면서 인간적인 것의 가능성을 문학적으로 고민했던 작가 황순원의 소설에서 인간들은 종종 상처받은 나무들로 비유된다. 그런 나무들의 외양에 대한 관찰이나 묘사에서 머물지 않고, 그 뿌리의 심연으로부터 발본적으로 탐문하여 상처를 주고받는 다양한 관계망들을 헤아리고자 했다. 『카인의 후예』「인간접목」「나무들 비탈에 서다」 등 여러 장편들에서 황순원은 한국전쟁이 할퀴고 지나간 후에 남겨진 상처로 인해 순수한 이상주의자든 실리적 현실주의자든 할 것 없이, 경사가 심한 비탈에서 위태롭게 허우적대는 형국이라는 사실을 형상화한다. 비탈에서 위기에 처한 존재론의 이야기, 인간관계가 배려와 공감 혹은 이해와 감사의 지평에서 이루어지기보다는 상처와 독선 내지 만인 대 만인의 투쟁 관계로 점철되었을 때의 비극성을 환기하는 이야기를 통해, 작가는 존재의 위기론에 대한 각성을 낮은 목소리로 촉구한다. 이렇게 위기의 존재들, 상처받은 인간들을 치유하고 새로운 생명의 나무로 자랄 수 있도록 해주기 위해 도입한 기제가 바로 접목의 수사학이다. 상처받은 타자를 환대하고 치유하면서 공동으로 희망의 원리를 탐문하려 한 그의 문학 정신의 핵심을 「물 한 모금」에서 확인할 수 있다. 상처받은 나무에 따스한 물 한 모금으로 접목의 이니시에이션을 수행하려 한 인물의 초상에, 황순원 특유의 배려와 환대의 윤리가 잘 나타나 있다. 결국 황순원에게 있어 소설 쓰기는 나무 기르기, 혹은 상처받은 나무에 새로운 생명을 접목하기와 통한다고 하겠다.

이문구의 『관촌수필』에는 왕소나무 이야기가 인상적으로 등장한다. 그것은 생활윤리의 어떤 기둥 같은 상징이다. 비록 전통적인 윤리나 감각, 언어 등을 많이 잃어버리고 근대 이후의 삶을 살고 있는 형국이지만, 그런 상황에서도 왕소나무에 대한 기억은 지키고 싶은 윤리적 버리에 값하는 것으로 그려진다. 포괄의 언어를 통한 융섭의 감각과 생태 윤리가 주목되는 『관촌수필』에서 작가는 자연과 인간, 생물과 무생물의 융섭, 양반의 살림과 민중의 살림 사이의 융섭, 실향의 파토스와 원초적 고향 지향의 그리움 사이의 융섭 등을 통해 복합성의 생태학을 구축한다. 특히 경계인의 시선으로 포착하는 복합성의 생태학은 전근대와 근대, 농촌과 도시의 생태를 융합하고 포섭하면서 이질혼성적 생태의 실상을 구체적으로 부감한다. 그 중심에 왕소나무의 상징이 우뚝 자리한다. 『내 몸은 너무 오래 서 있거나 걸어왔다』에는 엉성한 장삼이사 나무들의 이야기가 많이 펼쳐진다. 굽은 나무의 역설적 의미를 통해 민중들의 실생활에 밀착해 들어갔다.

전상국의 「꾀꼬리 편지」 등 소년소설들은 낙엽을 떨구며 땅으로 회귀하려는 나무의 순환적 모습과 삶의 욕망을 비우고 내려놓으며 대자연의 섭리에 순응하려는 노년의 내면 풍경을 겹쳐 성찰하면서 가을-나무의 풍경을 잘 보여준다. 전상국의 노년 인물을 대상으로 한 은빛 상상력은 그윽하고 깊은 심연에서 우러난다. 정성스레 우려낸 녹차의 향기를 낸다. 노년의 은빛 그리움과 투명한 비움의 정조를 그리는 과정에서 보인 정신의 품격과도 관련된다. 노자와 자연, 천도(天道), 유용(有用)과 무용(無用) 등의 화두를 일상처럼 주고받는 노년의 대화에서 무용함의 유용, 즉 쓸모없음의 쓸모를 애기할 때, 가을-나무의 인상적인 특징이 두드러진다.

「가을 거울」「대추나무」「자라는 나무」 등 김광규의 가을 시편들에서 나무는 시인의 상상력을 촉발하고 반성케 하고 성찰케 하는 의미 있는 거울이 된다. 「대추나무」에서 시인은 대추가 빨갛게 익는 가을 풍경만을 바라보지 않는다. 시인의 가을 거울은 그토록 탐스러운 빨간 열매가 익기까지 나무는 어떤 사정을 견디어야 했는지를 지난겨울부터 성찰한다. 겨울, 봄, 여름 나무에 대한 사려 깊은 성찰 이후에 열매 맺는 가을-나무를 본다는 것이다. 그만큼 김광규의 가을 거울은 시간의 깊이를 가늠할 수 있는 웅숭깊은 기제다. 그것은 또한 시간의 심연뿐 아니라 공간적 역동성을 계측하는 감각적 거울이기도 하다.

가을-나무에 매달린 열매들은 그 자체로 탐스러운 대상일 수 있지만, 그 열매 맺기까지 성숙의 과정을 성찰하면 그 심연에서 상처의 궤적을 헤아리는 것은 그리 어려운 일이 아니다. 황순원의 가을-나무들이 그렇고, 이문구나 전상국, 김광규의 가을-나무들 모두에서 그런 상흔들을 발견하게 된다. 아픈 만큼 성숙해진다는 대중가요 가사를 떠올리지 않는다 하더라도, 상처와 성숙의 함수관계를 가을-나무들은 생각하게 한다. 다만 인간적인 상처와는 달리 가을-나무들이 환기하는 상처의 상징성은 상처를 통한 성숙의 가능성, 상처난 자리에 새로운 접목을 통해 신생의 가능성을 예비하고 있다는 점이 주목된다. '상처의 나무'로서 가을-나무의 뮈토스는 상실과 비극적인 성격을 지니면서 그 심층에서 그것을 넘어서는 성숙의 벼리를 가늠하게 한다.

4장

겨울-나무

봄을 그리는 나목(裸木)과 치유의 나무

1. 겨울-나무의 풍경

겨울 숲의 아름다움은
오로지 묵언으로 제 가진 것 털어내어
기도하듯 팔을 펼쳐든 나무들의 숭고가 이룬 것이다

나무들은 영혼이라는 언어를 가졌다
—엄원태, 「나무를 올려다보다」[1]

가을에 낙엽을 떨군 나무는 겨울에 나목(裸木)이 된다. 김혜순이 "나뭇잎들 떨어진 자리마다/바람 이파리들 매달"(「겨울나무」)[2]린다고 묘사한 바 있거니와, 겨울 나목은 북풍한설을 견디면서 새봄에 대한 꿈을 예비한다. 풀과 나무가 다른 것은 기본적으로 겨울을 견딜 수 있는가에 있지 않을까 싶다. 겨울을 견디며 나무는 나이테를 늘려간다. 서리(鼠李)라고도 불리는 갈매나무는 비교적 추위를 잘 견디는 나무로 알려져 있다. 골짜기와 냇가에서 자라는 갈매나무는 5~6월에 청록색 꽃을 피우고, 9~10월에 검은색 둥근 열매를 익힌다. 이 나무는 추위에 강할 뿐 아니라 재목부터 껍질까지 인간에게 쓸모를 많이 제공했다. 재목은 공예재로 쓰였고, 한방에서 열매를 서리자(鼠李子), 나무껍질과 뿌리를 각각 서리피, 서

1) 엄원태, 『먼 우레처럼 다시 올 것이다』, 창비, 2013, pp. 28~29.
2) 김혜순, 『불쌍한 사랑 기계』, 문학과지성사, 1997, p. 64.

리근이라 하여 해열, 이뇨, 소종(消腫)의 효능이 있어 이뇨제(利尿劑)·완하제(緩下劑)로 사용했다고 한다. 열매와 나무껍질은 황색 염료로 쓰였다.[3] 이런 갈매나무에 대해 예로부터 북부 지방 사람들은 세한(歲寒) 시절의 벼리가 될 만한 치유의 나무라고 생각한 것 같다. 잘 알려진 백석의 「남신의주 유동 박시봉방」이 그 대표적인 사례가 되겠다.

어느 사이에 나는 아내도 없고, 또,
아내와 같이 살던 집도 없어지고,
그리고 살뜰한 부모며 동생들과도 멀리 떨어져서,
그 어느 바람 세인 쓸쓸한 거리 끝에 헤매이었다.
바로 날도 저물어서,
바람은 더욱 세게 불고, 추위는 점점 더해 오는데,
나는 어느 목수(木手)네 집 헌 삿을 깐,
한 방에 들어서 쥔을 붙이었다.
이리하여 나는 이 습내 나는 춥고, 누긋한 방에서,
낮이나 밤이나 나는 나 혼자도 너무 많은 것같이 생각하며,
딜옹배기에 북덕불이라도 담겨 오면,
이것을 안고 손을 쬐며 재 위에 뜻없이 글자를 쓰기도 하며,
또 문 밖에 나가지두 않구 자리에 누워서,
머리에 손깍지베개를 하고 굴기도 하면서,

3) 〔네이버 지식백과〕 '갈매나무'(「두산백과」)
http://terms.naver.com/entry.nhn?docId=1056206&cid=40942&categoryId=32691.

나는 내 슬픔이며 어리석음이며를 소처럼 연하여 쌔김질하는 것이었다.

내 가슴이 꽉 메어 올 적이며,

내 눈에 뜨거운 것이 핑 괴일 적이며,

또 내 스스로 화끈 낯이 붉도록 부끄러울 적이며,

나는 내 슬픔과 어리석음에 눌리어 죽을 수밖에 없는 것을 느끼는 것이었다.

그러나 잠시 뒤에 나는 고개를 들어,

허연 문창을 바라보든가 또 눈을 떠서 높은 천장을 쳐다보는 것인데,

이때 나는 내 뜻이며 힘으로, 나를 이끌어가는 것이 힘든 일인 것을 생각하고,

이것들보다 더 크고, 높은 것이 있어서, 나를 마음대로 굴려가는 것을 생각하는 것인데,

이렇게 하여 여러 날이 지나는 동안에,

내 어지러운 마음에는 슬픔이며, 한탄이며, 가라앉을 것은 차츰 앙금이 되어 가라앉고,

외로운 생각만이 드는 때쯤 해서는,

더러 나줏손에 쌀랑쌀랑 싸락눈이 와서 문창을 치기도 하는 때도 있는데,

나는 이런 저녁에는 화로를 더욱 다가 끼며, 무릎을 꿇어보며,

어느 먼 산 뒷옆에 바우섶에 따로 외로이 서서,

어두워 오는데 하이야니 눈을 맞을, 그 마른 잎새에는,

쌀랑쌀랑 소리도 나며 눈을 맞을,

그 드물다는 굳고 정한 갈매나무라는 나무를 생각하는 것이었다.

—백석, 「남신의주 유동 박시봉방」[4] 전문

시적 화자는 가족과 멀리 떨어진 외딴곳 단칸방에서 추위를 견디며, 자신의 외로운 처지를 화로에 기대 달래고 있는 참이다. 아내도 없고, 아내와 같이 살던 집도 없어졌다고 했다. 이 고절한 사내는 신산한 고난의 늪에서 슬픔이며 지난 시절 어리석음을 반추하며 한탄에 젖어 있다. 슬픔이 충동으로 일렁이면 죽을 수밖에 없다는 생각을 하기도 한다. 그런 사내에게 삶의 교사 같은 거울이 되어주는 나무가 바로 갈매나무다. 사내가 형상화한 갈매나무의 처지는 자신과 흡사하다. "어느 먼 산 뒷옆에 바우섶에 따로 외로이 서서,/어두워 오는데 하이야니 눈을 맞을, 그 마른 잎새에는,/쌀랑쌀랑 소리도 나며 눈을 맞을," 같은 대목은 누가 보더라도 시적 화자의 처지 그대로다. 쌀랑쌀랑 소리가 날 정도로 거센 눈발을 속수무책으로 맞아야 하는 '마른 잎새'의 처지와 상황은 시적 화자의 그것을 거듭 환기하면서 더 선명하게 되비추게 한다. 그 눈발을 맞으면 이내 마른 잎새는 나무줄기로부터 결별하게 될 수도 있다. 그럴 정도로 위태롭지만, 그럼에도 불구하고 갈매나무의 영혼은 매우 굳고 바르기만 하다. 갈매나무의 그런 영혼을 따라가기 쉽지 않은 시적 화자이기에, 화로 가까이에서 무릎 꿇고 그 갈매나무를 생각한다는 것은 차라리 자연스러워 보이기도 한다. 또 그만큼 절실하게 느껴지기도 한다. "그 드물다는 굳고 정한 갈매나무"라고

4) 『백석 문학전집』 1—시, 서정시학, 2012, p. 186.

직정적으로 진술한 것도 그런 사정에서 말미암은 것으로 보인다. 다시 말해 "굳고 정한" 영혼의 푯대처럼 보이는 갈매나무와 그렇지 못한 자신의 차이를 반성하면서 시적 화자는, 갈매나무의 영혼으로 자신을 단련시켜 세한의 시절을 견디려 한다. 백석만이 아니라 많은 이가 모진 세한의 시절을 잘 견디는 나무의 덕성으로부터 많은 것을 배우려 했던 것 같다. 이수익은 겨울나무로부터 가장 밝고 뜨거운 목소리를 들을 수 있는 환상적인 귀를 지닌 시인처럼 보인다.

겨울은 환상적인 귀,
시력을 잃은 사위로부터 음악을 듣고
점차
멀어지는
참사한 새들의 호흡 위에
내리는 눈
눈은 쌓이고,
그 순수한 무덤 곁에 소녀들은
아름다운 설화의 불을 피운다.

11월의 밤에 전별한 꽃잎의
어머니는
화관을 쓰고 잠이 들었네
탄질의 땅에서 사금을 찾던
손은, 은발에다 묻어둔 채로.

저무는 날의 사양은 분지 위에
환등처럼 따듯이 내리비치고
그 전모의 폐허 위에 다시
눈이 내릴 때

들리는가, 찬미되지 않은 나무들이
지금 부르는 뜨거운 목소리를
불을 담은 수피의 벽을 터치고
봄으로 가는 그의 목소리를
아, 겨울에 가장 밝은 나무의 목소리를.

—이수익, 「겨울나무」[5] 전문

"겨울은 환상적인 귀"라고 시작하는 첫 행부터 인지의 충격을 주거니와, 이 시를 읽는다는 것은 왜 시인이 그렇게 말하는지, 그 이유를 헤아리는 과정이 된다. 일단 겨울은 잃고, 멀어지고, 전별하고, 잠들고, 묻히는 계절로 받아들여진다. 1연과 2연의 레퍼토리들이 그 겨울의 사연을 웅숭깊게 대변한다. 문제적인 것은 3연이다. 1, 2연의 하강적이고 침잠하는 이미지들로 가라앉게 한 시인이 3연에서 돌연 "들리는가"라고 묻는다. "찬미되지 않은 나무들이" 부르는 "뜨거운 목소리를" 그 "봄으로 가는 목소리를" 듣고 있는가, 질문한다. 그 목소리는 시인이 보기에 "겨울에 가장 밝은 나무의 목소리"다. 그 나무의 목소리를 내게 하는 것도 겨울이고,

5) 『나무가 말하였네』, pp. 170~71.

또 들을 수 있게 하는 것도 겨울이다. 첫 행에서 "겨울은 환상적인 귀"라고 했던 소이는 바로 거기에 있었던 것이다. 이수익이 경청한 나무의 목소리를 이순원은 『나무』에서, 겨울의 상처 속에서도 푸릇푸릇한 기운을 돋게 하는 나무의 풍경에서 다른 방식으로 보고 듣는다. "해마다 내리는 눈에 가지도 여러 개 부러졌다. 어떤 해에는 사람 다리보다 굵은 가지가 눈의 무게를 이겨내지 못하고 그대로 주저앉기도 했다. 그런데도 할아버지의 몸은 한겨울에도 시들지 않는 풀처럼 푸릇푸릇한 기운이 돌았다."[6] 겨울에도 시들지 않고 푸른 기운을 간직하는 나무, 겨울에 가장 밝은 목소리를 낼 수 있는 나무, 그런 나무들이 있기에, 겨울은 상처를 치유할 수 있는 가능성을 온축하며 봄을 예비할 수 있는 계절이 아닐까 싶다.

요컨대 겨울-나무는 죽음과 재생의 신화를 함축하고 치유를 상징하는 것처럼 보인다. 잘 알려진 대로 추사 김정희의 「세한도(歲寒圖)」는 추운 시절에 그린 네 그루의 소나무와 잣나무 그림이다. 「세한도」는 추사 이후 한국은 물론 중국의 문사들에게도 영향을 미친 그림이다. 이른바 '세한도' 현상이라 불러도 좋을, 이 「세한도」를 중심으로 하여 한승원의 『추사』, 장석주의 「세한도」 등 시편들을 통해 「세한도」에 그려진 겨울 소나무와 잣나무의 한국적 상징 맥락과 계보를 정리한다. 우리는 「세한도」의 상상력을 통해 동아시아의 생태학적 동일성의 감각을 어느 정도 가늠해볼 수 있을 것이다. 세상에 존재하는 모든 것들에 대한 연민, 상생의 감각과 윤리, 자연 상태의 존재 감각 등이 그 내포를 이룬다. 3절에서는

6) 이순원, 같은 책, p. 10.

조하형의 『조립식 보리수나무』 등을 중심으로 나무의 죽음과 신생을 위한 역설을 다룬다. 불과 모래의 재난이 극화되는 『조립식 보리수나무』에서 조하형이 우려하는 극단적 재난 상황이란, "지각변동 이후의 하늘은, 우둘투둘한 타원형이었고, 절벽으로 둘러싸인 수 평방 킬로미터의 땅은, 시커먼 물이 흐르고 불길이 치솟는 포스트-인더스트리얼 폐허, 포스트-포스트모던 지옥, 그 자체"[7]로 요약된다. 이 소설에서 자연적 상징적 나무들은 재난 상황에서 생명의 리듬을 잃은 채 속절없는 죽음으로 치닫는다. 그런 가운데 작가는 '초록-사이보그'를 통해 새로운 비전을 탐문하고자 한다. 나무의 죽음과 재생 신화에 대한 포스트모던한 탐구 경향을 보이는 이 소설을 통해 우리는 많은 생태학적 지혜와 수사학적 전략을 논의할 수 있을 것이다. 4절에서는 이윤기의 『나무가 기도하는 집』 등을 분석하면서 '치유와 재생의 나무'를 기술한다. 나무의 치유성을 통해 치유 인문학의 가능성을 탐문할 수도 있을 것이다. 5절에서는 한국전쟁기를 배경으로 「나무와 두 여인」의 화가 박수근과의 인연을 바탕으로 지었다는 장편 『나목』을 통해 '나목'의 상징성을 분석한다. 여기서 특히 주인공이 그림의 대상이 '고목'이 아니라 '나목'이었음을 깨닫는 대목을 주목한다. 그리움마저 말라버리고 고갈된 것 같은 가뭄 속의 고목과는 달리 김장철 나목은 한없는 그리움으로 소진된 듯 넘치는 생명력을 보인다는 것이다. 작가 박완서가 그랬듯이 대부분의 문학에서는 그리움마저 고갈된 고목이 아니라 그리움으로 견디는 나목의 웅숭깊은 상징성에 주목한다. 겨

7) 조하형, 『조립식 보리수나무』, 문학과지성사, 2008, p. 254.

울-나무가 문학적 상상력의 대상이 되는 이유도 그런 것과 관련된다. 『나목』과 더불어 신경림과 황지우의 나무 시편들을 함께 다룰 예정이다. 이런 논의를 바탕으로 6절에서 겨울-나무의 풍경을 종합하고, '치유의 뮈토스'의 측면에서 논의를 종합할 것이다.

2. 「세한도」와 그 그림자[1)]

서리 덮인 기러기 죽지로
그믐밤을 떠돌던 방황도
오십령 고개부터는
추사체로 뻗친 길이다
천명이 일러주는 세한행(歲寒行) 그 길이다
—유안진, 「세한도 가는 길」[2)]

1) 세한도 현상과 나무의 상상력

이 절에서는 조선 문인화를 대표하는 추사 김정희의 그림 「세한도」와 그 수용 과정에서 나타난 일련의 양상들을 '세한도 현상'으로 주목하고자 한다. 네 그루의 나무를 그린 한 폭의 그림으로 그치지 않고 거기에 붙어 있는 발문과 많은 제영(題詠)과 찬(贊)들로 「세한도」는 단수가 아닌 복수의 현상이 되었다. 최근까지도 한국에서는 「세한도」를 제재로 각종, 시, 소설, 수필 들이 창작되고 있다. 이런 '세한도 현상'을 대상으로 하여 거기에 나타난 특징적인 나무의 상상력을 밝히고 거기에 구현된 생태학적 동일성의 세계를 탐문해보기로 하자.

1) 이 절은 졸고 「'세한도 현상'에 나타난 생태학적 동일성의 지속과 변화」(『문학과환경』 16권 4호, 문학과환경학회, 2017) pp. 256~74를 가다듬은 것이다.
2) 이근배 엮음, 『시로 그린 세한도』, 과천문화원, 2008, p. 30.

추사 김정희의 「세한도」는 세로 23센티미터, 가로 61.2센티미터 크기로 종이 바탕에 그려진 수묵화다. 대한민국 국보 제180호로 지정된 작품이다. 추사는 조선 헌종 시절 중앙에서의 권력을 박탈당한 채 남쪽의 섬 제주도에서 유배 생활을 하고 있었다. 그의 그림과 서예와 학문을 존경하는 제자 이상적은 역관(譯官)이었는데, 스승을 위해 옌칭을 오가며 구한 귀한 책들을 제주도로 보낸다. 이 제자의 의리에 감사한 마음을 지녔던 스승은, "겨울이 되어서야 소나무와 잣나무가 시들지 않는다는 것을 알게 된다(歲寒然後知松柏之後凋)"(『논어』)는 공자의 말씀을 떠올리며 네 그루의 겨울나무를 그려 답례로 준다. 그 그림을 받고 감격한 제자는 그것을 가지고 다시 옌칭으로 가서 추사와 교유했거나 그의 문인화를 존중하던 현지 명사 장악진(章岳鎭)·오찬(嗚贊)·조진조(趙振祚)·반준기(潘遵祈)·반희보(潘希甫)·반증위(潘曾瑋)·요복증(姚福增)·주익지(周翼墀) 등 16명에게 보여주고 제영을 받는다. 그리고 뒷날 이 그림을 본 김정희의 문하생 김석준(金奭準)의 찬(贊)과 오세창(嗚世昌)·이시영(李始榮)의 배관기 등 20편의 글이 함께 붙어서 긴 두루마리를 이루고 있다.[3] 화폭에는 나지막한 집 한 채와 그 양쪽으로 소나무 두 그루와 잣나무 두 그루가 그려져 있다. 집도 나무도 모두 간략한 붓질로 처리되었고, 나머지 여백들과 조화를 이루면서 여백의 미학의 절정을 이룬다.

이런 「세한도」의 문학적 수용과 관련한 기존 논의는 대체로 현

3) 추사 김정희의 「세한도」의 탄생 및 관련한 사연에 대해서는 박철상의 『세한도: 천 년의 믿음, 그림으로 태어나다』(문학동네, 2010, pp. 71~204)를 주로 참조했음을 밝힌다.

김정희, 「세한도」, 종이에 수묵, 23×61.2cm, 1844, 개인 소장(송창근).

대시의 여러 '세한도' 시편들을 대상으로 하여 그 창조적 변형 양상을 다룬 것들이다.[4] 대개 현대시에 국한되거나 발문을 대상으

4) 정순진은 「현대시에 나타난 「세한도」의 창조적 변용」에서 "「세한도」의 화경과 화제, 화의를 차용한 현대시를 통해 창조적 변용 방법과 현대적 「세한도」의 화경과 시정의 양상"(정순진, 「현대시에 나타난 「세한도」의 창조적 변용」, 『비교문학』 31권, 한국비교문학회, 2003, p. 9)을 '세한'의 내면 그리기, '세한'의 공간화, 성숙의 계기로서 '세한', 농민들의 '세한' 바라보기 등으로 나누어 논의했다. 윤호병의 「한국 현대시로 전이(轉移)된 김정희 그림 「세한도(歲寒圖)」의 세계: '문화적 기억'으로서의 시와 그림의 상관성 연구」는 문학과 그림의 비교 연구의 관점에서 「세한도」의 성격과 그것이 현대시에 어떻게 전이되었는지를 '문화적 기억'의 문제를 초점화하여 논의했다. 다른 그림과 달리 추사의 「세한도」는 현대시로의 전이 양상이 깊고 넓은데 그 이유는 "이 그림이 제작된 배경에 나타나 있는 역사적 의미, 그림 소장자의 변화 과정과 거기에 포함되어 있는 '문화적 기억'에서 비롯"(윤호병, 「한국 현대시로 전이(轉移)된 김정희 그림 「세한도(歲寒圖)」의 세계: '문화적 기억'으로서의 시와 그림의 상관성 연구」, 『비교문학』 32권, 한국비교문학회, 2004, p. 243)된다고 주장했다. 이영숙·이승하의 「현대시의 재현적 주체와 제시적 주체: 「세한도」 시를 중심으로」는 시적 주체의 형성 문제에 착목하여 「세한도」 시편들의 시적 주체가 양분되는 경향을 보이는데 재현적 주체의 경우 동화와 투사가, 제시적 주체의 경우 대결과 갈등 및 분열과 해체 양상이 주목된다고 밝혔다. 이 논문은 "재현적 주체와 제시적 주체의 이론적 타당성을 검증"(이영숙·이승하, 「현대시의 재현적 주체와 제시적 주체: 「세한도」 시를 중심으로」, 『우리문학연구』 35, 2012. 12, p. 377)하는 데 더 역점을 둔 것이 사실이다. 여지선은 「한국 현대시에 나타난 阮堂 金正喜의 「歲寒圖」」에서 「세한도」의 사상적 배경을 검토하

로 한 것들이었는데, 여기서는 발문, 제사뿐만 아니라 이후의 제영(題詠)과 찬(贊)들을 함께 검토하고, 관련된 소설인 한승원의 장편 『추사』에 나타난 「세한도」의 창조적 변형 양상을 다룬 다음 현대시 중에서는 생태 환경 문제를 다룬 장석주의 「세한도」를 대상으로 한다. 이렇게 대상을 한정한 이유는 동아시아의 공통 감각에 입각한 생태학적 동일성의 문제와 관련하여 '세한도 현상'을 논의하기 위함이다. 미첼 토마쇼가 정리한 바에 따르면 생태학적 동일성은 "지구의 리듬, 생물지구화학적 순환biogeochemical cycle, 거대하고 복잡한 생태계의 다양성에 연결된 살아 있고 숨 쉬는 존재들로서 사람들이 그 자신을 지각하는 방법"[5]이다. 사람들은 일상생활을 하면서 개인적으로 결정하거나 선택할 일이 많다. 직업을 선택할 수도 있고, 정치적 행위를 결정할 수도 있다. 또는 영혼의 탐문을 위한 시도를 할 수도 있다. 그럴 때 자연에서의 경험과 자연으로부터 얻은 지혜나 자연스럽게 체현한 의식/무의식 등을 그 선택과 결정을 위한 어떤 틀로 사용하게 되는데, 그 심연의 에너지

고 현대적 수용의 다면성을 절개와 신념, 비판적 시선, 계승과 공감의 포즈 등으로 나누어 논의한 다음 "「세한도」는 여러 시인들과의 공감과 소통의 대상뿐만 아니라 현대 시인들의 작품들로 오늘날 현대시 독자들과의 소통으로 연계"되고 있으며 "앞으로도 완당 김정희의 「세한도」는 제2, 제3의 기표로 재탄생될 것"(여지선, 「한국 현대시에 나타난 阮堂 金正喜의 「歲寒圖」」, 『우리말글』 58, 우리말글학회, 2013. 8, p. 458)이라고 했다. 조경은은 「세한도」 발문의 소통 상황을 수사학적으로 연구하여 "「세한도」의 텍스트부에 대한 관심은, 미술에 감식안이 다소 없는 독자라고 해도 저자와 함께 차근히 「세한도」의 모든 요소들에 집중하면서 자신만의 '학예일치의 경지'를 구축해갈 수 있는 가능성으로 연결될 수 있"(조경은, 「「세한도(歲寒圖)」 발문의 대화적 소통 상황 연구」, 『수사학』 24집, 한국수사학회, 2015. 12, p. 280)다고 했다.

5) Mitchell Thomashow, *Ecological Identity: Becoming a Reflective Environmentalist*, Massachusetts: The MIT Press, 1996, p. xiii.

를 우리는 생태학적 동일성이라고 부를 수 있다는 것이다. 물론 생태학적 동일성은 토마쇼의 정리 이전에도 이미 여러 논자가 거론했던 것이어서 특별히 새로운 개념은 아니다. 다만 포괄적으로 그의 정리를 가져와서 생태 공동체의 일원으로서 인간과 자연, 환경이 회통할 수 있는 리듬을 고려하고, 거기에 사회 역사적, 정치·경제적 맥락에 따른 새로운 보충 요소들을 결합하여 탄력적으로 사용하면 생산적일 것이다. 다시 말해 생태학적 동일성의 공시성과 통시성을 유기적으로 고려할 때, 그 신화성을 넘어서 살아 있는 역사성을 획득할 수 있을 것이라는 생각이다. 이런 맥락에서 「세한도」를 그렸던 당대의 창작과 수용의 과정에서는 당대의 지배적인 이념이었던 유교적 맥락에서 생태학적 동일성을 보이고 있었으며, 후대의 문학 작품에서는 조금 더 복합적인 맥락에서 새로운 생태학적 동일성을 논의할 수 있음을 살피고자 한다. 그 과정에서 나무의 상상력을 중심으로 논의를 전개하면서 「세한도」에 나타난 생태학적 동일성의 지속과 변화 양상을 고찰할 예정이다.

2) 「세한도」의 세계와 유교적 동일성

2-1. 「세한도」의 내면 정경과 선비 정신

「세한도」는 김정희가 제주도에 유배된 지 5년이 되던 1844년 그의 나이 59세에 그린 작품이다. 정치적인 이유로 제주도라는 절도(絶島)에 유배되었는데, 가족을 동반할 수 없고 출입이 부자유스러운 상태에서 늘 감시당하는 위리안치(圍籬安置)의 형벌이었다.[6] 상황이 이러했기에 자연스럽게 김정희는 타인과의 소통이 어려웠다. 그럼에도 이상적은 한결같이 스승을 찾고 그를 위해 청나라에서 구한 새로운 서책들을 선물했다. 이런 제자 이상적에게 감사의 표시로 그려 선물한 것이 「세한도」이다. 「세한도」를 그릴 때 추사의 생각은 제사(題辭)를 통해 확인할 수 있다.

> 지난해엔 『만학집(晚學集)』과 『대운산방문고(大雲山房文藁)』 두 가지 책을 보내주더니, 올해에는 하장령(賀長齡)의 『경세문편(經世文編)』을 보내왔다. 이들은 모두 세상에 늘 있는 게 아니고 천만 리 먼 곳에서 구입해온 것들이다. 여러 해를 걸려 입수한 것으로 단번에 구할 수 있는 책들이 아니다. 게다가 세상의 풍조는 오직 권세와 이권만을 좇는데, 그 책들을 구하기 위해 이렇게 심력을 쏟았으면서도 권세가 있거나 이권이 생기는 사람에게 보내지 않고, 바다 밖의 별 볼일 없는 사람에게 보내면서도 마치 다른 사람들이 권세나 이권을 좇는 것처럼 하였다.
>
> 태사공(太史公)은 '권세나 이권 때문에 어울리게 된 사람들은 권세나 이권이 떨어지면 만나지 않게 된다'고 하였다. 그대 역시 세상의 이런 풍조 속의 한 사람인데 초연히 권세나 이권의 테두리를 벗

6) "위리안치는 유배지에서 달아나지 못하도록 가시 울타리를 두르고 그 안에 가두는 중형이다. [……] 게다가 위리안치 되는 자는 처첩을 데려갈 수 없었다. 위리안치는 보통 탱자나무 울타리로 사면을 둘러 보수주인(保授主人: 감호하는 주인)만 출입할 수 있었다. [……] 완당은 그 많은 유배 중에서도 절도(絶島), 그중에서도 가장 멀고 흉악한, 이른바 원악지(遠惡地)인 제주도, 그중에서도 서남쪽으로 80리 더 내려가야 하는 대정현에 위리안치 되었으니 그 가혹함은 곱징역인 셈이다."(유홍준, 『완당평전』 1, 학고재, 2002, p. 332)

어나 권세나 이권으로 나를 대하지 않았단 말인가? 태사공의 말이 틀린 것인가?

공자께서는 '겨울이 되어서야 소나무와 잣나무가 시들지 않는다는 것을 알게 된다'고 하였다. 소나무와 잣나무는 사시사철 시들지 않는다. 겨울이 되기 전에도 소나무와 잣나무이고, 겨울이 된 뒤에도 여전히 소나무와 잣나무인데, 공자께서는 특별이 겨울이 된 뒤의 상황을 들어 이야기한 것이다. 지금 그대가 나를 대하는 것은 이전이라고 해서 더 잘하지도 않았고 이후라고 해서 더 못하지도 않았다. 그러나 이전의 그대는 칭찬할 게 없었지만 이후의 그대는 성인의 칭찬을 받을 만하지 않겠는가? 성인이 특별히 칭찬한 것은 단지 시들지 않는 곧고 굳센 정절 때문만이 아니다. 겨울이 되자 마음속에 느낀 바가 있어서 그런 것이다.

아! 서한(西漢) 시대처럼 풍속이 순박한 시절에 살았던 급암(汲黯)이나 정당시(鄭當時)같이 훌륭한 사람들의 경우에도 권세에 따라 찾아오는 손님이 많아지기도 하고 줄어들기도 하였다. 하비(下邳) 사람 적공(翟公)이 문에 방문을 써서 붙인 일은 절박함의 극치라 할 것이다. 슬프구나! 완당노인 쓰다.[7]

이 제사의 내용은 일목요연하다. 제사에서 추사는 "권세나 이권 때문에 어울리게 된 사람들은 권세나 이권이 떨어지면 만나지 않게 된다"는 태사공 사마천(司馬遷)의 『사기(史記)』의 본문을 거론하면서 "그대 역시 세상의 이런 풍조 속의 한 사람인데 초연히 권

7) 박철상, 같은 책, pp. 165~66.

세나 이권의 테두리를 벗어나 권세나 이권으로 나를 대하지 않았단 말인가?"라며 이상적의 선비 정신을 칭찬한다. 이어서 "겨울이 되어서야 소나무와 잣나무가 시들지 않는다는 것을 알게 된다"(『논어』)는 공자의 말씀을 인용하면서 이상적의 변함없음을 "성인의 칭찬"을 받을 만하다고 말한다. "서한(西漢) 시대처럼 순박한 시절에 살았던 급암(汲黯)이나 정당시(鄭當時)같이 훌륭한 사람들의 경우에도 권세에 따라 찾아오는 손님이 많아지기도 하고 줄어들기도 하였"(『사기』)는데, 어려운 세한(歲寒)의 시대를 사는 자신을 잊지 않고 찾아와 도와준 제자가 얼마나 고마운지 모르겠다고 말한다.

요컨대 추사의 「세한도」 제사의 핵심 논점은 다음과 같다. 첫째, 세상의 권세에 따라 사람들이 달라지는 것은 인지상정이다. 그것은 철마다 형상을 바꾸는 낙엽수의 모습과 같다. 둘째, 그럼에도 변함없이 올곧은 선비가 있다. 이는 늘 푸른 송백의 기상과 같으니, 송백 그림으로 그 선비 정신을 기리고 싶다. 셋째, 세상의 권세를 멀리하고 지조와 의리를 지킨 제자에게 감사하며, 자신 또한 그런 선비 정신을 견지하며 살고 싶다고 다짐한다.

이와 같은 추사의 선비 정신은 동아시아의 공통 이념에 해당한다. 「세한도」의 원본이 오늘날까지 살아남을 수 있었던 것도 선비 정신과 관련된다. 「세한도」는 이상적 이후 여러 사람을 거쳐 일제 강점기에는 경성제대 교수를 지냈던 일본인 후지츠카〔藤塚隣〕가 소장하고 있었다. 김정희 작품 최고 수집가였던 후지츠카는 1943년에 자신을 방문하여 원하는 대로 다 해드리겠으니 「세한도」를 양도해달라는 한국인 손재형의 청을 거절한 채 일본으로 간다. 1944년 여름 손재형은 일본으로 건너가 노환을 앓고 있는 후지츠카를 만나 다시 양도를 청한다. 거의 매일 자신을 찾아와 성의를 보이는 손재형의 정성을 본 후지츠카는 그의 맏아들에게 자신이 죽으면 「세한도」를 손재형에게 넘겨줄 것을 유언으로 남긴다. 그러나 손재형은 그 말에도 만족하지 않고 다시 청한다. 그러자 후지츠카는 "선비가 아끼던 것을 값으로 따질 수 없으니 어떤 보상도 받지 않겠으니 잘 보존만 해달라"는 말과 함께 「세한도」를 손재형에게 넘겨준다. 손재형이 「세한도」를 받아 귀국하고 석 달 후인 1945년 3월 10일, 후지츠카의 가족이 태평양전쟁의 공습을 피해 거처를 옮긴 사이에 폭격으로 그의 서재의 모든 책과 서화 자료들이 불타버렸다. 후지츠카의 그 많은 서화 자료 중에 오직 「세한도」만이 세상에 기적적으로 살아남게 된 것이다.[8] 이 에피소드에서 후지츠카와 손재형이 「세한도」를 가운데 두고 진심으로 소통할 수 있었던 공통 이념이 바로 선비 정신었던 것이다.

두루 아는 것처럼 전통 사회에서 선비 혹은 선비 정신을 "이상적 인간상 혹은 이상적인 정신상태"[9]로 받아들이는 경향이 있었다. "부(富)와 권력으로부터 초연해 있다든가 사리(私利)보다는 의리(義理)를 앞세"[10]우는 선비는 "그 사회의 정당성을 수호하는 양심이요, 그 시대의 방향을 투시하는 지성이었으며, 모든 사람이 본

8) 유홍준, 같은 책, pp. 405~06.

9) 김광민, 「선비정신의 개념 정립을 위한 시론」, 『도덕교육연구』 제21권 1호, 한국도덕교육학회, 2009. 8, p. 93.

10) 같은 글, p. 94.

받아야 할 인격의 모범이요 기준으로 인식"[11]되었던 것이다. 대체로 "농경사회를 기반으로 하여 성립된, 지적 행적 도덕성의 수범자로서의 문사(文士) 집단"[12]으로 받아들여진 선비가 "유학이 밝히고 있는 이치(理致)를 이해하고 그것을 헌신적으로 따르는 태도"[13]를 선비 정신으로 이해해도 큰 무리는 없겠다. 추사 김정희가 보기에 변함없이 자기에게 의리를 보여준 이상적은 진정한 선비 정신의 구현자였다. 현실 정치에서 권력이 있을 때는 다른 이들도 자신에게 잘 대했기에, 마치 낙엽 지기 전까지 모든 나무들이 푸르를 때 소나무와 잣나무의 가치를 제대로 인지하지 못하는 것처럼, 이상적의 진가를 제대로 헤아리기 어려웠는데, 위리안치의 유배를 당한 상황에서 보니, 즉 다른 나무들이 다 잎을 떨군 상황에서 보니, 소나무와 잣나무처럼 변함없더라는 것이다. 손재형에게 「세한도」를 조건 없이 넘겨준 후지츠카의 경우도 마찬가지다. 선비 정신을 구현한 「세한도」의 내면을 잘 이해하고 그와 비슷한 내면 정경을 지닌 선비로 손재형을 받아들였기에, 후지츠카는 선비 정신에 입각한 공감의 정서로 「세한도」를 기꺼이 넘겨준 것으로 보인다. 요컨대 「세한도」에 형상화된 선비 정신이라는 내면 정경으로 김정희와 이상적이, 그리고 후지츠카와 손재형이 교감하고 소통할 수 있었고, 그 덕분에 「세한도」는 살아남을 수 있었다.

11) 금장태, 『한국 선비와 선비정신』, 서울대학교출판부, 2001, p. 267.
12) 김광민, 같은 글, p. 95.
13) 같은 글, p. 104.

2-2. 지조와 절개, 유교적 동일성

지조와 절개를 강조하는 유교적 동일성의 세계는 청조(淸朝) 문사들의 제영(題詠)들을 통해 재확인된다. 스승으로부터 「세한도」를 선물받은 이상적은 그것을 들고 청나라로 간다. 1845년 1월 13일 엔칭의 오찬의 집에서 장악진·조진조·요복증 등 17명의 청조문사(淸朝文士)들이 모인 자리에서 이상적은 「세한도」를 보여주며 추사의 이야기를 전한다. 그 자리에 모인 문사들은 한결같이 「세한도」의 화풍에 감동하고, 한편으로 추사의 외로운 처지에 연민을 보이면서 제영들을 쓴다.

> 공자께서 말씀하셨다. "겨울이 되어서야 소나무와 잣나무가 시들지 않는다는 것을 알게 된다." 이것은 소나무와 잣나무가 굳은 절개를 지니고 있지만 눈서리를 맞지 않았을 때에는 사람들이 대부분 소홀히 여기므로 그 절개를 알아보기 어렵고 등용하는 경우도 적다는 것을 너무나 안타까워하신 것이다. 비록 소나무와 잣나무가 시들지 않는다 해도 그것이 겨울에서부터 시작된 것은 아니다. 군자가 소나무와 잣나무의 절개를 배우고자 한다면, 겨울이 닥치기 이전의 절개를 먼저 배워야 한다. 그들은 절개를 늘 지니고 있으므로 사시사철 바꾸지 않을 수 있는 것이다. 저 보통 화초들이라고 해서 겨울이 되면 소나무와 잣나무처럼 되기를 어찌 바라지 않겠는가? 그러나 그렇게 할 수 없는 것은 평소 그 절개가 견고하지 않아서이다. 평소에 절개가 견고하다가도 다급한 순간에 변하는 사람도 있지만, 평소에도 절개가 견고하지 않은데 다급한 순간에 변하지 않는 사람은 들어보지 못했다. 그러니 군자가 소나무와 잣나무의 절개를 배우는 이유

를 알 수 있다. 〔장악진(章岳鎭)〕[14]

절개는 숲속의 나무와 같아 오랜 시간 지나야만 완성되지만
소나무와 잣나무의 본성 속에는 바로 그 절개가 들어 있다네.
군자는 힘들수록 단단해지니
받아주지 않는다고 무얼 탓하리? 〔오찬(嗚贊)〕[15]

저 나무는 기특한 절개가 높고
이 사람은 올곧게 절개 품었네
그 신세 그리움 속 맡겨두고서
이렇게 한겨울의 모습 그렸네.
해외에도 계절 식물 똑같은지라
조물주는 그 절개를 존중하였고…… 〔요복증(姚福增)〕[16]

인용한 세 편에서 화자들은 공히 지조와 절개를 강조한다. 장악진은 "겨울이 되어서야 소나무와 잣나무가 시들지 않는다는 것을 알게 된다"는 공자의 말씀을 전거 삼아 송백의 절개를 중심으로 「세한도」를 수용한다. 어떤 상황에서도 변함이 없고 남이 알아주지 않더라도 옳은 가치를 지속적으로 추구하는 절개를 송백에서 이끌어낸다. 사철 푸른 송백을 제재로 한 절개의 담론은 「세한도」를 그린 추사나 그것을 받은 이상적의 덕성을 유추케 한다. 즉 자

14) 박철상, 같은 책, pp. 213~14.
15) 같은 책, p. 216.
16) 같은 책, p. 227.

연물인 송백의 이야기로 사람살이의 윤리를 강조한 것이다.[17)]

『논어』를 통해 선비 혹은 군자의 도(道)를 살피자면 기본적으로 인(仁)을 실천하는 의(義)로운 사람이다.[18)] 자기에게서 도덕적 선(善)을 찾으려 하며, 자기의 선을 구하여 도덕을 쌓고 지속적으로 상달(上達)하며, 이익을 멀리하고 의에 깨닫는 것은 물론, 덕(德)을 실천하고 도를 기뻐하며, 편당(偏黨)하지 않고 타자들과 조화(調和)를 이루며, 교만하지 않고 태연하다.[19)] 특히 "'이(利)' 때문에 남과 다투지 않으며 '의(義)'의 공익적 가치를 추구"하며 "도덕적 선을 추구하며 공적 가치를 지향"하는 모습, 또 "군자가 실천하는 일은 먼 곳에 있는 것이 아니라 일상의 현실"이라는 점, "조화를 이룰 수 있는 것은 사람들 사이에서 자신의 이익을 다투어 무리 짓지 않고 도덕에 의거하기 때문"[20)]이라는 점 등은 김정희가 추구하고자 했고, 또 김정희에게 이상적이 보였던 태도이며, 이상적의 그런 태도는 진심으로 김정희에게 받아들여졌고, 이 둘 사이의 교

17) 미술사학자 변영섭도 절개의 상징으로서 「세한도」의 소나무는 "을씨년스러운 겨울 분위기 속에 우뚝 선 소나무는 자연의 일부가 아니라 지조라는 유교 윤리의 상징으로 탈바꿈한 소나무"(변영섭, 「문화시대에 읽는 소나무 그림의 상징성」, (사)한국지역인문자원연구소 편, 『소나무인문사전』, (사)한국지역인문자원연구소, 2016, p. 59)라고 언급했다.

18) 공자는 끊임없이 인(仁)을 실천해야 함을 강조했다. "군자가 인(仁)을 떠나면 어찌 이름을 이룰 수 있겠는가. 군자는 밥을 먹는 동안이라도 인(仁)을 떠남이 없으니, 경황 중에도 이 인(仁)에 반드시 하며, 위급한 상황에도 이 인에 반드시 하는 것이다" ("君子, 去仁, 惡乎成名, 君子, 無終食之無終食之間違仁, 造次必於是, 顚沛必於是." 『논어』 「이인(里仁)」 5장).

19) 장영희, 「공자의 군자론과 '인(仁)'의 리더십: 『논어』의 군자론을 중심으로」, 『동악어문학』 70, 1917. 2, pp. 131~35 참조.

20) 같은 글, pp. 136~37.

감과 공감은「세한도」를 보게 된 청조의 문사들에게도 교감의 지평을 형성하게 된 주요 요인이라 하겠다.

요컨대 한문을 매개로 한 공동어문화권이었던 동아시아의 유교적 맥락에서「세한도」를 수용한 장악진은 주체의 개성적 경험보다는 집단적 경험이나 이념을 바탕으로 보편적인 송백의 절개론을 제시했다. 이 점 오찬과 요복증의 경우에도 비슷하다. 송백의 절개와 군자의 덕의 상징적 일치를 강조한다. 특히 요복증의 경우는 중국이나 조선에서 송백에 대한 동일한 감각을 환기했다. 이와 같이 유교적 맥락에서 지조와 절개를 중심으로 한「세한도」수용 현상은 일반적인 경향이었다. 그것은 근대 이후 한국의 문인들에게도 비슷한 양상으로 나타났다. 동아시아의 생태학적 동일성을 확인케 하는 대목이다.

3)「세한도」의 맥락 확산과 창조적 변형

3-1. 유(儒)·불(佛)·도(道) 융합과 원각(圓覺)의 경지: 한승원의『추사』

한승원의『추사』는 추사 김정희를 주인공으로 삼아 그의 일대기를 서사적으로 재현한 역사적인 소설이다. 2-1절에서 이미 논의한 것처럼, 추사는 바람의 섬 제주에 위리안치된 채 고절한 삶을 살아야 했다. 그런데 오로지 이상적만이 청나라를 오가며 어렵게 구한 서책들을 전해주고 인사했다. 이상적은 추사에게 단순한 제자가 아니라 차라리 은인이었다. 겨울 한파 속에서 이상적으로 온정을 새삼 절감하며 보은의 심정으로 그림을 그리기로 한다.

> 이상적이 보낸 책들을 뒤적거리기도 하고 붓의 털들을 쓸어보기도 하고 먹의 향기를 맡아보기도 했다. 그래, 나 이 겨울 한파 속에서 그대들의 온정이 있어 이렇게 살아가고 있다. 뜨거운 감회를 주체할 수 없어 하늘을 향해 얼굴을 쳐들고 심호흡을 했다. 이상적에게 무엇으로 보은을 할까.
>
> 시방 나의 형편으로는 난을 쳐주거나 그림을 그려 보은하는 수밖에 없다. 설 전후의 추위를 견디고 있는 난이나 소나무를 통해 내 마음을 형상화시켜주자.
>
> 줄기가 없지만, 칼 같은 잎사귀와, 봉이나 흰 코끼리의 눈 같은 꽃으로 기품을 드러내는 난이 도학자풍이라면, 줄기가 튼실하고 헌걸찬 소나무는 유학자 풍이다.[21]

"줄기가 튼실하고 헌걸찬 소나무는 유학자풍"이라고 생각하던 추사는 새롭게 연상을 심화한다. "소나무가 지맥 속에 뿌리를 깊이 뻗고 짙푸른 하늘을 푸른 가지로 떠받치고 있는 것을 보면 공자의 모습"이지만, "그것이 드리우고 있는 거무스레한 그림자를 먼저 보고 태허 속에 우듬지를 묻고 사유하고 있는 자세를 보면 깨달은 석가모니의 모습"이라며 소나무에 대한 성찰을 확대한다. 그러다가 "하늘과 달과 별과 구름과 안개와 바람과 새들과 소통하는 소나무의 몸은 신화로 가득 차 있다"는 생각으로 이어간다. 그러

21) 한승원, 『추사』 2, 열림원, 2007, pp. 182~83.

니까 추사에게 소나무는 신화적인 나무다. 하여 그는 "겨울 한파와 적막과 침잠 속에서 다사로운 몸피를 둥그렇게 키우고 있는 우주의 시원"[22]을 형상화해보겠다는 예술적 충동을 불 지핀다. 그렇게 한 폭의 그림을 그리게 된다. 그렇게 형상화된 추사 「세한도」에 대해 서술자는 이런 모양으로 감상한다.

> 설 전후의 고추 맛보다 더 매운 찬바람이 몰아치자, 모든 짐승과 새들은 모습을 감추고, 푸나무들은 죽은 듯 말라져 적막하건만, 건장한 소나무만 푸른 가지를 뻗은 채 우뚝 서서 제 몸을 지탱하기 힘들어하는 늙은 소나무 한 그루를 부축하고 있다. 그 부축으로 말미암아 늙은 소나무는 간신히 푸른 잎사귀 몇 개를 내밀고 있다. 그 두 나무 옆에 집 한 채가 있는데 그 집은 마음을 하얗게 비운 유마거사처럼 사는 한 외로운 사람의 집이다.
>
> '세상의 모든 중생들이 앓고 있는데 어찌 깨달은 자가 앓지 않을 수 있겠느냐' 하며 칭병하고 누운 채 문병하러 오는 불보살들에게 불가사의 해탈의 진리를 설하는 유마거사. 그는 일체의 탐욕으로부터 벗어난 손님들에게 깨달음의 세계를 보여줄 심산으로 그의 집 거실을 텅 비워놓았다.
>
> 세한 속에서 얻은 불가사의 해탈의 무한 광대하고 둥근 깨달음〔圓覺〕은 텅 빈 하늘을 흡수지처럼 빨아들인 신묘한 힘이다. 〔……〕 그 신묘한 힘은 공자와 맹자의 어짊과 안빈낙도와 노장의 무위와 다르지 않다. 그 힘은 그 집의 주인으로 하여금 장차 병에서 일어나 중생

22) 같은 책, p. 183.

들과 더불어 살게 할 터이다.[23)]

현대 작가의 개성적 상상력에 의해 「세한도」의 세계는 새로운 해석의 지평을 낳는다. 이 소설에서 작가는 「세한도」에서 건장한 소나무와 늙은 소나무 사이의 상생을 읽어내고, 그림에서는 보이지 않는 집 속의 인물을 대승적 해탈의 진리를 설파한 유마거사로 변용했다. 『유마경』에서 유마거사는 진보살로 설정된다. "진보살은 재가에 머물지만 부처와 같은 궁극적인 깨달음을 얻었고, 삼계의 어느 것에도 집착하지 않지만 중생을 구체하기 위해 중생과 함께하는 보살"인데, 중생을 구체하기 위해 보살은 "중생에 대한 평등심, 대비심"[24)]을 가져야 한다. 대비심을 지녔던 유마거사는 중생이 앓고 있기에 자신도 아프고, 중생이 병고에서 벗어나면 자신의 병도 없어질 것이라고 했다.[25)] 작가 한승원은 「세한도」의 집 안, 그 보이지 않는 공간에서, 유마거사를 상상함으로써, 진보살의 경지

23) 같은 책, pp. 183~84.

24) 조수동, 「보살정신과 자유의 실천」, 『철학논총』 72집 2권, 새한철학회, 2013. 4. p. 145.

25) "어리석음으로 인한 애착이 있어 나에게 병이 생겼습니다. 일체 중생이 병들었기 때문에 나도 병들었습니다. 만약 일체 중생에게 병이 없어지게 되면 나의 병도 없어질 것입니다. 왜냐하면 보살은 중생들을 위하여 생사에 들어가기 때문입니다. 생사가 있으면 곧 병이 있습니다. 만약 중생들이 병을 벗어나게 되면 보살도 역시 병이 없어질 것입니다. 비유하면 어떤 장자에게 오직 한 아들이 있었는데, 그 아들이 병이 들게 되면 부모도 역시 병이 들게 되고, 아들이 병이 나으면 부모 역시 병이 낫습니다. 보살도 이와 같아서 모든 중생들을 자식같이 생각합니다. 중생이 병들면 곧 보살도 병이 생기고, 중생이 병이 나으면 보살도 역시 낫습니다. 또 이 병이 무엇으로 인하여 생겨났느냐고 하면, 보살의 병은 대비심으로 생긴 것입니다"(『유마경』, 조수동 옮김, 박영률, 2008, p. 79).

를 이끌어냈다. 또 「세한도」에서 원으로 열린 문에 주목하고 원의 신화적 상징성에 근거하여, 집 안의 인물과 집 밖의 소나무 사이의 관계를 암시했다. 작가가 연상한 소나무와 집 속의 인물 사이의 유비를 통해 둥근 깨달음〔圓覺〕의 경지를 형상화하면서, 새로운 창조의 지평을 열었다.

이 소설에서 「세한도」의 수용 맥락은 복합적이다. 불교의 원각(圓覺), 공자의 인(仁)과 안빈낙도, 노장의 무위(無爲)를 융합한 맥락에서 미적 경험을 하고, 이를 바탕으로 복합적이고 대승적인 깨달음의 경지를 응시했다. 작가 나름대로 상징적 변형을 시도한 경우인데, 이때의 유·불·도 융합의 지평 또한 동아시아의 공통 감각을 형성한 기제였다. 그 융합의 지평에서 동아시아의 생태학적 동일성의 감각이 형성된다. 세상에 존재하는 모든 것들에 대한 연민, 상생의 감각과 윤리, 자연 상태의 존재 감각 등이 그 내포를 이룬다.

3-2. 생태학적 동일성의 훼손과 병든 나무: 장석주의 「세한도」

장석주의 「세한도」는 추사가 그린 세한(歲寒)의 정황을, 시인의 개성적 경험으로 변용하여 창작한 시다. 현대의 시인이 보기에, 절개나 원각을 상징하던 옛 소나무는 이제 병들었다. 무분별한 개발로 인해 생태학적 동일성이 훼손된 현실을 시인은 직관하고 있다.

> 골재 채취한다고 산 한쪽이 뭉텅 잘려 나가고
> 아물지 않은 상처처럼
> 붉은 절개지는 겨울이 다 가도록 흉하게 드러나 있다

그 위 언덕에는 잎이 붉게 변하며 말라가는 소나무 몇 그루
소나무 가지에 걸린 달이 협곡으로 빠질 때
병든 가장(家長)이 식구들 없는 빈집에서
혼자 남아 기침을 하고 있다

—「세한도」[26] 전문

「세한도」 당대의 청조문사들이나, 작가 한승원의 텍스트와는 달리, 여기서 소나무는 병들고 상처받은 상태다. 시인은 소나무와 사람에다 땅("붉은 절개지")의 문제까지 시적 대상을 확대하여, 그 모두가 병든 것으로 형상화했다. 한승원의 소설에서는 대승적 치유 가능성을 함축한 인물이었는데, 여기서는 단지 "병든 가장"일 따름이다. 소나무도 절개나 상생과는 거리가 먼 채 붉게 병들어간다. 개발 과정에서 자연과 인간이 공히 병들게 된 동시대의 현실적 경험과 맥락에 근거하여 수용하고 상징적으로 변용한 결과다. 근대 이후 인간은 자연을 훼손하는 것을 감수하면서까지 인공적 문명을 개발하고 도시를 건설했다. 그 결과 이전에는 자연 상태에서

26) 이근배 엮음, 『시로 그린 세한도』, 과천문화원, 2008, p. 57. 앞의 기존 논의 검토에서도 확인한 것처럼 「세한도」를 전유한 시편들은 매우 많은 편이다. 강인한의 「세한도」, 강현국의 「세한도 5」「세한도 6」「세한도 13」 등 연작시, 고재종의 「세한도」, 도종환의 「세한도」, 박희진의 「세한도운」「추사체」, 오세영의 「세한도」, 정희성의 「세한도」, 조정권의 「세한도」 등 많은 시편이 창작되었다. 그 많은 시편 중에서 가려 편찬한 책이 이근배의 『시로 그린 세한도』다. 그래서 필자는 '세한도 현상'이라 불러도 되겠다고 언급한 것이다. 그럼에도 여기서는 장석주의 「세한도」 한 편만을 본문에서 다룬다. 그 이유는 최근의 생태 환경적 관심을 확인할 수 있는 시편이라는 점이 그 하나요, 김정희의 그림 「세한도」 및 본고에서 함께 다룬 한승원의 소설 『추사』와 함께 장석주의 「세한도」가 구성 요소들의 동일성을 보인다는 점이 그 둘이다. 나무와 집, 그리고 집 안의 어떤 존재에 대한 상상의 측면에서 그러하다.

늘 푸르던 소나무들도 자연적 '안녕'을 기대하기 어렵게 되었다. 시인 장석주가 병든 소나무의 메타포에 병든 가장의 이미지를 중첩시킨 것은 그와 같은 생태 현실에 대한 절박한 문제의식에서 기인한 것으로 보인다. 유마거사의 말법대로라면, 소나무가 병들었으므로 사람도 병들었다.

「세한도」를 통한 미적 경험과 시인의 현실적 경험은 동일한 것일 수 없다. 그 불화와 대조의 상호작용을 통해 상처받은 존재 상황에 대한 애도의 서정을, 장석주는 노래했다. 오늘날의 생태 현실의 맥락에 입각하여 가장 큰 상징적 변형을 보인 경우다. 그러나 병든 소나무와 병든 가장에 대한 상태 진술은 그 자체로 상실된 생태학적 동일성의 세계의 회복을 위한 간절한 염원을 함축하는 것이기도 하다.

4) 송백(松柏)의 상상력의 지속과 변화

이상에서 추사 김정희의 「세한도」와 그 그림에 대한 다각적인 수용과 변용 양상을 '세한도 현상'으로 명명하고, 「세한도」의 창작 과정과, 제사를 통한 작가의 창작 의도, 발신자인 추사와 수신자인 이상적과의 관계, 당대 청조문사들의 수용 양상, 그리고 그 현대적 변용 등을 살펴보았다. 생태학적 동일성의 측면에서 보면 추사 김정희 당대에는 당시 동아시아 공통의 이념이었던 유교적 동일성에 입각한 양상을 뚜렷하게 확인할 수 있었다. 근대 이후에는 다양하게 상상적 상징적 변형이 이루어졌는데, 한승원의 소설 『추사』에서는 유·불·도를 융합한 생태학적 동일성이, 현대시인 장석주의 시 「세한도」에서는 훼손된 자연 상태를 병적인 것으로 형상화되면서 사회생태학적 동일성의 문제를 환기한다. 논의를 요약하자면 다음과 같다.

첫째, 「세한도」는 동아시아의 공통 감각과 이념의 토대였던 공자의 논변에 기대어, 인간관계에서 지조의 덕목을 소나무와 잣나무의 상징성에 빗대어 형상화한 그림이다. 둘째, 「세한도」 현상은 화가의 그림 작업에서 완결되지 않고, 수용 과정에서 각종 제영이나 찬과 같은 담론들을 통해 역동적이고 중층적으로 구성되었다. 한국과 중국, 일본을 넘나드는 역동적인 소통 과정을 통해 「세한도」 현상은 심화와 확산 양상을 보였다. 이 또한 동아시아의 공통 이념과 공통된 생태학적 동일성 감각에 근거한 현상이다. 셋째, 한승원의 소설 『추사』에 이르면 유교와 불교, 도교의 사유의 「세한도」를 매개로 하여 종합되는 양상을 보인다. 그 종합의 과정에서 동아시아적 생태학적 동일성의 세계를 확인할 수 있다. 넷째, 장석주의 「세한도」는 근대 이전의 공통 감각이었던 동아시아의 생태학적 동일성이 훼손된 현실에서의 미적 경험을 바탕으로 창작된 시이다. 오래된 문화적 기억마저 몰아내는 병든 생태 현실을 환기하는 상징적 변형이 이루어진다.

3. 나무의 죽음과 신생을 위한 역설

—조하형의 『조립식 보리수나무』[1]

나는 나무를 끌고
집으로 돌아온다.
홀로 잔가지를 치며
나무의 침묵을 듣는다.
"나는 여기 있다.
죽음이란
가면을 벗은 삶인 것.
우리도, 우리의 겨울도 그와 같은 것"
—기형도, 「겨울·눈〔雪〕·나무·숲」[2]

1) 재난의 상상력과 나무의 죽음

나무의 수사학과 관련하여 조하형의 『조립식 보리수나무』는 매우 특별한 성찰의 계기를 제공해준다. 과학기술의 발달과 인류의 문명이 가속도를 내며 전개될수록 지구의 생태 환경은 재난의 상황에 근접할 수 있다는 우려는 비단 이 작가의 문제의식에 국한될 것이 아니지만, 그런 재난의 상상력을 조금 더 밀도 있게 밀고 나

1) 이 절은 졸고 「서사도단의 서사」(『프로테우스의 탈주』, pp. 265~84) 부분에서 다루었던 것을 바탕으로 수정 보완한 것이다.
2) 『기형도 전집』, 문학과지성사, 1999, p. 136.

가, 나무의 죽음을 상징적 제의의 장치로 하여 근본적이고 심층적인 입장에서 파격적인 상상력을 전개한다. 재난의 상황에 직면한 불안과 공포의 심리는 나무의 죽음이라는 사건과 관련하여 아주 새로운 시간과 공간으로 나아가고, 초록 사이보그 나무를 통해 이채로운 신생의 기획을 역설적으로 마련한다.

『조립식 보리수나무』에서 작가 조하형이 동원한 지식 체계는 매우 가공할 만한 것이다. 신화학과 인류학은 물론 기하학, 양자역학, 생물학, 생태학, 물리학, 정보공학, 수학, 지구과학, 건축학, 종교학, 철학, 리좀학 등 여러 분야의 지식 체계들을 나름대로 접속하고 조립하여 리얼리티의 사막을 해부하고 해체하고 재조립하는 데 활용한다. 그러다 보니 그의 소설에서는 명사형 사고가 단연 우세종으로 등장한다. 묘사적 관형어나 서술어가 상대적으로 줄어들고 이런저런 명사들이 조립되어 개념들의 난장을 통해, 새로운 인식과 상상력의 틈새를 넓혀나가는 형국이다. 명사적 개념들의 돌연한 병치와 중첩, 모순적 개념 행렬 등 역시 융합의 시대의 서사 전략의 일환일 터이다. 그리고 이는 조하형의 재현 체계 혹은 서사적 생성 체계의 독특함을 알리는 것이기도 하다. 아마도 조하형이 신화 시대의 작가이거나 리얼리즘 시대의 소설가였다면 그렇게 하지 않아도 좋았을 것이다. 이카루스의 날개가 거부됨은 물론 이상의 날개마저 찢겨진 지 오래인 시절의 작가이기에, 그는 날개에 의지한 초월과 비상의 상상력을 유예하고 포월과 전복의 상상력에 기투해야 했을 것이다. 하고 보니 그의 정보공학적 수고로움은 불가피하게 요청될 수밖에 없었던 것으로 보인다.

2) 수사학적 자연의 메타 설계도

조하형의 서술자와 인물들은 누구랄 것도 없이 대체로 "되돌아갈 수도 없고 나아갈 수도 없는 자의 불안과 공포"[3]에 사로잡혀 있다. 그도 그럴 것이 현실은 전면적인 재난 상황에 처해 있고, 그 현실을 넘어서려는 그 어떤 노력도 새로운 비전으로 그 주체자들을 안내하지 못하기 때문이다. 확실히 조하형의 허무혼은 "깊은 절정"을 보인다. "미친, 새로운 현실은 양파처럼 수만 겹의 껍질로 에워싸여 있었다. 정작 모든 것이 드러났을 때, 그곳에 있던 것은 아무것도 아니었다. 그 누구도, 아무것도 얻지 못했다. 그 누구도, 어디로도 가지 못했다."[4] 사태가 이 지경이라면 그렇지 않을 도리가 없을 터이다. 이런 사태는 『조립식 보리수나무』에서 "링반데룽〔環狀彷徨〕"으로 호명된다. "그는 오직 빛을 쫓아 움직였고, 도달하였으나, 그곳에는 광원(光源)이 없었다. 허무의 빛에 휩싸이는 순간, 점사(占辭)는 그의 몸이 그린 궤적, 그 자체였다: 링반데룽〔環狀彷徨〕. 그는 아주 먼 길을 걸어서 추억의 한 장소로 돌아갔다."[5] 여기서 광원이 없다는 것은 『키메라의 아침』에서 수만 겹의 양파 껍질 속에 아무것도 없었다는 것과 겹쳐진다. 오직 허무의 빛만 있을 따름이다. 변역(變易)도 어렵고 출구도 막막한 링반데룽〔環狀彷徨〕의 세계에서 그들은 각기 "자기만의 '메타 시뮬레이션'

3) 조하형, 『키메라의 아침』, 열림원, 2004, p. 199.

4) 같은 책, p. 200.

5) 조하형, 『조립식 보리수나무』, 문학과지성사, 2008, p. 42.

을 돌리는 일에만 미쳐 있"[6]다.

이런 상황에서 기본 화두는 이런 것이다: "어떻게 하면, 이 시공간에서 나갈 수 있는가?"[7]; "모래시계 속의 개미는 어떻게 밖으로 나갈 수 있는가?"[8] 그 화두는 매우 절박하지만, 『키메라의 아침』에서 닭이 결코 날개를 달고 그 시공간을 벗어날 수 없듯이 『조립식 보리수나무』에서도 모래시계 속의 개미는 결코 밖으로 나갈 길을 마련하지 못한다. 조하형의 비극적 세계 인식은 그만큼 도저하다. 하여 조하형은 존재와 상황, 존재와 시공간 사이의 상호의존성 혹은 서로 삼투하는 모호하면서도 역동적인 역장(力場)을 논리적으로 추론한다. 그 어떤 작가보다도 논증적 글쓰기에 강한 면모를 보이는 조하형은 『키메라의 아침』에서 심장과 태양, 혹은 몸과 시공간이라는 매개 변수를 선택하여 생성적 변역 혹은 변역적 생성의 과정을 다채로운 하이브리드 논거들을 가로지르며 추론하려 한다. 『조립식 보리수나무』에서는 그 추론을 좀더 치밀하게 밀고 나간다. 그에게는 전혀 다른 길, 전혀 다른 논리가 필요했다.

> 논리-공간은 그 자체가 되어버린 논리-몸, 일종의 주객일치(主客一致) 상태에 도달한 시스템은, 그 즉시, 자신의 존재 자체가 논리적 아포리아로 변해버리는 걸 피할 수 없을 거야. 〔……〕 수정된 논리-공간에 대한 논리적 추론과 판단을 수행해야 하는데, 그것은 또다시, 논리-공간을 수정하게 될 거고, 그래서, 논리-몸은 또다시,

6) 같은 책, p. 44.
7) 같은 책, p. 30.
8) 같은 책, p. 64.

……링반데룽이야. 인공지능 시뮬레이터는 아마, '전체의 역설' 상태에 도달할 뿐만 아니라, 일종의 자기 지시적 순환회로에 갇혀버릴 거야. 빠져나갈 곳은 어디에도 없고, 무한 순환루프에 빠진 채, 무의미한 숫자와 기호들의 행렬만 토해내겠지. 결국, 메타-재난-시뮬레이션을 완전하게 기술하기 위해선, 메타-메타-재난-시뮬레이션이 요청될 거야. 끝이, 없어. 다른 길을 찾아야 돼.[9]

다른 길을 찾기 위해 조하형은 메타-의식에 무척 공들인다. 그의 서술자는 결코 일차 이야기 세계를 따라가지 않는다. 진흙길을 걸으면서 거울을 가져다 비추어보는 스탕달 식의 재현을 그는 전적으로 거부한다. 이야기 세계를 끊임없이 반성적으로 성찰할뿐더러 그 성찰적 메타-의식도 거듭, 거듭 반성하고 숙고한다. 하여 메타-의식은 메타-메타-의식으로, 다시 메타-메타-메타-의식으로 게걸음질친다. "자기 지식적 순환회로"에 빠지지 않고 밖으로 나가보고자, 기어이 기어나가 "다른 길을 찾아"보고자 하기 때문이다. 이와 같은 인식 태도나 서사 전략으로 인해 그의 소설은 복잡한 복수 시뮬레이션의 복합체가 된다. 인상적인 등단작 『키메라의 아침』이 종이책으로 된 가장 격렬한 하이퍼텍스트 형상을 하고 있거니와, 복잡성이 좀 완화된 것처럼 보이는 『조립식 보리수나무』의 경우도 비슷한 형상이다. 가령 "컴퓨터로 설계된 시뮬레이션들은, 실제 도시의 이차적 재현이 아니라, 실제 도시보다 선행하는 디지털 형상에 해당했고, 신-도시의 픽처레스크식 지형이나 합성밀림

9) 같은 책, p. 88.

을 모방하는 지도가 아니라, 수사학적 자연을 생산하는 설계도에 해당했다"[10] 같은 부분에서 시사하는 것처럼, 그의 소설은 재현의 세계를 포월해 전혀 다른 "수사학적 자연"을 생성하는 리좀적 논리 기계처럼 보인다. 따라서 그의 소설에서 아리스토텔레스적인 의미에서 이야기의 처음-중간-끝은 의미가 없다. 핍진성이나 플롯의 인과성, 시간 논리도 과격하게 전복된다. 전혀 새로운 방식으로 조하형 식의 새로운 '시학'을 그는 강력하게 요청한다. 『키메라의 아침』의 경우 하이퍼텍스트적인 구성을 하고 있다고 이미 언급했거니와, 그럼에도 독자들의 독서 과정의 자유도는 상당 부분 제약된다. 작가가 구안한 수사학적 자연의 설계도가 매우 촘촘하기 때문이다. 물론 독자들마다 처음-중간-끝을 나름대로 구성해 새롭게 변형 생성적으로 읽을 수 있지만, 그 과정에서 작가가 설치해놓은 치밀한 논거들은 하나라도 빼면 전체 독서회로는 완성되지 않는다. 어쩌면 그의 소설을 읽기 위해서는 잘 설명된 매뉴얼이 필요할지도 모르겠다. 독자로서는 사뭇 우울한 노릇이지만, 작가는 독자에게 그런 우울한 수고를 요청할 권리가 있다고 생각하는 것 같다. 그만큼 자신의 서사적 시뮬레이션 프로그램에 공들였다고 생각하기 때문일 것이다. 그러나 읽기에 따라서는 추론과 상상력을 결합하여 끊임없이 변형 생성되는 무한 복수의 이야기 세계에 게임하듯 참여하는 즐거움을 만끽할 수도 있다.

10) 같은 책, p. 131.

3) 초록-사이보그 나무와 가능성의 디지털 수형도

재난의 상상력은 확실히 조하형의 소설에서 웅숭깊게 형상화된다. 『키메라의 아침』에서도 불안과 공포의 극한까지 치닫는 재난 상황에 조형되고 있거니와, 불과 모래의 재난이 극화되는 『조립식 보리수나무』에서 조하형이 우려하는 극단적 재난 상황이란, "지각 변동 이후의 하늘은, 우둘투둘한 타원형이었고, 절벽으로 둘러싸인 수 평방 킬로미터의 땅은, 시커먼 물이 흐르고 불길이 치솟는 포스트-인더스트리얼 폐허, 포스트-포스트모던 지옥, 그 자체"[11]로 요약될 수 있는 것이다. 이는 "일상의 균열을 느끼고, 공허감에 시달리고, 전자도서관에 접속해 철학과 종교와 예술에 관한 책들을 읽는"[12] 자들이 상상할 수 있는 극단적인 형상의 일환이다. 『조립식 보리수나무』에 등장하는 이철민의 시뮬레이터 어법에 따르면, 재난을 이해한다는 것은 "하나의 논리적 메커니즘을 터득하는 것"[13]으로 정리될 수 있다. 앞에서도 거론된 바 있는 논리적 메커니즘에 입각하여 조하형은 "메타-재난-시뮬레이션" 내지 "메타-메타-재난-시뮬레이션"에 몰입한다. 여기서 몸과 시공간의 상호작용은 『키메라의 아침』에서 심장과 태양의 상호작용처럼 중요하다. 조하형은 "모든 몸들은 시공간[空]의 응결에 지나지 않는다"는 명제를 제출하는데, 이는 "모든 몸들이 같으면서도 전부 다른 것은,

11) 같은 책, p. 254.
12) 같은 책, p. 203.
13) 같은 책, p. 79.

피부-몸과 근육-몸, 골격-몸, 순환-몸, 도관-몸, 신경-몸이 조립되는 방식, 상호의존적 발생의 형식, 정보-몸이 다르기 때문"[14]이다. 확실히 그의 소설에서 '몸'의 상상력과 논리는 매우 이채롭고 중요해 보인다. 가령 그는 『도덕경』에 나오는 이런 문장을 지목한다. "귀대환약신(貴大患若身): 재난을 몸처럼 귀하게 여겨라."[15] 이 문장을 "논리-지리적 공상을 위한 전제로" 삼아 '논리-몸'을 넘어 '논리-공간'을 추론해나간다.

> 재난을 몸처럼 귀하게 여길 것; 사이보그의 형식—재난을 몸의 세포와, 조직과, 기관으로 전화시키면서, 변신하고, 확장할 것. 그리고, 하나의 '논리적 사실'이 존재한다는 걸 잊지 말 것; 자기를 바꾸는 것과 세계를 바꾸는 것, 자기를 긍정하는 것과 세계를 긍정하는 것이 일치하는 지점이 존재할 수 있다는 것—논리-몸이 논리-공간 그 자체가 될 때, 그때. 이해는 아마도 그 지점에서만 가능할 것이다; 재난을 이해하기 위해서는, 이해라는 것이, 논리-몸의 수준이 아니라 논리-공간의 수준, 즉 시스템 레벨에서 발생한다는 걸 볼 수 있어야 했다.[16]

이런 추론 과정을 거쳐 "'정보-몸'과 '공중-가변-거대구조물'의 교환, '경계 없는 형태'와 '개체-환경 복합체'의 교환"[17] 체계의 가

14) 같은 책, p. 41.
15) 같은 책, p. 80.
16) 같은 책, p. 85.
17) 같은 책, p. 255.

능성을 가늠해본다. 그야말로 총체적 상상력의 총화이며 구성적 추론의 결과이기도 하다. 이런 맥락에서 보면 정치적 재난과 자연적 재난도 둘일 수 없다. "사헬의 대가뭄이 지속되면 사하라 이남 지역에서 물을 둘러싼 분쟁이 발생하고, 산유국에 지진이 발생하면 강대국들이 석유 이권에 개입하면서 이슬람 근본주의자들의 테러가 급증하는 식으로"[18] 말이다.

'개체-환경 복합체'에서 조하형이 주목하는 핵심 중의 하나는 리듬의 문제이다. "태초에 리듬이 있었"고 태초에 "우주-음악"[19]이 있었다. 그런데 그 리듬은 점진적으로 혹은 전면적으로 재난 상황에 빠지면서 균열을 일으키고 훼절되고 만다. 재난의 리듬은 음울하기 짝이 없고 존재의 숨결과 거리가 멀다. 개체도, 환경도, 개체-환경 복합체도 공히 리듬을 상실한 채 파국의 절정으로 치닫기 일쑤이다. 조하형 서사의 많은 부분은 여기에 바쳐진다. 새로운 변형 생성의 가능성 또한 리듬이 살아나야 엿볼 수 있다. "리듬을 타기 시작하자, 세포 속의 분자들을 변형시키는 화학반응 같은 게 일어나기 시작했다. 몸이 변하고 있다."[20] 『조립식 보리수나무』에서 이는 좀더 선명한 이미지를 얻게 된다.

> 태양이 지하로 내려온다, 그 순간.
> 죽어가던 나무가 초록의 불길로 타오른다, 그 순간.
> 초록이란 언어 코드가 걸러내는 노이즈 전체를 향해, 붕괴된 몸이

18) 같은 책, p. 56.
19) 『키메라의 아침』, p. 121.
20) 같은 책, p. 306.

반응했다, 그 순간. 관능적이라고 해도 좋을 전류가, 몸 전체를 관통하며 흐르는 걸 느꼈다.

그녀의 날숨CO_2이 사이보그 전나무의 들숨이 되고, 사이보그 전나무의 날숨O_2이 그녀의 들숨이 되는 교환의 리듬이, 절단 불가능한 연속체의 폴리리듬으로 변해간다: 몸의 녹화, 얼굴의 녹화: 초록-사이보그.

탈진한 몸들이, 감각의 과부하 상태에서 경계를 넘어 흐르고, 초록 안에서, 초록이 되어, 초록과 함께 움직일 때, 기묘한 식물성 기쁨이 감전의 느낌으로 밀려왔다.

빛을 인식하고 기쁨으로 떠는, 파이토크롬, 크립토크롬 분자들: 몸을 구성하는 원소들이 변환되고, 새로운 분자들($C_6H_{12}O_6$)이 생성한다: 정오의 광합성: 자립의 화학, 변신의 연금술.

초록-사이보그는 그 순간, 시민의 불안과 공포, 난민의 분노와 절망을 내려놓고, 완전하게 불완전한 건축물을 비로소 이해했다: 논리적 구조물, 윤리적 구조물…… 그리고 초록이 아름답다.

음악이 연주되기 시작한 것은 바로 그때였다. [……] 추상적인 고향의 이미지를 품고 있는 흙냄새가 되고, 거칠고 구불텅하면서도 위안을 주는 식물성 질감의 총체 같은 것이 되어, 울려 퍼졌다.[21)]

초현실적인 초록-사이보그의 형상이지만, 조하형이 극단적 재난의 상황에 깊숙이 침윤된 다음 새롭게 길어낸 "변신의 연금술"이기에 무척 값진 대목이다. 그 누구보다도 비극적인 세계 인식

21) 『조립식 보리수나무』, p. 338.

을 견지하고 있는 작가이지만, 그의 비극성 탐문이 파국으로 치닫는 세계에서 초록 비전의 마지막 가능성을 모색하려는 의도였음을 확인할 수 있는 부분이다. 물론 이 초록-사이보그를 통해 우리가 "불안과 공포, 난민의 분노와 절망을" 온전히 내려놓을 수 있을지는 달리 더 추론해보아야 하는 문제이다. 그러니까 조하형이 구안하고자 한 세계의 "서바이벌 매뉴얼"[22]은 심층 생태학적 비전과 통하는 것이기도 하다. 아니 기존의 심층 생태학적 인식이나 비전에다, 앞서 언급한바 다른 담론 체계들을 융합하여, 새로운 변형 생성의 가능성을 모색하려고 한 것이다. 이 지점에 조하형 소설의 진실이 담겨 있다. 그리고 그것은 결국 존재 자체의 질문과 상통하는 것이기도 하다. "내가 누구인지, 나는, 가진 것도 없고, 내세울 것도 없고, 잘할 수 있는 것도 없다. 그런 내가, 살아도 될 것인가?"[23]

존재하는 모든 것의 리듬에 숨결을 부여하려는 것은 문학하는 마음의 바탕이기도 하다. 이를 위해 2000년대의 젊은 작가들은 "색(色)과 형(形)이 다른 어둠들의 각개 전투"[24]를 벌인다. 리듬의 재난 위기에서 벗어나 새로운 변형 생성을 위한 서사적 탈주 과정에서 그들은 때때로 매우 과격한 위반과 서사도단의 폭력을 감행하기도 한다. 그러나 "앞뒤가 맞지 않는 이야기는 오히려, 사람들의 상상력을 자극하며 흥미를 유발"[25]할 수 있으며, 구성적 여백 혹

22) 같은 책, p. 78.
23) 같은 책, p. 360.
24) 『키메라의 아침』, p. 324.
25) 같은 책, p. 331.

은 편집 과정이나 하이퍼링크 과정에서의 침묵의 백지는 독자들과의 역동적 소통을 통해 새로운 변형 생성의 지평을 혁신할 수도 있겠다. 여러 가지 측면에서 조하형이 그려 보인 초록-사이보그 나무는 디지털 시대의 가능성의 수형도를 상상적으로 형상화한 매우 특징적인 사례라고 할 수 있겠다. 초록-사이보그 나무의 들숨과 날숨이 교환의 리듬을 타고, 몸과 세계를 녹화(綠化)할 수 있을지도 모르겠다는 작가의 상상력은, 초록 비전의 마지막 가능성을 추구하는 수사학적 탐문에 값한다. 비록 자연의 나무는 아니지만 조하형의 사이보그 나무는 그 어떤 자연의 나무보다도 더 강렬하게 초록의 광합성을 욕망한다. 세계의 파국이라는 불안과 공포를 거슬러 초록 나무들과 더불어 식물성 기쁨을 누릴 수 있기를 소망하는 작가 의식이 빚어낸 나무의 수사학이다.

4. 치유와 재생의 나무

— 이윤기의 『나무가 기도하는 집』을 중심으로

언젠가 그가 말했다. 어렵고 막막하던 시절
나무를 바라보는 것은 큰 위안이었다고 〔……〕
(나무가 저를 구박하거나
제 곁의 다른 나무를 경멸하지 않듯이) 〔……〕
어쩌면 그는 나무 얘기를 들려주러
우리에게 온 나무인지도 모른다
아니면, 나무 얘기를 들으러 갔다가 나무가 된 사람
—이성복, 「기파랑을 기리는 노래」[1)]

1) 나무 얘기 들려주려 온 나무 사람

이성복의 시 「나무에 대하여」는 나무의 수직 상승성을 전복하면서 나무에 대한 새로운 성찰을 보인다. 하늘을 향해 상승하는 나무가 아니라 뿌리로, 땅으로 향하는 하강의 욕망을 이야기하면서, 나무의 또 다른 정체성을 문제 삼는다. "때로 나무들은 아래로 내려가고 싶을 때가 있을 것이다 나무는 몸통뿐만 아니라 가지도 잎새도 아래로, 아래로 내려가고 싶을 것이다."[2)] 시인은 부끄러운 일이

1) 이성복, 『래여애반다라』, 문학과지성사, 2013, pp. 141~42.
2) 이성복, 「나무에 대하여」, 같은 책, p. 108.

있어서가 아니라 "그냥 남의 눈에 띄지 않고 싶을 때" 혹은 "왼종일 마냥 서 있는 것이 부담스러울 때"가 있을 것이라며 하강 욕망의 원인의 한 단면을 추측한다. "아래로, 아래로 내려가 제 뿌리가 엉켜 있는 곳이 얼마나 어두운지 알고 싶"어 하는 나무가 "몸통과 가지와 잎새를 고스란히 제 뿌리 밑에 묻어두고, 언젠가 두고 온 하늘 아래 다시 보고 싶을 때가 있을 것"이라는 시인의 상상은 단순한 듯 웅숭깊다. 원래 출발한 자리에서 발본적인 성찰을 한 다음 다시 시작하려는 나무의 의미론은 많은 생각거리를 제공한다. 나무는 땅에 뿌리내려 싹을 틔운 다음 하늘을 향해 수직 상승에의 꿈을 꾼다. 줄기와 가지와 잎새로 무성하게 하늘로 올라갈 때 나무는 나무답다. 그런 현상적 나무의 심연에서는, 그러나 수액의 순환성이 작동한다. 뿌리에서 가지로 올라가고 잎새에서 가지로 뿌리로 내려가는 수액의 순환은 나무로 하여금 전면적 반성의 계기를 부여하는 것인지도 모른다. 그러기에 나무는 그 존재 자체가 인문적이라고 말해도 크게 잘못된 것이 아닐 터이다.

그 때문일까. 사람들은 종종 나무를 보면서 크고 작은 위안을 얻는다. 「기파랑을 기리는 노래」에서 '그'도 그런 사람 중 하나이다. "어렵고 막막하던 시절/나무를 바라보는 것은 큰 위안"이었다고 말하는 그 사람 말이다. "비정규직의 늦은 밤 무거운/가방으로 걸어 나오던 길 끝의 느티나무였을까"라는 시적 화자의 추론이 있거니와, 그는 고단하고 막막한 시절을 나무를 통해 위로받으며 살면서, 다른 이들에게 나무와 같은 존재가 된다. "나무가 저를 구박하거나/제 곁의 다른 나무를 경멸하지 않듯이" 그는 스스로를 책망하지도, 남을 탓하지도, 남에게 부담을 주지도 않았다고 한다. 그의 나무다운 미덕은 "도저히, 부탁하기 어려운 일을/부탁하러 갔을 때/그의 잎새는 또 잔잔히 떨리며 속삭였다/—아니 그건 제가 할 일이지요"라는 대목에서 일목요연하다. 도저히 부탁하기 어려운 일임에도 불구하고 그는 흔쾌히 그 어려운 일을 수락하고 감당하려 든다. 이런 인물을 시인은 "어쩌면 그는 나무 얘기를 들려주러/우리에게 온 나무인지도 모른다/아니면, 나무 얘기를 들으러 갔다가 나무가 된 사람"이라고 말한다. 삶이 너무 막막하여 나무 얘기를 들으러 갔다가 나무가 된 사람, 나무의 미덕을 갖추게 된 사람, 그래서 또 다른 막막한 이들에게 나무 얘기를 들려주며 위안을 주는 사람, 치유의 가능성을 열어주는 사람의 형상이다. 내 안에 그런 나무 같은 사람이 있다는 것, 혹은 가까운 곳에 그런 나무 같은 사람이 존재하고 더불어 산다는 것은 일종의 축복일 수도 있겠다. 이윤기의 『나무가 기도하는 집』은 그런 사람, 그런 나무와 관련된 이야기다.

2) 나무 고아원과 나무 기도원

『나무가 기도하는 집』의 서술자는 주인공 이민우를 "나무를 기르는 농부"[3)]라고 명명한다. 그 마을의 전통적인 습성에 따라 흔히 우야 아저씨로 불리는 이 주인공은 그야말로 나무를 아끼고 나무와 더불어, 나무처럼 살아가는 인물이다. 말 그대로 '나무 사람' 혹

3) 이윤기, 『나무가 기도하는 집』, 세계사, 1999, p. 47.

은 '사람 나무'라 불러도 틀리지 않을 그런 존재이다. 그는 나무를 그저 홀로 떨어져 존재하는 정적인 식물로 보지 않는다. 식물과 동물의 경계 내지 임계점 따위에는 관심을 두지 않는 "그에게 나무는 여느 사람들이 아는 나무가 아니다."[4] 그렇다는 것은 그가 집 뒤에 아름아름 조성한 천여 평 수목원의 내력에서도 확연하게 확인할 수 있다.

> 우야 아저씨네 귀룽집 뒤는 스무 마지기 남짓한 감자밭이다. 그 뒤로는 나무만 심어 걸운 숲이 천여 평 되는데 그 천여 평 되는 땅이 바로 그가 걸운 수목원이다. 수목원이라고 해서, 관상용 정원수를 걸우는 수목원이 아니다. 따라서 영리를 목적으로 가꾸고 있는 숲이 아닌 것은 물론이다. 처음에는 그 수목원도 감자밭이었다. 그런데 수목원이 자꾸만 감자밭을 잠식해 들어왔다. 나무가 나날이 늘어가서 그랬다. 마을 사람들도 그렇게 부르지 않지만, 우야 아저씨 자신도 그렇게 부르지 않지만 그에게 그 숲은 〈나무 고아원〉이다. 그럴 만한 사연이 있다. 그의 숲에, 사다 심은 나무는 한 그루도 없다. 자세한 이야기는 뒤에 하겠지만 그 숲의 나무들은 모두 주워다 심은 나무들이어서 〈나무 고아원〉이다. 그러던 그의 〈나무 고아원〉은 또 하나의 이름을 얻는다. 〈나무가 기도하는 데〉, 즉 〈나무 기도원〉이 그것이다. 그가 자야 아가씨에게 자기 집을 일러, 〈기도원이기도 하고 아니기도 한 곳〉이라고 말한 것도 마음 한구석으로 〈나무가 기도하는 데〉라는 생각을 한 적이 있기 때문이다.[5]

4) 같은 책, p. 63.

우야 아저씨의 수목원은 여느 수목원과 확실히 다르다. 첫째, 어떤 목적이나 효용을 위해, 이를테면 수목을 생산하고 공급하거나, 관광 목적의 수목원을 위해서거나 하는 목적으로 조성된 게 아니다. 그저 뿌리 뽑힌 채 사라지는 나무를 그냥 두지 못하는 측은지심의 발로에서 나무를 옮겨 심기 시작한 것이기 때문이다. 그 어떤 나무도 사다 심은 것이 없다고 했다. 그는 "도로 공사장에서 자주 일어나는, 공사의 효율을 높인답시고 나무를 흙으로 파묻어버리는 사태는 동물의 목숨도 끊지 않고 그 껍질을 벗기는 것과 다를 것이 없는 잔혹 행위"라고 생각하며, " 뿌리 뽑힌 채 말라 죽어가는 나무는, 들판에서 굶어 죽어가고 있는 동물이나 다를 것이 없다"고 여길뿐더러 "그것을 방치하는 것 또한 용서받을 수 없는 잔혹 행위"[6]라고 생각하는 인물이다. 그런 측면에서 둘째, 그의 수목원은 '나무 고아원'의 성격을 띤다. 대부분 도로 공사장에 버려진 고아-나무들을 옮겨와 심은 나무들이기 때문이다. 그렇게 나무를 심은 다음 그는 나무를 아껴주며 나무로 하여금 잘 자랄 수 있도록 도와준다. 그러면 나무 스스로 하늘을 우러러 기도할 수 있을 뿐만 아니라 나무-사람도 나무처럼 나무를 통해 기도할 수 있게 된다. 그런 맥락에서 셋째, 그의 수목원은 '나무 기도원'이다. 주인공 스스로도 제 손으로 걸운 숲을 '나무 기도원'이라 부르고 싶어 하는데, 그런 발상을 제공한 것은 그의 방에 걸린 일종의 '이발소 그림'

5) 같은 책, pp. 63~64.
6) 같은 책, p. 65.

그러니까 "화면의 왼쪽에는 거대한 세쿼이아나무가 한 그루 서 있고, 화면 오른쪽에는 미국 북서부의 시에라네바다 산맥의 연봉이 나지막이 펼쳐져 있는 그림" 위에 새겨진 조이스 킬머의 시 「나무」와 관련된다. 우야 아저씨는 이 그림을 보고 시를 읽으면서 "아, 나무도 기도라는 것을 하는구나, 아니 기도가 없었더라면 나무도 생겨나지 않았겠구나"[7] 하는 생각을 했다고 한다.

> 생각해보라.
> 이 세상에 나무처럼 아름다운 시가 어디 있으랴.
> 단물 흐르는 대지의 젖가슴에
> 마른 입술을 대고 서 있는 나무
> 온종일 신을 우러러보며
> 잎이 무성한 팔을 들어 기도하는 나무
> 가슴에는 눈이 쌓이는 나무
> 비와 더불어 다정하게 살아가는 나무……
> 나 같은 바보도 시는 쓰지만
> 신 아니면 나무는 만들지 못한다[8]

"이 세상에 나무처럼 아름다운 시가 어디 있으랴"라고 예찬하는 조이스 킬머는 나무와 구체적으로 교감하며 신의 뜻을 헤아리고, 새로운 의미화를 위한 감각적 기획을 수행했다. 어지러운 세상의

7) 같은 책, p. 68.
8) 조이스 킬머, 「나무」, 같은 책, pp. 68~69에서 재인용.

허공에 가까스로 균형의 미학을 알려주는 나무, 늘 바람에 흔들리면서도 깊은 뿌리로부터의 생명력으로 스스로는 물론 주변의 사물이나 사람을 지켜주는 나무, 천의 잎새와 줄기를 통해 새로운 생명과 상상력의 유로를 알게 해주는 나무, 그런 나무에 대한 깊은 관심과 더불어 '나무처럼 아름다운 시'에 관한 몽상에 우야 아저씨는 자연스럽게 젖어들었을 것이다. "잎이 무성한 팔을 들어 기도하는 나무" 내지 "비와 더불어 다정하게 살아가는 나무"와 같은 대목에서 『나무가 기도하는 집』의 주인공은 마냥 고개를 끄덕였을 터이다. 그러니 나무도 기도한다는 것, 아니 기도 없이 나무가 생겨날 수 없었을 것이라는 생각으로 그의 몽상이 움직이지 않았겠는가. 어쨌든 우야 아저씨는 나무를 사랑하고 나무와 더불어 살아가는 나무 사람으로 이야기된다.

그는 자칭 나무밖에 모르는 사람이지만 나무를 사랑하는 사람이지, 나무를 잘 아는, 말하자면 과학적으로 잘 아는 사람은 아니었다. 그는 나무의 전설을 많이 알고 있는 사람이지, 나무에 대한 분류학적 지식에 정통한 사람은 아니었다. 그는 처음 보는 나무가 있으면 그 이름을 알고 싶어 했다. 학자가 붙인 이름이 아니라 사람이 붙인 이름을 알고 싶어 했다. 그는, 이름을 알게 되면 그 이름을 부르고 싶어 했다. 이름을 부르면서 그 나무에 등을 대고 기대서거나 그 나무 껴안는 것을 그는 좋아했다. 그러나 그는, 그가 이름을 부르는 순간 나무가 그에게 하나의 의미가 된다는 것, 그때의 나무는 나무 이상의 것이 된다는 것도 어렴풋이 이해하고 있었다. 그는 나무와 자신의 본능이 기이한 상호작용을 하고 있다는 느낌을 희미하게 경험할 뿐, 그 상호작용이 구체적으로 어떤 작용인지는 이해하지 못했다. 그는 나무를 좋아했지만 왜 나무를 좋아하는지 설명하지 못했다. 그는 나무와 함께 있을 때면 행복의 파장 비슷한 것을 경험하고는 했지만, 그것이 나무가 지니고 있는, 사람의 원초적인 습관과의 만남을 통한 행복이라는 것은 이해하지 못했다.[9]

이처럼 나무를 아끼고 나무에 맞는 이름을 불러주며 나무를 껴안는 것을 좋아하는 우야 아저씨는 나무와의 상호작용을 통해, 자신의 존재 의미를 발견하고 행복에의 지평을 열어나가는 사람으로 형상화된다. 사정이 이러하기에 그가 "……나는 사람이 죽으면, 돌아가서 의지하는 데가 나무 아닌가 싶어요"[10]라고 말하는 것도 차라리 자연스럽다.

3) 치유와 재생의 나무

오로지 나무와 더불어 세상을 살아가는 그답게, 그는 나무를 통해 사람을 알고 세상의 이치를 터득해온 인물이다. 오랜 세월 동안 나무를 옮겨 심었기에 그는 남달리 나무의 이식통(移植痛)을 잘 헤아린다. 옮겨 심은 나무가 뿌리를 튼실하게 내릴 때까지, 흔들거나 충격을 주어서는 안 된다는 것, 마치 "부러진 팔에다 부목(副木)을

9) 같은 책, pp. 75~76.
10) 같은 책, p. 81.

대듯이, 큰 나무를 옮겨 심을 경우에는 주위에다 여러 개의 말뚝을 박아 이 나무를 버티게 함으로써 땅에 뿌리를 제대로 박을 때까지 나무가 바람에 흔들리지 않게 해야 한다는 것"[11]을 잘 아는 사람이다. 또 "갓 돋아난 식물에게 필요한 것은 하늘에서 떨어지는 시원한 빗방울이지 한낮의 뜨거운 햇빛이 아니라는 것"을 잘 알고 있는 그는 "나무를 통해, 식물을 통해, 상처받은 영혼에게 필요한 것은 삶의 중심을 회복하기까지의 평화이지 이웃의 열정적인 충고가 아니라는 것"을 잘 이해하는 인물이다. 즉 나무를 통해 사람살이의 이치를 짐작하는 사람답게 제자리에서 뿌리 뽑혀 상처받는 존재, 혹은 제반 관계에서 상처받은 존재의 영혼에 필요한 평화의 양식에 무엇인지 잘 아는 사람이다. 어처구니없게 그의 집을 찾아든 자야 아가씨를 무조건적으로 환대[12]하는 이유도 그 때문이다. 그는

11) 같은 책, p. 81.

12) 데리다는 타인을 환대하는 방식으로 조건적 환대와 무조건적 환대에 대해 논의했다. 빅토르 위고의 『레미제라블』에 나오는 디뉴의 미리엘 주교나 톨스토이의 「사람은 무엇으로 사는가」에서 가난한 구두장이 세몬이 그 예외를 대표한다. 미리엘 주교는 집 앞에 나타난 이방인에게 누구인지, 어디서 왔는지 따위를 묻지 않고 집 안에 들여 환대한다. 세몬은 추운 겨울날 교회 곁에 헐벗은 사내를 보고 외면하려다 양심의 가책을 받고 그를 데리고 집으로 가 환대한다. 물론 아내로부터 바가지를 긁혀야 했다. 이 무조건적 환대의 결과는 어떠했던가. 미리엘 주교의 환대를 받은 이방인은 주인을 해칠 생각까지 하다가, 그 집 안의 유일한 재산이랄 수 있는 은촛대를 훔쳐 달아난다. 환대의 불행한 결과다. 반면 세몬의 경우는 달랐다. 세몬이 환대한 이방인은 다름 아닌 천사였다. 그러기에 세몬에게 결과적으로 천사의 은혜를 베풀며, 사람은 무엇으로 사는지에 대한 교훈을 준다. 사람의 마음속에는 '사랑'이 있다는 것, 사람에게 주어지지 않는 것은 정작 자기 몸에 필요한 것이 무엇인지 알 수 있는 '힘'이라는 것, 따라서 사람은 걱정이나 욕망이 아니라 '사랑'으로 산다는 것을 깨닫게 해준다. 그 결과와 상관없이 무조건적 환대는 대개 종교적 무의식과 관련되지 않을까 싶다. 일상적으로는 조건적 환대가 대부분일 터이다. 조건을 교환하는 가운데 환대 혹은 초대가 이루어진다(자크 데리다, 『환대에 대하여』, 남수인 옮김, 동문선,

어렴풋이 그녀가 타인과의 관계에서 상처를 입어 영혼이 아플 것이라는 점을 헤아리며 그녀가 치유와 평화를 얻을 수 있도록 돕고자 한다.

그는 나무를 통해 세상의 이치를 짐작하는 사람이다. 그는 자야 아가씨가 다른 삶과의 관계에서 영혼의 상처를 입었을 것이라고 어렴풋이 짐작한다. 그 상처는, 사람들의 부대낌을 통해서는 치유하기 어려우리라는 것도 그는 짐작한다. 그는 그래서 자야 아가씨가 부대끼지 않도록 안방문 앞에는 얼씬도 하지 않는 것이다. 그는 자야 아가씨를 관찰하면서, 어쩌면 그 상처에서 새살이 돋을지도 모른다는 희망적인 전망을 읽었음에 분명하다. 그러나 그는 그 희망적인 전망의 성취를 앞당기자고 나름의 치유 방법을 전면적으로 전개할 만큼 어리석은 사람이 아니다. 그는 자야 아가씨를 자기 숲에 옮겨 심은 나무라고 생각한다. 그는, 옮겨 심은 식물, 갓 돋아난 식물에게 필요한 것은 적당한 물과 시원한 그늘이지, 영양가 많은 거름과 뜨거운 햇빛이 아니더라는 경험을 통해서 이것을 안다.[13)]

자야 아가씨 김송자는 가족 관계에서의 상처를 비롯한 여러 애환으로 인해 이른바 '경상서체장애(鏡像書體障礙)'를 겪고 있는 인물이다. 그녀는 그동안 버림받아 뿌리 뽑힌 나무의 형상이었다. 뿌리 뽑힌 나무는 뿌리와 줄기가 경상(鏡像)으로 닮아 있음을 짐작하

2004, pp. 138~55 참조).

13) 이윤기, 같은 책, pp. 106~07.

게 해준다. 뿌리이면서 뿌리일 수 없고, 줄기이면서 줄기일 수 없는, 그러면서도 뿌리이고 줄기이며, 뿌리 같은 줄기, 줄기 같은 뿌리의 감각을 제공한다. 그런 뿌리 뽑힌 나무의 형상을 고려하면 그녀가 '경상서체장애'를 겪고 있는 것으로 설정한 것도 차라리 자연스럽다. 상처로 인한 장애를 겪고 있던 그녀는 우연히 우야 아저씨의 '나무가 기도하는 집'에 들르게 되고, 기도하는 나무와 기도하는 나무-사람과의 교감과 소통을 통해 나름대로 치유의 지평에 들게 된다. 물론 산문적 논리로 치면 그녀의 치유 과정은 어설프게 보일 수도 있다. 정서적 교감에 바탕을 둔 시적 동일성의 세계에서 이루어지는 치유에 가깝기 때문이다.[14] 작가 이윤기는 "너무나 인간적인 인간으로서의 너무나 인간적인 복귀의 가능성을 암시하는 징후"를 언급하면서 소설을 이렇게 끝맺고 있다.

> 우야 아저씨가 마침내, 몸을 숨긴 자야 아가씨를 찾아내어 버스에다 태우고, 기도원 삼거리에서 손을 잡고 내리던 순간은 참 굉장했겠다. 〈막달라 기도원〉 입간판이 서 있는 그 삼거리에서, 산길을 막고 선 거대한 귀룽나무를 함께 본 순간도, 그 길 따라 올라와 귀룽집 대문을 들어서는 순간도 두 사람에게는 실락원 끝에 찾아온, 참 굉장한 복락원의 순간이었겠다.

14) 손정수는 이 소설에 대해 "상처와 자의식이 달빛에 의해 모두 가려져버린 시적 세계"를 이루고 있으며, "인간과 인간 사이, 인간과 자연 사이는 틈이 없는 혼연의 하나의 융합체"를 이루고 있다고 논의한 바 있다(손정수, 「햇빛의 열정, 달빛의 정복(淨福)」, 이윤기, 같은 책, p. 153).

다 같이 기도합시다.[15]

짐작이나 추측으로 가정법적 소망을 기지 있게 드러낸 대목이다. 두 문장 모두 '겠다'로 끝난다. "굉장했겠다" "순간이었겠다"로 끝나는데, 그 앞에 "내리던" "본" "들어서는" 등의 동사들을 보면 과거에 이미 완료된 사건에 대한 짐작처럼 진술되고 있는데, 전반적으로 매우 애매모호하다. 우야 아저씨와 정을 나눈 자야 아가씨가 떠났다는 사건까지 이 앞부분에 진술되었다. 그러다가 아무런 단서 없이 이런 가정법적인 진술로 종결되었다. 애매한 이 부분을 나는 가정법으로 읽는다. 만약 그랬다면 굉장했겠다고 읽어야 하지 않겠느냐는 것이다. 이 결말의 애매성과 상관없이 자야는 우야의 '나무가 기도하는 집'에서 나름의 치유 가능성을 확보했다. 마음의 치유란 무엇인가. 기 코르노에 따르면 마음의 치유는 "인간이 만들어낼 수 있는 가장 아름다운 창조물이며, 인간 존재의 가장 완성된 창조물"[16]이다. 자야의 치유는 자야의 존재 완성을 위한 기제가 되었고, 그 과정에서 치유를 도운 조력자 우야 역시 자기 존재 완성의 새로운 계기를 마련할 수 있게 되었다. 그러니까 소설 『나무가 기도하는 집』에서 기도하는 나무의 상징성은 자기동일성의 상실과 회복의 드라마와 관련된다 하겠다. 치유와 재생의 기획을 예비하는 겨울-나무의 어떤 속성과도 연계된다.

15) 같은 책, pp. 136~37.

16) 기 코르노, 『마음의 치유』, 강현주 옮김, 북폴리오, 2006, p. 319.

5. 겨울 나목과 봄에의 믿음

잎사귀가 크고 화려한 나무들이 겨울 몇 달 동안 옷을
벗고 서 있는 모습은 독특한 아름다움을 지니고 있다.
이즈음 서울 시내에서는 보기 힘든 광경이 되었지만,
어쩌다 덕수궁이나 비원에 들를 때 알맞게 마른 몸을
그대로 드러낸 채 편안하게 서 있는 나무들을 보면
생략할 것을 다 생략한 어떤 엄격한 아름다움을 느끼게
해준다. 그 엄격함에 끌려 박수근(朴壽根) 같은 화가는
여름 나무도 겨울 나무처럼 그렸을 것이다.
—황동규, 「겨울 나무」[1)]

1) '고목(枯木)'에서 '나목(裸木)'으로, 그 죽음에서 삶으로의 변환: 박완서의 『나목』

"소박하고 나눔의 정이 있던 세상에 대한 그리움은 인간의 본성에 대한 그리움이라고 생각합니다. 저에게 소설은 경험을 파먹고 그리움을 파먹는 것이라고 생각해요." 박완서는 그렇게 말했던 작가이다. 소설 「그리움을 위하여」에서도 "그립다는 느낌은 축복이다"라고 적었다. 박완서가 그리워했던 그리움의 문학은 작가뿐만 아니라 진정으로 문학과 인생을 사랑하는 독자 모두가 그리워했던

1) 황동규, 『풍장』, 나남출판, 1984, p. 240.

박수근, 「나무와 두 여인」, 캔버스에 유채(Oil on Canvas), 1962.

정조의 핵심에 값하는 어떤 것이었다. 박완서는 그리움의 정서를 바탕으로 이야기를 상상하고 지었다. 사람을 그리워했고, 세상을 그리워했으며, 이야기와 문학을 그리워했다. 그 그리움은 자신이 창조한 이야기 세계 안에서 동심원처럼 퍼져 있었고, 그가 만든 인물들의 마음 안에 있었고, 또 그런 인물의 이야기를 읽는 독자들의 마음으로 시나브로 퍼져 나가는 어떤 것이었다. 박완서의 그리움의 정조는 등단작인 『나목』에서 비롯된다. 겨울 나목의 상태에서도 봄에의 믿음을 견지하며 새잎에 대한 그리움을 지녔던 것이다. 그러한 그리움의 정서는 후기작 「그리움을 위하여」에 이르기까지

지속적으로 박완서 문학을 지탱한 핵질에 속한다.

한국전쟁기를 배경으로 「나무와 두 여인」의 화가 박수근과의 인연을 바탕으로 지었다는 장편 『나목』은, 전쟁 중 미군부대 매점 초상화 가게에서 일하는 여주인공 이경이 불우한 화가 옥희도를 만나면서 펼쳐지는 이야기를 전쟁과 분단, 가족 상황 등과 함께 복합적으로 다룬 소설이다. 여성 억압적인 분위기 속에서 두 오빠의 죽음이 마치 자기 잘못인 것 같은 죄의식에 사로잡힌다. 그런 상황에서 같은 여성 입장에서 딸을 보듬어주지 못하는 어머니도 원망스럽기 짝이 없다. 그럴 때 나무도 위안이나 치유의 대상이 될 수 없다. 고궁의 담 길에 늘어서 있는 나무를 보고 "그 속의 수목들이 주린 짐승같이 음산한 아우성을 치고 있었다"[2]고 보고하는 것도 그 때문이다. 그럼에도 주인공은 "후원의 나무들이 전신을 흔들며" 보내는 바람을 통해 마음을 추스르기도 한다. "그에게 말해야지. 이 나무들은 지금은 이렇게 볼품없어도 작년 가을엔 얼마나 눈부시게 노래했던가를. 얼마나 아낌없이 그 노란빛을 땅으로 흘리고 또 흘렸던가를. 어머니 앞에서 그에게 그런 말을 도란도란 속삭여야지. 설마 그러면야 어머니도 부연 눈으로 시들하게 딸을 바라볼 수만은 없을 게다."[3] 나무의 바람에 기대었음에도 불구하고 어머니와의 소통은 쉽지 않다. 그런 처지의 이경은 불우한 화가 옥희도의 내면에서 자기와 비슷한 황량함을 느끼게 되면서 이끌리는 경험을 한다. 어느 날 옥희도가 초상화 가게에 나타나지 않자 이경

2) 박완서, 『나목/도둑맞은 가난』, 민음사, 1981/2005, p. 89.

3) 같은 책, p. 202.

은 그의 집을 찾아간다. 거기서 그의 캔버스 위에서 '고목'("가뭄 속의 고목") 그림을 보게 된다.

나는 캔버스 위에서 하나의 나무를 보았다. 섬뜩한 느낌이었다.

거의 무채색의 불투명한 부연 화면에 꽃도 잎도 열매도 없는 참담한 모습의 고목(枯木)이 서 있었다. 그뿐이었다.

화면 전체가 흑백의 농담으로 마치 모자이크처럼 오돌토돌한 질감을 주는 게 이채로울 뿐 하늘도 땅도 없는 부연 혼돈 속에 고목이 괴물처럼 부유하고 있었다.

한발(旱魃)에 고사한 나무—그렇다면 잔인한 태양의 광선이라도 있어야 할 게 아닌가? 태양도 없는 한발—만일 그런 게 있다면, 짙은 안개 속의 한발…… 무채색의 오돌토돌한 화면이 마치 짙은 안개 같았다.

왜 그런 잔인한 한발이 고사시킨 고목을 나는 그의 캔버스에서 보았을까?[4]

"잎도 열매도 없는 참담한 모습의 고목(枯木)" "한발(旱魃)에 고사한 나무"로 본 것은, 주인공 자신의 내면이 한발에 고사한 상태와 방불했기 때문인지도 모른다. "빛과 빛깔의 빈곤, 즉 삶의 기쁨에의 기갈이 짙게 서"[5]린 상태에서 주인공은 골목을 뛰쳐나오며 "안개인지 매연인지 모를 불투명한 공간에서 죽어간 나무둥치를

4) 같은 책, p. 206.

5) 같은 책, p. 208.

생각"[6]한다. "노란 은행잎, 거침없이 땅으로 땅으로 떨어지던 노란 은행잎, 눈부시게 슬프도록 아름답던 그 노란빛들"[7]은 다 어디로 사라져버린 것일까. 이경의 기억 속에서 그 노란빛들은 전쟁의 상처[8]와 더불어 사라진 것처럼 보였다. 슬픔에 찬 주인공은 가로수를 껴안은 채, "가로수의 거친 피부에 뺨을 비비며"[9] 눈물을 주룩주룩 흘린다. 계절은 이미 깊은 겨울로 접어들었다. "내 핏빛 추억을 먹은 은행나무 잎들은 칙칙하게 퇴색한 채 바람에 날려 담장 밑에 추한 쓰레기 더미를 만들고 있"는 가운데, 그녀는 "매일 전쟁이 금세 덜미를 쳐올 듯한 공포와, 전쟁이 어서 밀려오고 밀려가며 사람들을 죽여주었으면 하는 열띤 바람에 찢기며 피란 짐을 쌌다 풀었다" 한다. "이미 이런 모습은 어머니의 저주나 핏빛 호청의 추억 때문만은 아닌, 그냥 나의 것이었다. 나는 이미 핏빛 호청도, '어쩌다 계집애만 살아남았노.' 하던 어머니의 탄식도 완전히 망각할 수 있었으니까. 그것들은 이제 썩어간 낙엽들의 것이지 내 것은 아니었다. 이렇게 나는 뿌리를 상실한 채 무성한 모습만을 넘겨받아, 그 모순에 나를 찢기우게 내맡기고 있었다."[10] 그렇게 이경은 상처 속에서 한발에 고사한 고목처럼 살아왔다. 그렇다는 것은 주인공

6) 같은 책, p. 210.

7) 같은 책, p. 223.

8) 가령 다음과 같은 본문을 주목할 필요가 있다. "어머니가 정성들여 다듬이질한 순백의 호청을 붉게 물들인 처참한 핏빛과 무참히 찢겨진 젊은 육체를, 얼마만큼 육체가 참담해지면 그 앳된 나이에 그 영혼이 그 육체를 떠나지 않을 수 없나, 그 극한을 보여주는 끔찍한 육신과, 그 육신이 한꺼번에 쏟아놓은 아직도 뜨거운 선홍의 핏빛을 나는 본 것이다"(같은 책, p. 223).

9) 같은 책, p. 225.

10) 같은 책, p. 247.

이경에게 나무가 일반적 상징처럼 "약속의 존재"[11]일 수 없음을 암시한다. 고난을 견디며 "내일과 위를 향한 두 갈래의 긍정적 방향"으로 자라나는 나무와는 달리 이경은 그렇게 낙관하기 어렵다. 그녀의 내면이 그러하기에, 화폭 속의 '나목'은 '봄'이라는 내일을 약속하는 약호일 수 없다. 이미 생명이 스러지고 희망이 소진된 '고목'으로 다가올 따름이었던 것이다.

그럼에도 은행나무에 대한 기억, 그 노란빛에 대한 동경은 지울 수 없다. 옥희도가 아닌 남편과 결혼했지만 "남편 태수가 미처 소유하지도 상처내지도 못한 또 하나의 나. 그의 체온이 끝내 데울 수 없었던 또 하나의 나"의 몸부림 소리는 잠복되어 있는 상태이다.[12] 특히 은행잎을 떨군 겨울이 되면 나무의 "으스스 떨고 춥디추운 아우성 소리" 때문에 어쩌지 못한다. "그것은 어쩌면 나무들의 울음이 아닌 은밀한 곳에서 울려나는 또 하나의 나의 몸부림

11) 로베르 뒤마는 최초의 발아 때부터 "나무는 약속의 존재"라고 지적한다. 빅토르 위고의 장시 「영혼의 네 줄기 바람」을 논의하면서 뒤마는, "내일처럼 강력하다"는 구절에 주목하여, "다음날은 노래 부르고 전진이 세상을 이끈다. 공간 속에서 자라나는 식물은 시간의 인내를 쫓아가면서 놀랍게 이 규칙을 보여준다. 내일과 위를 향한 두 갈래의 긍정적인 방향으로 생이란 언제나 쟁취되며, 생의 변천과 세대까지도 넘어서 승리까지 도약한다는 것을 증명한다"고 언급한 바 있다(로베르 뒤마, 같은 책, p. 57).

12) 『나목』에서 상식적 세계에 거주하는 남편과 예술적 세계에 존재하는 옥희도는 대립적 인물로 그려진다. "여자를 소유하고 가정을 갖고 싶다는 세속적인 소망 외에는 한 번도 야망이나 고뇌가 깃들여보지 않은 눈"(박완서, 같은 책, p. 305)을 지닌 남편을 주인공은 "아주 타인처럼 낯선 게 견딜 수 없어"(같은 책, p. 305) 한다. 그런 남편과 주인공의 사이는 이런 나무 풍경 묘사와 비슷한다. "나무들의 그림자가 길어지고 우수수 바람이 온다. 이미 낙엽을 끝낸 분수 가의 어린 나무들이 벌거숭이 몸을 애처롭게 떨며 서로의 가지를 비빈다. 그러나 그뿐, 어린 나무들은 서로의 거리를 조금도 좁히지 못한 채 바람이 간 후에도 마냥 떨고 있었다"(같은 책, p. 306).

소리인지도 모를 일이었다."[13] 어쩌면 고가에 자리 잡은 은행나무는 그녀의 삶과 나란히 병존해온 상관물인지도 모른다. 은행나무가 "몸서리를 치며 찬란한 황금빛 조각을 땅으로 떨"구면 "푹신하면서도 까실한, 아늑하면서도 서럽던 융단의 감촉이 전신에 생생히 되돌아"[14]오는 느낌에 사로잡힌다. 그녀에게 고가와 나무와 자신의 몸은 하나였다. 고가가 해체될 때 마치 자신이 해체되는 느낌을 갖는 것도 그 때문이다. 어쩌면 고가보다 나무가 더 한 몸 같았다. 그러기에 그녀는 고가가 해체되는 아픔을 의연히 견디면서도 후원의 은행나무만은 그대로 두기를 완강히 고집한다. 새집을 너무나 침침하게 뒤덮을 수 있다는 우려에도 불구하고, 그녀는 "아직도 그것들의 빛, 그것들의 속삭임, 그것들의 아우성을 가끔가끔 필요로 했"[15]기 때문이다.

이런저런 사정으로 인연이 엇갈리고 세월이 흐른 뒤에 그녀는 옥희도의 유작전에 가게 된다. 그 과정도 여전히 은행나무의 상상력과 동행한다. "나는 새로 맞춘 코발트블루의 실크 코트를 걸치고 은행나무 밑에서 잠시 서성댔다. 내 의상이 은행나무의 노란 빛과 그지없이 화사한 조화를 이룬 데 나는 만족했다."[16] 화랑에 들어서기도 전에 주인공은 입구에서 "한 그루의 커다란 나목을" 보게 되고 "좌우에 걸린 그림들을 제쳐놓고 빨려들듯이 곧장 나무 앞으로 다가"간다.

13) 같은 책, pp. 296~97.
14) 같은 책, p. 297.
15) 같은 책, p. 300.
16) 같은 책, p. 303.

나무 옆을 두 여인이, 아기를 업은 한 여인은 서성대고 짐을 인 한 여인은 총총히 지나가고 있었다.

내가 지난날, 어두운 단칸방에서 본 한발 속의 고목(古木), 그러나 지금의 나에겐 웬일인지 그게 고목이 아니라 나목(裸木)이었다. 그것은 비슷하면서도 아주 달랐다.

김장철 소슬바람에 떠는 나목, 이제 막 마지막 낙엽을 끝낸 김장철 나목이기에 봄은 아직 멀건만 그의 수심엔 봄에의 향기가 애달프도록 절실하다.

그러나 보채지 않고 늠름하게, 여러 가지〔枝〕들이 빈틈없이 완전한 조화를 이룬 채 서 있는 나목, 그 옆을 지나는 춥디추운 김장철 여인들.

여인들의 눈앞엔 겨울이 있고, 나목에겐 아직 멀지만 봄에의 믿음이 있다.

봄에의 믿음. 나목을 저리도 의연(毅然)하게 함이 바로 봄에의 믿음이리라.[17]

상처 많던 젊은 시절 고목으로 보았던 그림이었다. 그런데 나이 들어 다시 보니 나목이었음을 깨닫게 된다. 김장철 낙엽을 끝낸 나목을 "저리도 꿋꿋하게" 하고, 그 옆의 "춥디추운 김장철 여인들"을 버티게 하는 힘은 다른 것이 아니라 "봄에의 믿음" 혹은 '그리움'임을 지목하는 대목이다. "나무는 죽음을 삶으로 변환시킨다"[18]

17) 같은 책, pp. 303~04.

는 전언을 떠올리게 한다. 고목에서 나목으로의 인식 변화는 정녕 그런 맥락에서 파악 가능하다. 그러니까 '고목'과 '나목'의 거리는 분명하다. 그리움마저 말라버리고 고갈된 것 같은 가뭄 속의 고목과는 달리 김장철 나목은 한없는 그리움으로 소진된 듯 넘치는 생명력을 보인다는 것이다. 그런 생각과 함께 옥희도와 자신에 대해서도 다시 성찰하게 된다.

> 나는 홀연히 옥희도 씨가 바로 저 나목이었음을 안다. 그가 불우했던 시절, 온 민족이 암담했던 시절, 그 시절을 그는 바로 저 김장철의 나목처럼 살았음을 나는 알고 있다.
>
> 나는 또한 내가 그 나목 곁을 잠깐 스쳐간 여인이었을 뿐임을, 부질없이 피곤한 심신을 달랠 녹음을 기대하며 그 옆을 서성댄 철없는 여인이었을 뿐임을 깨닫는다.[19]

전쟁 중 폭격으로 두 오빠가 죽었음에도 불구하고 마치 자기 잘못처럼 여기며 고통스러워하는 이경이나, 참척의 고통에 시달린 나머지 죽은 두 아들의 환영 속에서 사는 어머니도 그렇고, 진정한 화가가 되고 싶고 또 그만한 재능을 지니고 있음에도 불구하고 시절을 잘못 만나 고작 미군 초상화나 그리는 것으로 연명하는 옥희도 등은 모두 전쟁과 분단 시대의 '나목'의 현실적이고 구체적인 초상들이다. 그 나목들은 애처롭게 떨며 바람에 흔들리면서도 모

18) 로베르 뒤마, 같은 책, p. 59.
19) 박완서, 같은 책, p. 304.

두 진정한 삶에 대한 그리움으로 매서운 바람을 견디며 봄을 예비한다. 옥희도가 진정한 화가의 길로 들어설 수 있었던 것도 그렇고 이경이 한 인간으로 깊이 있게 성숙해나가는 모습도, 그들이 그리움마저 고갈된 고목이 아니라 그리움으로 견디는 나목이었기에 가능한 일이었을 것이다. 이러한 나목의 그리움, 나목의 꿈, 나목의 진정성으로 한 세상 넉넉히 살며, 삶만큼 넉넉한 문학 세계를 일구며 그리움의 이야기를 지은 작가가 바로 박완서이다. 빅토르 위고가 장시 「영혼의 네 줄기 바람」에서 비유한 것을 따오자면 "나무 우주, 나무 도시, 나무 인간"[20]의 한 표상을 우리는 박완서의 소설 『나목』에서 보게 된다. 비록 가족적, 정치적, 역사적 정황으로 인해 나무로부터 긍정적인 내일의 약속을 기대하기 난망한 상황이었음에도 불구하고, 지구의 "초록 심장"[21]인 나무에 대한 희망, 죽음에서 삶으로 변환시키는 나무의 에너지와 기억에 대한 무의식적 동경과 그리움이 '고목'에서 '나목'으로의 전환을 가져왔다고 정리할 수 있겠다.

2) 견인의 미덕: 신경림의 나무 시편

신경림의 시는 주로 농경 사회에서 산업사회로 이행하던 시절에 농민들의 애환과 좌절, 변두리 도시 빈민들의 고난과 절망을 구체

20) 로베르 뒤마, 같은 책, p. 59에서 재인용함.
21) 같은 책, p. 60.

적으로 형상화하면서, 잔잔한 감동을 이끌어낸다. 그 감동은 민중의 고난을 과장하거나 높은 목소리로 고발하는 것에서 오지 않는다. 그보다는 차라리 시종 차분하고 절제된 목소리로 있는 그대로의 실상을 잘 보여주는 것에서 비롯된다. 그가 보여주는 고난과 슬픔은 단지 개인적인 그것에서 그치지 않는다. 시적 화자가 그리고 있는 슬픈 인생은 사사로운 단수가 아니라 그가 속한 공동체 전체의 슬픔으로 확산된다. 곧 그 슬픔의 사회적 차원을 획득한다. 아울러 그 슬픔을 눅진한 감상 언어로 그리지 않고 역설적 신명의 언어, 활력으로 넘치는 언어로 그리고 있기에 미학적 아름다움 속에서 독자들은 감동을 느끼게 되는 것이다.

심층 생태학적 상상력의 측면에서 볼 때 가난하고 고통받는 농민, 노동자 등 민중 문제는 단순하게 경제적인 계급 문제에 국한되지 않는다. 전 지구적인 공동 살림의 문제와 관련되는 더 크고 더 깊은 문제틀이 요구된다. 이런 시대정신의 요구를 잘 반영하고 있는 시편들로 「이제 이 땅은 썩어만 가고 있는 것이 아니다」나 「흘러라, 동강, 이 땅의 힘이 되어서」 등이 눈길을 끈다. 「이제 이 땅은 썩어만 가고 있는 것이 아니다」에서 시인은 "꽃과 노래와 춤으로 덮였던 내 땅/햇빛과 이슬로 찬란하던 내 나라가/언제부터 죽음의 고장으로 바뀌었는가"라며 절규한다(2연). 그러면서 그 부정적 형성인(形成因)으로 "우리는 너무 허둥대지 않았는가,/잘살아보겠다고 너무 서두르지 않았는가,/이웃과 형제를 속이고 짓밟고라도/잘살아보겠다고 너무 발버둥치지 않았는가"라며 반성적 인식을 촉구한다(3연). 4연에서는 범지구적인 생태 파괴 현상을 조감한다. 5연에서는 핵 문제의 위험을 경고한다. 이런 내용들을 종합하면서 6연에서는 지구 생태 위기의 극점을 강조한다. "마침내 그 벼랑에까지 와 서 있다"는 벼랑 끝 의식이 독자들의 가슴을 친다.

이런 위기 상황은 생태적 연민을 지닌 시인 신경림이 바라는 바가 결코 아니다. 아니 그 누구도 그것을 바라지는 않을 것이다. 그럼에도 세상은, 반성 없는 세속은 위기의 벼랑으로 질주하는 형국이다. 그러니 이제 시인의 몫은 분명해진다. 그 벼랑 끝에서 지구를 살리고, 존재하는 모든 것들이 진정한 생명 가치를 지닌 채 살아갈 수 있도록 상상적 지혜를 부단히 제공하고 일깨우는 일이다. 신경림의 생태 시편들은 이런 의도의 소산이다. 천혜의 자연 조건을 갖춘 절경인 강원도 지방의 동강을 인공적으로 막아 댐을 만들겠다고 할 때 한국의 많은 환경단체는 물론 문인이나 지식인 들은 그것의 반생명성을 들어 반대 운동을 벌였다. 그때 지은 시가 「흘러라, 동강, 이 땅의 힘이 되어서」다. 이 시의 끝부분은 이렇다. "더 많은 것을 낳으면서 더 많은 것을 기르면서/더 많은 것을 살리면서//흘러라 동강, 이 땅의 힘이 되어서." 어디 동강의 강물뿐이겠는가. 풀이며 동물살이도 그렇고, 사람들의 지혜나 사랑, 연민이나 도덕성, 평화 감각 등 일련의 생태학적 가치들이 더 많이 태어나고, 더 많이 길러지면서, 더 많은 것을 살릴 수 있어야 한다. 그렇게 흘러야 한다는 사실을 시인은 분명하게 노래하고 있는 것이다. 이 참생명의 유장한 흐름에 대한 동경은 비단 한국 시인만의 몫일 수 없다. 지구 살림을 걱정하고, 인간의 미래를 걱정하는 모든 세계 시인들의 공통된 상상적 과제다. 가장 한국적인 현실의 구체성이라는 강에서 출발한 시인 신경림은 이 지점에서 세계문학의 보편성이라는 바다에 이른 것으로 보인다.

이러한 신경림의 시적 이력을 고려할 때, 새삼 나무의 상상력이 주목된다. 시골 출신에다가 변두리 민중들의 삶과 정서를 사려 깊게 헤아리며 형상화해온 신경림에게 나무는 단순한 자연 예찬의 대상일 수 없다. 모진 비바람 속에서도 자신의 존재성을 증거하는 나무를 통해 시인의 견인의 미덕을 끌어올리고 미학화한다.

어둠이 오는 것이 왜 두렵지 않으랴
불어닥치는 비바람이 왜 무섭지 않으랴
잎들 더러 썩고 떨어지는 어둠 속에서
가지들 휘고 꺾이는 비바람 속에서
보인다 꼭 잡은 너희들 작은 손들이
손을 타고 흐르는 숨죽인 흐느낌이
어둠과 비바람까지도 삭여서
더 단단히 뿌리와 몸통을 키운다면
너희 왜 모르랴 밝은 날 어깨와 가슴에
더 많은 꽃과 열매를 달게 되리라는 걸
산바람 바닷바람보다도 짓궂은 이웃들의
비웃음과 발길질이 더 아프고 서러워
산비알과 바위너설에서 목 움추린 나무들아
다시 고개 들고 절로 터져나올 잎과 꽃으로
숲과 들판에 떼지어 설 나무들아

—신경림, 「나무를 위하여」[22] 전문

22) 신경림, 『쓰러진 자의 꿈』, 창작과비평사, 1993, p. 33.

시적 화자는 칠흑 같은 어둠과 모진 비바람 속에서 두려워 떨며 서로의 작은 손을 맞잡은 채 숨죽이며 흐느끼는 나무를 보고 느낀다. 그러면서 나무로부터 견인의 미덕을 발견한다. "어둠과 비바람까지도 삭여서/더 단단히 뿌리와 몸통을 키운다면" "밝은 날 어깨와 가슴에/더 많은 꽃과 열매를 달게 되리라는 걸"이라는 대목에서 고통 속에서 희망의 원리를 보여준다. 비록 어두운 비바람 속에서 아프고 서럽지만, 그 상처와 고통을 통해서 "꽃과 열매"라는 결실을 볼 수 있다는 자연스러운 진리를 통찰한다. 그러니까 신경림이 바라본 나무는 겨울나무에 가깝다. "가지들 휘고 꺾이는 비바람"도 그렇고 "다시 고개 들고 절로 터져 나올 잎과 꽃으로"라고 묘사한 부분에서도, 봄을 예비하는 겨울나무의 특징을 전경화한 것으로 생각된다. 물론 이러한 봄나무를 예비하는 겨울나무의 초상은 나무의 미덕에서 그치는 것이 아니다. 겨울나무의 처지를 고통받는 민중들의 처지에 견주어 헤아리면서 고난에 처한 이들에게 나무가 보여주는 견인의 미덕으로 희망의 지렛대를 부여하고 싶어 한 시인의 욕망을 읽을 수 있다. 그것은 시인 신경림이 추구한 연대의 윤리와도 연계된다. "꼭 잡은 너희들 작은 손들이", 그 연대의 힘이 "가지들 휘고 꺾이는 비바람"을 견디게 하고 "다시 고개 들고 절로 터져 나올 잎과 꽃"을 예비하게 한다는 점을 암유한다. 이런 의미망은 「나목」에서도 확인된다.

> 나무들이 실오라기 하나 걸치지 않고 서서
> 하늘을 향해 길게 팔을 내뻗고 있다

밤이면 메마른 논 끝에 아름다운 별빛을 받아
드러낸 몸통에서 흙 속에 박은 뿌리까지
그것으로 말끔히 씻어내려는 것이겠지
터진 살갗에 새겨진 고달픈 삶이나
뒤틀린 허리에 배인 구질구질한 나날이야
부끄러울 것도 숨길 것도 없어
한밤에 내려 몸을 덮는 눈따위
흔들어 시원스레 털어 다시 알몸이 되겠지만
알고 있을까 그들 때로 서로 부둥켜안고
온몸을 떨며 깊은 울음을 터뜨릴 때
멀리서 같이 우는 사람이 있다는 것을

—신경림, 「나목」[23] 전문

그러니까 신경림에게 '나목'은 산과 들에 '저만치' 떨어져 홀로 존재하는 자연물이 아니다. 「나무를 위하여」에서도 그랬듯이, 민중의 형상으로 의인화되면서 견인과 연대의 미덕의 상징물이 된다. 시인이 바라본 나목은 실오라기 하나 걸치지 않았음에도 불구하고 하늘을 향해 팔을 내뻗고 있다. 그럴 수 있는 것은 "흙 속에 박은 뿌리"의 견실함 때문이다. '터진 살갗' '뒤틀린 허리' '몸' '알몸' 등의 표현에서 분명하듯, 나무의 외양은 인간의 신체적 표지로 묘사된다. '고달픈 삶'이나 '구질구질한 나날'에서 나무의 존재와 민중의 존재 양상이 겹쳐지면서 의미의 중첩성을 획득하고, 시인

23) 신경림, 『목계장터』, 찾을모, 1999, p. 109.

이 나목을 통해 무엇을 말하고자 하는지 쉽게 짐작하게 한다. 더욱이 끝부분에서 "그들 때로 서로 부둥켜안고/온몸을 떨며 깊은 울음을 떠뜨릴 때/멀리서 같이 우는 사람이 있다는 것을"이라고 한 부분에서 시선과 응시의 상호작용이 탄력적으로 매개된다. 알몸의 나목을 바라보며 연민 어린 마음으로 "같이 우는 사람"을 응시할 수 있는지 묻고 있지 않는가. 이 질문의 몇 겹의 대화성을 확보한다. 일차적으로 나목과 시인의 대화, 나목 같은 민중과 비슷한 처지의 민중의 대화, 나목과 민중의 대화 등 그 겹은 두텁다. 촘촘한 나이테 같은 형국이다. 이처럼 신경림의 시에서 나무의 상상력은 견인의 미덕과 연대의 서정을 사회 상징적으로 극화한 것으로 생각된다.

3) 나무-몸의 신생 의지: 황지우의「겨울-나무로부터 봄-나무에로」

황지우의 시적 담론은 늘 구체성의 바다에서 길어 올려진다. 그의 선적 낭만주의 경향이 현실 도피적이거나 몽상적인 것과는 질적으로 다른 것이기 때문이다. 이때 그 구체성의 징표를 우리는 그의 시에서 중요한 이미지의 하나인 육체성의 이미지를 통해서 확인할 수 있다. 육체에 대한 관심은 니체 이후 전 세계적인 경향의 하나인 게 틀림없지만, 특히 황지우에게 있어서 그 육체는 "이미 마음은 죽고 아직 몸은 살아남은 사람들"[24]의 몸에 대한 구체적 탐색이라는 점에서 각별한 의미를 지닌다. 앓는 육체의 "그 身熱과 오열의 밑 모를 심연"을 탐사한다는 얘기다. 또 때로는 "드디어 미친년처럼 날뛰고/흰 무명천을 가르고/시멘트 바닥에 나뒹굴고/섹스하듯 허공을 어루만질 때/아, 그 더운 체온이/순수한 허공을 육체로 만들었다"[25] 같은 부분에서 확인할 수 있듯이, 있는 육체적 율동과 함께 없는 육체(순수한 허공)에 새로운 육체성을 부여하는 상상적 여정을 보이기도 한다.

대개의 경우 황지우의 시에 등장하는 육체는 영혼 깊숙한 밑자리로부터 상처받은 육체이기 십상이다. 그래서 많은 경우 '겨울나무'의 형상을 하고 있다. 가령 그의 평판작의 하나인 「겨울-나무로부터 봄-나무에로」는 "나무는 자기 몸으로/나무이다/자기 온몸으로 나무는 나무가 된다"는 진술로 시작된다. 자기 온몸으로 헐벗은 겨울나무는 "무방비의 나목으로 서서/두 손 올리고 벌받는 자세로 서서" 존재한다. 그러나 "이게 아닌데 이게 아닌데/온 혼(魂)으로 애타면서 속으로 몸속으로 불타면서/버티면서 거부하면서 영하(零下)에서/영상(零上)으로 영상(零上) 오도(伍度) 영상(零上) 십삼도(十三度) 지상(地上)으로/밀고 간다, 막 밀고 올라간다". 이러한 겨울나무의 자기 부정의 정신과 상승에의 욕망을 시인은 매우 실감 있게 형상화한다. 겨울나무는 봄나무가 되고 싶어 하는 것이다.

24) 황지우, 「흔적 Ⅲ·1980(5.18×5.27cm)·李暎浩作」, 『새들도 세상을 뜨는구나』, 문학과지성사, 1983, p. 67.

25) 황지우, 「춤 한 벌」, 『어느 날 나는 흐린 酒店에 앉아 있을 거다』, p. 51.

온몸이 으스러지도록
으스러지도록 부르터지면서
터지면서 자기의 뜨거운 혀로 싹을 내밀고
천천히, 서서히, 문득, 푸른 잎이 되고
푸르른 사월 하늘 들이받으면서
나무는 자기의 온몸으로 나무가 된다
아아, 마침내, 끝끝내
꽃피는 나무는 자기 몸으로
꽃피는 나무이다

—「겨울-나무로부터 봄-나무에로」[26] 부분

겨울나무는 온몸으로 자기 몸으로 꽃피는 봄나무가 된다. 헐벗었던 겨울나무가 푸른 싹을 틔우는 봄나무로 바뀌는 것은 매우 자연스러운 현상이다. 이를 시인은 나무-몸의 의지로 파악했다. 여기서 몸과 마음은 더 이상 나뉠 수 있는 어떤 것이 아니다. 그 경계를 넘어선 상태에서의 몸이고 마음이다. 몸에도 의지가 있다고 직관하는 것, 그래서 몸을 바꾸고 싶다고 몸의 욕망을 드러내는 것을 우리는 황지우의 여러 시편에서 발견한다. 반복이 되겠지만 황지우가 기본적으로 비극적 세계관을 견지하고 있는 시인이기에, 혹은 그의 현실이 그만큼 신산한 것이었기에, 그가 관찰하는 몸 혹은 나무들은 기본적으로 헐벗은 몸 혹은 겨울나무의 형상을 하고 있

26) 『겨울-나무로부터 봄-나무에로』, 민음사, 1985/1995, pp. 81~82.

다. 그 몸들은 어쩌면 "그 자리에서 그만 허물어져버리고 싶은 생"을 닮은 것인지도 모른다. 또는 "뚱뚱한 가죽부대에 담긴 내가, 어색해서, 견딜 수 없다"[27]와 같은 형상을 하고 있다. 그래서 황지우는 「겨울-나무로부터 봄-나무에로」의 경우처럼 몸 바꾸기에 대한 열망으로 신열을 앓는 육체를 그린다. 안에서 또 안을 보고, 밖에서 또 다른 밖을 직관할 수 있는 시인이기에 몸 안의 몸, 몸밖의 몸을 거듭 투시한다. 가령 「나의 연못, 나의 요양원」은 "목욕탕에서 옷 벗을 때/더 벗고 싶은 무엇인가가 있다"는 흥미로운 진술로 시작된다. 몸을 더 벗고 싶다는 것은 "이것 아닌 다른 생으로 몸 바꾸는/환생을 꿈꾸는 오래된 배롱나무"를 동경하기 때문이다. 그래서 시적 자아는 마침내 이런 소망을 피력한다. "저 화엄탕에 발가벗고 들어가/생을 바꿔가지고 나오고 싶다".[28] 신생에의 도저한 의지를 보이는 대목이다.

그 신생 의지 혹은 몸 바꾸기에의 의지는 지금, 여기의 현실과 몸을 부정하는 정신에서 비롯된 것이다. 황지우는 그런 부정 정신을 바탕으로 다채롭게 실험적 상상력을 펼치고 다양한 형식 실험을 구사한 시인이다. 기법 면에서 황지우의 시는 기존의 시적 문법을 부정하고 파격적으로 보일 정도로 실험적인 언어와 상상력을 구사한 것이 사실이다. 그는 시에서 광고나 신문기사 그리고 심지어는 만화나 낙서까지도 시적 대상으로 응시하고 선택한다. 비단 낯선 제재뿐만 아니라 스타일 측면에서도 다각적으로 형태 실험을

27) 「어느 날 나는 흐린 酒店에 앉아 있을 거다」, 『어느 날 나는 흐린 酒店에 앉아 있을 거다』, pp. 82~83.

28) 「나의 연못, 나의 요양원」, 같은 책, pp. 66~67.

펼친다. 여러 형태 실험으로 그의 시는 기성의 권위와 관습을 해체하고, 형식을 파괴한다. 그러면서 부단히 새로운 열린 형식을 창조한다. 확실히 그의 시는 서정시의 순수 혈통으로부터 너무 멀리 나가 있는 듯하다. 불순한 시, 시 안에서 시의 몸을 부수고, 시 밖의 현실의 다른 몸들로부터 새로운 시의 육체를 빌려온다. 이질혼성적인 해체(解體)와 재구(再構)의 과정은 물론 물리적인 것이 아니라 생화학적이다. 단순히 시의 제재 측면에서뿐만 아니라 시의 장르적인 측면에서 그런 양상은 더욱 두드러진다. 황지우가 추구하는 '시적인 것' 안에는 기존의 전통적 장르 3분법에 의한 서정, 서사, 극 장르 셋 모두 포괄되어 있는 것처럼 보인다. 대부분의 시편에서 의미심장한 이야기적인 요소를 지니고 있는 것은 물론이거니와, 특히 그의 시만큼 극적인 요소를 잘 갖춘 경우는 드물다. 그가 이미 오래전부터 연극에 관심을 많이 가져왔었고, 무엇보다도 「오월의 신부」를 비롯한 괄목할 만한 희곡을 쓴 극작가라는 점도 참조할 만하다. 요컨대 황지우의 「겨울-나무로부터 봄-나무에로」는 "나무는 죽음을 삶으로 변환시킨다"[29]는 전언을 더욱 웅숭깊게 떠올리게 하는 시다. 신경림의 경우 정서적 연대와 견인의 미덕에의 신뢰가 전경화되었지만, 황지우의 시에서는 나무-몸의 융합적 신생 의지가 극화된다.

29) 로베르 뒤마, 같은 책, p. 59.

6. 겨울-나무와 치유의 뮈토스

"한바탕 뼛속에 사무치는 추위가 아니라면(不是一番寒徹骨),
어찌 코를 찌르는 매화 향기를 맡을 수 있을까(爭得梅花撲鼻香)"
—황벽(黃檗)선사, 「매향(梅香)」[1)]

겨울-나무는 죽음과 재생의 신화를 함축하고 치유를 상징한다. 먼저 겨울나무의 풍경을 가장 극적으로 환기하는 추사 김정희의 그림 「세한도」와 그 영향 아래 쓰인 시와 소설 들을 세한도 현상으로 다루면서, 겨울 소나무와 잣나무의 한국적 상징 맥락과 계보를 정리했다. 추운 겨울에 네 그루의 소나무와 잣나무를 그린 추사의 「세한도」는 세한지절에 인간의 윤리의 한 측면을 상징적으로 보여준 그림이다. 이 「세한도」를 놓고 당대의 조선과 청조의 문사들은 유교라는 동아시아의 공통 윤리 감각에서 지조와 절개를 기조로 하는 선비 정신에 입각한 생태학적 동일성을 감각을 보인다. 한승원의 소설 『추사』에서는 유교와 불교, 도교의 맥락들이 중첩되면서 그 심연에서 융합된다. 불교의 원각(圓覺), 공자의 인(仁)과 안빈낙도, 노장의 무위(無爲)를 융합한 맥락에서 미적 경험을 하고,

1) 윤후명, 같은 책, p. 280에서 재인용함.

이를 바탕으로 복합적이고 대승적인 깨달음의 경지를 형상화했다. 세상에 존재하는 모든 것들에 대한 연민, 상생의 감각과 윤리, 자연 상태의 존재 감각 등이 그 내포를 이룬다. 장석주의 시 「세한도」에서 소나무는 병들고 상처받았다. 절개나 대승적 깨달음과는 거리가 먼 상태에서 병든 소나무, 병든 가장은 생태학적 동일성이 훼손된 현대의 아픈 상처를 환기한다.

'초록-사이보그'를 통해 새로운 비전을 탐문하는 조하형의 『조립식 보리수나무』에서는 나무의 죽음과 신생을 위한 역설이 주목된다. 나무의 죽음과 재생 신화에 대한 포스트모던한 탐구를 보인 이 소설의 생태학적 지혜와 수사학적 전략 등은 매우 문제적이다. 나무의 죽음을 상징적 제의의 장치로 하여 근본적이고 심층적인 입장에서 파격적인 상상력을 전개한다. 재난의 상황에 직면한 불안과 공포의 심리는 나무의 죽음이라는 사건과 관련하여 전혀 새로운 시간과 공간으로 나아가고, 초록-사이보그 나무라는 새로운 신생의 기획을 역설적으로 마련한다.

이윤기의 『나무가 기도하는 집』은 치유와 재생의 기제로서 나무의 상상력이 두드러진 소설이다. 삶이 너무 막막하여 나무 얘기를 들으러 갔다가 나무가 된 사람, 나무의 미덕을 갖추게 된 사람, 그래서 또 다른 막막한 이들에게 나무 얘기를 들려주며 위안을 주는 사람, 치유의 가능성을 열어주는 사람의 형상이 잘 드러나 있다. 내 안에 그런 나무 같은 사람이 있다는 것, 혹은 가까운 곳에 그런 나무 같은 사람이 존재하고 더불어 산다는 것은 일종의 축복일 수도 있겠다는 메시지를 전한다. 이 소설에서 자야 아가씨의 치유는 그녀의 존재 완성을 위한 기제가 되었고, 그 과정에서 치유를 도운 조력자 우야 아저씨 역시 자기 존재 완성의 새로운 계기를 마련할 수 있게 되었다. 그러니까 소설 『나무가 기도하는 집』에서 기도하는 나무의 상징성은 자기동일성의 상실과 회복의 드라마와 관련된다. 치유와 재생의 기획을 예비하는 겨울-나무의 한 특징을 잘 보여준다. 상처받은 영혼에 대한 치유의 가능성을 지닌 나무의 도상학을 통해 치유 인문학의 가능성을 거듭 확인할 수 있다.

생명이 거세된 고목과 달리 봄에의 그리움과 믿음으로 견디는 겨울 나목의 상징성을 박완서의 『나목』은 잘 보여준다. 전쟁과 분단 시대의 '나목'의 현실적이고 구체적인 초상들이 잘 드러난 이 소설에서 그 나목들은 애처롭게 떨며 바람에 흔들리면서도 모두 진정한 삶에 대한 그리움으로 매서운 바람을 견디며 봄을 예비한다. 이러한 나목의 그리움, 나목의 꿈, 나목의 진정성으로 한 세상 넉넉히 살며, 삶만큼 넉넉한 문학 세계를 일구며 그리움의 이야기를 지은 작가가 바로 박완서다. 빅토르 위고가 비유한 "나무 우주, 나무 도시, 나무 인간"의 한 표상을 『나목』에서 보게 된다. 비록 가족적, 정치적, 역사적 정황으로 인해 나무로부터 긍정적인 내일의 약속을 기대하기 난망한 상황이었음에도 불구하고, 지구의 "초록 심장"인 나무에 대한 희망, 죽음에서 삶으로 변환시키는 나무의 에너지와 기억에 대한 무의식적 동경과 그리움이 '고목'에서 '나목'으로의 전환을 가져왔다고 정리할 수 있겠다.

신경림의 나무 시편에서 시적 화자는 칠흑 같은 어둠과 모진 비바람 속에서 두려워 떨며 서로의 작은 손을 맞잡은 채 숨죽이며 흐느끼는 나무를 보고 느낀다. 그러면서 나무로부터 견인의 미덕을 발견한다. 고통 속에서 희망의 원리를 예비한다. 비록 어두운 비바람 속에서 아프고 서럽지만, 그 상처와 고통을 통해서 "꽃과 열매"라는 결실을 볼 수 있다는 자연스러운 진리를 통찰한다. 봄을 예비하는 겨울-나무의 특징을 전경화했다. 이렇게 봄-나무를 예비하는 겨울-나무의 초상은 나무의 미덕에서 그치는 것이 아니라, 겨울-나무의 처지를 고통받는 민중들의 처지에 견주어 헤아리면서 고난에 처한 이들에게 나무가 보여주는 견인의 미덕으로 희망의 지렛대를 부여하고 싶어 한 시인의 시적 지향의 일환으로 읽을 수 있다. 황지우의 「겨울-나무로부터 봄-나무에로」에서는 나무의 신체성과 신생 의지가 두드러진다. "나무는 죽음을 삶으로 변환시킨다"는 전언을 떠올리게 하는 이 시에서, 우리는 죽음에서 재생으로, 상처에서 치유로 욕망하는 겨울-나무의 전형적 상징을 읽어낼 수 있다.

요컨대 겨울-나무는 죽음과 재생에 겹쳐져 치유의 가능성을 환기하는 뮈토스를 형성한다. 겨울에 나무는 깊은 수면 상태에 들어간 듯 보이기도 하고, 어쩌면 생명의 리듬을 중지한 듯 보이기도 하지만, 그 안에서, 그 심연에서 견디며 새봄을 예비하고 새눈을 준비한다. 봄을 그리는 나목들의 이런 견딤의 미학을 우리는 치유의 나무라는 겨울-나무의 심층에서 길어 올릴 수 있다.

1. 사계 뮈토스와 가능성의 수형도

강가에 키 큰 미루나무 한그루 서 있었지
봄이었어
나, 그 나무에 기대앉아 강물을 바라보고 있었지

강가에 키 큰 미루나무 한그루 서 있었지
여름이었어
나, 그 나무 아래 누워 강물 소리를 멀리 들었지

강가에 키 큰 미루나무 한그루 서 있었지
가을이었어
나, 그 나무에 기대서서 멀리 흐르는 강물을 바라보고 있었지

강가에 키 큰 미루나무 한그루 서 있었지
강물에 눈이 오고 있었어
강물은 깊어졌어
한없이 깊어졌어

강가에 키 큰 미루나무 한그루 서 있었지 다시 봄이었어
나, 그 나무에 기대앉아 있었지

그냥,
있었어

—김용택, 「나무」[1)]

1) 김용택, 『나무』, 창작과비평사, 2002, pp. 8~9.

지금까지 봄, 여름, 가을, 겨울 나무들의 풍경을 여러 국면에서 살폈다. 계절에 따라 나무들은 다른 풍경을 연출한다. 심지어 사철 푸르다는 상록수들도 계절에 따라 그 녹색을 달리하는 것이 사실이다. 계절에 따라 나무들은 변화하기도 하지만, 그 변화 안에서 어떤 지속의 속성을 보이기도 한다. 조금 과감하게 말하자면 나무는 언제나 나무로 존재한다. 나무의 풍경의 변화는 자연 변화의 순리에 따르는 것이기도 하지만, 풍경을 붙잡으려 하는 인간의 의식이나 말들의 풍경에 따라 달라지는 것인지도 모른다. 섬진강의 시인 김용택의 「나무」라는 시를 보면 나무는 그저 서 있을 따름이다.

강가에 키 큰 미루나무 한 그루가 그대로 서 있었다. 시적 화자 역시 그 나무에 기대어 "그냥" 있었다. 그냥 있는 나무와 화자 사이에서 강물은 다소 변화를 보인다. 깊어지고 한없이 깊어지기도 한다. 화자도 기대앉거나 기대서거나 하는 등 동작의 변화가 없는 것은 아니지만, "그냥" 있었다는 범주를 크게 벗어나지 않는다. 이런 상황을 두고 남진우는 "존재의 연속성과 무상성"을 환기하는 "현명한 수동성"의 상태에 있다고 설명한다. 그런 상태에서 "세속적인 욕망의 추구를 멀리하고 마음의 침전물을 다 가라앉힌 다음의 평화와 안식을" 구한다고 지적한 바 있다.[2)] 나무와 시인/작가의 관계는 물론 매우 다양한 스펙트럼처럼 펼쳐질 수 있다. 김용택처럼 현명한 수동성의 상태를 취할 수도 있고, 4장에서 다룬 조하형의 경우처럼 초현실주의적 변형을 가할 수도 있다. 즉 자아와 나무 사이

2) 남진우, 「나무 밑에서 물을 보는 사람」, 김용택, 같은 책, p. 90.

의 관계는 나무에 대한 작가/시인의 의식이나 태도에 따라 달라지기도 하지만, 더 기본적으로는 나무의 풍경들이 작가의 상상력과 몽상을 촉발시키는 의미심장한 기제로 작동하기도 한다. 그래서 로베르 뒤마는 일종의 '나무-거울'론을 제안하기도 했다. "작가는 일종의 감정 이입에 의해서 감상의 나무, 사색의 나무를 준비하고, 그 위에다가 인간의 의지를 준비한다. 나무는 그토록 다양한 질문과 기분들 앞에서 김 서린 거울 같은 존재가 된다. 한결같은 무언으로 인간의 불안정성과 양면성을 온순하게 비춘다."[3] 나무-거울은 작가/시인으로 하여금 나무의 풍경과 말의 풍경을 매개하게 하는 일종의 영매자일 수 있다. 나무-거울을 통해 나무의 풍경은 말의 풍경과 회통할 수 있고, 그 상호작용을 통해 다양하고 역동적인 나무의 수사학들이 펼쳐진다. 이 책에서는 그 풍경들을 계절의 순환 구조에 따라 살펴보았다. 그 풍경들을 간략히 요약하자면 다음과 같다.

1장에서는 봄-나무의 상상력을 다루었다. 봄에 나무는 그 뿌리를 더욱 단단히 내리기 시작하면서 생명의 기운을 북돋운다. 「세상의 나무들」을 비롯한 정현종의 시편들을 통해 생명의 황홀경을 어떻게 예비하는지, 「줄탁」을 비롯한 김지하의 시편들을 통해 나무의 율려가 어떻게 작동하고 우주목의 새싹이 어떻게 피어나는지, 아울러 그 심연에서 생명의 원리는 어떠한 것인지를 고찰했다. 그리고 이청준의 '남도' 연작과 그것을 소설화(小說畵)로 그린 한국화가 김선두의 그림을 대상으로 봄-나무들이 생명의 길을 찾아나

3) 로베르 뒤마, 같은 책, p. 89.

서는 패턴을 연구했다. 이와 관련하여 이청준의 「새와 나무」 「노송」 「목수의 집」 「노거목과의 대화」 등에 형상화된 나무의 상상력을 특히 '물아일체'의 상상력이라는 측면에서 다루면서 봄-나무의 특성과 그로부터 유추할 수 있는 상생을 위한 생태 윤리의 국면들을 살폈다. 이런 논의들을 바탕으로 '봄-나무와 생명의 뮈토스'를 정리했다.

2장에서는 여름-나무의 상상력을 다루었다. 여름 나무들은 무성하다. 무성한 잎과 가지들은 나무의 가능성과 다채로운 수형도를 암시한다. 가능세계에 대한 꿈과 욕망으로 충일하다. 여름-나무의 성장은 종종 인간 육체와 정신의 성장, 혹은 세계와 영혼의 성장에 원용되기도 한다. 나무의 영혼을 지닌 인간과 욕망과 언어의 유로를 안내하는 나무 사이의 역설적 소통의 상상력을 이승우의 소설을 통해 살폈다. 이어서 꽃이 없다는 무화과나무에 피는 속꽃의 은유를 고찰하면서 나무의 역설적 존재 방식을 탐문했다. 또 한강의 소설을 중심으로 나무와 인간의 변신 양상에 착목하여 여름-나무의 특징적인 국면을 고찰하고, 나무와 숲의 관계망 등을 살핀 다음, '여름-나무와 욕망의 뮈토스'를 정리했다.

3장에서는 가을-나무의 상상력을 다루었다. 가을 나무는 절정의 단풍으로 물들었다가 겸허하게 내려놓고, 탐스러운 열매를 익게 했다가 그것을 다 내어준 다음에는 그 과정에서 있었던 상처를 추스르기도 하고, 반성적 성찰과 새로운 성숙을 위한 다짐을 하기도 한다. 곧 겨울이 다가올 것이기에 난감하기도 하지만, 겨울을 예비하기 위한 나름의 준비에도 충실하다. 「인간접목」 「나무들 비탈에 서다」 등의 황순원 소설들을 대상으로 하여, 상처받은 나무와 관련한 비유와 접목의 수사학을 해명했다. 전쟁을 비롯한 일련의 험한 상황을 겪으면서 어쩔 수 없이 위기를 맞고 상처받을 수밖에 없었던 인간들을 치유하고 새로운 생명의 나무로 자랄 수 있도록 해주기 위해 황순원이 도입한 기제가 접목의 수사학이다. 황순원에게 소설 쓰기는 나무 기르기, 혹은 상처받은 나무에 새로운 생명을 접목하기와 통한다. 이문구의 『관촌수필』과 『내 몸은 너무 오래 서 있거나 걸어왔다』를 대상으로, 왕소나무에서 엉성한 장삼이사 나무들에 이르기까지 다양한 나무 이야기를 살피면서, 곧은 나무의 비극과 굽은 나무의 역설적 의미 등을 논의했다. 전상국의 「꾀꼬리 편지」 등을 중심으로 하여 낙엽을 떨구며 땅으로 회귀하려는 나무의 순환적 모습과 삶의 욕망을 비우고 내려놓으며 대자연의 섭리에 순응하려는 노년의 내면 풍경을 겹쳐 성찰하면서, 가을-나무의 뮈토스를 구성하기 위한 분석적인 논의를 전개했다. 이어서 「가을 거울」 「대추나무」 「자라는 나무」 등 김광규의 시편들을 분석하면서 가을 나무의 풍경과 그 수사적 특성을 논의한 다음, '상처의 나무'와 관련한 가을-나무의 뮈토스를 정리했다.

4장에서는 겨울-나무의 상상력을 다루었다. 겨울-나무는 죽음과 재생의 신화를 함축하고 치유를 상징한다. 먼저 겨울나무의 풍경을 가장 극적으로 환기하는 추사 김정희의 그림 「세한도」와 그 영향 아래 쓰인 시와 소설 들을 세한도 현상으로 다루면서, 겨울 소나무와 잣나무의 한국적 상징 맥락과 계보를 정리했다. 세한도의 상상력을 통해 동아시아의 생태학적 동일성의 감각을 추론할 수 있다. 세상에 존재하는 모든 것들에 대한 연민, 상생의 감각과 윤리, 자연 상태의 존재 감각 등이 그 내포를 이룬다. '초록-사이보그'를 통해 새로운 비전을 탐문하는 조하형의 『조립식 보리수나무』에서는 나무의 죽음과 신생을 위한 역설이 주목된다. 나무의 죽음과 재생 신화에 대한 포스트모던한 탐구를 보인 이 소설의 생태학적 지혜와 수사학적 전략 등은 매우 문제적이다. 이윤기의 『나무가 기도하는 집』은 치유와 재생의 기제로서 나무의 상상력이 두드러진 소설이다. 상처받은 영혼에 대한 치유의 가능성을 지닌 나무의 도상학을 통해 치유 인문학의 가능성을 거듭 확인할 수 있다. 이어서 생명이 거세된 고목과 달리 봄에의 그리움과 믿음으로 견디는 겨울 나목의 상징성을 박완서의 『나목』을 통해 논의하고, 황지우의 「겨울-나무로부터 봄-나무에로」에 나타난 나무의 신체성과 신생 의지를 고찰했다. 이런 논의를 바탕으로 겨울-나무와 '치유의 뮈토스'를 정리했다.

요컨대 봄-나무는 뿌리 내리기와 생명의 나무의 뮈토스로 정리된다. 물론 나무의 생명성은 봄-나무만의 속성은 아닐 수 있지만, 겨울이라는 세한(歲寒) 시기를 거친 봄-나무에서, 새롭게 뿌리내리려 하는 그 봄-나무의 속성에서, 생명의 나무라는 뮈토스는 가장 확실한 본성을 드러내는 것처럼 보인다. 여름-나무는 변신의 수형도와 욕망의 나무의 뮈토스로 요약된다. 역동적 성장과 변성이 이루어지는 여름에 나무는 실로 엄청난 변형과 변신을 스스로 수행한다. 그 변신의 가능성은 매우 다채롭고, 그 심연에는 다양한 욕동들이 꿈틀댄다. 겉으로 드러난 변신뿐만 아니라 속에서 변화하는 양상도 어지간하다. 무화과나무의 속꽃의 은유를 특별히 주목했던 것도 그 때문이다. 변신을 향한 욕망은 여름-나무의 젊은 성장을 가속화한다. 그 젊은 성장은 정오의 시간에 가장 빛을 발하는 것 같다. 가을-나무는 난세의 풍경과 상처의 뮈토스라는 이야기 형태를 갖는다. 정오에서 밤으로 향하는 오후의 시간은 빛이 약화되는 시간이다. 그러나 정오의 젊은 빛을 축적한 가을-나무들은 오후의 햇빛을 겹쳐 더욱 성숙하여 결실을 향한다. 그러나 결실은 곧 그 결과물을 내려놓고 비우는 것으로 계기된다. 성숙의 결과물을 비우고 내려놓는 것은 자연의 순리이기도 하나 인간 현실에서는 다른 맥락이 부여된다. 질곡의 역사, 상처받은 현실에서 뭔가를 내주어야 하는 사정들을 폭넓게 환기한다. 결실이면서 상처인 역설, 가을-나무들은 그 역설에서 자유롭지 않다. 그것은 곧 가을이란 시간의 신화적 역설과 통하는 것이기도 하다. 겨울-나무는 봄을 그리는 나목의 메타포처럼 치유의 나무라는 뮈토스를 지닌다. 현상적으로 겨울-나무의 가장 인상적으로 보여주는 이야기는 일련의 '세한도' 현상이다. 그 세한의 시절에 나무는 죽음과 신생, 치유와 재생의 의미 있는 기획을 자연스럽게 수행한다. 스스로 죽으면서 스스로 살고, 스스로 상처받으면서 스스로 치유하는, 혹은 남에게 치유받은 것도 스스로 치유하는 나무의 생명적 미덕을 가장 잘 확인할 수 있는 것이 바로 겨울-나무이다. 이런 사계의 뮈토스와 더불어 문학은 무수한 가능성의 수형도를 길어낸다. 그 가능성의 수형도들은 문학적 상상력의 넓고 깊은 가능성, 그 심화와 확산과도 연계된다. 나무의 상상력에 입각한 가능성의 수형도들의 새로운 가능세계가 주목되는 이유도 바로 이런 데 있다.

2. 나무의 상상력과 나무의 수사학

나무는
제자리에 선 채로 흘러가는
천년의 강물이다.
—이형기, 「나무」[1]

"하나의 나무는 나무 이상의 것이다."[2] 질베르 소카르의 이 문장을 가스통 바슐라르는 『촛불의 미학』에서 인용한다. 물론 우리는 이 문장에서 다른 변이들도 끊임없이 유추할 수 있겠다. 하나의 촛불은 촛불 이상의 것이다, 하나의 강물은 강물 이상의 것이다, 하나의 땅은 그 땅 이상의 것이다, 하나의 돌은 돌 이상의 것이다 등등 다양한 변주가 가능하다. 자연과 세계를 구성하는 기본 요소들, 그러니까 물, 불, 흙, 공기, 나무, 해, 달 등등의 기본 요소들은 대개 그 이상의 것으로 다양하게 변형될 수 있다. 거의 무한대에 육박한 그 가능성의 수형도들로 인해, 인간은 제아무리 과학적으로 탐문해도 알지 못하는 것, 그 알지 못함의 앎을 신비롭게 받아들이기도 한다. 그것이 일종의 삶의 신비이고, 그렇기에 인간은 한

1) 『나무가 말하였네 2』, p. 214.

2) 질베르 소카르Gilbert Socard, 『세계에 충실한』, 가스통 바슐라르, 『촛불의 미학』, 이가림 옮김, 문예출판사, 1975, p. 118에서 재인용.

없이 겸허해지게 된다. 그래서 그 자연의 기본 요소들은 예로부터 신화적 사고의 대상이 되기도 했다. 보기에 따라 달라질 수도 있겠지만, 그중 나무〔木〕는 다양한 가능세계를 환기하는 가장 적절한 상형문자인 것 같다. 수형도란 말이 이미 나무의 형상에서 비롯된 것이거니와, 상대적으로 나무는 인간에게 가장 친숙한 자연물이면서, 보이는 것에서 보이지 않는 많은 것들을 함축하고 있기에 상상력을 자극하고 적극적으로 추동하는 기제이다. 그렇다는 것은 나무라는 자연물은 그 스스로 다른 자연물과의 상관관계 속에서 어떤 총체적 우주를 형성하는 특별한 성격을 지니고 있기 때문이다. 가령 이형기의 시 「나무」를 보자.

> 나무는
> 실로 운명처럼
> 조용하고 슬픈 자세를 가졌다.
>
> 홀로 내려가는 언덕길
> 그 아랫마을에 등불이 켜이듯
>
> 그런 자세로
> 평생을 산다.
>
> 철 따라 바람이 불고 가는
> 소란한 마을 길 위에

스스로 펴는
그 폭넓은 그늘……

나무는
제자리에 선 채로 흘러가는
천년의 강물이다.

—이형기, 「나무」 전문

평이한 언어로 이루어진 소박한 시처럼 보이지만, 적어도 이 시에서 나무는 '등불' '바람' '강물'과 연계되며, '그늘'로 해서 하늘과 땅 혹은 해와 흙을 연결하는 영매자가 된다. 또 '마을 길'을 경계로 하여 인간과 자연을 연계한다. 이런 속성은 일회적이고 찰나적인 것이 아니다. 그래서 시인은 "나무는/제자리에 선 채로 흘러가는/천년의 강물이다"라고 노래한 것이다. "제자리에 선 채로 흘러가는"이라고 했다. 머묾과 움직임, 정지와 활동, 그 정적인 것과 동적인 것이 한 육체 안에서 역동적으로 이루어진다. 그런 현상으로 인해 "천년의 강물"이 될 수 있는 것이다. "천년의 강물"인 나무는 다가오는 사람의 "마음속에/가지와 잎이 돋고/또 어느 날은 꽃이 피어/오동꽃 사촌 꽃 피어 못물에 비치"[3)]게 하기도 하고, "동네 새들이 찾아와/내려앉"게 하기도 한다. 또 사람들로 하여금 나무 안의 꽃에 섞이고 싶다는 욕망에 사로잡히게 하기도 한다. "큰, 아주 큰 마로니에 잎새들은 수천 송이 흰 꽃들을 세우고, 그 큰 나

3) 황동규, 「늦가을 아침」, 『황동규 시전집』 Ⅰ, 문학과지성사, 1998, p. 105.

무는 소담스런 성채 같고 성당 같고 거기서 때로 검은 새들이 불쑥 불쑥 튀어나오기도 하는데 그때마다 저마다 무슨 문을 밀고 나오는 것만 같다 문을 열고 나와도 넉넉하고 문을 밀고 들어가도 넉넉한 키 큰 마로니에나무여, 나 언젠가 너의 잎새를 열고 들어가 낌새도, 자취도 없이 수천 송이 너의 흰꽃 속에 섞일 수 있을까".[4]

이렇게 나무는 세상의 모든 존재들이 섞이고 어우러지는 융섭(融攝)의 공간이요, 그런 현상들이 자연의 이치에 따라 변화하고 순환하는 시간이다. 이 시공간의 특성을 한 몸에 함축하고 있는 자연물이 바로 나무다. 이 책에서 특별히 나무를 주목하고, 나무의 상상력을 따라 사계 여정을 밟아온 것도 그 때문이다. 이 나무의 수사학 여정을 통해서 우리는 한국 문학의 상상력 속에서 싹 트고 잎 돋고 꽃 피고 아름드리고 자라난 나무의 풍경을 살펴보았다. 나무의 말과 말의 나무들이 대화하는 가운데, 나무의 수사학은 단지 나무 이야기가 아니고 나무 이미지를 훌쩍 넘어서는 것임을 확인할 수 있었다. 나무의 수사학은 나무와 사람, 나무와 온 우주의 생명들이 스미고 짜이는 가운데 탄력적으로 수행되는 각별한 상상력의 풍경이다.

요컨대 나무는 나무 그 이상의 것이다. 그러기에 나무 안에서, 나무를 통하여, 나무를 넘어서, 인간의 상상력은 무궁무진 심화 확산될 수 있다. 그 나무의 이야기, 나무의 이미지, 나무의 상징 들은 때로는 신화적인 동일성을 확인해주기도 하고, 때로는 산뜻하

4) 이성복, 「높은 나무 흰 꽃들은 燈을 세우고 12」, 『호랑가시나무의 기억』, 문학과지성사, 2002, p. 22.

고 전위적인 탈주를 통하여 참신한 새로운 경지를 보이기도 한다. 그러기에 나무의 수사학은 계속 탐문될 수 있는 가능성을 거듭 확인할 수 있다. 나무의 상상력의 지속과 변화가 계속되는 한, 나무의 수사학은 줄곧 의미심장한 탐문 영역으로 의미심장하게 작동될 것으로 생각한다. 성격이 이러하기에 이 책에서 다룬 부분은 지극히 작은 한 부분에 불과하다. 그야말로 광대무변한 숲속의 아주 작은 오솔길을 따라가본 나무들의 풍경이지만, 그럼에도 불구하고, 나름으로는 의미 있는 어떤 우주였으면 하는 바람이 있다. 더 탄력적이고, 더 풍성한 나무의 수사학으로 계기될 수 있는 그물코 같은 작은 우주 말이다. 반복이 되겠지만 거듭 말한다. 나무는 나무 그 이상이다. 그렇기에 나무의 수사학도 나무의 수사학 그 이상이다.

텍스트

고재종, 『앞강도 야위는 이 그리움』, 문학동네, 1997.

기형도, 『기형도 전집』, 문학과지성사, 1999.

김광규, 『좀팽이처럼』, 문학과지성사, 1988.

——, 『아니리』, 문학과지성사, 1990.

——, 『시간의 부드러운 손』, 문학과지성사, 2007.

김애란, 『비행운』, 문학과지성사, 2012.

김영하, 『엘리베이터에 낀 그 남자는 어떻게 되었나』, 문학과지성사, 1999.

김완화, 『허공이 키우는 나무』, 천년의 시작, 2007.

김용택, 『나무』, 창작과비평사, 2002.

김지하, 『결정본 김지하 시전집』 1, 솔, 1993.

——, 『결정본 김지하 시전집』 2, 솔, 1993.

——, 『중심의 괴로움』, 솔, 1994.

김형경, 『푸른 나무의 기억』, 문학과지성사, 1996.

김형영, 『나무 안에서』, 문학과지성사, 2009.

김혜순, 『불쌍한 사랑 기계』, 문학과지성사, 1997.

———, 『우리들의 陰畵』, 문학과지성사, 1990.

김 훈, 『내 젊은 날의 숲』, 문학동네, 2010.

문태준, 『맨발』, 창비, 2004.

박목월, 『구름에 달 가듯이』, 문학과비평사, 1989.

박성룡, 『풀잎』, 창작과비평사, 1998.

박완서, 『나목/도둑맞은 가난』, 민음사, 1981/2005.

백 석, 『정본 백석 시집』, 문학동네, 2007.

손택수, 『나무의 수사학』, 실천문학, 2010.

송승언, 「피동사」, 『세계의 문학』 2012년 가을호, 민음사, 2012.

신경림, 『쓰러진 자의 꿈』, 창작과비평사, 1993.

———, 『목계장터』, 찾을모, 1999.

엄원태, 『먼 우레처럼 다시 올 것이다』, 창비, 2013.

오규원, 『오규원 시전집』 1, 문학과지성사, 2002.

———, 『새와 나무와 새똥 그리고 돌맹이』, 문학과지성사, 2005.

오성찬, 『세한도』, 푸른사상, 2001.

오탁번, 『사랑하고 싶은 날』, 시월, 2009.

유안진, 『세한도 가는 길』, 시월, 2009.

유 하, 『나의 사랑은 나비처럼 가벼웠다』, 열림원, 1999.

이근화, 『차가운 잠』, 문학과지성사, 2012.

이문구, 『관촌수필』, 문학과지성사, 1977/2016.

———, 『내 몸은 너무 오해 서 있거나 걸어왔다』, 문학동네, 2000.

이성복, 『그 여름의 끝』, 문학과지성사, 1990.

———, 『호랑가시나무의 기억』, 문학과지성사, 2002.

———, 『래여애반다라』, 문학과지성사, 2013.
이순원, 『나무』, 뿔, 2007.
이승우, 『검은 나무』, 민음사, 2005.
———, 『식물들의 사생활』, 문학동네, 2000.
이우성, 『나는 미남이 사는 나라에서 왔어』, 문학과지성사, 2012.
이육사, 『광야』, 형설출판사, 1971.
———, 『이육사 전집』, 집문당, 1986.
이윤기, 『나무가 기도하는 집』, 세계사, 1999.
이제니, 『아마도 아프리카』, 창비, 2010.
이청준, 『서편제』, 열림원, 1998.
———, 『이어도』, 열림원, 1998.
———, 『목수의 집』, 열림원, 2000.
———, 『인문주의자 무소작씨의 종생기』, 열림원, 2000.
———, 『매잡이』, 문학과지성사, 2010.
———, 『비화밀교』, 문학과지성사, 2013.
장석주, 「세한도」, 이근배 엮음, 『시로 그린 세한도』, 과천문화원, 2008.
전상국, 『남이섬』, 민음사, 2011.
정일근, 『그리운 곳으로 돌아보라』, 푸른숲, 1994.
정현종, 『사랑할 시간이 많지 않다』, 세계사, 1989.
———, 『사람들 사이에 섬이 있다』, 미래사, 1991.
———, 『한 꽃송이』, 문학과지성사, 1992.
———, 『세상의 나무들』, 문학과지성사, 1995.
———, 『정현종 시전집』 1, 문학과지성사, 1999.
———, 『정현종 시전집』 2, 문학과지성사, 1999.

정호승, 『눈물이 나면 기차를 타라』, 창작과비평사, 1999.

조하형, 『키메라의 아침』, 열림원, 2004.

———, 『조립식 보리수나무』, 문학과지성사, 2008.

최승자, 『쓸쓸해서 머나먼』, 문학과지성사, 2010.

하재연, 『세계의 모든 해변처럼』, 문학과지성사, 2012.

한　강, 『내 여자의 열매』, 창작과비평사, 2000.

———, 『채식주의자』, 창비, 2007.

한승원, 『추사』 1, 열림원, 2007.

———, 『추사』 2, 열림원, 2007.

황동규, 『풍장』, 나남출판, 1984.

———, 『황동규 시전집』 Ⅰ, 문학과지성사, 1998.

———, 『황동규 시전집』 Ⅱ, 문학과지성사, 1998.

황순원, 『늪/기러기』 황순원전집 1, 문학과지성사, 1980/1992.

———, 『학/잃어버린 사람들』 황순원전집 3, 문학과지성사, 1981/1994.

———, 『탈/기타』 황순원전집 5, 문학과지성사, 1976/1997.

———, 『별과 같이 살다/카인의 후예』 황순원전집 6, 문학과지성사, 1981/1994.

———, 『인간접목/나무들 비탈에 서다』 황순원전집 7, 문학과지성사, 1981/1993.

황지우, 『겨울-나무로부터 봄-나무에로』, 민음사, 1985.

———, 『어느 날 나는 흐린 酒店에 앉아 있을 거다』, 문학과지성사, 1998.

———, 『새들도 세상을 뜨는구나』, 문학과지성사, 1983.

참고 문헌

강판권, 『어느 인문학자의 나무 세기: 역사와 신화 속에서 걸어온 나무들』, 지성사, 2002.

———, 『공자가 사랑한 나무, 장자가 사랑한 나무』, 민음사, 2003.

———, 『(역사와 문화로 읽는) 나무사전』, 글항아리, 2010.

———, 『미술관에 사는 나무들』, 효형, 2011.

고규홍 엮음, 『나무가 말하였네』, 마음산책, 2008.

———, 『나무가 말하였네 2: 나무에게 길을 묻다』, 마음산책, 2012.

고인환, 「우리 문학 속의 소나무」, (사)한국지역인문자원연구소 편, 『소나무 인문사전』, (사)한국지역인문자원연구소, 2016.

고주환, 『나무가 민중이다』, 글항아리, 2011.

구자황 편, 『관촌 가는 길』, 랜덤하우스, 2006.

권영민, 「황순원의 문체, 그 소설적 미학」, 황순원 외, 『말과 삶과 自由』, 문학과지성사, 1985.

금장태, 『한국 선비와 선비정신』, 서울대학교출판부, 2001.

김경희, 「「검은 나무」의 신화성 분석」, 『비평문학』 47호, 한국비평문학회, 2013. 3.
김광민, 「선비정신의 개념 정립을 위한 시론」, 『도덕교육연구』 제21권 1호, 한국도덕교육학회, 2009. 8.
김미현, 「사랑의 나무들」, 이승우, 『식물들의 사생활』, 문학동네, 2000.
김병익, 『상황과 상상력』, 문학과지성사, 1988.
김선두, 「모든 길이 노래더라」, 김선두·이청준·김영남, 『남도, 모든 길이 노래더라』, 아지북스, 2007.
김열규, 「신화비평의 국면들」, 박철희·김시태 엮음, 『문예비평론』, 문학과 비평사, 1988.
———, 『한국인의 자서전』, 웅진씽크빅, 2006.
김재황, 『노자, 그리고 나무 찾기』, 상정, 2010.
김종철, 『간디의 물레』, 녹색평론사, 1999.
김종회, 「문학적 순수성과 완결성, 또는 문학적 삶의 큰 모범: 황순원의 「나의 꿈」에서 「말과 삶과 자유」까지」, 황순원학회 편, 『황순원연구총서』 1, 국학자료원, 2013.
김지하, 『동학 이야기』, 솔, 1994.
———, 『타는 목마름에서 생명의 바다로』, 동광출판사, 1991.
김진석·김태영 공저, 『한국의 나무: 우리 땅에 사는 나무들의 모든 것』, 돌베개, 2011.
김　현, 『분석과 해석/보이는 심연과 안 보이는 역사 전망』 김현 문학전집 7, 문학과지성사, 1992.
김형효 외, 『퇴계의 사상과 그 현대적 의미』, 한국정신문화연구원, 1997.
남진우, 「나무 밑에서 물을 보는 사람」, 김용택, 『나무』, 창작과비평사,

2002.

박상진, 『우리 나무의 세계 1: 문화와 역사로 만나는』, 김영사, 2011.

———, 『우리 나무의 세계 2: 문화와 역사로 만나는』, 김영사, 2011.

박이문, 「생태학적 문화의 선택」, 『문명의 미래와 생태학적 세계관』, 당대, 1998.

박철상, 『세한도: 천 년의 믿음, 그림으로 태어나다』, 문학동네, 2010.

변영섭, 「문화 시대에 읽는 소나무 그림의 상징성」, (사)한국지역인문자원연구소 편, 『소나무 인문사전』, (사)한국지역인문자원연구소, 2016.

서영채, 「충청도의 힘」, 이문구, 『내 몸은 너무 오래 서 있거나 걸어왔다』, 문학동네, 2000.

서준섭, 『감각의 뒤편』, 문학과지성사, 1995.

손정수, 「햇빛의 열정, 달빛의 정복(淨福)」, 이윤기, 『나무가 기도하는 집』, 세계사, 1999.

신연우, 「이황 산수시의 양상과 물아일체의 논리」, 『한국사상과 문화』 20집, 한국사상문화학회, 2003.

신영복, 『나무야 나무야』, 돌베개, 1997.

신재은, 「'토포필리아'로서의 글쓰기—이문구의 『관촌수필』 연작을 중심으로」, 『한국문학이론과비평』 7권 3호(20집), 한국문학이론과비평학회, 2003. 9.

여지선, 「한국 현대시에 나타난 阮堂 金正喜의 「歲寒圖」」, 『우리말글』 58, 우리말글학회, 2013.8.

오생근, 「시인과 나무」, 『문학과사회』 107호(2014년 가을호), 문학과지성사, 2014.

우석영, 『수목인간』, 책세상, 2013.
우찬제, 「'말무늬', '숨결', '글틀'」, 『타자의 목소리: 세기말 시간의식과 타자성의 문학』, 문학동네, 1996.
———, 『텍스트의 수사학』, 서강대학교출판부, 2005.
———, 『프로테우스의 탈주: 접속 시대의 상상력』, 문학과지성사, 2010.
———, 「생태학적 무의식과 생태윤리」, 『동아연구』 59권, 서강대학교 동아연구소, 2010. 8.
———, 「섭생의 정치경제와 생태 윤리」, 『문학과환경』 9권 2호, 문학과환경학회, 2010. 12.
———, 「포괄의 언어와 복합성의 생태학: 이문구의 『관촌수필』론」, 『문학과환경』 10권 1호, 문학과환경학회, 2011. 6.
———, 「나무의 언어와 '물아일체(物我一體)'의 상상력」, 『문학과환경』 13권 2호, 문학과환경학회, 2014.
———, 「황순원 소설에 나타난 뿌리의 심연과 접목의 수사학」, 『문학과환경』 14권 2호, 문학과환경학회, 2015. 9.
———, 「'세한도 현상'에 나타난 생태학적 동일성의 지속과 변화」, 『문학과환경』 16권 4호, 문학과환경학회, 2017. 12.
유종호, 『동시대의 시와 진실』, 민음사, 1982.
유홍준, 『완당평전』 1, 학고재, 2002.
윤종모, 『(나무 마을 윤신부의) 치유 명상』, 정신세계사, 2003.
윤호병, 「한국 현대시로 전이(轉移)된 김정희 그림 「세한도(歲寒圖)」의 세계: '문화적 기억'으로서의 시와 그림의 상관성 연구」, 『비교문학』 32권, 한국비교문학회, 2004.
윤후명, 『꽃: 윤후명의 식물 이야기』, 문학동네, 2003.

이남호, 『문학의 위족』 2, 민음사, 1990.

이성복, 『꽃핀 나무들의 괴로움』. 살림, 1990.

이승준, 「한국 현대소설에 나타나는 '나무' 연구」, 『문학과환경』 4, 문학과 환경학회, 2005. 10.

이승훈, 『문화상징사전』, 푸른사상사, 2009.

이양하, 「나무」, 『이양하 수필전집』, 현대문학사, 2009.

이영숙·이승하, 「현대시의 재현적 주체와 제시적 주체: 「세한도」 시를 중심으로」, 『우리문학연구』 35, 2012. 12.

이유미, 『우리가 정말 알아야 할 우리 나무 백 가지』, 현암사, 1995.

이재선, 『한국현대소설사』, 홍성사, 1979.

——, 『한국문학주제론』, 서강대학교출판부, 2009.

이청준, 「나무와 새에 관한 꿈」, 『서편제』, 열림원, 1998.

——, 「큰 나무들은 변하지 않는다」, 『이어도』, 열림원, 1998.

이형기, 「유랑민의 비극과 무상의 성실」, 『황순원 문학전집』 1, 삼중당 1973.

일 연, 『삼국유사』, 민음사, 2007.

임경빈 외, 『한국의 나무』, 동방미디어, 2002.

임우기, 「'매개'의 문법에서 '교감'의 문법으로—'소설 문체'에 대한 비판적 검토」, 『문예중앙』 1993년 여름호.

임재해, 「설화에 나타난 나무의 생명성과 그 조형물」, 『비교민속학』 4, 비교민속학회, 1989. 1.

장영희, 「공자의 군자론과 '인(仁)'의 리더십: 『논어』의 군자론을 중심으로」, 『동악어문학』 70, 1997. 2.

정순진, 「현대시에 나타난 「세한도」의 창조적 변용」, 『비교문학』 31권, 한국비교문학회, 2003.

정현종, 「시의 자기동일성」, 『작가세계』 1990년 가을호, 세계사, 1990.

———, 『생명의 황홀』, 세계사, 1989.

조경은, 「〈세한도(歲寒圖)〉 발문의 대화적 소통 상황 연구」, 『수사학』 24집, 한국수사학회, 2015. 12.

조수동, 「보살정신과 자유의 실천」, 『철학논총』 72집 2권, 새한철학회, 2013. 4.

조정옥, 『나무가 내게 가르쳐 준 것들』, 철학과현실사, 1997.

차윤정, 『나무의 죽음: 오래된 숲에서 펼쳐지는 소멸과 탄생의 위대한 드라마』, 웅진지식하우스, 2007.

최동호, 『디지털 문화와 생태시학』, 문학동네, 2000.

최진석, 『노자의 목소리로 듣는 도덕경』, 소나무, 2001.

한국문화상징사전편찬위원회, 『한국문화상징사전』, 동아, 1992.

허윤진, 「열정은 수난이다」, 한강, 『채식주의자』, 창비, 2007.

황종연, 「도시화·산업화 시대의 방외인」, 『작가세계』 4권 4호(1992년 겨울호), 세계사, 1992.

가스통 바슐라르, 『공간의 시학』, 곽광수 옮김, 동문선, 1993.

———, 『불의 정신분석』, 김병욱 옮김, 이학사, 2007.

———, 『몽상의 시학』, 김웅권 옮김, 동문선, 2007.

———, 『촛불의 미학』, 이가림 옮김, 문예출판사, 1975.

———, 『물과 꿈』, 이가림 옮김, 문예출판사, 1996.

———, 『공기와 꿈』, 정영란 옮김, 이학사, 2001.

———, 『대지 그리고 휴식의 몽상』, 정영란 옮김, 문학동네, 2002.

노드롭. 프라이, 『비평의 해부』, 임철규 옮김, 한길사, 2000.
디디에르 반 코웰레르, 『어느 나무의 일기』, 이재형 옮김, 다산책방, 2012.
로베르 뒤마, 『나무의 철학』, 송형석 옮김, 동문선, 2004.
미셸 투르니외 외, 『나무 동화』, 전대호 옮김, 궁리, 2003.
베르나르 베르베르, 『나무』, 이세욱 옮김, 열린책들, 2003.
쉘 실버스타인, 『아낌없이 주는 나무』, 이재명 옮김, 시공사, 2006.
스크트릭 외 공저, 『문학의 상징 주제 사전』, 장영수 옮김, 청하, 1989.
앤드류 코완, 『나무』, 김경숙 옮김, 영림카디널, 1997.
엘리아데, 『이미지와 상징』, 이재실 옮김, 까치, 1998.
오비디우스, 『변신 이야기』 1, 이윤기 옮김, 민음사, 1998.
자크 데리다, 『환대에 대하여』, 남수인 옮김, 동문선, 2004.
자크 브로스, 『식물의 역사와 신화』, 양명란 옮김, 갈라파고스, 2005.
———, 『나무의 신화』, 주향은 옮김, 이학사, 1998.
장 지오노, 『나무를 심은 사람』, 김경온 옮김, 두레, 2005.
제레미 리프킨, 『육식의 종말』, 신현승 옮김, 시공사, 2002.
제이 그리피스, 『시계 밖의 시간』, 박은주 옮김, 당대, 2002.
제임스 조지 프레이저, 『황금가지』 1권, 박규태 옮김, 을유문화사, 2005.
조르주 페렉, 『잠자는 남자』, 조재룡 옮김, 문학동네, 2013.
조셉 캠벨, 『신화의 세계』, 과학세대 옮김, 까치, 1998.
진고응, 『노장신론』, 최진석 옮김, 소나무, 1997.
질베르 뒤랑, 『신화비평과 신화분석』, 유평근 옮김, 살림, 1998.
———, 『상상계의 인류학적 구조들』, 진형준 옮김, 문학동네, 2007.
———, 『상징적 상상력』, 진형준 옮김, 문학과지성사, 1998.
캐럴 J. 아담스, 『육식의 성정치: 페미니즘과 채식주의 역사의 재구성』, 이

현 옮김, 미토, 2006.
키 코르노, 『마음의 치유』, 강현주 옮김, 북폴리오, 2006.
패트릭 화이트, 『인간의 나무』, 김용철 옮김, 을유문화사, 1992.
헤르만 헤세, 『정원일의 즐거움』, 두행숙 옮김, 이레, 2001.
———, 『나무들』, 송지연 옮김, 민음사, 2000.
J. C. 쿠퍼, 『그림으로 보는 세계문화상징사전』, 이윤기 옮김, 까치, 1994.
L. K. 뒤프레, 『종교에서의 상징과 신화』, 권수경 옮김, 서광사, 1996.
『산해경』, 정재서 편역, 민음사, 1997.
『유마경』, 조수동 옮김, 지식을만드는지식, 2008.
『장자』, 박영호 옮김, 두레, 1998.
『장자』, 안동림 역주, 현암사, 1993
『주역』, 김인환 옮김, 고려대학교출판부, 2006.

Bookchin, Murray, *The Philosophy of Social Ecology: Essays on Dialectical Naturalism*, New York: Block Rose Books, 1995.
Chan J. Wu, "Cosmic Buds Burgeoning in Words : Chiha Kim's Poetics of Full-Emptiness", Chiha Kim, tr. by Won-Chun Kim & James Han, *HEART'S AGONY : Selected Poems*, NY.; White Pine Press, 1998.
Devall, Bill & George Sessions ed., *Deep Ecology*, Salt Lake City: Gibbs M. Smith Inc., 1985.
Duerr, Hans Pater, *Dreamtime: Concerning the Boundary between Wildness and Civilization*, Oxford: Blackwell, 1985.
Durkheim, Emile, *The Elementary Forms of the Religious Life*, London:

Allen & Unwin, 1915/1976.

Ferry, Luc, *The New Ecological Order*, Chicago: University of Chicago Press, 1992.

Glotfelty, Cheryll & Harold Fromm ed., *The Ecocriticism Reader*, The Univ. of Georgia press, 1996.

Hoberman, Mary Ann & Linda Winston ed., *The Tree That Time Built: A Celebration of Nature, Science, and Imagination*, Sourcebooks Jabberwocky, 2009.

Keith, Michael & Steve Pile eds., *Place and the Politics of Identity*, London: Routledge, 1993.

Lovelock J. E., *Gaia: A New Look at the Earth*, Oxford: Oxford University Press, 1979.

——, *The Ages of Gaia*, Oxford: Oxford University Press, 1988.

Mathews, Freya, *The Ecological Self*, London: Routledge, 1993.

Metzner, Ralph, "The Psychopathology of the Human-Nature Relationship", Theodore Roszak, Mary E. Gomes, & Allen D. Kanner ed., *Ecopsychology: Restoring the Earth Healing the Mind*, San Francisco: Sierra Club Books, 1995.

Rival, Laura ed., *The Social Life of Trees: Anthropological Perspectives on Tree Symbolism*, Oxford/NY.: Berg, 1998.

Roszak, Theodore, *The Voice of the Earth*, New York: Simon & Schuster, 1992.

Smith, Mick, *An Ethics of Place: Radical Ecology, Postmodernity, and Social Theory*, SUNY., 2001.

Thomashow, Mitchell, *Ecological Identity: Becoming a Reflective Environmentalist*, Massachusetts: The MIT Press, 1996.

찾아보기

〈작품 및 연구〉

〈도서〉

〈그 외〉

ㅇ

ㅈ

ㅊ

ㅋ